Aliza Olmert
Ein Stück vom Meer

Aliza Olmert wurde 1946 in Eschwege, Deutschland, geboren. Sie hat Dramen und Drehbücher verfasst und gehört zu den renommiertesten bildenden Künstlern in Israel. Sie ist mit dem Politiker Ehud Olmert verheiratet und Mutter von vier Kindern.

Alusia ist fünf Jahre alt, als sie mit ihren Eltern ein Schiff besteigt. Krieg, Verfolgung und das Wunder, überlebt zu haben, liegen hinter der Familie, die nun das Gelobte Land ansteuert. Für das Mädchen ist die Welt der Erwachsenen ein Buch mit sieben Siegeln. Anuschka, die melancholische Mutter, fürchtet die unbequemen Lebensumstände und sehnt sich nach Europa, wo sie den geliebten Toten näher ist. Olek, der tatkräftige Vater, träumt von einem Neuanfang im jungen Staat Israel. Im Gepäck führt er einen Schatz, der das Glück seiner Familie besiegeln soll: Aus den Trümmern Münchens hat er Tausende hochwertiger Schnallen, die für den Krieg produziert worden waren, geborgen. Aber in Palästina liegt das Glück nicht auf der Straße. Geld und Liebe sind knappe Güter, und die Schatten der Vergangenheit verfliegen nicht. Doch die heranwachsende Alusia weiß: »Wer ein Stück vom Meer sehen kann, muss glücklich sein.«

Aliza Olmert

Ein Stück vom Meer

Roman

Aus dem Hebräischen
von Mirjam Pressler und Eldad Stobezki

aufbau taschenbuch

Titel der Originalausgabe
»Prussa shel yam«

ISBN 978-3-7466-2495-2

Aufbau ist eine Marke der Aufbau Verlag GmbH & Co. KG

1. Auflage 2009

Umschlaggestaltung Originalcover Andreas Heilmann, Hamburg
unter Verwendung eines Fotos von Ye Rin Mok/getty images
grafische Adaption Mediabureau Di Stefano, Berlin
Druck und Binden CPI – Clausen & Bosse, Leck
Printed in Germany

www.aufbau-verlag.de

Für meine Schwester
Neta
In Liebe

Anmerkung der Autorin

Dieses Buch basiert auf autobiographischen Erinnerungen, die Geschehnisse und Personen sind jedoch erfunden.

Das Land

In Manschija wird es schon um sieben Uhr dunkel – und die hölzerne Tür läßt sich noch immer nicht weiter öffnen. Stunden sind vergangen, seit die Umzugskisten vom Lastwagen abgeladen wurden, man hat sie vor dem Eingang zum Treppenhaus abgestellt, ihre Maße begutachtet und versucht, sie hineinzustoßen. Nun ist auch Vater bereit zuzugeben, daß keine der Kisten durch diesen Eingang paßt.

»Was die Bomben nicht geschafft haben, hat der Regen geschafft«, stöhnt ein Möbelträger, während er einen Schraubenzieher in das aufgequollene Innere der Tür steckt und darin herumwühlt. »Schade um die Mühe, das ist alles morsch.« Er spricht auf russisch mit Mutter und schaut sie an, ob sie ihn auch verstanden hat.

Der Fahrer deutet auf die anderen Türen der Straße. Sie sehen aus wie unsere, hängen schief im Rahmen, und die Farbe blättert ab. »Im Winter hat der Regen hier einen Meter hoch gestanden. Wenn man an der Straße nichts ändert, wird das Wasser im nächsten Winter überhaupt nicht abfließen.«

Müde und schweigend stehen wir vor dem aufgequollenen Türflügel, in den Armen die in Zeitungspapier gewickelten Porzellanminiaturen. Mutter lehnt sich an Vater, Vater tritt gegen die Tür, und die drei Möbelpacker stehen mit dem Rücken an der Wand und warten auf Anweisungen.

»Wie kommt es, daß einfaches Wasser, das in einem Stück Holz getrocknet ist, stärker ist als drei Möbelpacker und ein Lastwagenfahrer?« Mutter stopft ein Taschentuch an die Stelle, wo der Lederriemen des Schuhs an ihrer Haut reibt. »Seit wann ist Wasser stärker als drei Möbelpacker und ein Lastwagenfahrer?« Vater stellt ein Paket, das er getragen hat, vorsichtig ab, zieht sein gestreiftes Jackett aus, legt sich auf den Boden, drückt die Wange in den Staub und steht dann auf, um uns zu verkünden, daß die Ritze unter der Tür verstopft ist.

Eine erloschene Zigarette fliegt aus dem Autofenster. Der Fahrer des Lastwagens mag nicht mehr darauf warten, daß man ihn ruft, um die Lage zu retten. Er hebt sich aus der Vertiefung des Sitzes und verkündet, er habe in seinem Leben schon mehr als eine Tür aufgebrochen, ein Mann wie er würde sich doch nicht von einem blöden Brett lächerlich machen lassen. Er beugt sich vor, schlägt kräftig gegen die Tür, stöhnt, zieht die Schultern hoch, stürmt nach vorn, schlägt mit geballten Fäusten immer wieder zu und bläst über seine geröteten Fingerknöchel. Aber was herunterfällt, sind nur abblätternde Schichten der Farben, mit denen die Tür im Lauf der Jahre gestrichen worden war. Ich weiche zurück und drücke die Porzellanballerina fest an meinen Bauch. Eine Ballerina bleibt sehr zerbrechlich, auch wenn sie in ein Flanelltuch und mehrere Schichten Zeitung gewickelt ist, besonders an der Stelle, wo die Ballettschuhe nur mit einer schmalen Spitze auf dem Untersatz stehen.

Mutter beschwert sich wieder, daß alle sich mit Dingen beschäftigen, die nicht zur Sache gehören, ausgerechnet jetzt, wo es so wichtig sei, jemanden zu haben, auf den man sich verlassen könne, und daß es alle mindestens so viel angehe wie sie. Sie wendet das Gesicht hin und her in diesem Sprachengewirr. Einer redet, der andere antwortet, und der dritte schreit. Sie hat es satt, Vater zu unterbrechen und ihn zu bitten, das Gesagte zu übersetzen. Die Schweißränder auf dem Unterhemd des Fahrers sehen eklig aus, und wohin ist der Beamte der Einwanderungsbehörde verschwunden, der eine ganz außergewöhnliche Wohnung am Rande des Manschija-Viertels versprochen hat, im Süden von Tel Aviv oder im Norden von Jaffa gelegen, es komme darauf an, von wo aus man es betrachte und was man sehen möchte. Warum gerade Manschija? Manschija, Manschija, was für ein Name ist das, Manschija? Sie geht zum Hauseingang, bettet die Ballerina zwischen die anderen Porzellanpuppen und deckt sie mit einem Tuch zu. »Sag den Möbelpackern, daß die Sachen hier sehr zerbrechlich sind.« Wie gut, daß sie darauf bestanden hat, sie nicht zusammen mit den anderen Gegenständen in den Kisten loszuschicken. Wer weiß, in wieviel tausend Scherben zerbrochen sie sie wiederbekommen hätte.

»Die Türen lassen sich nicht bewegen, und diese Faulenzer stehen da, mit dem Rücken an die Wand gelehnt«, sagt Vater und bahnt sich einen Weg durch die Ratgeber, die sich inzwischen um uns versammeln haben. »Die Kisten werden nicht ins Treppenhaus transportiert, sondern hier draußen ausgepackt, und zwar schnell, bevor es ganz dunkel wird.« Er schiebt Mutter weg, baut sich vor den Möbelpackern auf wie einer, der fest entschlossen ist, diese Geschichte zu Ende zu bringen, und wirft ihnen die Ledergurte entgegen. Die Möbelpacker, erschrocken über die plötzliche Entschlossenheit dieses höflichen Mannes, lösen sich von der Wand, kreuzen die Ledergurte und binden sie sich um, wie Mutter es mit ihrem rosafarbenen Korsett macht, und warten mit herausfordernden Blicken, daß er ihnen sagt, was zu tun ist.

Sie entfernen die erste Wand von der vordersten Kiste. Jeder Nagel, der herausgezogen wird, hat seine eigene Melodie. Eine Staubfontäne steigt auf. Wir halten alle die Hand vor den Mund. Vater ist ganz aufgeregt beim Anblick der Kartons, die alle noch so ordentlich nach ihrer Größe gestapelt sind, wie er sie eingepackt hat. Er streicht mit den Händen darüber, prüft, daß sie es wirklich sind, ganz besondere, erstklassige Schachteln, die er nur schweren Herzens der Speditionsfirma überlassen hat, und schon seit zwei Wochen bedauert er, daß er sie nicht versichert hat, wie es sich eigentlich gehört hätte.

Er stößt einen Seufzer der Erleichterung aus, als er daran denkt, was alles hätte passieren können und nicht passiert ist: Das Schiff ist nicht gesunken, kein Dieb hat etwas geraubt, der Zollbeamte hat ihn nicht mit der üblichen Behördenarroganz weggeschickt, er habe nichts gesehen und nichts gehört und sowieso keine Zeit fürs Suchen. Ich frage mich, was das bedeuten soll, die »übliche Behördenarroganz«, und stelle fest, daß auch »Zollbeamter« und »Dieb, der nicht geraubt hat« bei uns zu Hause nicht zu den gängigen Begriffen gehören. Aber Vater rennt weiter herum, mit einem vor Glück geröteten Gesicht. Nein, seine Sinne haben ihn nicht getäuscht: Die Frau, die Tochter, die Porzellanpuppen und die Militärausrüstung – alles ist da, alles ist heil und wird noch heute abend in die vorläufige Wohnung im zweiten Stock gebracht werden.

Mit zittriger Stimme drängt er die Möbelpacker, die Schachteln aus den Kisten herauszunehmen, so wie sie eingepackt sind, sie entsprechend den Aufklebern in einer Reihe aufzustapeln und ja nichts durcheinanderzubringen. Er deutet auf die Aufkleber auf jeder Seite, mit deren Hilfe man die Schachteln mit Schnallen für schmale Gürtel und die Schachteln mit Schnallen für Drei-Zentimeter-Gürtel unterscheiden kann, die Schnallen für Schuhe und für Taschen, Stiefelschnallen, Capeschnallen, Helmschnallen und andere Schnallen, von denen ich keine Ahnung habe, welche Teile von Uniformen sie miteinander verbinden.

Leute, die aus dem Autobus steigen, gesellen sich zu den Bewohnern der anliegenden Häuser, die anfangen zu flüstern, als sie die Aufschrift sehen: »Vorsicht – militärische Ausrüstung!« Jemand fährt mit dem Finger über die leuchtenden viereckigen Buchstaben, die Vater sorgfältig auf jede Schachtelseite gemalt hat. »Dieses Material hat mit meinen Geschäften zu tun«, sagt er und überwacht weiter die Arbeit der Möbelpacker, bevor ihn jemand mit einer weiteren Frage belästigt. Obwohl er für die ungebetene Hilfe dankbar ist und sogar ein paar Worte über die Juden verliert, die sich zueinander verhalten wie die Mitglieder einer großen Familie, schafft er es nicht, seine Abneigung zu verbergen, als jemand seine Finger in die Holzkiste schiebt und darin herumwühlt, als gehöre sie ihm, bevor er fragt: »Was willst du dafür haben?« Aber Vater will nur, daß wir alles in die Wohnung bringen, bevor es dunkel wird.

Jetzt versucht er, gleichzeitig auf dem Bürgersteig und in der Wohnung zu sein, er rennt die Treppen hinauf und hinunter, fleht die Möbelpacker an, ja nichts kaputtzumachen oder zu zerdrükken, warnt vor der abgetretenen Stufe, dieser unvorhergesehenen Stufe, wegen der zwei Möbelpacker beinahe gestolpert wären.

Ein paar Nachbarinnen in geblümten Kittelschürzen, jede Kittelschürze blüht anders, werfen verstohlene Blicke auf Mutters Plisseerock und ihre Jacke, die sich um ihre Hüften schmiegt. Die Nachbarin mit Kirschblüten auf dem Kittel gibt zu, daß sie uns gestern durch die geschlossenen Läden beobachtet hat, als wir hinter dem Beamten von der Einwanderungsbehörde hergingen, aber irgend etwas habe sie daran gehindert, näher zu kommen. Ihre Hand tastet nach Mutters zögernd ausgestreckter Hand, und sie sagt, wie froh sie sei, Leute wie uns zu treffen, mit denen man reden können wird. Mutter flüstert Vater zu, daß die Wünsche der Nachbarin sich anhörten, als stammten sie von Postkarten, wie sie in abgelegenen polnischen Städtchen üblich waren, und beide wenden sich einem Mann zu, der nur ein paar dünne Locken auf der nackten Brust hat, ganz anders als der Wald unter Vaters Hemd. Der Mann stellt sich vor, Berkowicz aus dem Stockwerk drüber, ein weiterer Mitbenutzer der einzigen Toilette im Haus, und er sagt, er werde Mutters Namen auf die Putzliste schreiben, die oberhalb der Kloschüssel hänge.

Ich bewege mich unter den fremden Leuten, die unsere Umzugskisten auspacken, bleibe bei einem Möbelpacker stehen, der auf polnisch flucht, und schneide Grimassen. Mutter schimpft, ich solle aufhören, den Erwachsenen vor den Füßen herumzulaufen, und als ich Vater am Hosengürtel packe, schiebt er mich weg und warnt mich, ja keine schweren Gegenstände zu heben.

Kinder, die in ein anderes Land gezogen sind, sollten sich lieber abseits halten. Sie machen die Erwachsenen nervös und sind zu nichts nutze. Ich entferne mich von dem Durcheinander und setze mich auf eine umgedrehte Kiste mit Bettwäsche. Wenn so vieles gleichzeitig geschieht, sitze ich lieber an einem Ort, an dem ich jede Sache einzeln bedenken kann. Der Wind bläst Papier und Sägespäne vom Schotterweg herüber auf meine Schuhe.

Ich betrachte die Löcher in der Straße und die dunklen Klumpen, die aus den Löchern herausgerissen worden sind. Ich versuche, sie zurückzudrücken, und frage mich, ob die alten Nachbarn Kinder in meinem Alter haben und in welcher Sprache ich mit einem Kind sprechen werde, wenn plötzlich eins aus dem Treppenhaus auftaucht.

Schnallen

Die Schnallenschachteln hatte Vater bereits an seinem ersten Arbeitstag bei »Magnes & Söhne, Dünger und Chemikalien GmbH« gefunden, graue, feste Schachteln, die in den Ruinen eines Gebäudes lagen, das bei der letzten Bombardierung Münchens eingestürzt war.

Die Mitarbeiter der Direktionsetage von »Magnes & Söhne« zogen es vor, diese Ruine zu ignorieren. Dichte Gardinen, den ganzen Tag geschlossen, trennten sie von dem verkohlten Trümmerhaufen, der sich eines Tages vor ihren Fenstern erhoben hatte. Niemand konnte sich erklären, warum die Schachteln heil geblieben waren, trotz des Luftdrucks, trotz der Zerstörung und trotz des harten Winters. Alles, was Vater von den Mitarbeitern im Büro herausbekam, war, daß es da drüben mal einen Familienbetrieb gegeben habe, der kupferne Druckknöpfe gestanzt habe, und daß der Schornstein fast bis zum Kriegsende geraucht habe.

Wenn Vater von diesen Schachteln sprach, verlor Mutter das letzte bißchen Geduld. »Diese Schachteln haben dir den Kopf verdreht.« Sie verstand die ganze Aufregung wegen ein paar Kartons nicht, in denen vielleicht kupferne Druckknöpfe steckten oder auch nicht. Es war nicht das erste Mal, daß sie sich über seine neugierigen Augen beklagte, die immer nach irgendwelchen überflüssigen Dingen suchten, dabei wäre es jetzt, in diesen harten Zeiten, besser, wenn er sich auf das Notwendige konzentrieren würde und dankbar wäre, eine feste Arbeit zu haben, die uns ernährte. Das Leben sei gefährlich genug.

Aber Vater blieb stur. Er glaubte fest daran, daß er Dinge verstünde, die außer ihm keiner verstand. Mutters wütende Miene konnte ihn nicht davon abhalten, sich für diese »rechteckigen Tresore, die ihm jemand von oben geschickt hat«, zu begeistern. Nur schade, daß sie auf dem unzugänglichen Gelände lagen, von einer Steinmauer geschützt. Er erkundigte sich in den umliegenden Geschäften nach dem Namen und der Adresse des Fabrikbesitzers, fragte bei den Geschäftsleuten in der Umgebung, wem die Ruine gehörte und wo derjenige wohne. Er hoffte, ihm die Kisten, die bis zum Ende des Winters ohnehin kaputt sein würden, zu einem günstigen Preis abkaufen zu können.

Ich kauerte vor meinem Puppenbett und zog meiner Puppe Frida ihr gehäkeltes Kleid an, als Vater von seinem Erkundigungsgang wegen der Adresse des Fabrikbesitzers zurückkam. »Der Briefkasten platzt vor Umschlägen, sie ragen aus allen Ritzen«, erzählte er und senkte die Stimme, als er merkte, daß ich zuhörte. »Die Nachbarn, die vorbeikamen, taten so, als wären sie beschäftigt, und nur eine Hausmeisterin, eine ungepflegte Frau in einem abgetragenen Mantel, kam heraus und wollte wissen, warum ich mich für ihren Nachbarn, Herrn Sigmund Hertz-Band, interessiere.« Vater sagte, er habe noch überlegt, wie er sich vorstellen solle, als sie ihn mit der Klage unterbrach, daß niemand aus der Familie sich die Mühe machte herauszufinden, was aus Sigmund nach der Bombardierung geworden sei. Sie schimpfte über den Egoismus der Menschen und sagte, daß sogar Sigmund, den sie in ihrem Redeschwall den »Schnallenhersteller« nannte, sich erlaubt habe, einfach zu verschwinden, und dabei schulde er ihr noch einen Regenschirm und Geld. »›Ein seltsamer Mann‹, sagte sie, ›bei Kriegsende ist er einfach verschwunden, ich hätte ihn auf nicht mehr als fünfzig geschätzt.‹ Ich glaube, sie wollte herausbekommen, wie weit ich an Einzelheiten interessiert war. ›Sechsundzwanzig Jahre sehe ich ihn jeden Morgen um halb sieben zur Arbeit gehen, in einem eleganten Anzug, in der Hand einen Gehstock, von dem man nicht weiß, ob er ihn braucht oder nicht. So geht er an meinem Fenster vorbei, murmelt ›Morgen‹, als wäre es schade um die Zeit, ordentlich guten Morgen zu sagen. Die Leute haben erzählt, daß er in seiner Fabrik Schnallen für die Deutsche Wehrmacht produziert und im Krieg Millionen verdient hat.‹ Für sie war er jemand, der nur an der Haustür klingelt, wenn er etwas braucht. ›Glauben Sie, er hätte mir mal ein gutes Wort gegönnt, als ich den Christbaum für das ganze Haus geschmückt habe?‹ Er lebte allein und kam erst in der Dunkelheit zurück. Die einzige Frau, die ihn besuchte, war zu jung, um seine Mutter zu sein, und zu alt für was anderes. Er hatte keine eigenen Kinder, aber er wußte von jedem Kind im Haus den Geburtstag. Dann kamen die Bomben, und alle wurden im Kohlenkeller begraben, und wer, außer den Kindern, hat gefragt, wo der Schnallenhersteller blieb und warum er nicht bei ihnen saß? Erst dachten alle, er wäre in der Wohnung geblieben, aber sein Wagen stand nicht vor dem Haus, und die Frau hörte auf, das Essen zu bringen. Er war verschwunden, aber auch nicht wirklich verschwunden, denn es wurde nicht amtlich bestätigt. Die Leute munkelten, er habe sich wegen seines halbjüdischen Blutes noch in einem Keller in der Nachbarschaft versteckt gehalten. Manche behaupten, er wäre unter einem falschen Namen an Bord eines Schiffes nach Argentinien gegangen. Wie soll die Hausmeisterin wissen, was stimmt und was nicht. ›Gut, daß Sie gekommen sind. Es war auch Zeit. Wie lange soll ich hier sitzen und warten, bis mir jemand sagt, daß Sigmund endgültig verschwunden ist? Warum soll die Wohnung des Schnallenherstellers leer stehen, während sich in meiner Wohnung vier Leute zusammenquetschen, dazu das Baby, das meine Schwiegertochter bekommen wird, alles auf knapp zweiunddreißig Quadratmetern? Glauben Sie etwa, es sei nicht üblich, daß hier in der Gegend Leute in die Wohnungen von jüdischen Familien ziehen, die verschwunden sind, als wären sie vom Erdboden verschluckt? Und was heißt das schon, daß er nur Halbjude ist. So sind sie, die Juden, auch wenn sie nur Halbjuden sind. In schlechten Zeiten sucht man sie vergeblich. Und dann muß man sich auch noch um ihre verschlossenen Wohnungen kümmern und sich den Kopf zerbrechen, was man mit dem verfaulten oder nicht verfaulten Müll macht, der darin ist, und wer an ihrer Stelle die Umlagen zahlen soll.‹« Vater sprach jetzt wieder mit normaler Stimme. »Es ist mir nicht angenehm, aber ich muß zugeben, daß ich mir vor lauter

Freude über die traurige Nachricht ein Taxi gegönnt habe. Es hat sich nicht nur herausgestellt, daß dieser Sigmund keine Erben hat, ich war auch froh zu hören, daß seine Fabrik Schnallen produziert hat und keine Druckknöpfe für Wagenplanen.«

»Wie soll ich das verstehen?« fragte Mutter und stellte bereits die Tassen auf das Tablett zurück, obwohl er noch nicht angefangen hatte, seinen Kaffee zu trinken.

»Daß es Gott gibt, Anuschka, und daß er groß ist.« Vater zog ihren Kopf an seine Brust und flüsterte ihr ins Ohr: »Du wirst sehen, daß wir Geld haben werden, um im versprochenen Land ein Haus zu bauen.«

So habe ich erfahren, daß irgend jemand unserer Familie ein Land versprochen hat und daß es sich offenbar um ein erfreuliches Versprechen handelte.

Ich hatte schon oft gehört, wie sie sich darüber unterhielten, daß Deutschland kein Land sei, um ein Kind großzuziehen, da waren sie sich einig. Sie wollten noch nicht einmal, daß ich das Kind des Paares, das unter uns wohnte, überhaupt kennenlernte, es wäre schade, wenn ich mich mit jemandem anfreundete, von dem ich bald Abschied nehmen müßte. Aber dann sagte Mutter, sie habe keine Kraft, noch einmal so ein Durcheinander durchzustehen und noch einmal alles, was eigentlich selbstverständlich sei, neu zu lernen.

Vater hatte ihr nie verheimlicht, daß er wegen dieses historischen Landes, dessen Wüste er erobern wollte, wie er sagte, eine Ausbildung als diplomierter Agronom gemacht hatte. Dieses Land hatte er vor Augen, als er als Thema seiner Abschlußarbeit die Anpflanzung subtropischer Pflanzen gewählt hatte. Aber was tun, wenn sein Palästina den Eindruck machte, es gehöre zu dem nicht zu kultivierenden Teil der Erde? Und wenn man schon in ein Land mit subtropischem Klima zog, warum dann nicht in ein besser entwickeltes? Die Intuition sagte Mutter, daß dort Gefahren lauerten, und wenn ihre Intuition sprach, folgte Mutter. Die Intuition war immer klüger gewesen als sie, und jedesmal, wenn sie nicht auf sie gehört hatte, hatte sie es bitter bereuen müssen.

Mutter kaufte ihm ein buntes Magazin über die britischen Kolonien in Übersee – es gab dort keine Verbindung zu dem, was sie in Europa erlebt hatten, und sie waren zudem weit weg, mehr als zwanzig Zentimeter auf der Weltkarte, die mit den neuen Grenzen des Waffenstillstandsabkommens aktualisiert worden war. Aber Vater fuhr sich mit den Fingern durch den silbernen Haarschopf, blätterte nachlässig in dem Magazin und ließ sich von den weit entfernten Wüsten nicht beeindrucken, auch nicht von Mutters Begeisterung, wenn es um weiße Schafe auf grünen Wiesen in Neuseeland ging.

Während sie die Wüsten auf der Weltkarte einkreiste, war er von einer Reportage gefesselt, die von Juden berichtete, die zu Tausenden gen Osten gereist waren. Was sie »Palästina« nannte, nannte er den »Judenstaat«. Während er die Kommode vermaß, um auszurechnen, wieviel deren Verschiffung kosten würde, schimpfte sie, daß er das ausgerechnet dann tue, wenn sie mit ihm reden wolle. »Tu doch wenigstens so, als würdest du zuhören«, sagte sie und mahnte ihn erneut, daß sie ohne ein Visum in kein anderes Land fahren würde, weder nach Palästina noch sonstwohin.

Als er ihr sein Ehrenwort gab, ihr zuliebe noch ein oder zwei Jahre länger in Europa zu bleiben, hatte er die grauen Schachteln noch nicht entdeckt, die ihn von einem gewöhnlichen Einwanderer zu einem Geschäftsmann machen würden, zu einem, der einen Handel besitzt, der von allein laufen würde. In einem Ort, an dem es weder Verwandte noch alte Freunde gab, war es gut, wenn der Mensch wenigstens Schnallen hatte. Er hätte seinen Kopf darauf verwettet, daß Palästina und Umgebung – ein Gebiet, das noch umkämpft war – in den kommenden Jahren der heißeste Markt für Ausrüstungsgegenstände sein würde. »Du wirst sehen«, sagte er zu Mutter, »noch bevor wir die ersten Kisten auspacken, werden die Vertreter der Armee kommen und mit mir Verträge unterschreiben.«

Er dankte dem Schicksal, daß es ihn für eine kurze Zeit in jener Seitengasse umherirren ließ, von der aus man immer in die Hauptstraße zurückgehen kann. Manchmal lädt einen das Leben in seiner seltsamen Logik ein, einen anderen Weg einzuschlagen, einen ganz anderen, als man vorgehabt hatte. »Wer hat denn überhaupt entschieden, daß das Leben in einer von vorneherein festgelegten Richtung verlaufen soll? Der Beruf? Der Beruf geht nicht verloren. Den vergißt man nicht, ein Beruf ist wie Fahrradfahren. Ein Diplomagronom bleibt ein Diplomagronom. Niemand wird mich aus dem Club der Menschen, denen ein Gehalt versprochen ist, jagen.«

Bei einem Mann seines Alters, mit einem silbernen Schopf zwischen seinen Geheimratsecken und einem Rücken, den er sich mindestens zweimal im Monat verrenkte, hätte man eigentlich erwartet, daß er fest im Sattel sitzt und gut verdient; daß er sogar Zeit hat, Klavier zu spielen und verschiedene ehrenamtliche Tätigkeiten auszuüben. Wäre das, was geschehen war, nicht passiert, wäre er in das neue Land gezogen, hätte für unsere Familie ein ordentliches Zuhause eingerichtet und die Einwanderung als »weiche Landung« organisiert. Aber nun war geschehen, was geschehen war, und die Zeit drängte, er mußte entschlossen handeln, um in ein oder zwei Jahren das zu erreichen, wofür normalen Menschen in normalen Zeiten einige Jahre zur Verfügung standen.

Ja, so würde es sein. Er würde die Schnallen mitnehmen in das Gelobte Land, er würde dafür genügend Geld bekommen, um ein kleines Haus mit ein paar tausend Quadratmetern Grund zu kaufen. Er würde die Vision verwirklichen, die er vor Augen hatte und die ihn nicht losließ: Eine jüdische Familie kehrt von der Feldarbeit in das von Bougainvilleen umrankte Haus zurück. Er erklärte Mutter, die Bougainvilleen seien etwas ganz Besonderes: »Gib mir zehn Pflanzen und ein Jahr Sonne«, sagte er und wurde lauter, als er ihre Ungeduld bemerkte. »Ein Jahr Sonne, und starke Zweige umranken das Haus und werden zu einer Wand aus Farben.«

Wenn Vater so erregt seine Pläne vortrug, zweifelte Mutter an ihrem Verstand. Manchmal rechtfertigte sie sich sogar dafür, daß sie nicht daran dachte, wie herrlich die Rückkehr in die historische Heimat sein müßte. Es gab Momente, da wurde sie von seiner Begeisterung angesteckt, und sie brachte ihm sogar den Kalender, wenn er unschlüssig war, welche Jahreszeit die beste sei, um in jenes Land einzureisen. Doch manchmal wurde sie mürrisch: »Was soll das, dieser Einbruch in unser Leben, das wir gerade mit Mühe hinkriegen, und jetzt soll alles wieder abgeschnitten werden?«

Seit zwei Tagen lief sie schon durch die Zimmer und zog an den Fäden des abgewetzten Handtuchs, das sie in der Hand hielt. Er kannte sie doch gut genug, um zu wissen, daß sie Zeit brauchte, um sich an etwas Neues zu gewöhnen. Warum hatte er es so eilig, warum war er nicht bereit abzuwarten, bis sie sich selbst über ihre Absichten im klaren war, und warum verhielt er sich so, als hätten sie den Beschluß, nach Palästina auszuwandern, gemeinsam gefaßt? Warum hatte er sie nicht nach ihrer Meinung gefragt, bevor er ein Treffen mit dem Repräsentanten der Überlebenden vereinbart hatte, auch nicht, bevor er Formulare ausgefüllt und sich nach den Preisen für die Verschiffung erkundigt hatte? Warum hatte er die Sache nicht mit ihr besprochen, bevor er dem Vermieter mitgeteilt hatte, wann sie die Wohnung verlassen würden? Und warum hatte er nicht gemeinsam mit ihr beraten, wie hoch die Versicherungssumme sein solle? »Erst in einem Monat«, sagte er zu ihr. »Du hast einen ganzen Monat, um alles hinzukriegen.« Einen Monat? Warum gerade einen Monat? Ein Monat hat nur dreißig Tage, es war eine Illusion, zu denken, daß der Zahnarzt es bis dahin schaffen würde, das obere Teil ihres Gebisses anzupassen. Ebensogut hätte er auch zwei oder drei Monate sagen können. Ein Monat war zu kurz, um sich von all den kleinen Dingen zu trennen, die ihr Leben bis jetzt bestimmt hatten.

Wieder unterwegs. Wieder die Fehler, die passieren, wenn man übereilt handelt. Wieder wie auf dem Weg von Lodz nach Sibirien, von Sibirien nach Samarkand, von Samarkand zurück nach Polen und von dort, entlang der tschechischen Grenze, zum DP-Lager in Eschwege. Nicht hier und nicht dort, irgendwo zwischen dem einen und dem anderen. Sie hatte vergessen, wer sie war und zu wem sie gehörte, was sie sich wünschen sollte und was nicht, ob es sinnvoll war, etwas zu planen, das sich nicht schnell realisieren ließ. Sie hatte es satt, dieses improvisierte Leben: Immer alles nur beinah. Immer alles nur so ungefähr. Immer alles nur so ähnlich wie die wahren Dinge. »Du zwingst mich, zu hoffen, daß etwas Unverhofftes deine Pläne durcheinanderbringen wird. Kein Unglück, um Gottes willen, nur etwas, das dich zum Nachdenken zwingt. Heute nacht habe ich geträumt, daß ich an der Regenrinne klebe und ein Lastwagen mit den Umzugskisten wegfährt.«

Plötzlich verließ sie wieder das Zimmer.

Alles, was ich von dieser Reise in das Gelobte Land wußte, hatte ich von diesen Diskussionen erfahren. Es fing damit an, daß Vater etwas verkündete, und ging mit Mutter weiter, die beleidigt war, weil er sie nicht nach ihrer Meinung gefragt hatte. Dann versuchte sie stotternd zu widersprechen, und Vater, mit seiner leichten Zunge, bewies ihr auf der Stelle, daß das, was sie sagte, nicht logisch war. Und am Ende jeder Diskussion kam es irgendwie dazu, daß Mutter sich entschuldigte oder vergessen hatte, was sie eigentlich hatte vorbringen wollen. Sie schimpfte über die schicksalhaften Argumente, die er auf seiner Seite hatte, und sie ärgerte sich darüber, daß er es schaffte, das bißchen Meinung, das sie besaß, mit Füßen zu treten.

In diesen Dingen stand ich auf Mutters Seite. Auch ich war nur ein Mädchen, das man nicht fragte und das keine schnellen Antworten herausbringen konnte. Seit Vater von dem Haus des berüchtigten Schnallenherstellers zurückgekommen war, hielt er sich nicht mehr damit auf, zu fragen, warum ich mich in die Puppenecke kauerte, wenn er anfing, von dem Morgen zu prahlen, »an dem meine Augen zum ersten Mal meine Tresore sahen«.

Seine Erregung war nicht zu bremsen, deshalb konnte er gar nicht wissen, daß der Schnallenhersteller – ein trauriger, schreckhafter Mann, jüdisch in der oberen Körperhälfte – meine Phantasie beherrschte. Wie hätte er wissen können, daß ich das Rascheln des Grases hörte, über das er in seinem Versteck in Argentinien kroch? Daß ich ihn heimlich beobachtete, wie er hin und her rannte, ungläubig, daß das Weinen des Babys aus seiner Wohnung kam? Er ging an einer Gruppe Kinder vorbei, die auf ihre Geburtstagsgeschenke warteten, und wedelte mit einem Regenschirm, den er vergessen hatte zurückzubringen. Nur seine Gesichtszüge konnte ich nicht erkennen. Jedesmal, wenn ich näher kam, wandte er das Gesicht zur Seite.

Die Tage wurden kürzer. Vater mußte sich beeilen, seine Pläne zu verwirklichen. Je entschlossener er wurde, desto weniger konnte das Chaos der Auswanderung, mit allem, was damit verbunden war, an seinem Standpunkt rütteln. Wonach sollte man die Preise für die Schnallen festlegen? Nach der Schachtel, die hundertachtundzwanzig Teile enthielt, oder lieber en détail? Wieviel Rabatt würde er der israelischen Armee geben, wenn sie seinen ganzen Bestand auf einmal kaufen wollte? Vater multiplizierte, addierte und subtrahierte auf Streichholzschachteln, auf Servietten und auf der Rückseite von Illustrierten, danach erklärte er Mutter stolz, wie hoch sein Gewinn sein würde. Wenn er die Kosten der Verschiffung und der Handelsvertreter durch die Zehntausenden Schnallen teilte, würde diese Investition für die einzelne Schnalle kaum eine Rolle spielen. Sogar Mutter ließ sich überzeugen, daß alles, was en gros gekauft und en détail verkauft wurde, einen guten Gewinn abwerfen könne, und daß das um so mehr für die im Stich gelassenen Schnallen galt.

Voller Pläne und Wünsche lief er zwischen den Fremdkörpern herum, die in unsere Wohnung eingedrungen waren, maß, wog, breitete sie aus, schob sie hin und her, rückte sie zusammen. Falls er insgeheim an der Richtigkeit dieses Abenteuers gezweifelt hatte, waren seine Zweifel an dem Tag verschwunden, als er begann, die Teile »Rüstungsüberschuß« zu nennen; ab da hatten auch alle Gewissensbisse aufgehört, ob er sie sich vielleicht auf nicht ganz einwandfreie Art angeeignet hätte. Er klopfte Mutter auf die Schulter, ermunterte sie und sich selbst. »Was ist überflüssiger als Müll? Vielleicht tue ich dem Hersteller ja einen Gefallen, wenn ich sein Grundstück von den unbrauchbaren Teilen befreie. Selbst wenn ein Wunder geschieht und Sigmund zu seiner Fabrik zurückkehrt, woran ich nicht glaube, findet er verrostete und defekte Produktionsmaschinen vor und ist gezwungen, mit einem neuen Produktionszweig zu beginnen. Das Leben hat mich nicht mit angenehmen Überraschungen verwöhnt, Anuschka. Mach mir nicht das Gefühl kaputt, daß ich endlich mal dran bin, das große Los zu ziehen.« Er hielt inne, um zu sehen, was für ein Gesicht sie nun machte.

Aber Mutters Intuition warnte sie noch immer vor einem schicksalhaften Fehler. Sorgenvoll beobachtete sie diesen Mann, der sich aufrecht und mit geschwellter Brust wie auf einer Bühne bewegte, auch wenn er nur auf einem Küchenstuhl saß. Jemand, der sich selbst für einen hielt, dem nichts entging und der noch ein Auge im Hinterkopf hat, solle endlich aufhören, sich zu verhalten wie ein Blinder, argumentierte sie. »Eins von beiden: Wenn das dort ein Land ist, in dem keine Schnallen produziert werden können, was für einen Sinn hat es dann, sich dort niederzulassen? Und wenn das Land selbst welche produziert – wer sagt dann, daß man dort ausgerechnet auf deine Schnallen wartet?«

Vater ignorierte ihre Bemerkungen. Er stand auf, den Blick auf einen Punkt in der Ferne gerichtet, und sprach so laut wie einer, der keinen Widerspruch duldet. Sich selbst nannte er einen »Juden der neuen Art«, und mir brachte er bei, stolz zu sein, weil er ein Lieferant der israelischen Armee werden würde. In diesen schicksalhaften Zeiten, in denen jeder Jude etwas für das neue Land tun sollte, hatte er den Bereich der Schnallen übernommen. Ich wartete, daß mir jemand erklärte, was das war, ein »Jude der neuen Art«, ich begriff nicht, wieso die Schnallen die Juden der alten Art von den Juden der neuen Art unterscheiden würden, und welche Arten gab es, und zu welcher gehörte ich? Durfte ich mir eines Tages die passende Art auswählen, oder galt Vaters Art für unsere ganze Familie? Ich hatte mich schon daran gewöhnt, »das Gelobte Land« oder »die israelische Armee« zu sagen, ohne daß ich genau verstand, wovon ich sprach. Es war mir immer peinlich, um Erklärung für etwas zu bitten, was ich selbstverständlich schon längst hätte wissen müssen. Nun kam die »Art« zu der Liste der Wörter hinzu, die mir nichts sagten. Während Mutter und Vater sich mit schicksalhaften Ereignissen beschäftigten, hielten sie nicht inne und merkten nicht, daß ich von vornherein jede Chance aufgegeben hatte, ihren Wanderungen folgen zu können, zu wissen, wohin all diese Namen auf polnisch, russisch oder deutsch gehörten, die sie von einem Land ins andere mitschleppten.

Bis jetzt hatte ich immer gedacht, Schnallen seien nichts Besonderes, nur so ein zufälliger Schmuck für Mutters Schottenrock. Aber nach jener Nacht, in der Vater sich heimlich in die Fabrik geschmuggelt hatte, um eine Musterschachtel zu holen, lernte ich etwas über die Bedeutung von Zufälligkeiten. Er nahm mich auf die Knie, zog die Kartonlasche einer länglichen Schachtel heraus und zitierte die Rede eines berühmten Heerführers, der gesagt hatte, die Armee marschiere auf ihren Schnallen. Falls ich vorher angenommen hatte, man könne stürmen, wenn einem der Gürtel mit der Munition rutschte oder die Schuhschnallen einem die Füße wundrieben, erfuhr ich nun, daß das unmöglich sei.

Ich mobilisierte meine ganze Phantasie und schaffte es trotzdem nicht, mir einen militärischen Ansturm in dem geheimnisvollen Land, in das wir auswandern wollten, vorzustellen. Aber eins war mir klar: Mein Vater, der Führer in diesem Abenteuer, konnte zwischen Niederlage und Sieg entscheiden. Da war es doch kein Wunder, daß das Land ungeduldig auf unsere Ankunft wartete.

Es wurde beschlossen, die Schnallen nicht im Kohlenkeller zu lagern. Der Student in der gegenüberliegenden Wohnung könnte Fragen stellen. Auch so war er mißtrauisch und unbequem, und wer wußte denn, wo sein Vater im Krieg gewesen war? Drei Nächte lang schleppten wir die grauen Schachteln die Treppe hinauf und verkleideten unsere Wände damit. In weiteren zwei Nächten wären wir fertig. Das Haus hüllte sich in Schweigen. Man konnte kaum mehr durch die Zimmer gehen, geschweige denn mit dem Dreirad darin herumfahren.

Eines Morgens sah ich, daß Vater mit einem weißen Geschirrtuch eine Taschenschnalle abrieb, die ein paar Tage lang in einem Glas Wasser gelegen hatte. Er breitete das Tuch vor uns aus, betrachtete es genau, zog es straff, lockerte es und zog wieder an den Zipfeln, betrachtete es von weitem und aus der Nähe und fragte uns, ob ein Rostfleck darauf zu entdecken sei. Aber Mutter konzentrierte sich auf die Falten des Kragens, den sie gerade bügelte. Ich stelle mir die schwarzen Lackschuhe vor, die ich anhaben würde, wenn wir in das Land einmarschierten, das Vater versprochen worden war, und wie unsere Familie zwischen zwei Reihen Soldaten entlangschreiten würde, Soldaten mit rutschenden Gürteltaschen, die alle die Hände ausstreckten, um eine rostfreie Schnalle zu ergattern oder sie wenigstens einmal zu berühren.

Während Mutter die Falten des Hemdes bügelte und es auf einmal ganz still war, warf Vater das Tuch zu Boden, trat sogar darauf, dann drehte er sich plötzlich um und ging hinaus, um frische Luft zu schnappen. Und beim Hinausgehen schimpfte er, nur wenige Menschen hätten das Glück, in das neue Land schon die Quelle ihres Lebensunterhalts mitzubringen, er könne einfach nicht verstehen, warum Mutter sich schon von vornherein dazu entschieden habe, zu verzweifeln, wo man die Verzweiflung doch auf später verschieben könne.

Ich verstand zwar nicht, warum er gerade jetzt frische Luft brauchte und warum die Luft im Zimmer nicht frisch genug war. Weil Mutter aber weiterhin Hemden zusammenlegte und nicht auf ihn reagierte, nahm ich an, daß sich Erwachsene manchmal so benahmen.

Spät in der Nacht, als kein Autolärm mehr die Ruhe störte, wachte ich auf, als sie über die Frachtmenge stritten, die sie mit nach Israel nehmen konnten. Viele persönliche Sachen würden den Schachteln mit den Schnallen zum Opfer fallen. Entweder würden wir mit unserem ganzen Hab und Gut fahren und dabei riskieren, am Anfang nicht unseren Lebensunterhalt verdienen zu können, oder wir nahmen die Schnallen mit und kauften in Palästina, was wir benötigen.

Barfuß und im Nachthemd, mit einem Schwung, der mehr Protest als Eile signalisierte, warf Mutter die Gegenstände auf das Bett, ohne die sie sich hier nicht vom Fleck rühren würde. Wer seine persönlichen Gegenstände nicht respektiere, respektiere sich selbst nicht, sagte sie, und ohne die chinesische Schürze fahre sie in kein Gelobtes Land, und wenn er das Gesamtwerk von Julian Tuwim dalasse, könne er ohne sie auswandern, und ohne die Flanellunterwäsche für die Kleine komme es sowieso nicht in Frage. Und da sei ja auch noch das Klavier. Wenn er darauf bestehe, den schwersten und unhandlichsten Gegenstand mitzunehmen, müsse sie sich nicht für die Unterröcke entschuldigen.

Das Wissen, daß sie früher oder später Deutschland verlassen würden, hatte Mutter nicht daran gehindert, die Wohnung in München als einen Ort zu betrachten, der ihr das Gefühl von Stabilität verlieh. Schon seit Monaten hatte sie den Holzboden gebohnert, Schichten alter Farbe abgekratzt und die Küchenregale mit buntem Papier ausgelegt. Sie sagte: »Ich werde mich erst zu Hause fühlen, wenn die Schränke in der Wohnung voll sind mit den Dingen, die ein Haus braucht. Erst dann kann ich es als Zuhause betrachten.«

Der Krieg hatte ihnen genug geraubt. Was sie in den letzten Jahren hatte ansammeln können, würde sie nicht ohne Grund hinter sich lassen. Ganz bestimmt nicht das japanische Service, das fast aussah, als komme es aus Holland, blau mit einem goldenen Rand und mit weißen Paradiesvögeln, deren Flügelfedern einen roten Kiel hatten und die zwischen Rosen flogen, welche in ihren Blütenblättern die gleichen roten Striche zeigten. Dieses seltene und besondere Service war in den Geschäften nicht mehr zu bekommen, und man konnte es von einem echten Rosenthaler Porzellan kaum unterscheiden. Sie hatte gewußt, was sie tat, als sie es, einen Teller nach dem anderen, einem deutschen Flüchtlingspaar abkaufte: zwei betrunkene Leute, die auf den Resten dessen saßen, was einmal ihr Hausrat gewesen war, die die Passanten mit feuchten Augen anstarrten und auf ihre hungrigen Münder deuteten. Mitleidig, aber auch schadenfroh hatte sie jeden Tag zwei Karotten oder eine Packung Quark aus ihrem Einkaufskorb genommen und sie gegen eine Tasse oder einen Teller eingetauscht. Von Tag zu Tag war das Service gewachsen, bis sie alles hatte, für zwölf Personen, bis auf die letzte Zuckerdose.

Es war ihr völlig egal, wem das Service gehört hatte. Ihr reichte es, daß die Gegenstände, die sie hortete, die Routine des Lebens ausstrahlten, nach der sie sich so sehnte. Besonders die Bettwäsche mit den passenden Kissen und Deckenbezügen mit den geschwungenen Initialen, die es so persönlich machten.

»Es sind nicht unsere Initialen«, widersprach Vater.

»Na und«, antwortete sie, ohne mit der Wimper zu zucken. Der Ort, an dem sie sich niederlassen würden, für sie das Nirgendwo, müsse wenigstens den Hauch eines Zuhauses bekommen. Sie sei nicht bereit, in einer Woche in dem Wüstenland aufzuwachen, das Vater für sie bestimmt habe, ohne etwas zu besitzen, was ihrer Umgebung Bequemlichkeit und Schönheit verlieh. Wenn es für das Leben, das sie einmal gehabt hatten, keine lebendigen Zeugen gab, solle es wenigstens ein paar stumme Zeugen für das Leben geben, das sie hätten haben können. Sie könne nicht ein ums andere Mal alles verlieren und dann auch noch dazu schweigen. Das erste Mal mache nicht unempfindlich für ein zweites Mal.

Finger zurrten die Schnüre fest und klebten Papierstreifen auf die Schachtelseiten. Die Schranktür öffnete und schloß sich mit rhythmischem Schlagen. Bevor Vater sie wieder mit dem Arm zustieß, gelang es Mutter, eine Porzellanpuppe zu erwischen; sie wickelte sie in Zeitungspapier und legte sie zu der Ballettgruppe im großen Korb. Während sie die Beute in der Frachtkiste verstaute, überlegte sie, welche Miniaturen ihr besonders wertvoll waren: Welche Ballerinen und welche Nymphen, welche galoppierenden Pferde und rauchenden Herren, welche hellblauen Vögel und welche Angorakatzen man beim Umzug im Handgepäck transportieren sollte. Das bißchen Bargeld versteckten sie in einer Porzellandose, die sie in einen von Vaters Pullovern einwickeln und ins Seitenfach der großen Tasche stecken würden. Niemand konnte wissen, wie die Preise im Gelobten Land waren und wie lange das Geld reichen würde.

Mutter verpackte ein Fotoalbum und einen Salzstreuer und ärgerte sich über die Leichtigkeit, mit der Vater in die Kiste, »die nicht mitreist«, einen Satz Federhalter warf, den sie ihm zu seinem vierunddreißigsten Geburtstag gekauft hatte. »Der Tag wird kommen, an dem du alles dafür geben würdest, diese unwiederbringlichen Gegenstände zurückzube…« Vor lauter Kränkung blieb ihr der Satz im Hals stecken.

Sie bestand darauf, eine Kiste nicht zuzumachen, weil sie den rosa Unterrock hineinpacken wollte, in dem sie vorhatte ihre letzte Nacht in der Diaspora zu verbringen. Laut diskutierte sie mit sich selbst, wohin sie die anderen Sachen bringen würde, welche Bekannten man mit der Bitte belästigen könne, sie für eine Weile zu beherbergen und in ein paar Monaten in Vaters »Nirgendwo« zu schicken. Im gleichen Atemzug drängte sie ihn, doch auch Visa für Australien, Amerika oder Neuseeland zu besorgen. Zur Sicherheit, falls das »Gelobte« weniger hielt, als er sich davon versprach, und falls es dort keine Konsulate für die Länder der Neuen Welt gab. Und überhaupt, was für Sachen gelte, gelte schließlich auch für Länder: Es lohnte sich immer, ein Land in Reserve zu haben.

»Gott allein weiß, warum du dich entschieden hast, dieses Phantasieland jedem anderen Phantasieland vorzuziehen, und wie kannst du überhaupt wissen, wie es dort aussieht, wenn du dein Bild aus einem alten Fotoband über Pflügen und Ernten in biblischer Zeit hast. Warum beraten wir uns nicht mit jemandem, der selbst dort war?« Das Buch über die Wüste warf sie zu dem Stapel Bücher, der nicht in die Kiste kam.

»Die Juden haben nur ein Land, in das sie gehen können ...«, murmelte Vater.

»Man könnte denken, daß es in der Neuen Welt irgend jemand wagen würde, uns Bedingungen zu stellen«, fauchte sie. Ihre Stimme wurde von den Hammerschlägen verschluckt, mit denen er den Deckel der dritten Kiste schloß.

Wenn Mutter Vaters »Gelobtes« »dieses Nirgendwo« nannte, welches Versprechen erwartete mich dort? Wie malte man, wie schaukelte man, wie machte man Handstand in einem Nirgendwo? Wie erfuhr man, was dort wirklich geschah, ob beide, Mutter und Vater, nicht an völlig verschiedene Dinge dachten? Was war der Unterschied zwischen einem Land, das einem gehörte, und einem, das einem nicht gehörte, und was war das überhaupt, ein Land, und warum war es wichtig, wem die Länder gehörten? Es war mir allerdings angenehmer, das zu akzeptieren, was Vater glaubte, doch was war mit Mutters berühmter Intuition, die alles wußte?

Unter der Glasplatte von Vaters Arbeitstisch lag ein winziges Bild, das hieß »Briefmarke aus Palästina«. Auf diesem Bild war ein lila Haus mit einem runden Dach zu sehen, daneben warf ein riesiger Baum seinen Schatten, und davor gab es einen Spielplatz und darüber einen wolkenlosen blauen Himmel. Vater sagte, diese Briefmarke sei nichts gegen das Land der sonnengebräunten, aufrecht gehenden Menschen, die auf Felsen und in der Wüste Sonnenblumen zum Blühen brachten, den Tee mit Dattelsirup süßten und in kernlose Weintrauben bissen, die um ein Vielfaches dicker waren als die Weintrauben, die die Zigeuner unten verkauften. Er sagte, wer sich die Mühe machte zu graben, noch nicht mal besonders tief, würde entdecken, daß das Land aus Schichten bestehe, und in der untersten Schicht wachse das Paradies mit den riesigen Bäumen, die in der Bibel abgebildet seien. Er konnte zwar nicht erklären, was das himmlische Paradies unter der Erde tat, aber in besonderen Ländern würden eben wundersame Dinge geschehen. Zu den Wundern gehörten auch rote Dächer in den Dünen und Tänzer, die um ein Lagerfeuer sprangen, und natürlich gebe es auch Autobusse, Käse und Schleifen aus Organza, wie an ganz gewöhnlichen Orten.

Es war mein letzter Morgen in München. Ich erwachte durch die lauten Rufe von vier gereizten Männern, die auf Anweisungen warteten. Vater war nicht im Zimmer. Ich versuchte mich zu erinnern, wo was stand, aber mir fiel nichts mehr ein. Der Geruch des Bohnerwachses, die Füße der Glaskelche in der Vitrine, die Farbe des Dreirads, das ich unter der Garderobe abgestellt hatte – alles, was mich vor dem Einschlafen bewegt hatte –, waren über Nacht zu einer verschwommenen Erinnerung geworden. Ich tastete über die Bettkante, erschrocken über das Fehlen der Gegenstände, die bis gestern abend noch sehr real gewesen waren. Ich war nicht bereit zu glauben, daß der Haushalt in ein paar wenige, grobe Holzkisten verstaut worden war. Wie schade, daß ich es nicht geschafft hatte, einen letzten Blick in mein Zimmer zu werfen, um sein Aussehen im Gedächtnis zu behalten, bevor es in eine Kiste verpackt worden war.

»Eine gute Gelegenheit, sich von allen kaputten Teilen und von dem ganzen Mist zu befreien!« schrie Vater von nebenan und befahl mir, die drei Spielzeuge auszuwählen, die ich am meisten liebte.

Mich überflutete ein Gefühl der Nähe zu allen Spielsachen, den heilen und den zerbrochenen, und ich warf mich mit ausgebreiteten Armen darüber. Ich wollte mir nicht nur drei Sachen nehmen, ich wollte nicht so viel von mir in der Kiste zurücklassen, die nicht mitreisen würde.

Vater stand steif in der Eingangstür, mit der Schulter an den Türrahmen gelehnt, die Hand in der Hüfte. Ich kroch in meinen Haufen Puppen hinein, kniff die Lippen zusammen und ballte die Fäuste. Ich war nicht mehr bei Sinnen, ich verwandelte mich in eine dieser Puppen, ich betete, daß ich aufhören möge zu existieren, daß alles aufhören möge.

Er beugte sich zu mir. »Schau mir in die Augen.«

Ich schüttelte den Kopf. Meine Zöpfe lösten sich auf, die Haare flogen wild über meine Wangen.

»Hör auf deinen Vater«, sagte er, und seine Finger gruben sich in meine Faust. Ich versuchte, die Faust geballt zu lassen. Seine Finger fanden den Weg nicht.

Er kniete sich hin. Unsere Gesichter waren nun auf gleicher Höhe. Er breitete die Arme aus, um mich an sich zu ziehen. Mein Bein, das sich von allein bewegte, stieß gegen sein spitzes Knie. Er schwankte, verlor das Gleichgewicht, wollte aufstehen, suchte nach dem Punkt, den ich anstarrte. »Was hineinpaßt, kommt hinein«, sagte er und deutete auf die leere Stelle in einer der Kisten, stopfte die Märchen von Andersen und eine verkürzte Fassung der Märchen der Gebrüder Grimm hinein.

Ich deutete auf eine Gummiente mit Seifenflecken, die mich mit ihren fast menschlichen Augen aus der Schublade bettelnd anschaute. Vater zog einen hölzernen Schuhspanner aus einem von Mutters Schuhen und stopfte statt dessen die Ente hinein. Und dann, mit dieser Sanftheit, die er in seltenen Momenten zeigte, besonders, wenn niemand zusah, kniete er sich wieder zu mir, strich mir die Haare aus der Stirn und sagte: »Ich schwöre, an dem Tag, an dem die erste Schnallenschachtel verkauft wird, bekommst du zehn neue Spielsachen für jedes, das hier auf dem Teppich zurückbleibt.« Unter seiner streichelnden Hand wurde mir warm – es lohnte sich sehr, für etwas Trauriges so viel geballte Liebe zu bekommen. Er streichelte auch Mutter, die noch die Töpfe abtrocknete, die mit nach Palästina reisen sollten, und ließ ein paar Falten der Unzufriedenheit aus ihrem Gesicht verschwinden. Vielleicht konnte er bei ihr die

Hoffnung erwecken, daß er ihr in wenigen Monaten, wenn die Geschäfte gut liefen, ein Haus kaufen würde, mit Bougainvilleen, mit einem Holzofen, einem Handtuchhalter und einem Dampfkochtopf – allem, was man im »Gelobten« benötigen würde.

Festsaal

Der Mann, der uns aus dem Zollager in Jaffa drängte, stellte sich als »Vertreter der Einwanderungsabteilung« vor, als »Mann, der wenig Worte in vielen Sprachen beherrscht«. Er rief die »Manschija-Gruppe«, die ihm folgen sollte. Mit einem Handzeichen bedeutete er uns, daß auch wir gemeint seien; er ermahnte uns, nicht zurückzubleiben und nicht den Augenkontakt zu verlieren, wer wüßte, wo wir uns sonst am Ende des Tages befinden würden.

Wir schlossen uns den erschrockenen Menschen an, die sich beeilten, an den Schlaglöchern im Asphalt vorbeizukommen. Der Beamte flüsterte Vater zu: »Man hat euch ein Zimmer zugeteilt, das heißt, eine Wohnung, die aus einem Zimmer besteht, oder ein Zimmer, von dem man sagen könnte, es ist so groß wie eine Wohnung. Ihr habt ja keine Ahnung, wie viele Kugeln von den Aufrührern aus der Hasan-Bek-Moschee schon auf diese Wohnung abgeschossen worden sind, und glaubt mir, die Kugeln haben kaum eine Schramme verursacht, ihr werdet es gleich selbst sehen.«

»Wie Sie meinen«, antwortete Vater übertrieben gehorsam, und Mutter, die es nicht gewohnt war, Vater so gefügig zu sehen, erinnerte ihn daran, daß der Beamte uns »die Familie der drei, die am Zehnten gekommen sind«, nannte und daß er sich nicht mit Namen vorgestellt hatte, und wie er ihre Locken angestarrt hatte, und wieviel Zeit er gebraucht hatte, um den Abstand zwischen ihren Brüsten und dem Stoffgürtel um ihre Taille zu inspizieren. Männer in Europa würden es nicht wagen, eine Frau derart aufdringlich zu mustern. Und überhaupt, seit wann entschieden Beamte, wo Menschen wohnen sollten, und was hatte er damit gemeint, als er von einem Zimmer in der Größe einer Wohnung redete, und wer hatte Vater überhaupt das Recht gegeben, in ihrem Namen zu sprechen, als er sagte, es wäre egal, wo wir wohnten, weil uns das ganze Land ein großes Zuhause biete.

Ich achtete auf einen gewissen Abstand zu ihnen. Die Gedanken kommen durcheinander, wenn sie sich mit bösen Worten vermischen. Was wird Mutter sagen, wenn das Haus Rolläden mit kaputten Scharnieren hat, wie die anderen Häuser hier? Wird sie bereit sein, ihre Porzellanpuppen zwischen Wänden mit Kugellöchern aufzustellen, zwischen angekohlte Kleidungsstücke und dem Müll überall? Wer wird uns helfen, das zerbrochene Glas, den schiefen Boiler und die Federn wegzubringen, die aus einem zerrissenen Kissen geflogen sind? Wie soll sie mit solchen Frauen reden, die in den zusammengeflickten Häusern ein und aus gehen? Sie sind nicht die Art Frauen, mit denen Mutter sich anfreundet. Schon anhand der Wäscheleinen kann man ahnen, in welchen Müllhaufen die Menschen leben. Aber wer weiß, wer zu welchen Familien gehört, wo die Eltern sind, wer auf die Kinder aufpaßt – es sind viele Kinder, die ein Seil schwingen und schreien und ihre kleinen Geschwister in Wagen schieben, Kinder mit Kraushaaren, die die Entfernung zwischen den Löchern im Asphalt genau kennen und herumspringen, als wären sie gegen Schmerzen immun, die vor einem hupenden Auto mit einem Roller die Straße überqueren, dessen Fahrer wütende Zeichen mit den Händen macht.

Ein rasierter Kopf riß die Augen auf, als er meinen runden Filzhut sah. Ich streckte die Hand aus. Mutter rückte den Hut wieder auf die richtige Stelle, zurrte die Bänder unterm Kinn fest, warnte mich vor der Kälte, dann vor der Hitze, schließlich vor beidem, und drückte meine Hand, um mich daran zu erinnern, zu wem ich gehörte.

Ich stellte mich wieder in den Schatten eines Balkons, mich danach sehnend, daß der Beamte auf eine der Wohnungen zeigte, in denen man für »diese Überbleibsel aus Europa« bereits Fenster eingesetzt hatte. Von weitem hörte man das Geschrei der

Kinder. Man mußte sich Anhaltspunkte merken, um zu wissen, wie man wieder zu ihnen gelangen könnte: am Gerüst entlang bis zur Wäscheleine voller Unterhosen, an der Kreuzung mit den Regenrinnen abbiegen und weitergehen bis zu den beiden kämpfenden Löwen auf einer Decke, die über ein Fenstergitter hängt.

Der Beamte führte die drei anderen Familien aus der »Manschija-Gruppe« zu einer der weniger baufälligen Ruinen. »Der verlassene Palast« nannte er sie und mokierte sich über den Araber, der dafür gesorgt hatte, jeder seiner drei Frauen einen eigenen Eingang zur Verfügung zu stellen. Zum Abschied schlug Vater den Leuten auf die Schulter, obwohl wir sie erst vor wenigen Stunden kennengelernt hatten, doch sie machten diesen fremden Ort weniger schlimm. Er war bereit zu schwören, daß wir diesen Leuten noch begegnen und erfahren würden, wie das Land mit ihnen umgegangen sei, um es mit dem zu vergleichen, was uns beschert sein würde. Der Krieg hatte ihn gelehrt, daß sich Menschen, die von einem Ort zum anderen zogen, immer wieder begegneten. Was für die unendlichen ukrainischen Eisenbahnschienen galt, galt auch für dieses leere Land – ein schmaler Streifen im Atlas, so schmal, daß kaum der Name des Landes darauf Platz fand.

Jetzt gehörte der Beamte nur uns. Er ging einige Schritte vor uns her Richtung Strand. »Er kommt sich vor wie eine Kindergärtnerin«, sagte Mutter. Sie blinzelte, die Hitze lastete auf den Gassen, sie fragte zum x-ten Mal, warum man den Neuen nicht vorher mitgeteilt habe, daß sie sich Sonnenbrillen besorgen sollten. Der hintere Riemen des rechten Schuhs rieb die Haut ihres Knöchels auf, und das Taschentuch, das Vater ihr zwischen Riemen und Knöchel gestopft hatte, nützte nichts. Sie hinkte hinter uns her wie eine Fremde, die sich in eine feindliche Gegend verirrt hat, und je näher wir dem Strand kamen, um so realer wurde für sie die Gefahr. Wer konnte wissen, welche Wirkung die feuchte Meeresluft auf ihren Rheumatismus haben würde, es hatte ja sich niemand erkundigt, unter welchen Krankheiten sie litt. Und wie konnte es sein, daß Menschen die Müllberge, die sich wenige Schritte vor ihren Fenstern auftürmten, nicht entsorgten, und wieso waren sie bereit, so eng zusammengepfercht in diesen Ruinen zu hocken, vor denen sich jeder Zigeuner ekeln würde. Und was war mit dem Unkraut, das zwischen den Ritzen des Bürgersteigs hervorwuchs – war der Bürgersteig ein Feld oder das Feld ein Bürgersteig? Und wie kam es, daß sie sich nicht entscheiden konnte, ob das Haus, das hinter der Kurve auftauchte, gerade abgerissen oder aufgebaut wurde? Die Schutthaufen weckten in ihr ein Gefühl der Katastrophe; und das war für Menschen, die einer anderen Katastrophe entronnen waren, äußerst ungesund. Und warum ließ man die Dünen bis in die Höfe wandern, wieso errichtete man keine Zäune, auch nur ganz einfache, damit man sagen konnte, wo das Haus endete und wo die Straße anfing? Und wo, verdammt, wollte Vater hier Bougainvilleen pflanzen?

»Sagen Sie bloß nicht, Frau Meller, Sie würden es vorziehen, in einem DP-Lager der Briten zu wohnen«, sagte der Beamte und machte ein sehr geschäftiges Gesicht. »Wenn diese Stadt wirklich so schlimm wäre, hätte sich Napoleon nicht bemüht, den ganzen Weg bis hierher zu kommen.«

Mutter betrachtete die kaputte Straße, die einige Ruinen miteinander verband, und packte ihn am Ärmel, als habe sie sich gerade an eine wichtige Angelegenheit erinnert, die sie überprüfen müsse: »Wie oft kommt der Briefträger täglich hierher?«

»Der Briefträger?«

»Der Mann, der die Post bringt.«

»Das hat mich noch nie jemand gefragt.«

»Und wie tief sind die Briefkästen, wissen Sie das?«

»Auch das hat noch keiner gefragt. Ich bringe schon sieben Monate Leute zu ihren Häusern und habe mich daran gewöhnt, Fragen über Miete und Reparaturen zu beantworten. Sie sind mein erster Fall zum Thema Briefkasten.« Er musterte Mutter mißtrauisch, und als sie ihm den Rücken zudrehte, schaute er sich nach allen Seiten um, als wolle er wissen, ob ein anderer seine Meinung teilte. Mutter kann tatsächlich ein bißchen verrückt wirken, aber ich weiß noch, wie sie war, bevor Vater mitteilte, daß wir in ungefähr einem Monat wegfahren würden. Ich weiß, daß alles nur von diesem Staub kommt, der es unmöglich macht zu wissen, ob es Sommer oder Winter ist. Erst sieht es aus wie Regenwolken, die sich bald entleeren werden, während die Menschen an ihren nackten Füßen Sandalen tragen, die mit einem einzigen Lederriemen festgehalten werden. Mutter hatte die Wolken betrachtet und ihren Mantel angezogen. Aber als sie den Mantel anhatte, fing sie so an zu schwitzen, daß sie selbst verblüfft über die Menge an Schweiß war, die ihr kleiner Körper hervorbringen konnte. Warum hatte Vater sie nicht auf diese verwirrenden Jahreszeiten vorbereitet, und warum hatte er ihr nicht gesagt, sie solle noch eine kurzärmlige Bluse ins Handgepäck packen? »Es ist ja nicht nur die Hitze, es ist auch diese Feuchtigkeit.« Sie öffnete ihre schwitzende Handfläche. »Du hättest es nicht vor mir verbergen sollen, daß dein Land unterhalb des Äquators liegt.«

Allmählich fing ich an, den Beamten zu hassen. Wenn ich groß bin und mir einen Beamten aussuchen kann, dachte ich, werde ich einen nehmen, der genau weiß, was der Blick des ersten Menschen, dem du in einem neuen Land begegnest, für dich bedeutet. Hoffentlich ist er bald damit fertig, Vater alle Unterlagen unterschreiben zu lassen, hoffentlich gibt er uns bald den Schlüssel zu unserer Einzimmerwohnung und verschwindet. Aber er ließ nur den Abstand zwischen sich und uns größer werden, drehte sich ab und zu um und warf einen Blick auf Mutters Stökkelschuhe, in denen sie wegen der Hitze und der Reibung immer langsamer ging. Er suchte die Richtung, blätterte in den Heften, die er unter dem Arm trug. »Keine Ahnung, warum sie mich zu einer Straße schicken, die kein Straßenschild hat, und warum sind sie auf die Idee gekommen, diese Straßen hier zu numerieren, statt ihnen normale Namen zu geben? Und wenn schon Nummern, warum nicht fortlaufend, hier, schauen Sie!« Er blieb stehen und breitete einen Stadtplan aus. »Schauen Sie, aus der türkischen Zeit. Warum hat man die bombardierten Häuser nicht einfach abgerissen, und warum gibt es Leute, die die Straße Nr. 3 auch Hasan-Bek-Straße nennen? Seit wann gibt man Straßen Beinamen? Und wenn schon zwei Namen, warum nicht gleich drei oder vier?«

Mutter murmelte: »Und warum nicht noch gleich einige zusätzliche Namen, je nach Laune?«

»Die Granaten heulen noch durch die Luft, die Säcke stinken nach Ruß, und jeden Tag erreichen uns lange Listen von Menschen, die aus Europa ankommen. Anschließend werde ich gefragt, wie viele Köpfe ich geschafft habe in vier Wände zu stopfen, die über ihrem Kopf noch eine Decke haben. Manchmal möchte ich vor lauter Scham begraben werden. Denn wen starren sie mit ihren vorwurfsvollen Augen an, die Neuen? Meinen Vorgesetzten oder mich?«

In der Zwischenzeit hatte Mutter aufgeholt und bat den Beamten, er möge berücksichtigen, daß wir jetzt zwar nur drei seien, aber wer weiß, vielleicht würde bald einer der Verwandten an die Tür klopfen.

»Hören Sie auf, sich Sorgen zu machen, meine Dame«, sagte er und blinzelte ihr zu. »Wer bis jetzt nicht aus Europa hergekommen ist, schaut uns doch schon längst von oben zu.«

Mutter warf ihm einen Blick zu, einen Blick von dort, den gleichen Blick, den sie immer bekommen hatte, wenn von der Entfernung zwischen Europa und Palästina die Rede war. Und nun nahm er ihre zarte Hand und quetschte sie zwischen seinen dikken Handflächen, aber Mutter wollte alleine entscheiden, wer sie anfaßte und wer nicht, und sie wollte nicht von jemandem wie ihm angefaßt werden, der in diesem Moment ihre tote Familie endgültig ermordet hatte. Sie wich vor ihm zurück, und er beeilte sich, einige bedruckte Papiere aus einer braunen Hülle zu holen, deutete auf Zeilen, die mit Unmengen von schwarzen Punkten gekennzeichnet waren: »Hier bitte die Namen der Verwandten eintragen, die man am besten gleich jetzt auf die Warteliste setzt.« Er betrachtete sie, und als er merkte, daß er ihren

Zorn nicht besänftigt hatte, bot er ihr unterwürfig noch weitere Formulare an, so viele sie wollte, für alle Fälle. Dann erklärte er sich sogar bereit, vorbeizukommen und sie abzuholen, um ihr das Porto zu ersparen. Und überhaupt, er würde für sie alles machen, was sie wolle, sie möge ihm nur aus der Verlegenheit helfen, in die ihn seine unbedachte Bemerkung gebracht habe, er wisse gar nicht, warum er das gesagt habe, das sei wirklich nicht das, was er denke.

Verwandte. Es war zu spüren, daß der Beamte Verwandte für etwas Unerwünschtes hielt, doch Mutter war bereit, alles zu tun, damit sie kommen könnten. Vater ignorierte es, denn er glaubte nicht, daß es noch jemanden gab, der kommen könnte, und ich konnte in der Zwischenzeit die Angst verdrängen, daß irgendwelche Verwandten kämen. Nicht, daß ich etwas gegen Verwandte hätte, aber ich hatte auch keinen Grund, besondere Sympathie für sie aufzubringen. Bis zu diesem Morgen hatte ich nichts von Menschen gehört, die vorhatten, sich unserer Familie anzuschließen. Alles, was ich über Familien wußte, war, daß sie aus Vater, Mutter und Tochter bestanden.

Endlich blieb er vor einem dreistöckigen gelben Steinblock stehen. Zwei heruntergelassene Eisenjalousien schmückten das Erdgeschoß. Der Schmied, der in einer der Mauernischen eine Harke bearbeitete, ließ sich nicht stören. Vater und Mutter standen sich schwer atmend gegenüber. Der Beamte erwartete einen Ausruf der Begeisterung, der aber nicht kam. Enttäuscht ließ er die Hand sinken, deutete auf das Treppenhaus, zog ein riesiges Schlüsselbund aus der Tasche, suchte, überlegte, versuchte sich zu erinnern, suchte nach Zeichen und zog den richtigen Schlüssel heraus. Zufrieden über das kleine Wunder, das beim Zusammentreffen zwischen Schlüssel und Schlüsselloch geschah, öffnete er mit einer breiten Handbewegung die Wohnungstür im zweiten Stock, beugte sich vor und verkündete mit aufgesetzter Feierlichkeit: »Die begehrteste Wohnung der ganzen Gegend!«

Plötzlich schlug uns Licht aus einer Reihe runder Oberlichter entgegen. Ein langer Saal, den man schon beim Eintreten überblickte. Ein Geruch von Kalk und eine Arbeitsfläche aus Marmor, mit einem Spülbecken, die sogenannte Küchenecke.

Ich wollte fragen, warum die Küche nicht in der Küche war, aber ich beherrschte mich.

Zwei Leuchter, die an zerrissenen Stromkabeln hingen, schwangen hin und her – die einzige Bewegung im Zimmer. Der Beamte entschuldigte sich, seit jemand die Leuchter habe klauen wollen, seien ein paar gläserne Tropfen abgerissen, die bei Durchzug immer anfingen zu klirren. Mutter sagte, man könne ahnen, wo die Seidenkissen lagen, auf denen die früheren Bewohner geruht hätten, und Vater merkte an, die Leuchter seien für ihn zu laut, und er erkundigte sich, wo man eine Leiter bekommen könne. Aber der Leiter im Erdgeschoß fehlten die oberen fünf Sprossen, und wenn man sie umdrehte, zeigte sich, daß ein Bein kürzer war als das andere. Der Beamte notierte sich, daß die Sache mit den klirrenden Leuchtern überprüft werden müsse. Laut und verärgert las er vor, was in seinem Notizbuch stand, und auf seinem Gesicht machte sich eine düstere, schreckliche Wut breit.

»Nur Forderungen. Nur Mahnungen und Beschwerden. Es ist sinnlos, auch mal auf ein gutes Wort zu warten.« Er klopfte sich an die Brust. »Manche Leute denken, dieses Land hat nur darauf gewartet, sich ihren Wunschvorstellungen anzupassen. Ich habe es satt, mir anzuhören, wie sie das, was ich ihnen zeige, mit dem vergleichen, was sie weiß Gott wo hinterlassen haben. Wenn man ihnen glauben will, dann war dort jeder wer weiß was. Daß ich genug Verstand hatte, vor den Vergasungen hierherzukommen, heißt doch nicht, daß ich mich jetzt für das, was ich hier anbiete, entschuldigen muß. Macht, was ihr wollt, nehmt es, oder nicht, sucht euch eine andere Stadt aus. Hören Sie, mein Herr, man sollte sich auf etwas Wichtigeres konzentrieren als auf Leuchter, die ein bißchen klirren. Anderen Mietern hat diese Wohnung sehr gut gefallen, und wie ist es mit Ihnen? Begreifen Sie endlich, Herr Meller, wenn dieser Leuchter, der nicht Ihrem Geschmack entspricht, alles ist, was Sie stört, dann haben Sie Glück gehabt. So ist es nun mal, mein Herr, uns bleibt nichts anderes übrig.

Auch Sie müssen etwas opfern, damit hier ein Staat entsteht. Sagen Sie das auch Ihrer Frau, die auch ein Gesicht macht, als hätte ich ihr etwas Böses angetan. Wer alles auf einem silbernen Tablett serviert bekommen will, sollte nach Amerika fahren.«

Mutter legte schützend ihre Hand auf Vaters Nacken. Das war der schlimmste Vorwurf, den man ihm machen konnte, daß er nicht bereit sei, für seine Heimat Opfer zu bringen. Ich rieb mich an seinem Bein, um ihm zu zeigen, daß auch ich da war und daß wir ihm gegen diesen Beamten mit den spitzen und abweisenden Bartstoppeln beistanden.

Mutter löste die angespannte Situation, indem sie sich nach den Erdbeben erkundigte, die es in Jaffa schon gegeben habe. »Da brauchen Sie sich keine Sorgen zu machen, Frau Meller, Erdbeben hat es schon gegeben, und es wird auch weitere geben, aber an diesem Haus gibt es keine Anzeichen, daß ihm leichte Erdbeben was ausmachen würden. Wirklich, wenn Steine zu Beerdigungen gehen könnten, könnten Sie diese Steine jetzt schon für die Beerdigung Ihrer Enkelkinder bestellen. Seien Sie dankbar, daß Sie nicht in meinem Block wohnen, mit Fenstern von der Größe von Schießscharten, und wenn wir schon über die Dicke von Mauern sprechen: Es ist ein Wunder, daß ich nachts nicht jedesmal aufwache, wenn meinem Nachbarn ein Knopf vom Schlafanzug springt. Schauen Sie doch, wie Ihr Haus den Beschuß überstanden hat.« Er deutete auf das Gebäude gegenüber – einen riesigen Steinpalast mit einem Minarett, das in den Himmel ragte. »Man nennt es Moschee«, erklärte er mit der Überheblichkeit eines Menschen, der sich auskennt. »Moschee, Moschee, Moschee.« Ich lernte mein erstes hebräisches Wort – Moschee ist ein Palast, aus dem mit Kugeln geschossen wird.

Mutter schnalzte begeistert mit der Zunge, als sie die behauenen Steinrinnen sah, die aus der Moschee herausragten. Solchen kunstvollen Schmuck sah man in Europa nur an Palästen und Kirchen. Mit einem anständigen Bauunternehmer und einer großen Ladung Putzmittel würde sie aus dieser Moschee eine prachtvolle

Villa machen. Vaters Gesicht wurde weicher, endlich gab es etwas in diesem Land, was Mutter gefiel, und ich umarmte beide, hingerissen von diesem schicksalhaften Augenblick, in dem das Land, der Beamte, Mutter und Vater sich plötzlich einig waren.

Der Beamte beschloß, daß wir uns jetzt brennend für einen Spaziergang auf dem Dach interessierten. Er nahm immer zwei Stufen auf einmal, während wir drei uns mühsam hinter ihm herschleppten. Aus einer der Wohnungen drangen Stimmen im Streit. Wieder funkelte das Licht, diesmal auf der weißgekalkten Mauer, aus der die runden Kuppeln ragten. Ich beugte mich über das Geländer und betrachtete eine Stadt auf einem Hügel, auf dem sich die oberen Häuser an die unteren Häuser lehnten. Würfel mit dunklen Eingängen waren auf eine fremdartige Art aufeinandergeschichtet. Der Beamte nannte diese Anhäufung »das Große Feld« und empfahl uns, lieber in Richtung Tel Aviv zu schauen, das in wenigen Jahren eine richtige Stadt sein würde, wenn die Juden in Scharen hierherkommen würden. Er drehte sich um und sprang leichtfüßig die Treppe hinunter. Wir folgten ihm, versuchten, mit ihm Schritt zu halten, und im Hintergrund war immer noch der langsam leiser werdende Streit zu hören. Ich erkundigte mich, ob die streitenden Nachbarn eine Tochter in meinem Alter hätten, aber Mutter klopfte weiter die Wände ab und konzentrierte sich auf den dumpfen, hallenden Ton. Sie konnte sich nicht entscheiden, wo man sich am besten hinstellte, wenn die Erde unter dem Haus bebte. Nein, sie meinte es ernst. Auch Elefanten mit ihrer dicken Haut würden es nicht überleben, wenn meterdicke Mauern auf sie stürzten. So etwas passiere, und zwar immer da, wo arme Einwanderer hausten, deren Leben sowieso schon zerstört war.

Vater flehte sie an. »Hör auf, man muß sich nicht verrückt machen.« Er hatte gefürchtet, man würde uns in einer Baracke oder einer Blechhütte einquartieren, und nun war er freudig erregt, daß uns ein guter Anfang mit einem festen Haus aus Stein gegönnt war.

Der Beamte ging uns immer noch voraus: »Nach den Leuchtern und dem einzigen Klo zu urteilen, diente das Haus als Versammlungsort oder Festsaal für die Barbaren, die vor euch hier gelebt haben.« Ich schaute mich suchend um, ob diese mysteriösen Bewohner, die er manchmal »Barbaren« und manchmal »Randalierer« nannte, nach ihren Festen etwas zurückgelassen hatten. Was war schiefgegangen, warum war der Festsaal in eine »vorübergehende Wohnung« umgewandelt worden? Und gab es in dem neuen Land auch Säle für Aufregung oder Sehnsucht oder für Kinder, die reden wollten und nicht wußten, mit wem?

Mutter vergrub die Porzellanvase mit dem »bißchen Bargeld« tief unten im Küchenschrank und stieß einen bewundernden Ausruf aus, der demjenigen galt, der daran gedacht hatte, die Arbeitsfläche aus grauem Marmor mit einer Abflußrinne für das Wasser zu versehen. Ich versuchte einen Spagat auf den hellblauen, mit Weinreben verzierten Fliesen in der Mitte des Zimmers, die aussahen wie ein Teppich, und legte die Arme um Vater, der uns in ein Land gebracht hatte, in dem es so wunderbare Fliesen gab. Auf einmal machte es Spaß, daß man durch das Fenster einen Turm sah, von dem aus geschossen worden war, und ich war froh darüber, daß die Wände des Festhauses stark und dick waren, daß ich meinen Filzhut abnehmen und mich mit gekreuzten Beinen auf den kühlen Fußboden setzen und die klebrigen Sandkörner von den schwarzen Lackschuhen abschütteln konnte.

Der Beamte übergab Vater ein Schlüsselbund, und Vater war enttäuscht über die Entdeckung, daß auch in einem Staat, der nur aus Juden bestand, die Leute ihre Türen abschlossen. Aber der Beamte war es leid zu diskutieren. Er hatte keine Zeit, sich »so viele wichtige Meinungen zu so vielen unwichtigen Dingen« anzuhören. Er legte das Schlüsselbund auf die Marmorplatte und schlug vor, die Wohnung nur dann abzuschließen, wenn man vorhatte, sie für längere Zeit zu verlassen. Vater zögerte, das

Schlüsselbund anzunehmen. Mutter erinnerte ihn daran, daß die Tür nicht stabil war, mit einem rostigen, nicht funktionierenden Schloß, und daß das Haus an der Hauptstraße lag, die auch von Leuten benutzt wurde, die keine Juden waren.

»Keine Juden?« Er wurde rot vor Wut, und ich stellte mich schnell zwischen ihn und Mutter.

»Auch, habe ich gesagt.«

»Auch was?«

»Auch Leute, die keine Juden sind.«

»Ich weiß nicht, was du meinst. Ich bin jedenfalls in den Judenstaat gekommen.«

»Und was ist mit Leuten, die nicht zu uns gehören, die dort unten herumlaufen?«

Vater wehrte ihren Einwand ab, und seine herablassende Miene besagte: »Wie viele von denen gibt es schon!« Er wollte die Angelegenheit mit dem Lastwagen regeln, der morgen früh unsere Sachen hier abladen sollte, und wandte sich an den Beamten, der fröhlich gegen den löchrigen Blecheimer trat, den die Einwohner bei der »großen Flucht« vergessen hatten. Vater kickte den Eimer zurück, und beide – einig in der Geringschätzung den Einheimischen gegenüber – spielten mit dem Eimer, der über den gewölbten Boden rollte. Es war nicht einfach ein weißer Eimer mit einem angeschlagenen blauen Emaillerand, sondern »ein Bastard, der sich versteckt hat, als sie aus jedem Bottich ein Boot, aus jedem Stoffetzen ein Segel und aus jedem Besen ein Ruder gemacht haben. Wir haben gesehen, wie sie wie die Verrückten nach Gaza gerudert sind. Und ehrlich gesagt, ich habe kein schlechtes Gewissen. Hätten sie nicht angefangen, wie die Wilden zu schießen, könnten sie noch heute in ihren Häusern sitzen.«

Vater zuckte mit den Schultern. »So ist der Lauf der Geschichte.«

Der Beamte trat wieder gegen den Eimer. »Wer siegt, übernimmt.«

»Der eine nimmt, der andere flieht«, bestätigte Vater.

»Was ist die Zivilisation denn anderes als eine große Völkerwanderung?« sagte der Beamte, stolz auf seine Bildung.

Mutter, die am Rand des Fliesenteppichs stand, stöhnte. »So ist die Geschichte ...?«

Vater stellte sich zwischen sie und den Beamten: »Was hast du gegen die Geschichte?«

»Geschichte, Geschichte. Wer braucht Geschichte? Es gibt viel zuviel Geschichte ... Schau uns an, Olek, zwei Überlebende, die gerade aus der Geschichte gekommen sind. Soll ich mich hier zu Hause fühlen? Nein, ich fühle mich hier nicht zu Hause.« Sie warf den beiden Männern Blicke zu, die jede Freude zerstörten. »Wieso seid ihr so sicher, daß alle bis zum letzten Mann mit ihren Bottichen ertrunken sind, als sie zu dem Ort flohen, den ihr genannt habt?« Sie wandte sich an den Beamten. »Was schlagen Sie vor, was ich machen soll, wenn der Besitzer des Festsaals Lust bekommt, zurückzukehren und wieder Feste zu feiern?« Ihr sei klar, daß er eines Tages kommen würde, und ausgerechnet dann, wenn Olek nicht zu Hause war. So seien sie, die Menschen. Daran sei nichts zu ändern. Es liege in ihrer Natur, in jene Häuser zurückzukehren, in denen sie aufgewachsen sind. Hinge es von ihr ab, würde sie alles tun, um in das Haus in der Pomorskastraße 25 zurückzukehren.

Da sie keinen fand, der ihre Sorge teilte, machte sie eine abwehrende Handbewegung und wandte sich den Fenstern zu. Sie eilte von Fenster zu Fenster, suchte nach möglichen Gefahren, die dort lauerten, schob den Hals durch die Öffnung zur Straße, stellte ihre Tasche auf die Fensterbank, atmete tief ein in der südlichen Sonne, die Gesundheit verhieß, und befahl mir, glücklich zu sein. Nicht jeder habe die Möglichkeit, in ein Zimmer zu ziehen, das früher ein Festsaal war, besonders nicht in ein Zimmer, von dessen Badezimmerfenster aus man ein schmales Stück vom Meer sehen könne.

Die Stimmen der murrenden Möbelpacker werden vom Treppenhaus verschluckt. Die Gegenstände häufen sich vor der Wohnung. Vater ist ungeduldig, er möchte im Dunkeln vom Dach auf die Stadt hinunterschauen.

»Juden segeln nach Palästina.« Er lehnt sich über das Geländer und deutet auf ein flackerndes Licht auf der dunklen Fläche des Meeres.

Mutter steigt über eine Wanne mit eingeweichter Wäsche, sie steht am Geländer zur Straßenseite und schweigt lange angesichts der Trümmer, die vom schwarzen Himmel verschluckt werden. Sie weiß, wie große Städte nachts auszusehen haben, nicht so, noch lange nicht. Die Ruhe ist verdächtig, die Lichter sind zu schwach und zu diffus, vor allem, da gerade die Straßenlaternen ausgeschaltet werden. In München haben die Laternen bis zum Morgengrauen gebrannt.

»Die Stadt ist gleichgeblieben, das Meer ist gleichgeblieben. Der Unterschied liegt darin, daß ich hergekommen bin, um sie zu lieben.« Vater geht zu ihr und umarmt sie von hinten.

Zu müde, um den Sack mit der Unterwäsche und den Schlafanzügen zu suchen, sagt sie, wir würden die Nacht in unseren Kleidern verbringen. Vater erinnert Mutter schon jetzt daran, die Bänder des Korsetts zu lockern. Sie sind schon den ganzen Tag fest um ihren Körper gezurrt – ihm wird schlecht, wenn er sich die Druckstellen auf ihrer zarten Haut vorstellt.

Wenn ich auf dem Bauch liege, vergesse ich, wo ich bin, wenn ich auf dem Rücken liege, sehe ich die Lichtflecken an der Decke tanzen, Spiegelungen der Autoscheinwerfer in den Glasperlen der Leuchter. Sigmund Hertz-Band ist der einzige, dessen Scheinwerfer über unsere nächtlichen Wände wandern können, um uns auf seine Art mitzuteilen, daß er uns nach Palästina gefolgt ist. Nun, da er die Adresse in der Straße Nr. 3 kennt, der sogenannten Hasan-Bek-Straße, ist es Zeit, die Rechnung zu begleichen.

Ich schiebe mich zwischen Decke und Deckenbezug und rolle mich mit geschlossenen Augen zusammen. »Du hast keine Angst, vor nichts hast du Angst.« Das Herz sagt mir, es ist besser, Vater und Mutter nicht zu wecken, auch ohne mich war der Tag schwer genug für sie. Ich muß ihnen verschweigen, daß ich mich mit einem Mann treffe, der verschwunden ist. Um mich zu beruhigen, würden sie sagen: »Wer verschwunden ist, ist schon weg.« Aber ich weiß, daß er hier ist, auch wenn ich ihn nur von hinten gesehen habe – er stand auf der oberen Kiste im Zolllager, bewegte einen gelben Koffer hin und her und störte die Arbeiter, die dabei waren, die Ladung zu sortieren. Ich weiß, daß er da ist.

Ich flehe ihn an wegzugehen. »Vater hat es Ihnen nur vorübergehend weggenommen.«

»Dein Vater ist ein Räuber.«

»Er wird Ihnen alles mit der Post zurückschicken.«

»Lügnerin. Er kennt meine neue Adresse überhaupt nicht.«

»Nach Argentinien! Alle wissen über Ihr Versteck in Argentinien Bescheid!«

Aber Sigmund fliegt zwischen zerbombten Treppen herum, die nirgendwo hinführen, und ich laufe im Zickzack vor ihm davon, verschwinde hinter dem Zaun, renne, renne weiter, halte inne, ändere die Richtung, laufe um eine Ecke, und plötzlich ist er da, taucht aus dem Nichts auf, feuchte Hände greifen mir in die Haare, zerren mich über Muscheln, die mich zerkratzen, über ekelhafte Algen in dem nassen Meeresschlamm. Eine weiße Frau, ein bißchen wie Mutter, aber nicht ganz, steht zwischen uns, sie lädt mich ein, in ihre riesigen Arme zu kommen. Die bekannte Berührung des Korsetts – ist es Mutter? »Ha, ha, ha. Siehst du denn nicht, daß ich ein Kleid aus blau-weißem Pepitastoff anhabe? So ein Kleid hat deine Mutter nicht.«

Müde und verwirrt wache ich am ersten Morgen in der neuen Wohnung auf. Ich höre Stimmen von der anderen Seite des Klaviers, Vater kitzelt Mutter, und Mutter lacht. Dann kitzelt sie ihn, und er wird gleich sagen: »Psst, das Kind hört uns«, und dann wird er ihr sagen, wie er sie liebt. Die Schachteln, die die Reise durch die Nacht hinter sich haben, stehen an ihrem Platz. Die Sandkörner, die vor kurzem noch zwischen meinen Zähnen knirschten, sind verschwunden. Ich suche die Traumbilder abzuschütteln, überprüfe, ob das Licht, das durch die Jalousie scheint, wirklich vom Tageslicht kommt oder von Sigmunds Scheinwerfern.

Etwas stimmt nicht. Mir passieren Dinge, die anderen nicht passieren. Mutter und Vater stehen morgens immer mit dem gleichen Gesicht auf, mit dem sie abends eingeschlafen sind. Falls auch sie nachts Besuch bekommen und es nicht sagen, dann ist das ein Zeichen dafür, daß es sich um etwas handelt, wofür man sich schämen muß.

Heute nacht ist mir Sigmund wieder erschienen. Er stand stramm auf dem Deck eines Kriegsschiffs und befahl, eine Kanone auf unser Badezimmerfenster zu richten. Das Loch in der Mitte des Rohrs war schwarz und rund und spuckte manchmal Feuer, es suchte sich den Weg zum Haus, zerbrach die Badezimmerscheibe, drang in den Handtuchhalter.

Ich stopfe mir den Bettbezug in den Mund, unterdrücke den Schrei, wenn das Rohr spuckt. Vater holt mich ins Elternbett. Genug, es reicht, es ist nur ein Traum, Mutter streichelt meinen Rücken mit den Fingerspitzen: »Fliegen und Schmetterlinge auf deinem Rücken, weine nicht, Aluschinka, die Fliegen kitzeln, die Schmetterlinge flattern, Samt auf den Schmetterlingsflügeln – bring sie aufs Dach, Olek, schnell, sie braucht frische Luft.«

Vater versucht mich zu überzeugen: »Hier, fühl mal, wie stark das Gitter des Badezimmerfensters ist.« Er hält mich mit seinen starken Armen fest. Dann steigt er mit mir hinauf auf das Dach, setzt mich auf das Geländer. »Schau, Aluschinka, da ist das Meer. So weit man sehen kann. Das Meer wird uns vor allem bewahren, was böse ist. Hier ist ein Schmetterling, schau dir den Schmetterling an.«

Ich hänge an seinem Hals. Ich sehe keinen Schmetterling. Nur Sigmund, der auf seinem Recht besteht. Der verletzte Sigmund. Der rechthaberische Sigmund. Sigmund, der mir in jener schrecklichen Nacht in München den Schlaf geraubt hat. Auch damals hat sich Vater resoluter als sonst bewegt, sein schmaler Körper wanderte erregt von einem Zimmer ins andere. Auch damals, im schwachen Licht der Glühbirne im Flur, konnte ich sehen, wie seine Lippen vor Aufregung prall und wie die eingefallenen Wangen, die ihn sonst traurig aussehen ließen, rosig und voll wurden. Er ging in hohen Gummistiefeln zur Schublade, in der Mutter die Seelenlichter aufbewahrte, als Andenken für alle, die von uns gegangen waren, wühlte darin herum, nahm eine Kerze heraus und steckte sie schnell in die obere Tasche seines grauen Regenmantels.

»Warum ein Seelenlicht?« fragte sie.

»Es ist besser als eine gewöhnliche Kerze.«

»Aber es ist ein Seelenlicht!« Sie knöpfte seinen Regenmantel zu, biß sich auf die Unterlippe.

Er dankte ihr, daß sie bereit war, ihn allein gehen zu lassen. Er nahm sie in die Arme, als wäre es die letzte Umarmung vor einem ewigen Abschied, und verließ die Wohnung.

Ich hörte das Rascheln einer Tablettenschachtel, Mutter halbierte eine Tablette. Im Badezimmerbecken lief das Wasser. Sie schluckte die halbe Tablette. Leise schlich ich in ihr Zimmer. Die Zeiger des Weckers leuchteten. Die Straßenlaterne warf ein seltsames Licht auf die Kante des Kleiderschranks. Kein Muskel rührte sich in Mutters Gesicht, als ich das Licht ihrer Bettlampe zweimal an- und ausknipste.

Die Nacht war länger als jede Nacht, die ich bis dahin erlebt hatte. Die Puppen im Spielzeugregal warfen einen langen morgendlichen Schatten, als sich die bekannten Schritte Vaters mit dem Schlagen der Zweige auf die Jalousie vermischten.

Ich legte das Ohr an die Wand zwischen unseren Zimmern. Was würde passieren, wenn die rechteckigen Schachteln leer waren? Es wäre schade. Furchtbar schade. Ausgerechnet jetzt, da ich überzeugt war, daß alles, was mit uns geschah, von diesen Schnallen abhing.

Vater zog die Stiefel aus. Mutter war erschrocken, sie stöhnte. Das Bett ächzte. Mutter stieß seltsame Geräusche aus. »Alles ist so, wie ich es mir gedacht habe.« Die Wörter wurden vom Knarren der Bettfedern verschluckt. »Wenn es nicht geregnet hätte, wäre ich schon vor zwei Stunden wieder dagewesen.«

Die ganze Nacht murmelten sie im Zimmer. Im Fenster wurde es schon hell, als ich hörte, wie Mutter fragte, wieviel Zucker … Er sagte mit lauter Stimme, er beabsichtige, die Schnallen morgen um Mitternacht auf einen Lastwagen zu laden und sie im Heizungsraum hinter dem Kohlenkeller zu verstecken. Er ließ sie schwören, mit niemandem darüber zu sprechen, kein einziges Wort.

»Versuch jetzt, für ein oder zwei Stunden zu schlafen.« Die Jalousie zur Straße knarrte.

Ich fand keine Stellung, in der ich einschlafen konnte. Auch wenn ich erleichtert war, daß Vater heil zurückgekommen war, blieb ich mißtrauisch. Ich stand auf und schlich in die Küche. Auf der Straße quietschte das Auto der Müllabfuhr, und auf dem Tisch lag die erste Schnallenschachtel meines Lebens: hart, grau, halb so lang wie ein Schuhkarton, und in der Mitte des Deckels prangte eine blaue Krone.

Das untere Fach des Schranks aus Nußbaumholz füllte sich mit Reihen von Schachteln. Der Kasten mit der Bettwäsche, der unter das Doppelbett geschoben werden konnte, würde die großen vergoldeten Taschenschnallen beherbergen. Vater versuchte, die Schachteln so eng wie möglich zu verstauen, aber sosehr er sich auch bemühte, sie wurden nicht kleiner und verschwanden nicht, sie blieben graue Klötze. Dann hatte er die Idee, sie als Trennwand hochzuziehen. So könnten wir dieses seltsam lange Zimmer in zwei Räume teilen. Aber Mutter sagte, das sei doch das Schöne an diesem Festsaal, die Offenheit, und da sie sich innerlich beengt fühle, brauche sie äußerlich Freiheit. Zum Schluß stellten sie die Schachteln in Viererreihen auf und banden sie mit einer Schnur zusammen. Sie zogen daran, um sicherzugehen, daß der Haufen nicht zusammenbrach, und wir hatten ein hohes Rechteck, das wir »vorläufiger Eßtisch« nannten. Mutter breitete eine Decke darüber, die mit springenden Rehen in einem Erdbeerfeld bestickt war, stellte einen Salzstreuer und ein Holzbrett fürs Brotschneiden darauf und suchte zwischen Tisch und Stuhl einen Platz für ihre Beine. Tisch und Stühle bestanden aus Schachteln, so wie man aus Holzbausteinen Türme baute.

»Sag dem Dienstmädchen Bescheid, sie soll die Stoffservietten richten ...«, sagte Mutter in einem hochnäsigen Deutsch und deutete auf das Geheimnis, das unter unseren Gesäßen versteckt war.

Vater maß die Länge meines Oberschenkels. Heute entsprach sie der Länge von zwei Schachteln. Wenn die Beine länger würden, könne man die Schachtelreihen anpassen. Aber eigentlich spielte das keine große Rolle, denn wir zogen sowieso die Beine hoch und saßen im Schneidersitz.

Kaum ist der Boden gefegt, kommen schon wieder die Weinranken in Lila und Grün zum Vorschein. Das schwarze Klavier steht in der Mitte, zwischen meinem und ihrem Bett. Es heißt »bewegliche Trennwand«, man kann verschiedene Porzellanfiguren darauf stellen, und es dient als Ablage für Dokumente, die Mutter griffbereit haben möchte. Vater hämmert Nägel in die Wand, an die Mutter breite Holzbügel mit jenen Kleidungsstücken hängt, die leicht zerknittern. Die Wand gegenüber ist mit Fotos von Verwandten bestückt, über deren Schicksal wir noch auf Nachricht warten. Daunendecken, Pelzmäntel und andere warme Kleidungsstücke, die man eigentlich braucht, wenn Schneestürme kommen, liegen unter der Tagesdecke des Doppelbettes und verleihen ihm einen dicken Bauch. Ich möchte, daß Mutter mir den granatblauen Wollmantel heraussucht, der in aller Eile noch für mich gekauft wurde, zwei Stunden bevor die Packer der Speditionsfirma die Kisten aus der Münchner Wohnung abgeholt haben. »Ich möchte mit dem Gefühl wegfahren, daß das Mädchen für jedes Wetter gerüstet ist«, sagte Mutter zu Vater. Sie nahm mich fest in die Arme und in den Schutz ihrer Liebe. Danach zeigte sie dem Verkäufer die Perlenkette, die sie in der Faust hatte, und sagte: »Den teuersten Wollmantel, den Sie haben, und schnell, bitte.«

Obwohl es sehr warm ist und Mutter sagt, es sei schade um ihn, habe ich Lust, das Samtfutter des Mantels zu streicheln. Bis ich groß genug bin, um den Mantel auszufüllen, darf ich ihn an der Wand gegenüber von meinem Bett aufhängen, mit den anderen Sachen, die dort offen zur Schau gestellt werden. Und wenn ich nicht möchte, daß die Ratten ihn zernagen, soll ich aufpassen, daß der Saum den Fußboden nicht berührt.

Vater macht die Nachttischlampe aus, und die erste Ratte kommt zwischen den Paneelen hervor. Ein paar leise Pfiffe, dann erscheint noch ein Schnurrbart unter dem Klavier. Graue Pelze auf dünnen Pfoten huschen die Paneele entlang, ohne zu verstehen, daß die Geräusche, die von meinem Bett kommen, von einem Mädchen stammen und nicht von ihresgleichen. Von Nacht zu Nacht gelingt es uns besser, unsere Beziehung vor Vater und Mutter, die auf der anderen Seite des Klaviers schlafen, zu verheimlichen. Ich mag ihre Tricks, verfolge die Schlauheit, mit der sie uns überrumpeln. Und solange Mutter noch keine Freunde für mich gefunden hat, ist es gut, wenn wenigstens ein bißchen Leben in die Wohnung kommt.

In der letzten Nacht, als sie eine Tablette schlucken wollte, sprang sie vor lauter Schreck und Ekel auf einen Hocker und drohte damit, am nächsten Tag zu dem Beamten zu gehen, um ihm »meine Meinung zu sagen«. Für sie ist es ein Rätsel, warum sich das Mädchen mit diesen »palästinensischen Chinchillas« anfreundet und sich nicht vor ihnen ekelt wie vor Kakerlaken. Ich höre, was sie sagt, gebe aber keine Antwort. Die Dunkelheit verbirgt die Hand, die ich aus dem Bett hängen lasse, in der Hoffnung, daß ein Pelztier daran hochklettert und unter meine Decke kriecht. Wie gut wäre es doch, mit ihm zu schmusen und sich ablecken zu lassen und morgens dicht aneinandergeschmiegt aufzuwachen.

Ich habe einige Leute kennengelernt, die in den Ruinen neben der Moschee wohnen, aber ich weiß noch nicht, wer zu welcher Familie gehört. Die Nachbarn begrüßen einen auf eine besondere Art, mit der sie zeigen, daß sie wissen, daß man hier wohnt. Am Anfang sprechen sie dich auf jiddisch an, sie gehen auf Nummer Sicher, dann wechseln sie in andere Sprachen, wenn sich herausstellt, daß du aus Rumänien, Polen, Litauen oder Galizien bist und daß ihr alle rechtzeitig aus diesen Ländern geflohen seid.

Ich liebe es, auf der untersten Stufe zu sitzen und die Leute zu zählen, die eine Nummer auf dem Arm haben. Leute mit einer Nummer haben einen langsameren Blick. In dem Haus gegenüber gibt es drei Türen, und jeder, der dort hineingeht, hat etwas auf den Arm tätowiert. Die Rumänin aus der Fleischerei trägt immer etwas Langärmliges, das heißt, daß sie etwas zu verstekken hat. Mutter sagt, wer kurze Ärmel trägt und tadellose Arme hat, zeigt damit, daß er mit dem, was dort passiert ist, nichts zu tun hat. Der Schmied von unten hat einen lateinischen Buchstaben und einen Stern auf dem Arm. Der Bärtige aus der Baracke am Strand hat einen blauen Anker, aber das hat mit denen, die von dort kommen, überhaupt nichts zu tun. Grossmann aus der Straße Nr. 4 liest auch die Nummern der anderen, genau wie ich. Vielleicht träumt er davon, die Person zu finden, die damals in der Schlange hinter ihm gestanden hat.

Vater stellt sich vor mich, damit ich nichts mehr sehen kann. »Es ist nicht höflich, auf die Nummern der Leute zu starren. Diese Menschen sind schon einmal wie Gegenstände registriert worden. Wenn du es überhaupt nicht lassen kannst, dann wirf eben ganz schnell einen Blick darauf und mach keine Geschichte daraus.«

»Ich tue es nicht absichtlich, Vater.«

»Du läßt die Menschen spüren, daß mit ihnen etwas nicht in Ordnung ist.«

»Das tut mir leid, Vater, entschuldige.«

»Du merkst dir nicht, wie man Hasan Bek richtig ausspricht, aber du weißt genau, daß Sonnenfeld keine Nummer hat.«

»Was kann ich machen, Vater?«

Er beendet die Diskussion mit einem Befehl. »Hör auf, deinen Kopf mit nutzlosen Informationen zu füllen.«

In Mutters Lager – einem gewöhnlichen sowjetischen Lager, keinem wirklichen Vernichtungslager – war die laufende Nummer in die Bettkante geritzt. Nachdem sie Vater beigebracht hat, nicht leichtfertig über die Greueltaten in den Lagern zu sprechen, hat er einen besonderen Respekt gegenüber denjenigen entwickelt, die ihnen entkommen sind. Er sagt nicht mehr, daß die Menschen aus den Lagern toter seien als jene, die nach Rußland geflohen seien oder sich in den Wäldern versteckt hätten. Man merkt, daß er das nur ihr zum Gefallen tut, und immer noch davon überzeugt ist, daß Nummernträger ein Geheimnis miteinander teilen, das die anderen nie erfahren würden.

Das Badezimmer unten – eine Kloschüssel, ein Waschbecken und ein Schlauch, den man Dusche nennt – ist der Ort, wo sich die Hausbewohner treffen. Ich bin erst seit zwei Wochen in Palästina und kann von jedem Hausbewohner sagen, wie lange er vom Betreten des Badezimmers bis zum Ziehen der Wasserspülung braucht. Besonders gut kenne ich mich mit den Zeiten des hochgewachsenen Mannes aus, der uns gegenüber wohnt. Er schließt sich längere Zeit ein, stöhnt, schnauft laut und entleert sich mit einem kurzen Aufschrei. Nur einen habe ich noch nicht gesehen: Galileo aus dem Erdgeschoß. Ein zerkratzter Aufkleber auf dem Briefkasten ist das einzige Zeichen, daß es ihn gibt. Jedesmal, wenn ich die Treppe hinuntergehe, komme ich an dem Bogen vorbei, von dem aus man seine Tür sehen kann, und hoffe, daß er genau in diesem Moment auftaucht.

Die Nachbarn zwinkern sich immer zu, wenn einer den Namen »Galileo« erwähnt. Ich habe einige Zeit gebraucht, um ihren Spott zu bemerken und zu verstehen, daß Galileo wohl nicht sein richtiger Name ist. Sie sagen, seitdem seine Frau die Möbel auf den McDiesel geladen hat, der nach Haifa fuhr, investiert er seine ganze Energie in ein Patent, das die Anziehungskraft der

Erde rückgängig machen soll. Berkowicz von oben schimpft: »Hoffentlich macht er seine Erfindung bald und gibt Ruhe!« Der Ungeduld zufolge, die aus seiner Stimme spricht, ist es äußerst wünschenswert, daß die Erde damit aufhört, alles, was ihr begegnet, anzuziehen. Berkowicz weiß, wovon er spricht, weil er der einzige im Haus ist, der mit Galileo geredet hat, bevor dieser sich einschloß, um »daran zu arbeiten«. Berkowicz sagt, Galileo sei ein ganz normaler Mensch, dem zwei zerknitterte Taschentücher aus der Tasche flattern. Mutter sagt: »Seien Sie kein Zyniker, Berkowicz, so beschreibt man keinen Menschen. Ich bin sicher, daß er mehr ist als zwei flatternde Taschentücher.«

Ich lauere dem Transporter auf, der Bierbüchsen und seltsam geformte Bleiteile vor Galileos Wohnung ablädt. Drei Männer fahren sie dann auf einer Art Roller hinein. Die Tür schließt sich hinter ihnen, ohne daß man sehen kann, wer sie empfangen hat. Jemand aus dem Lebensmittelladen des Bulgaren, der sich mit Technik auskennt, hat gehört, daß Galileo kurz vor der Vollendung seiner Entdeckung stehe. Dank Galileo wird unser Haus samt allen Bewohnern in die Geschichte der Wissenschaft eingehen. Das ist ein zusätzlicher Grund, von nun an den Eingang sauberzuhalten und keine Fingerabdrücke am Lichtschalter zu hinterlassen.

Manchmal vermischen sich Galileo und Sigmund Herz-Band in meinem Kopf zu einer Person. In München hat sich Sigmund versteckt, weil er Halbjude war, und hier versteckt er sich aus demselben Grund. Vielleicht ist ihm unser Land ebenfalls versprochen worden.

Familie Leibowicz von unserer Etage – der Mann mit der Verstopfung und die Frau, die immer mit ihm zusammen die Wohnung betritt – ist eine Familie, die nur aus zwei Personen besteht. Mutter nennt sie »Schalom-Schalom«, wegen ihrer Art, das letzte Wort eines jeden Satzes zu wiederholen. Danach neigen sie die Köpfe höflich zur Seite, als würden sie sich entschuldigen oder gefällig sein wollen. Ich weiß nicht, warum »Schalom-Schalom«

weniger beleidigend sein soll als »flatternde Taschentücher«, aber in solchen Angelegenheiten entscheidet Mutter. Ich bin noch klein, und sie hat, zu ihrem Leidwesen, schon »eine große Einsicht in die menschliche Natur«.

Berkowicz sagt, Herr Leibowicz sei früher, in Prag, Zahnarzt gewesen und seine Frau seine Assistentin, die die Praxis zusammengehalten habe. Daß sie zwischen den vorderen Zähnen Lücken hat, liege nur daran, daß er für sie hier noch keinen Zahnarzt gefunden habe, dem er so vertrauen könne wie sich selbst. Sein Diplom habe er mit ins Lager genommen, zehnfach gefaltet in einem Beutel versteckt und an die Hosentasche genäht. Zwei Jahre ging er mit einer Hand in der Tasche herum, nur um sicher zu sein, daß es noch da war. Am Tag der Befreiung wurde ihm klar, daß sie beide überlebt hatten, er und sein Diplom, und nun zu einem Leben außerhalb des Tores verurteilt waren. Er nahm das Diplom aus dem Lederbeutel und betrachtete die geisterhaften Gestalten, die an ihm vorbei in die Freiheit schlichen. Da zerriß er das Papier in kleine Stücke und warf sie unter die Ketten eines vorbeifahrenden Panzers. Sicher war sicher. Nein, er würde nie mehr Löcher in Zähnen füllen, dafür hatte er diese Hölle nicht überlebt.

Mutter kann sich nicht vorstellen, daß Frau Leibowicz früher Assistentin gewesen ist. Eine Zahnarzthelferin, sagt Mutter, sei eine Frau, die so schnell wie ein Mixer verschiedene Materialien mischen könne. »Und diese Frau? Sie hat den Blick eines Menschen, den man noch nie wach bekommen hat. Falls Leibowicz sie einmal auf der Straße vergißt, wird sie einfach stehenbleiben. Sie wird dem Polizisten noch nicht einmal ihre Adresse sagen können. Überhaupt, die beiden sehen aus wie ein gütiger Vater und seine unfähige Tochter, und nur Gott weiß, wie lange er noch braucht, um sie aufzupäppeln.«

Niemand im Haus weiß, was Leibowicz tut, seit er keine Zähne mehr füllt. Auch nicht, wo er sein Geld herbekommt. Jeder hat seine eigene Meinung dazu. »Schade, daß man sich mit ihnen so viel beschäftigt«, mault Berkowicz, »man braucht sie nicht zu bedauern. Für die zwei Bezugsscheinhefte, die sie haben, sind die Körbe, die sie ins Haus schleppen, viel zu voll.« Seiner Meinung nach hätten die beiden Schalom-Schaloms viel dikker sein müssen. »Wenn das, was sie Tag für Tag anschleppen, nur von zwei Menschen gegessen wird, die weder einen Hund noch eine Katze haben und auch den Tauben nichts hinstreuen, wohin, zum Teufel, geht dann das alles?«

Immer wenn sich jemand in Schalom-Schaloms Leben einzumischen versucht, sagt Mutter: »Es geht euch nichts an, woran jemand stirbt oder wovon er lebt. Ihr tut alle so, als wärt ihr eine große Familie, und auch du, Olek, beteiligst dich an diesem Spiel. Wir sind erst vor einem Monat angekommen, und schon tust du, als wärst du einer von ihnen. Eine Familie von Zynikern, das ist es, was ihr seid. Ihr umarmt euch, als würdet ihr alle zu einem Kollektiv gehören, und fühlt euch berechtigt, jeden zu belächeln, der noch nicht kapiert hat, was er eurer Meinung nach schon längst hätte kapieren müssen. Alles bleibt in der Familie, alles ist in Ordnung, alles geschieht im Namen der Wahrheit, und alle sind so ehrlich. Das kannst du dir abschminken, daß wir eine Familie sind, und wir werden auch nie eine sein. Und außerdem: Auch in einer Familie darf man zeigen, ob man angefaßt werden will oder nicht. Ich wünschte, ich hätte einen Luftballon, den ich aufblasen und um meinen Körper tragen könnte, um einen normalen Abstand zu wahren.«

Abgesehen von den Rheumaschmerzen, die Mutter manchmal überfallen, liegt etwas Gutes und Verheißungsvolles in der Luft. Wenn Vater aus dem Fotoladen zurückkommt, muß Mutter mit ihm die Fotos anschauen und laut dafür danken, daß wir so eine wundervolle Familie haben. Wir lassen uns oft vor dem heilen Teil von Hasan Beks Mauer fotografieren, weil »diese Steine Charakter haben und zugleich neutral sind«. Auf einem großen Foto halten Vater und Mutter mich mit hochgereckten Armen empor. Vater ist stolz: »Schau, Anuschka, der Körper des Mädchens ist steif wie eine Demonstrationstafel bei einer Maikundgebung.« Auf dem Foto, das Vater mit dem Selbstauslöser seiner Leica gemacht hat, legt Mutter die Hand auf meinen blau-weißen Matrosenkragen, Vater steht hinter uns, aufrecht und etwas größer als normal, und wir lächeln alle drei den Fotografen an, den es gar nicht gegeben hat. Erst nach der Vergrößerung kann man im Hintergrund das Segel eines weit entfernten Schiffes erkennen, das sich in dem weißen Streifen meiner Matrosenbluse auflöst, und daß Vaters Schulter vom Korb eines Brezelverkäufers verdeckt wird. Der Kopf des Verkäufers ist abgeschnitten. Seit Vater Mutter beigebracht hat, den Belichtungsmesser zu bedienen und die Entfernung einzustellen, bittet er sie immer wieder, ihn vor dem zerstörten Manschija zu fotografieren, das eines Tages das Zentrum der Welt sein würde. Tag für Tag ist er diesem Land auf den Fersen, das sein Gesicht so schnell ändert wie ein Baby, das morgens schon nicht mehr aussieht, wie es abends ausgesehen hat. In unserem Fotoalbum werden diese Veränderungen dokumentiert, und eines Tages wird vielleicht ein Historiker erscheinen, der dafür gutes Geld bezahlt. Zum Beispiel hier, der Weg zum Strand, bevor die städtischen Bauarbeiter die Ränder mit Steinen befestigt haben. Und die Jalousie des Schmieds, bevor ein Schild darauf befestigt wurde. »So wird Geschichte geschrieben«, sagt Vater und lächelt den eingefaßten Weg an. Diese Veränderung ist erst zwei Wochen alt, und schon ist hier etwas dokumentiert, was es nicht mehr gibt.

Mutter beschwert sich, daß ich auf den meisten Fotos mit Vater zu sehen bin, obwohl es im wirklichen Leben doch sie ist, die die meiste Zeit mit mir verbringt. Aber gleich wird sie dem Mann gegenüber, der keine Fotos von seiner Familie besitzt, wieder reumütig und sagt: »Warum auch nicht. Es sei ihm gegönnt, wenn es ihm guttut.« Nach dem zu urteilen, was Vater als Hintergrund für seine Porträts wählt, träumt er, auch wenn er es nicht zugibt, noch wie ein kleiner Junge davon, zur See zu fahren, Kapitän eines Zerstörers zu sein oder so ähnlich. Mutter wartet auf den Tag, an dem eines der Enkelkinder die Fotos betrachtet und glaubt, Großvater und Großmutter seien in ihren jungen Jahren zur See gefahren. Vater wird rot vor Vergnügen. Erst in dieser Sekunde ist ihm bewußt geworden, daß er einmal Enkelkinder haben wird. Es wird Kinder geben, denen man das Album zeigen kann, denen man erzählen kann, daß Juden so ausgesehen haben, Juden, die die Luft der Heimat atmeten, ohne daß jemand zu ihnen sagen konnte, sie würden anderen Menschen die Luft zum Atmen wegnehmen. Auf den Einband des Albums wird er mit dicken Druckbuchstaben »Im Lande Israel« schreiben, darunter, in kleineren Buchstaben, das Datum unserer Ankunft. Aber Mutter antwortet sofort: »Es ist ein Familienalbum, kein Geschichtsbuch. Und überhaupt, Olek, dieses Land hier ist deine Familie, nicht meine. Ich und das Land, das ist nicht dasselbe.«

Ich blättre in dem Haufen Fotos, betrachte immer wieder meine glatten, dünnen Haare. Sie wollen sich einfach nicht an den Spitzen locken, sie umhüllen mein rundes Gesicht, wie Einwickelpapier ein Bonbon umhüllt. »Schwarze Seidenstreifen«, nennt Mutter meine Haare und bewundert, wie natürlich sie seitlich herunterfallen, und sie dankt Gott, daß die Feuchtigkeit Palästinas sie noch nicht zerstört hat. Die »schwarzen Seidenstreifen« sind aber einfach nur dünne Strähnen, von denen die Gummibänder rutschen, denn meine Zöpfe gehen schon nach ein paar leichten Sprüngen auf. Bereits damals, in München, habe ich darum gebetet, daß meine Haare so voll und wellig sein mögen, wie sie es immer einen Moment lang sind, wenn die Zöpfe aufgemacht werden. Ich habe es satt, mich mit Mutters Haaren trösten zu lassen, die früher dünn und glatt gewesen und mit den Jahren und den Sorgen wellig geworden seien. Wenn sie sich selbst von Zeit zu Zeit im Friseursalon Locken machen läßt, warum sagt sie dann, daß glatte Haare schön sind?

Seit einer Woche geht Mutter früh ins Bett. Sie sagt, daß etwas an dem Klima von Manschija ihren Stoffwechsel einschläfert, daß hier negative Ionen durch die Luft schwirren. Vater akzeptiert ergeben, daß es wohl so sein muß. Er gewöhnt es sich an, den Inhalt einer Schnallenschachtel auf dem Schnallentisch auszukippen und sich im Schneidersitz auf einen Schnallenstuhl zu setzen und die Arme um die Schnallen zu legen, als wäre ihm der Spaß, mit ihnen zu spielen, ein bißchen peinlich. Er ruft mich zu sich, wenn er die Schnallen in Reihen und Gruppen ordnet, er türmt sie zu kleinen Pyramiden auf, vergleicht Gewicht und Größe, legt sie zusammen und wieder auseinander, und berührt sie, um sicher zu sein, daß sie da sind. Er stellt Rechnungen auf und macht sich Gedanken, wann und wo und an wen er versuchen solle, sie zu verkaufen, und trifft seine letzten Vorbereitungen für den offiziellen Auftritt, an dem die Schnallen ihre Stärke beweisen sollen.

Ich fädle drei vergoldete Taschenschnallen auf einen Bastfaden und lege sie als Kette um Vaters Hals. Er bindet die Fadenenden zusammen und zieht meine Hände zu sich, die sich an seinem Hals zu schaffen machen. Er ist froh, etwas zu sehen, das mit Hilfe seiner Schnallen entstanden ist.

Ahnengalerie

Die meisten Gegenstände haben noch keinen festen Platz gefunden, aber Eßecke, Schlafkoje und Schreibplatz zeichnen sich schon deutlich ab. Man ahnt bereits, was wo hingehört und wie die Wohnung aussehen wird, wenn erst einmal die großen Gegenstände mit Kleinigkeiten geschmückt sein werden. Sogar Mutter gibt zu, daß es bei uns schon wie in einer europäischen Wohnung duftet. Wenn die Rolläden heruntergelassen sind, kann sie sich einreden, sie sei noch immer dort, wo sie eigentlich sein möchte.

Trotzdem sind Mutter und Vater noch unzufrieden. Sie rükken immer wieder dieselben Gegenstände von einem Ort zum anderen, räumen den Schrank aus Nußbaumholz leer, nur um eine Fliese vom Hocker zu entfernen, auf dem das Radio steht. Kein Wunder, daß sie abends nach all diesen nutzlosen Aktivitäten todmüde ins Bett fallen. Das Zimmer sieht allerdings kaum anders aus, als es gestern ausgesehen hat. Wie schon so oft beschleicht mich der Verdacht, daß die Erwachsenen nicht immer wissen, was sie tun. Und wenn ihnen eine Beschäftigung das Gefühl gibt, mitten in einem Geschehen zu sein, geben sie sich keine Mühe, zu einem Ende zu kommen.

Aber eines Morgens, als Mutter ihren Nylonstrumpf gegen das Licht hält, um nach Laufmaschen zu suchen, verkündet Vater, es sei soweit, die Wohnung habe ihre Form bekommen. Seiner Meinung nach seien die Vorbereitungen beendet. Mutter rollt beide Strümpfe zu einem Knäuel und läßt sich Vater gegenüber in den Sessel fallen. Vater entkorkt eine sprudelnde Flasche, schenkt rote Flüssigkeit in die Gläser mit den eingravierten Sternen, steht auf und hebt sein Glas zur Höhe seiner Stirn. Er gibt uns ein Zeichen, es ihm nachzutun, und verkündet, nun sei der Zeitpunkt gekommen, den Sieg unserer Familie über die Unbilden der Zeit zu feiern, und daß die Deutschen, ihr Andenken möge ausgelöscht sein, es nicht geschafft hätten, uns die elementarsten Formen menschenwürdiger Eß- und Schlafräume zu rauben. Ein Fenster und eine Tür, die sich in Scharnieren bewegen, Wände, die Menschen vom Wetter trennen. Und ein Klavier. Sogar ein Klavier. Im Moment könne man sagen, während Hitlers Geist sich in dem Schutthaufen wälzte, der von Europa übrigblieb, sei unsere vorläufige Wohnung sauber und aufgeräumt und wir seien gesund und voller Tatendrang, an der gewaltigen Geschichte, die auf uns zukomme, teilzuhaben.

Es folgt ein zweites Glas auf alle Probleme, vor denen wir verschont geblieben sind: auf den Schuß, der den Hut und nicht den Kopf durchlöchert hat, auf die Ruhr, die alle angesteckt hat, nur ihn nicht, auf die Wunde am Ellenbogen, die sich beinahe entzündet hätte und es dann doch nicht tat, auf den blinden Bauern, der den Juden im Heuhaufen nicht gefunden hat, auf den Zug, dessen Kohlenvorrat im kritischen Moment zu Ende war, auf die Witwe, die Stummheit vortäuschte und ihn nicht verriet, auf den Handwerker, der das Fahrrad reparierte und bereit war zu schwören, daß Vater sein Sohn sei, und ihm einen gefälschten Paß in die Hand drückte, mit dem er über die Grenze kam.

Das Wunder, das uns widerfahren ist, erfüllt uns mit Wärme. Vaters Stimme kippt, seine Lippen pressen sich zusammen, um den Überschwang seiner Seele zu verbergen. Das Glas in Mutters Hand zittert im Rhythmus ihres Schluchzens. Sie prostet uns zu und erinnert uns daran, daß es ihrer Hartnäckigkeit in der Nacht vor der Ausreise zu verdanken sei, daß wir heute hier Kristallgläser haben. Ich bin wie gelähmt durch so viel Freude und Leid. Irgend jemand muß mir endlich beibringen, was man in solchen Situationen zu empfinden hat, damit die Gefühle zugleich freudvoll und das Gegenteil sind.

Auf den Rat von Frau Berkowicz, von der Mutter sagt, sie habe Brüste wie eine Mutter von fünf Kindern, ohne auch nur ein einziges Kind zur Welt gebracht zu haben, beschließt Vater, sich im

Lebensmittelladen des Bulgaren als fester Kunde einzutragen. Mutter schlägt vor, daß wir uns in noch zwei oder drei anderen Lebensmittelläden eintragen lassen. Es sei immer ratsam, einen Lebensmittelladen in Reserve zu haben. Sorgfältig angezogen und Hand in Hand gehen wir zu dritt zu dem Geschäft, in dem wir während der Zeit der Rationierung nun also einkaufen werden.

Der Bulgare zieht seine zusammengewachsenen dicken Augenbrauen hoch und schenkt der neuen Familie, die sich in einem der renovierten Häuser niedergelassen hat, ein breites Lächeln. Uns zu Ehren kommt er hinter der Theke hervor, zeigt uns den mageren Joghurt und den Sahnejoghurt und erklärt den Unterschied. Hier sei der rote Pudding, da Eipulver, Pflaumenmus, Bohnen und Einheitsbrot. Als Mutter ihn bittet, von dem braunen seifenähnlichen Brocken auf der Theke eine Scheibe abzuschneiden, bringt er ihr bei, wie man Halva richtig ausspricht, und erwähnt, daß man, um Halva zu kaufen, keine Marken brauche.

In Manschija nennt man den Bulgaren »den hohen Kommissar«. Man sagt, er bleibe nach Ladenschluß noch im Geschäft, um für Neuankömmlinge Briefe zu übersetzen. Der Bulgare dämpft Vaters Begeisterung durch die Art, wie er Bulgarisch in eine Mischung aus Polnisch und Russisch verwandelt. »Man muß nur wissen, wie man die Endungen der Wörter verändert«, sagt er bescheiden. »Um in Manschija einen Lebensmittelladen zu führen, muß man wissen, wie man ›Putzmittel‹ in zehn Dialekten sagt. In Manschija gibt es mehr Sprachen als Menschen.«

Nachdem der letzte Kunde weg ist, benutzt er die Gelegenheit, um herauszufinden, ob wir etwas zum Verkauf anzubieten haben.

»Wir haben in München eine Vitrine mit mindestens dreißig Miniaturen zurückgelassen«, sagt Mutter, und Tränen rinnen ihr die Wangen hinab. »Zwei Lampenschirme für Stehlampen, aus echtem Pergament, und auf dem Eßtisch eine Vollholzplatte, und sonst noch alles mögliche.«

Der Bulgare stochert in ihrem Leid: »Ihr hättet viel Geld damit machen können. Man sagt, daß die europäische Mode in Tel Aviv bei denen gut ankommt, die sie sich leisten können.«

Aber Vater macht Mutter auf den Sack mit weißen Bohnen aufmerksam und flüstert ihr zu, er habe es satt, dieses ewige Was-wäre-wenn, sie solle doch damit aufhören, anderen vorzumachen, wir wären reich gewesen. Mutter tut, als höre sie nichts, sie betastet Schnürsenkel, Pakete mit Nudeln, prüft, wie elastisch die Bürogummibänder sind und wie der Verschluß der Sesamtüte funktioniert. »Hier sind die Seelenlichter.« Glücklich stellt sie fest, daß es die Kerzen in verschiedenen Größen gibt, sogar solche, die länger als vierundzwanzig Stunden brennen. Sie entschuldigt sich für die sichtbare Erregung, die sie befallen hat. »Alles, was man von dort kennt, macht dieses Palästina ein bißchen menschlicher.«

»Nehmen Sie welche, Frau Meller, bewahren Sie sie bei sich auf«, drängt der Bulgare. Seitdem die Häuser von den Übriggebliebenen bevölkert werden, schwindet sein Vorrat an Seelenlichtern zusehends. »Wenn Sie mir jemanden aus Europa nennen, der keine toten Seelen auf dem Buckel mitschleppt, gebe ich Ihnen eine Schachtel umsonst. Wenn ein Engel zu mir kommen und mich fragen würde: ›Sag mir, wieviel Geld du haben möchtest, und du wirst es bekommen!‹ würde ich antworten: ›Gib mir kein Geld, bau mir eine Kerzenfabrik!‹«

Vater nennt die hebräischen Wörter für verschiedene Produkte. Zwei Einwanderer aus Rumänien, die begeistert sind, wie schnell er die Sprache gelernt hat, klärt er aber nicht darüber auf, daß er sie schon »dort« gelernt hat. Er demonstriert sein Wissen, als er zwischen dem Heringsfaß und dem Matjesfaß unterscheiden kann, er schiebt seinen Arm ins dritte Faß und zieht eine Handvoll eingelegte Kirschen heraus – schwarz, glänzend und prall vor Reife. Mutter wird rot beim Anblick des Obstes, von dem sie früher eine Schüssel auf einmal verschlingen konnte, und der Bulgare wiegt die Kirschen, die auf hebräisch »schwarze Oliven« heißen, ab und wünscht guten Appetit. Und da ist natürlich auch die geräucherte Makrele, bräunlich-rosa, auf einem eingefetteten Brett, mit Pergamentpapier zugedeckt, die Vaters Geruchssinn in Wallung bringt. Schade, daß er der Verführung nicht widerstehen kann und davon kostet. Aber er wird sich eine Scheibe davon erst leisten können, wenn seine Geschäfte in Gang gekommen sind.

Beide sind sauer, als sie den Laden verlassen. Vater will Mutter erklären, daß ein Lebensmittelladen kein Nostalgieclub ist. »Vergiß nicht, daß nur du dich für deine Erinnerungen interessierst. Alle sind hier Juden, die sich von den gleichen Essensrationen ernähren, und in einem Land, das von der Rationierung geschlagen ist, muß man die eigenen Vorteile verstecken und möglichst so sein wie alle anderen.«

Wir haben noch immer damit zu tun herauszufinden, wie man Wasserhähne in Gang bringt, wie man einen Petroleumkocher richtig anzündet, wie lange die Glühbirne im Treppenhaus braucht, bis sie ausgeht, und auf welcher Stufe man sich dann befindet, wie man mit den Zuteilungsmarken und den Punkten für Essen und Bekleidung zurechtkommt. Aber unsere Herzen sind schon offen für das, was bald geschehen wird, für die Ouvertüre, die den wirklich wichtigen Ereignissen vorausgeht.

Jeder Tag bringt Vater näher zu dem Moment, an dem er sich das gebügelte Hemd und die graue Hose anziehen wird, die schon längst auf einem separaten Bügel warten. Mutter sagt, soweit es von ihr abhinge, seien alle Vorbereitungen getroffen, jetzt sei er dran, seine Ideen in Geld zu verwandeln.

Aber Vater braucht Zeit, um sich vorzubereiten. Manchmal heißt das »den Markt beschnuppern« und manchmal »sich informieren«. Heute morgen geht er zu der Siedlung mit den roten Dächern, deren Bewohner noch vor Hitler hierhergekommen sind. Mit dem Blick eines Fachmanns für militärische Ausrüstung überprüft er die verschiedenen Details an den Uniformen von Polizisten und Soldaten. Er hält einen Soldaten an, der zufällig vorbeikommt, um sich zu erkundigen, wie solide seine

Gürtelschnalle ist und wie lange man braucht, um die Riemen des Rucksacks zu befestigen. Er bleibt vor Schaufenstern stehen, um zu zählen, wie viele Schnallen im Durchschnitt ausgestellt sind. Er hat schon gelernt, daß die Sandalen hier eine Schnalle am hinteren und zwei kleine am vorderen Riemen haben. Wenn sich also an einem Paar Sandalen sechs Schnallen befinden, dann benötigt man für einen Zug von zehn israelischen Soldaten sechzig Schnallen, und jede durchschnittliche Kompanie von vier Zügen braucht notgedrungen eine ganze Schachtel.

Er lacht und sagt zu Mutter: »Schau sie dir noch einmal gut an, bevor sie wie frische Semmeln weggehen.«

In der Pfütze unter dem Wasserhahn im Hof wachsen Brennnesseln. Ihr saftiges Grün begeistert Mutter jedesmal, wenn wir daran vorbeigehen. Sie zieht ihre »Gummihandschuhe gegen Reinigungsmittel« an, pflückt für mich einen Stengel und stellt ihn in sicherer Entfernung von meinem Platz auf den Tisch. Jetzt lernen wir, Pflanzen zu zeichnen. Dabei muß man die gezackten Blätter beachten, die Adern in den Blättern und die Art, wie sie am Stengel angewachsen sind. Danach bestreichen wir die Fläche um die Zeichnung herum mit einem Brei aus Wasser und Mehl und streuen, bevor er eintrocknet, Sand darüber. Wenn es mir gelingt, die Fläche zu bestreuen, ohne über die Linie zu kommen, wird Mutter die Zeichnung an jenem Flügel der Holztür, der sich sowieso nicht bewegt, befestigen, damit alle Nachbarn sehen, wie schön ich male.

Aber gerade in diesem Moment kommt der Beamte der Einwanderungsbehörde, um die Formulare abzuholen. Die Namen von »Familienmitgliedern, die nicht mehr da sind« fliegen durch den Raum: Wer war Vater und Mutter von wem, wer wurde ermordet, und wer ist wie vom Erdboden verschluckt, im Unterschied zu jenen, »die in den Lagern umgekommen« sind. »Verhungert«, »vergast«, »verschwunden im Lager« oder »zuletzt gesehen, als der Transport in Chelmno ankam«.

Während sie blättert und nach dem ersten Formular sucht, fallen die anderen auf den Fußboden. Sie sammelt sie fieberhaft wieder auf, streicht sie glatt, entschuldigt sich für diese und jene radierte Stelle und kneift sich in die Hüfte, um sich zu versichern, daß sie wach ist. Der Beamte bittet sie, die Namen in alphabetischer Reihenfolge vorzulesen, aber die Buchstaben tanzen vor ihren Augen und kommen durcheinander. »Bald werden Sie denken, daß ich Analphabetin bin.« Was für ein Glück, daß Vater gerade kommt. Er wechselt das Gesprächsthema, spricht von der Miete und notwendigen Dachreparaturen. Mutter bekommt die Chance, die Papiere, die sich um sie häufen, wieder zu ordnen.

Es ist wichtig, daß der Beamte die Namen ihrer Verwandten nicht in die Spalte der Verstorbenen einträgt. Alles, was sie über ihr Schicksal gehört hat, sind nur halbe Gerüchte. Wer weiß, was davon stimmt und was nicht. Sie ist nicht bereit, sie endgültig sterben zu lassen, ohne Beweise aus erster Hand, von jemandem, der dort war und alles gesehen hat.

Der Beamte schreibt die Liste der Namen in ein gebundenes Heft. Mutter stellt sich auf die Zehenspitzen und schaut ihm über die Schulter zu. Sie kontrolliert, daß er die Namen richtig buchstabiert hat, bittet darum, daß er in Klammern die Kosenamen und Mädchennamen hinzufügt. Auch was das Ausfüllen von Adressen betrifft, hat sie Sonderwünsche, und das Formular ist zu klein, um alle zu berücksichtigen. Wenn er einen Buchstaben ausläßt oder seine Schrift zu liederlich ist, beklagt sie sich im Namen des Verwandten, der sich im Grabe umdreht. »Falls er überhaupt ein Grab hat und falls es dort jemanden gab, der seinen Namen buchstabieren und schnell auf irgendeine Tafel schreiben konnte, für jene, die vielleicht übrigbleiben und eines Tages nachforschen, wohin die Menschen, die sie tagtäglich getroffen haben, verschwunden sind.« Und er muß unbedingt bei Straßennamen und Hausnummern den Vermerk hinzufügen, »wenn es sie noch gibt«. Sie will auf die Ungewißheit, die aus den Formularen hervorgeht, nicht verzichten, das Ungewisse ist der einzige Trost, der ihr geblieben ist.

Nach ein paar qualvollen Stunden nimmt der Beamte einen Haufen verschmierter Papiere vom Schnallentisch und verläßt das Haus wie jemand, der es satt hat, sich mit diesen schwierigen und düsteren Einwanderern abzugeben, die besser weggeblieben wären, statt ihm auf die Nerven zu gehen.

Ich habe das Papier mit Sand bestreut. Jedes Brennesselblatt ist eingerahmt. Ich hebe den Karton hoch und bringe ihn zu Mutter. Es ist schwer, ihren Blick einzufangen, wenn sie die Familienfotos wie einen Fächer ausgebreitet hat und alle Verwandten betrachtet. Je länger sie tot sind, um so gütiger und klüger sehen sie aus. Hier ist Pela Janowski, die kleine Tochter von Henia und dem langen Staschek, der einen Laden für Regenschirme besaß. Hier ist Marek, Lisas Bruder, noch in Windeln, auf dem Bauch liegend und mit ausgestreckten Armen und hochgerecktem Kopf. Auf einem Foto vom Ende des Winters, im Skigebiet von Zakopane, stehen Großmutter Sara und Großvater Se'ev zwischen Nathan und Regina, und die drei, die davor sitzen, sind Pela, Bronka und Jurek, die gerade von einem Besuch bei Josie zurückgekommen sind, Boleks Bruder. Der umarmt auf einem anderen Foto zwei Krankenschwestern des Sanatoriums, wo er sich von einer Tuberkulose, die ihn fast das Leben gekostet hätte, erholt hat. Und hier ist Alex, Silkes Ehemann, der an die Naturheilkunde geglaubt hat, obwohl er ein gefragter Chirurg war. Auf zwei anderen Fotos sieht man ihn auch, einmal als Junge und einmal in den Flitterwochen. Auf beiden trägt er eine schwarze Wollmütze, die fast seine ganze Stirn bedeckt, und ein weiterer Teil seines Gesichts ist von den dicken Augenbrauen und vom Bart bedeckt. Obwohl die unbehaarten Teile nicht wirklich ein Gesicht ausmachen, regt sich Mutter gerade bei diesem Foto besonders auf und sagt, es sei schade, daß man sein Herz nicht habe fotografieren können, denn er habe ein Herz aus purem Gold.

Sie findet, daß es wieder mal Zeit sei, zu prüfen, wie gut ich die Namen dieser Menschen kenne, die sich mit ihren kleinen grauen Gesichtern verblüffend ähnlich sehen.

Sie probiert es ein paarmal, und natürlich enttäusche ich sie, auch wenn ich mir Eselsbrücken baue und mir zum Beispiel merke, daß Silke Milka ähnlich sieht, und Milka habe ich schon bei einem früheren Test wiedererkannt. Trotzdem bringe ich die Namen durcheinander. Sie schaut mich böse an. »Was ist bloß mit deinem Gedächtnis los? Mascha Tuchmann, los, wiederhole es, Ma-scha Tuch-mann, Ma-scha Tuch-mann, bis ich genug sage.«

Am Ausdruck ihres Gesichts habe ich zu lesen gelernt, bei welchem Menschen, der mich von der Wand anschaut, ich besonders traurig sein muß. Aber nicht immer gelingt es mir, das, was Mutter »diese rücksichtslose Lebensfreude des Mädchens« nennt, zu beherrschen. Was tut man mit der Freude, die sich ganz allein einen Weg nach außen bahnt? Ausgerechnet jetzt, wenn diese mit Mutter verbundenen Toten still meine Bewegungen verfolgen und kontrollieren, ob ich ihre Namen und Schicksale kenne, und mir vorwerfen, daß ich es wagen kann, sie zu vergessen, obwohl mir allerlei Alltagskram so leicht im Gedächtnis haftenbleibt. Nur Großmutter Sara mit ihrem nachsichtigen Lächeln glaubt mir, daß ich mir wirklich Mühe gebe, mich zu erinnern.

Meine Weigerung, einander umarmend dazusitzen und sich gemeinsam ins Gedächtnis zu rufen, woran sie sich erinnert, ist für Mutter ein erneuter Beweis für meinen Mangel an Respekt. Ein weiterer Versuch, der fehlgeschlagen ist. Sie fordert mich auf, sie mit ihren Gedanken allein zu lassen. Ich renne zum Dach hinauf. Ich will nicht dabeisein, wenn sie sich dicht vor die Wand stellt und ihre Augen diesen bestimmten düsteren Ausdruck bekommen.

Ich lehne mich über das Geländer und lasse meinen Gedanken freien Lauf. Ich überlege, wie man das Gebot, ein glückliches Kind zu sein, einhält, ohne diese »rücksichtslose Lebensfreude des Mädchens« zu demonstrieren. Wenn ich so traurig wäre wie sie, hätte sie keine glückliche Tochter. Soll ich nun traurig sein oder nicht? Vielleicht bin ich grausam, wenn ich mich davonschleiche, statt die Toten zu bedauern. Wenn etwas an mir nicht stimmt, muß ich mich bemühen, es zu verbergen. Aber wenn ich das tue oder nicht nach meinen Gefühlen handle, macht mich das zu einer Lügnerin, und Vater haßt Lügner. Ich möchte vor Vater nicht verbergen, daß ich lüge, und ich möchte mich nicht schlecht fühlen, und ich möchte nicht, daß es Mutter meinetwegen schlechtgeht, aber wie bringt man all diese Wünsche unter einen Hut?

Wenn Mutters Kummer stärker ist als sie selbst, nimmt sie das Foto von Onkel Nathan von der Wand, dreht es um und liest laut vor: »Für meine geliebte Schwester Anna, die Stadtmauer der Altstadt von Krakau, 3. Oktober 1937.« Manchmal drückt sie das Foto an ihre Brust, schließt sich damit in der Toilette ein und verärgert die Nachbarn, die vor der Tür Schlange stehen. An normalen Tagen pflegt sie die Wand um das Foto herum zu streicheln, damit es ja keinen Fleck oder keinen Kratzer von ihren Fingernägeln bekommt. Der Schmerz, den Vater ihr zugefügt hat, als er das Foto zusammenfaltete, so daß das Zelluloid geplatzt ist, war schon mehr als genug. Jetzt zieht sich eine gewaltsame Linie zwischen dem Pony des Mädchens und der karierten Krawatte des Onkels hinauf bis zum Absatz des Schornsteins des Hauses im Hintergrund. Es gibt keinen Ersatz und wird nie einen geben für dieses Foto des Onkels, das ihr nach Kriegsende in die Hände fiel, »auf eine Art, von der du besser nichts erfährst«.

Ich höre Mutters Schritte im Treppenhaus, ihre Zusammenkunft mit dem Onkel ist beendet. Wenn sie zurückkommt, wird sie das Foto wieder an seinen Platz hängen, etwas höher als die Fotos der anderen Familienmitglieder, die nicht mehr da sind. Sie wird erzählen, wie er laut lachte und dabei fast alle Zähne zeigte, wie er ein sommersprossiges Mädchen durch die Luft schwenkte. Das Mädchen hat ein breites Band im Zopf, einen geraden Pony und ein tiefes Grübchen. Onkel Nathan schwingt sie stolz durch die Luft, und Mutter deutet auf das Gebäude im Hintergrund, das aus anderen Steinen gebaut ist als unser Haus.

Mutter sagt, Onkel Nathan habe es verdient, daß ich ihn besonders liebe. Ich habe die gleichen hohen Backenknochen wie er, und ich wurde Alucia genannt, nach seiner kleinen Tochter, die er durch die Luft schwenkt und die damals, als alles begann, genau so alt war, wie ich jetzt bin. Wenn das Geld von den Schnallen erst anfängt zu fließen, wird sie die Aufnahmen von Großmutter Sara und Onkel Nathan in die Hände eines Künstlers geben, der die Köpfe zu normalen Porträts vergrößern kann. Wer keinen Grabstein hat, verdient es, in Farben verewigt zu werden, die nie ausbleichen. Ein echter Experte, der in Warschau eine private Dunkelkammer hatte, sagte einmal zu ihr, daß ein Foto langsamer vergilbt, wenn es im Schatten bleibt und ständig einem Luftstrom ausgesetzt ist. Auf seinen Rat hin bewahrt sie einige Fotos in einem bestickten Strohkörbchen, das mitten zwischen den Tüten mit Lebensmitteln steht. Vehement lehnt sie Vaters Vorschlag ab, die Fotos mit Fotoecken ins Fotoalbum zu kleben. Sie, und nur sie, entscheidet, was mit ihrer Familie geschieht.

Das Halbprofil von Großmutter Sara hat sie in einen schwarzen Rahmen mit einem besonders dicken Glas verbannt und ihn zwischen Spülbecken und Eisschrank aufgehängt. Wenn sie sich zum Essen hinsetzt, an den Platz, den Mütter normalerweise einnehmen, richtet sich Großmutters Blick direkt auf sie. Mutter schließt die Augen und bittet sie um Ratschläge, das heißt, sie fragt Großmutter, was sie an ihrer Stelle tun würde; sie bittet sie außerdem, sie vor Leuten zu warnen, die sie betrügen wollen. Wenn ich frage, was sie so heimlich besprechen, hebt sie verzweifelt die Schultern und sagt: »Ich entdecke jeden Tag Dinge, die ich sie nicht rechtzeitig gefragt habe.«

Mutter nähert sich dem Foto, ihr Gesicht spiegelt sich im Glas und wird eins mit den Zügen der Großmutter. Ihr Kinn ist genauso breit, auch die Lippen und der Abstand zwischen den Augen, und beide haben einen weißen Mittelscheitel.

Hätte sie mir nicht beigebracht zu glauben, daß Großmutters Gesicht vergeistigt ist, hätte ich eine ganz gewöhnliche alte Frau in ihr gesehen, jenen Frauen gleich, die in den Kisten des Gemüsehändlers stöbern. Das Kinn, von dessen Anmut Mutter so entzückt ist, finde ich zu viereckig. Den verschatteten, irgendwie distanzierten Blick, der nach Mutters Meinung ihre angeborene Vornehmheit zeigt, ist für mich eher ein Zeichen der Sorge vor dem, was ihr bald geschehen wird.

Schon seit einer Woche wartet Mutter auf einen Brief von jemandem, den sie in der Warteschlage für den Personalausweis getroffen hat. Diese Person hat ihr versprochen, jemanden zu bitten, der jemanden kennt, der seinerseits jemanden kennt, der gesehen hat, wie man Onkel Nathan aufgehängt hat, ihr die letzten Worte, die der Onkel vor seinem Tod gesagt hat, mitzuteilen. Seit jenem Tag schickt sie mich ständig zum Briefkasten. Ich trage eine scheppernde Schnallenschachtel hinunter, auf die ich steigen kann, um durch die fünf Löcher des neuen Briefkastens zu spähen. Und immer, wenn ich nichts sehe, seufze ich erleichtert auf, daß wieder ein Tag vergangen ist, ohne daß dieser erwartete Brief gekommen ist.

Wie nimmt man einen Umschlag mit letzten Worten in die Hand? Was macht man, wenn der Umschlag zu Boden fällt oder zerknittert? Vergibt Gott Kindern, aus deren Händen die Seele des Onkels fällt, oder werden sie zur Strafe aus ihrem Heim vertrieben?

Ich überlege mir einen Abschiedssatz, den ich zu Mutter und Vater sagen werde, falls Gott mich zwingt, in eine andere Familie zu wechseln. Was schon einmal geschehen ist, kann sich auch bei uns wiederholen. Mutter weiß viele Geschichten von Kindern, die man anderen Menschen überlassen hat, um sie woanders unterzubringen, und die diese Menschen später nicht mehr hergeben wollten. Der große Krieg hat bewiesen, wie willkürlich und beliebig Menschen in andere Familien gebracht wurden und wie einfach es war, sie zu teilen.

Vater ist wütend. Wie kann man nur so viele Erwartungen in einen Brief legen, der einem doch nur das Herz schwermachen wird? Warum besteht sie darauf, ihre Trauer zu pflegen? Wieviel Tod kann man einem jungen, am Beginn stehenden Leben aufladen? Was vorbei ist, ist vorbei, es lohnt sich nicht, sich ständig damit zu belasten, und wie kann man sich überhaupt nach einem Ort und einer Zeit voller Schicksalsschläge zurücksehnen?

Er fordert sie auf, »ein neues Blatt« aufzuschlagen.

»Was soll das sein?«

»Ein Blatt, das gerade jetzt beginnt.«

»Merkst du nicht, wie hohl deine Worte sind?«

»Wir sagen, daß wir jetzt geboren sind.«

»Was soll das bedeuten, dieses Aufschlagen von neuen Blättern, was meinst du?«

»Wie lange kann man mit einem rückwärtsgewandten Gesicht leben? Was willst du noch entdecken, was du bis jetzt nicht gefunden hast?«

»Das sind keine Dinge, die man einfach entscheiden kann.«

»Niemand hier kennt uns.«

»Ich kenne mich.«

»Auch wir sind nicht mehr, wer wir waren.«

»Laß uns diese idiotische Diskussion beenden.«

»Niemand sagt uns, wer wir sein sollen. Alles hängt von uns ab.«

»Was bedeutet es, anders zu sein?«

»Dinge loszuwerden, von denen niemand etwas wissen will. Auch wenn man sich dafür ein bißchen verstellen muß.«

»Vor wem sollen wir uns verstellen?«

»Wir sind jung genug, um bei Null anzufangen.«

»Bist du verrückt geworden?«

»Der Krieg ist vorbei, und wir haben gesiegt, Anuschka.«

»Was heißt gesiegt?«

»Man hat es nicht geschafft, uns zu töten, und außerdem haben wir eine neue Heimat bekommen.«

»Schon wieder diese Heimat.«

»Was willst du denn, Anuschka?«

»Ich weiß, was ich nicht will.«

»Was willst du nicht, Anuschka?«

»Hier sein, Olek, warum, zum Teufel, bin ich dir hierher gefolgt?«

»Der einzige Ort, an dem ich leben kann, ist dieser Ort.« Vater baut sich vor ihr auf. »Du wirst mir dieses Land nicht vermiesen. Du kannst mich nicht dazu bewegen, in ein Land wie Australien zu gehen. Hier stecke ich fest, nur hier, wie ein Nagel mit einem abgebrochenen Kopf.«

Vater fängt mit seinen Erklärungen an, und Mutter läßt die Hände auf eine Art sinken, die besagt: »Das haben wir schon mal gehört.« Nein, sie wird diesem verdächtigen und flachen Ort keinen Treueschwur leisten, bevor sie sich nicht mit der Vergangenheit versöhnt hat. Was ist mit ihrem Mann falsch gelaufen, daß er so leicht auf das alte Leben verzichten kann, daß er sich so hartnäckig an diese seltsamen und fremden Häuser klammert, in denen der Alltag so armselig ist?

Wer weiß, was er für eine Vergangenheit hinter sich hat, welche dunklen Geschichten sich in seinem Kopf verstecken. Kann man einem Mann, der den Faden zwischen sich und seiner Vergangenheit zerschnitten hat, überhaupt vertrauen? Wer zu diesem Tauschhandel zwischen dort und hier ohne große Konflikte fähig ist, könnte für eine neue Frau und eine neue Heimat noch einmal alles hinter sich lassen.

Warum, zum Teufel, hat er kein einziges Foto? Warum hat sie selbst alles Menschenmögliche getan, um Reste ihres Familienalbums zu bewahren, und er nicht? Und dann wundert er sich noch, daß ihr die Namen seiner Eltern, form- und gesichtslose Menschen, die kaum erwähnt werden, entfallen waren, als sie sie in die Formulare des Innenministeriums eintragen sollte.

Sie hat ihn oft genug gebeten, etwas von dem Haus zu erzählen, in dem er aufgewachsen ist, seine Antworten waren immer mißmutig. Sie hat nie herausbekommen, wie das Lieblingskleid seiner Mutter aussah oder wie viele Stunden bei ihm zu Hause zwischen Abendbrot und Schlafengehen lagen. Obwohl sie insgeheim weiß, daß ihr Drängen die Farbe des Hauses und die

Konditorei der Familie Meller nicht mehr ins Leben zurückrufen wird, steigen solche Gedanken plötzlich in ihr auf, zum Beispiel auf dem Weg zum Bulgaren, oder wenn sie einfach auf der Fensterbank sitzt, und schon ist der Streit da.

»Wenn wir das erledigt haben, was jetzt, am Anfang, so dringend ist, werde ich dir alles erzählen, was du hören willst.« Er dreht sich um, und sie kann nur noch seinen Rücken anstarren.

»Alles nur wegen der Schnelligkeit, mit der sich alles abgespielt hat, damals auf dem Gerüst, auf dem Viehmarkt von Samarkand«, murmelt Mutter manchmal vor sich hin. Denn zu der Zeit, als ihr klar wurde, daß auch dieser Mann mit den braunen Augen keinen Ort hatte, zu dem er gehen konnte, befaßte sie sich noch nicht mit den Fragen, die sie heute beschäftigen. Vater musterte damals ihren abgezehrten Körper, ignorierte die wenigen, noch dünnen Haare und fragte nicht, wo ihre Zähne seien. Er machte Witze über Mona Lisa, die mit ihrem zurückhaltenden Lächeln nicht zum ewigen Ruhm gelangt wäre, hätte sie Zähne im Mund gehabt. Mutter fragte ihn, ob er ein bißchen zur Seite rücken könne. Er lächelte, rückte viel mehr als ein bißchen zur Seite, legte sein Kleiderbündel auf das Gerüst und lud sie ein, sich darauf zu setzen.

Plötzlich einen Stoffsack unter dem Gesäß zu haben, weich und vertraut, bereitete ihr ein seltsames Vergnügen nach all den Jahren auf einem vergitterten Eisenbett und dem knarrenden Barackentor. Es war ewig her, daß jemand dafür gesorgt hatte, daß sie weich saß. Sie dachte, ein Lumpenbündel kann einen Viehmarkt in ein Paradies verwandeln, und ihr drehte sich der Magen um, als sie sich an den Nachmittag ihres ersten Schultags erinnerte: Draußen war es schon kühl, Großmutter Sara wickelte ihren Spitzenschal um das Mädchen, nahm es auf den Schoß und ließ sich erzählen, wie es in der Schule gewesen war.

Sie kann sich noch gut an den Moment erinnern, als sie Lust bekam, jemanden für sich allein zu haben: jemanden, der ihr sagt, wohin er geht, und der zur abgesprochenen Zeit zurückkommt, ganz anders als die Tausenden von Gesichtern, die vorbeizogen, ohne einen Eindruck zu hinterlassen. Sie schaute ihn liebevoll an, als er beide Bündel auf seinen Rücken hob. Und so bat er sie um ihre Hand. Sie ließ sich von ihm führen, ging dahin, wohin er ging, und sagte ja. »Er ist ein Mensch, der mich zudeckt, wenn ich in der Nacht friere«, erklärte sie sich die Geschwindigkeit, mit der sie einverstanden war. Ein stummes Einverständnis, das, was bevorstand, lieber zu zweit anzugehen. Mutter stöhnt: »So ist es, wenn eine verlorene Seele auf dem Viehmarkt von Samarkand eine andere verlorene Seele trifft.«

Und jetzt, hier, in seiner seltsamen Heimat, in diesem deprimierenden Festsaal, erteilt ihr der Mann vom Gerüst seltsame Ratschläge: die Fotos in ein geschlossenes Album zu verbannen und sich auf die Zukunft zu konzentrieren, die vor der Tür wartet. Glaubt er wirklich, daß man seine Stimmungen wie durch Zauberhand an- und ausschalten kann?

»Mütter müssen ihre Kinder pflegen und nicht ihren eigenen Kummer. Verbinde deine Wunde, und geh mit dem Mädchen zum Meer.« Er deutet auf mich, und ich habe schon meinen Badeanzug an, stürze mich auf die Muscheln, die ich sammle, übe das Laufen mit nackten Füßen, um meine Fußsohlen abzuhärten.

»Du bist nicht der einzige verwaiste Mensch hier in der Gegend, und die Bomben, die geworfen wurden, waren nicht nur für deine Familie bestimmt. Finde mir irgend jemanden in diesem Haus, dessen Eltern nicht ermordet wurden.«

»Mich interessieren meine Toten, Olek.«

»Du tust, als wäre es nur ihnen passiert.«

»Jeder soll seine eigenen Toten beweinen.«

»Warum soll man inmitten dieses großen Elends sein eigenes kleines Elend beweinen?«

»So sind sie, die Menschen.«

»Es ist etwas anderes, wenn alle um dich herum Waisen sind.«

»Nicht bei mir, Olek.«

»Schau dich doch um.«

»In meiner Klasse im Gymnasium war Estuscha Nagel. Ein unsympathisches Mädchen, dessen Mutter plötzlich bei einem

Elternabend zusammenbrach und dann am Schlaganfall starb. Wir, die Kinder, haben Estuscha mit Samthandschuhen angefaßt. Wir haben sie fast wie eine Heilige behandelt. Bis dieses Massensterben anfing, dachten wir, ihr sei etwas ganz Schreckliches passiert. Aber das ist lange her, zu einer Zeit, in der die Menschen noch einzeln starben.«

»Es gibt heute nichts Normaleres, als der einzige Überlebende einer Familie zu sein. Wie würde dieses Land aussehen, wenn alle in ihrem Privatleben versinken würden.«

»Nichts tut mir weher, als wenn du mir sagst, ich soll mit dem Selbstmitleid aufhören ...«

»Ich sage, was ich denke.«

»Oder du nennst mich eine Erinnerungsgeschädigte.«

»Menschen in unserem Alter befassen sich nicht mehr mit ihren Eltern.«

»Was soll das heißen, ›Menschen in unserem Alter‹?« fragt sie, während er die Arme um ihre Hüften legt, und obwohl er nur sagt: »Genug, genug, genug«, hört sich das wie eine Liebesbeteuerung an, und ihre Stimme wird weicher. »Entschuldige, Olek. Verzeih mir, daß es bei mir so lange dauert, bis ich mich an das Leben gewöhne.«

Nur selten, und nur in späten Abendstunden, nach einem Gläschen Brandy, passiert es, daß Mutters Erinnerungen seine eigenen Erinnerungen wachrufen. Dann drückt er die Hände an die Schläfen, und seine Lippen werden blaß. »Es gibt eine Geschichte, die ich dir noch nicht erzählt habe«, schluchzt er an ihrer Schulter. Sie legt liebevoll die Arme um ihn, und er seufzt ein- oder zweimal, erzählt aber die Geschichte nicht, und jedesmal, wenn er seufzt, bebt sein Rücken, und er hebt die Hände zum Kopf, wie um ihn zu stützen, aber eigentlich, um sein Gesicht zu verbergen. Noch bevor ich mich entscheide, ob ich dabeibleiben will, löst er sich aus ihrer Umarmung und richtet sich auf wie jemand, der fest entschlossen ist, Haltung zu bewahren, und geht zur Küche. Mit auf dem Rücken verschränkten Armen tasten seine Finger über den Marmor, er schweigt lange und spricht dann mit einer weichen Stimme, wie jemand, der nach langem Zögern die richtigen Worte findet: »Es sei mir erlaubt, vergessen zu wollen, Anuschka. Jeder soll mit sich selbst ausmachen, was gut für ihn ist. Wir bekommen das schon hin, Anuschka, du wirst sehen. In einem Jahr oder zwei werden wir uns umschauen und so viele neue und gute Dinge entdecken, daß auch du nicht mehr daran erinnert werden willst, woher wir kommen.«

»Aber bis es soweit ist, macht mich die Entfernung von dort nur noch einsamer.«

»Daß du mir ja nicht in eine Depression schlitterst, Anuschka.«

»Wo bin ich, wenn nicht in einer Depression?«

»Die Toten sind tot. Was macht das für einen Unterschied, ob du nah oder fern bist von den Gräbern, die sie nicht haben?«

»Es fing schon im Zollager an, Olek. In dem Moment, als wir hineingingen, wußte ich genau, daß das, was ich mir versprochen habe, nichts wert ist.«

»In München hast du sie kaum erwähnt.«

»Dort hatte ich wenigstens das Gefühl, daß ich im nächsten Augenblick ein bekanntes Gesicht sehen könnte.« Ihre Augen wandern zur Wand der »Familie, die nicht mehr da ist«, und dieser kurze Blick reicht, um alle Vereinbarungen zu brechen. Sie ist wieder zerrissen, es geht wieder los, wieder die gleichen Worte, die ihren Kummer beschützen, und niemand weiß, wie lange sie braucht – niemand kann ihr das Recht auf ihren Kummer nehmen. Auch nicht die israelische Armee mit ihren Taschen und Schnallen und den beiden neu erworbenen Flugzeugen für die Luftwaffe, von denen man im Radio berichtet hat. »Ich habe diese Blicke satt, die bedeuten, daß bei mir etwas nicht stimmt, daß alle außer mir gelernt haben, alles zuzudecken. Nein, Olek, dein neuer Staat ist keine Entschädigung für mich. Ich habe nicht vor, zu einer Mischung aus Arbeiterin und Frau zu werden und eure Volkstänze zu tanzen. Ich glaube nicht an die hysterische

Freude, die ihr demonstriert, nur um euch glauben zu machen, daß sie tatsächlich existiert. Ich bin für dieses Fest nicht gemacht. Und überhaupt ist hier alles geteilt in ein Entweder-Oder. Der halbe Staat besteht aus Rettern, die andere Hälfte aus Geretteten. Entweder bist du ein Held oder eine lächerliche Figur. Es hat sich so ergeben, daß ich zu viele Tote kenne, und das ist alles, was bei mir nicht stimmt. Ich bin keine Retterin und keine Gerettete, ich bin nichts von dem, wonach ihr die Leute in verschiedene Kategorien einteilt. Ich möchte eine feste Wohnung, und ich möchte damit anfangen, in meinem Kopf Ordnung zu machen. Alles ist durcheinander, Olek. Dieses Rauschen, Olek. Es rauscht die ganze Zeit, und das Rauschen läßt nicht zu, daß ich mich auf die einfachsten Dinge konzentriere. Ich habe noch nicht begriffen, was geschehen ist und wer diese Frau ist, die in meinem Körper wohnt. Was ich brauche, ist eine Pause von allem. Ruhig dasitzen und meine Gedanken dahin treiben lassen, wohin sie wollen. Ein Jahr Erholung für jedes Jahr Erschöpfung. Gott weiß, wie alle außer mir es schaffen, das Hier mit dem Dort in so groben Stichen zusammenzufügen. Wie sie sich selbst überzeugen, daß sich die Erde weiterdreht. Warum glauben alle, daß die Zeit schon das Ihre tun wird, wo es bei mir gerade umgekehrt ist? Es ist nicht so, daß ich dir nicht glauben will, Olek. Ich wollte so sehr daran glauben, daß alles anders wird, wenn wir erst hier sind.«

»Der Krieg ist vorbei. Schluß. Draußen ist es ruhig. Keiner erschießt einen anderen.« Er packt sie an den Schultern, dreht ihr Gesicht zum Minarett der Hasan-Bek-Moschee, und so stehen sie in einer Umarmung mitten im Zimmer, und er drückt sie noch fester an sich. Es ist seltsam zu sehen, wie sie sich offen umarmen. Mutter flüstert: »Vielleicht habe ich dich betrogen, vielleicht hätte ich dir damals, als wir uns kennenlernten, von den Menschen erzählen sollen, die in meinem Kopf sind. Du konntest nicht wissen, wie viele Menschen du würdest durchfüttern müssen. Was kann man schon auf einem dunklen Viehmarkt sehen?«

Er schaut sie lange und still an, dann sagt er: »Meine Arme sind weit genug für deinen und meinen Kummer.« Und sie betrachtet seine weiten Arme mit einem nachdenklichen Blick, der besagt, daß sie ihn versteht. Wenn sie erst von überflüssigen Dingen befreit ist, wird es auch Platz für ihn geben.

»Alle Menschen gehen ihrem Ende entgegen, nur ich gehe vom Ende zum Anfang«, sagt Mutter mit eingezogenen Schultern.

»Laß nicht zu, daß diese Mistkerle dir deine Gefühle vorschreiben. Sie sind die Kraft nicht wert, die du ihretwegen aufbringst.«

»Zeit und Ruhe, Olek«, bittet sie mit geschlossenen Augen, und Vater nickt.

»Gib mir eine Chance, Anuschka.« Er zieht sie noch fester an sich.

Vater kann die Stille durchbrechen. Mutter auch, wenn sie sich Mühe gibt. Ich weiß nicht, wie man das macht. Auch diesmal ist die Diskussion nicht damit zu Ende, daß sie aufhören zu debattieren. Vater legt die Arme um ihren Nacken, und ich tanze für sie die lustigsten Tänze, bis beide lachen, und sie umarmt ihn und mich und sagt: »Alles wird gut. Zeit und Geduld, nur Zeit und Geduld.« Und leise fügt sie hinzu: »Wenn ich nur ein bißchen von dem Material hätte, aus dem du gemacht bist, Olek. Es ist unglaublich, wie du von dort entkommen konntest, ohne einen Preis dafür zu zahlen.«

»Kein besonderes Material. Früher hatte ich Angst, niemand würde mir glauben, wenn ich etwas erzähle. Und dann habe ich mich davon überzeugt, daß das, was geschehen ist, keine Ausrede ist. Daß ich die Kraft haben werde zu arbeiten, solange sie dort sind und ich hier bin.«

»Hast du keine Vergangenheit, Olek?«

»Vergangenheit?«

»Ja, Vergangenheit.«

»Es kommt drauf an.«

»Bitte?«

»Wo sie anfängt.«

»Sag mir, wo sie anfängt.«

»Mit dem Tag unserer Ankunft hier.« Vater läßt sich tief in den Sessel sinken und versteckt das Gesicht in den Händen. »Du hast keine Wahl, Anuschka, auch du mußt alles zur Seite legen.«

»Auf welche Seite, Olek?«

»Zumindest so lange, bis wir einigermaßen zurechtkommen.«

»Wer werde ich sein, wenn ich alles beiseite lege? Mit wem soll ich sprechen, wenn nicht mit dir? Was wird sein, wenn alles aus und vorbei ist … Vielleicht bin ich neidisch auf deine Vergeßlichkeit, vielleicht rede ich bloß aus Neid so.« Mutter nimmt Großmutters Foto von der Wand und drückt es fest an sich.

Viele harte Worte, die ich früher nie gehört habe, fliegen heute nacht über ihr Bett. Beim Morgengrauen ist Mutter noch immer mürrisch, während Vater versucht, sie mit einem polnisch-hebräischen Wörterbuch, das er rechtzeitig für diesen Anlaß gekauft hat, zu besänftigen. »Es ist eine neue, überarbeitete Ausgabe, mit einem Anhang für Einwanderer, der dreihundert gebräuchliche Wörter in Alltagshebräisch enthält«, sagt er flehend.

Mutter wickelt mit einem sauren Gesicht das Buch aus.

Vaters Mundwinkel ziehen sich gekränkt nach unten.

»Wenigstens eine Widmung«, sagt sie mit erstickter Stimme.

Vater nimmt das Wörterbuch unter den Arm und geht zwischen dem Spülbecken und dem Eisschrank hin und her. Er überlegt, ob er das Wörterbuch zu dem Laden in der Allenbystraße zurückbringen soll. Mutter begleitet sein Murmeln mit seltsam verkrampften Lippen, und dann bereut sie, daß sie ihn gerade dann angegriffen hat, als er die besten Absichten hatte. Sie hat etwas Persönliches erwartet, etwas, das ihr Lust macht, sich mit diesen viereckigen Buchstaben zu beschäftigen.

»Entschuldige, Olek.«

»Danke, Olek.«

»Ich hätte das nicht sagen sollen.«

Vater läßt die Arme sinken. Sein Gesicht ist traurig. Mutter legt das Wörterbuch auf den Tisch und faltet das Einwickelpapier ordentlich zusammen. Ich habe keine Ahnung, ob es gut oder schlecht ist, dreihundert nützliche Wörter auf alltagshebräisch zu lernen. Ich höre zu, was sie sagen, und versuche zu erraten, wer was und wann sagen wird.

Ich habe meine Methoden, die Worte, die zwischen ihnen fallen, von mir fernzuhalten.

Die ganze Woche über verfaßt Vater Briefe an die israelische Armee und an die Polizei und an das Verteidigungsministerium. Auf Millimeterpapier zeichnet er das, was er »Umrisse der Schnallen im Verhältnis eins zu eins« nennt.

Er weiß nicht, ob es üblich ist, offizielle Anträge mit der Maschine zu tippen, oder ob es auch handschriftlich geht. Einerseits sind die Leute hier stolz darauf, wie inoffiziell alles bei ihnen abläuft, andererseits ist ein Dokument ein Dokument und eine Behörde eine Behörde.

Wie schade, daß er nicht daran gedacht hat, ein oder zwei Blöcke von Sigmunds Briefpapier mitzunehmen. Es lagen so viele davon auf dem Schreibtisch, verlassen und von Katzenpfoten beschmutzt. Wenn er rechtzeitig daran gedacht hätte, könnte er die Anträge jetzt auf echtem Firmenbriefpapier schreiben, mit dem Logo und den Initialen von Sigmund Hertz-Band und mit Wasserzeichen. Und soll er den Brief mit »Sehr geehrter Verteidigungsminister« oder mit »Sehr geehrter Premierminister und sehr geehrter Verteidigungsminister« anfangen? Soll er sie »exzellente Schnallen« nennen, oder soll er lieber schreiben, er habe »hervorragende Ware«? »Exzellent« könnte zu überheblich wirken, und mit »hervorragend« bezeichnen auch die Gemüsehändler auf dem Carmelmarkt ihre gewöhnlichen Oliven und Gurken. Der richtige Ton ist entscheidend, damit steht und fällt alles. Kein Wunder, daß er zwischen seinen beiden Wörterbüchern hin- und herläuft, nach präzisen Wörtern sucht, vergleicht, mißt und überlegt, ob er im Brief die ganze Geschichte der Schnallen darstellen oder nur sachlich mitteilen solle, er habe einen Bestand von so und so vielen Schnallen und daß er sich verpflichten könne, sie bis dann und dann zu liefern. An ein und demselben Tag raten ihm zwei Menschen hintereinander, nicht zu sentimental zu schreiben. »Sei sachlich, und laß sie nicht merken, daß du unbedingt verkaufen willst. Laß sie spüren, daß du eine sichere Kundschaft hast, und überhaupt, wenn einer hier jemandem einen Gefallen tut, bist du das, nicht sie.«

Verzeihung

Gerade an dem Tag, an dem er den Brief endlich formuliert hat und ihn zu einem Schreibbüro bringen will, legt Mutter eine Hand auf meine Stirn. Sie kontrolliert noch immer jede Stelle meines Körpers, seit sie vor einer Woche entdeckt hat, daß eine der Ratten in der Nacht in mein Bett gekrochen ist und den Ärmel des Pyjamas und die Haut meines Ellenbogens angeknappert hat.

»Das sieht nicht gut aus«, hatte sie im Ton einer Ärztin gesagt.

Die Infektion hat sich vom Ellenbogen aus innerhalb einer Woche im ganzen Körper ausgebreitet, ich glühe. Meine Eltern hätten nicht gedacht, daß die Stirn eines Mädchens in meinem Alter so heiß sein könnte. Im ganzen Haus gibt es kein Thermometer, keiner der Nachbarn kennt einen Kinderarzt, und Mutter nimmt es sich übel, daß sie sich nicht vorher erkundigt hat. Aber wer hätte schon gedacht, daß gleich am Anfang jemand krank werden würde.

Ich wälze mich wegen der Kopfschmerzen im Bett hin und her. Aber es hilft nichts, es macht keinen Unterschied, ob ich auf dem Rücken liege, auf der Seite oder auf dem Bauch. Vater rennt zu verschiedenen Beamten, die ihn mit Überweisungen zu verschiedenen Ärzten schicken. Mutter wird blaß, als sie das Ergebnis der Blutuntersuchung liest. Sie hat Erfahrung mit Typhus, und unsere Familie ist zu klein, um noch jemanden zu verlieren.

Sie schließen die Wohnung ab und ziehen auf eine Bank in der Kinderabteilung des Krankenhauses Hadassa um. Eine Woche lang hängen rote Beutel über meinem Bett, ich bekomme Eisverbände auf den Kopf und spüre eine Hand, die nicht von meiner Stirn weicht. Als der Leiter der Kinderabteilung, Doktor Bugrashov, schon ziemlich ratlos ist, was er noch tun kann, liest er einen Artikel über ein Antibiotikum namens Streptomycin. In dem Artikel heißt es, das Medikament sei noch in der Versuchsphase und nur von einem bestimmten Labor in einem Londoner Krankenhaus zu bekommen.

Verschwommen kriege ich mit, wie besorgte Stimmen hin und her beraten, wie man die Adresse von Janek auftreiben könne, eines nicht sehr geliebten entfernten Cousins meines Vaters. Alles hängt vom Wohlwollen eines Menschen ab, von dessen Existenz Mutter gerade erst erfahren hat. Der Bastard war klug genug gewesen, nach London zu fliehen, bevor jemand den Mut aufbrachte zu erkennen, daß der Krieg vor der Tür stand. Bugrashov besorgt Janeks Telefonnummer, und Vater soll von seinem Büro aus anrufen und Janek bitten, er möge sich an einen gewissen Sam Wood wenden, der das Streptomycin besorgen könne, und es einer Sandy Diamant überreichen. Sie habe sich bereit erklärt, das Medikament zum Flugzeug zu bringen und es dort in treue Hände zu geben.

Vater zählt die Stunden und die Minuten. Niemand kann sagen, ob die Maschine in Paris eine Zwischenlandung macht oder nicht. Man hofft, daß Janek, von dem mein Vater sagt, er sei ein Bandit und normalerweise kein Mensch, in dessen Hände er das Leben seiner Tochter legen würde, das Labor erreicht hat, bevor es schließt. Wenn alles wie geplant läuft, würde eine Stewardess namens Doris, eine magere rothaarige Frau mit einem Logo in Form eines Flügels auf einer weißen Ledertasche, um halb fünf am Informationsschalter warten.

Bugrashov hat ein Taxi bestellt. Das Taxi wartet am Tor des Krankenhauses an der Balfourstraße. Vater rennt so energisch aus dem Haus, als müßte er bis London laufen. Der Fahrer weiß schon, daß es sich um die Rettung eines Menschenlebens handelt, und drückt kräftig aufs Gas.

»Wenn das Mädchen stirbt, sterbe ich auch«, bekennt Vater dem Chauffeur, der die gleiche Art Kipa trägt, wie sein Großvater sie zu Feier- und Gedenktagen getragen hatte. Er spürt den Schlafmangel und sinkt in den Vordersitz. »Verlassen Sie sich auf mich«, sagt der Taxifahrer und fährt noch schneller. »Wenn ich Ihnen sage, daß das Mädchen leben wird, dann wird es so sein. Gott, im Gegensatz zu den Menschen, kann seine Fehler eingestehen.«

Die Maschine ist zu früh gelandet. Doris wartet schon am Schalter der BA. Vater stürzt auf sie zu. Ein grünes Päckchen, auf dem der Name Bugrashov steht, sticht ihm ins Auge. Er schnappt es und rennt zurück zum Taxi, zu aufgeregt, um sich bei Doris zu bedanken. Er hat noch nicht einmal gesehen, ob sie rothaarig war und was sie für einen Flügel auf ihrer weißen Tasche hatte.

Der Taxifahrer startet sofort und rast los. Die Straße ist frei, das Lebenselixier schwappt in fünf Ampullen, die mit Alukappen hermetisch verschlossen sind. Die Wasserbehälter auf dem Dach des Krankenhauses am Ende der Straße sind schon zu sehen, der Hof und das Tor und das Schild, das den Weg zur Aufnahme anzeigt. Vaters Hand ist auf dem Türgriff, das Taxi hält, Vater springt hinaus. Der Fahrer holt aus dem Handschuhfach sein persönliches Gebetbuch und drückt es Vater in die Hand, beschwört ihn, Psalmen zu lesen. »Ich möchte einen Anteil an dem Wunder haben, das bald geschehen wird«, sagt er und weigert sich, Geld anzunehmen.

Mutters Hand fühlt meinen Puls. Ich lebe kaum noch. Die Oberschwester kommt herbeigerannt. Der Inhalt der ersten Spritze läuft in meine Vene. Es ist zwar nur ein Versuch, man kann nichts versprechen, aber nach sechsundvierzig Stunden öffne ich die Augen.

Die Gesichter von Vater und Mutter verschwimmen zu einem Gesicht, das unter der Infusion hängt. Stimmen schreien durch das dicke Kissen. Zwei Gestalten in Weiß verschwinden mit aufgerissenen Mündern hinter der weißen Gardine. In dem Körper des Kindes im Bett gegenüber stecken Schläuche. Jemand klatscht. Bugrashov verlangt Ruhe. Er schafft es nicht, den Puls an meinem Handgelenk zu zählen. Seine Finger drücken fester und tun mir weh. Jemand flüstert, daß das Mädchen sehr dünn geworden sei. Ein anderer sagt, meine Augen würden immer größer, bald würde ich nur noch aus Augen bestehen. Jemand läuft los, um dem Krankenhausleiter mitzuteilen, ein an Typhus erkranktes Kind sei praktisch tot gewesen und mit Hilfe von Streptomycin wieder zum Leben erwacht. »Die moderne Medizin macht Fortschritte«, sagt Bugrashov erregt. Die Stimme einer Frau lobt die moderne Zeit, in der wir glücklicherweise leben. Die Stimme eines Mannes übertönt sie. »Typhus ist nicht so schlimm, es hätte auch Cholera oder Polio sein können. Ich kenne Leute, die das Hadassa durch das Tor in der Balfourstraße betreten haben und es später in einem schwarzen Wagen durch den Ausgang in der Mazehstraße verlassen haben.«

Mutter murmelt: »Was hat Bugrashov mit ›es wird besser‹ gemeint? Besser als bei wem? Als bei dem Kind, dem man die Beine amputiert hat? Besser als bei dem Jungen ohne Magen, der in der Notaufnahme liegt? Hat er zu ihren Müttern auch gesagt, es wird besser?«

»Vielleicht hätten wir ihre Matratze höher legen sollen. Und dieser Klimawechsel von dort hierher. Wie soll man wissen, was der Klimawechsel mit ihrem Immunsystem getan hat? Vielleicht habe ich auch zu viel geklagt. Es ist nichts für Kinder, was sie durchgemacht hat. Die Angst hat sich in ihrer Seele festgesetzt. Wie soll ich wissen, was sie von dem allen begreift, was ich vor ihr zu verheimlichen versuche? Was hat sie von der Reue mitbekommen, die jede Mutter manchmal empfindet? Alles zusammen hat sie geschwächt. Ich hätte sie zwingen müssen, Haferflocken zu essen. Auf mehr Vitamin B bestehen. Nicht, daß ich nicht darauf bestanden habe, aber ich hätte hartnäckiger sein sollen.« Sie schaut zur Decke hinauf. »Großer Gott, verflucht sollst du sein, wieder willst du mir alles wegnehmen. In Ordnung, fangen wir mit dem Anfang an. Rede. Los. Jetzt. Sag es mir direkt ins Gesicht: Was soll ich tun, damit du endlich aufhörst, mich als Zielscheibe zu benutzen?«

»Streptomycin« – ein langes, zischendes Wort, das in verschiedenen Tonlagen von verschiedenen Mündern ausgesprochen wird. Vater bemüht sich, für Mutter alles zu übersetzen, aber er ist nicht schnell genug. Irgend jemand ist traurig über die Millionen Menschen, die vor langer Zeit durch Rattenbisse gestorben sind. Hätte man das Streptomycin rechtzeitig entdeckt, wäre Florence Nightingale arbeitslos gewesen. Mutter wischt meine Stirn mit etwas Nassem und Kaltem ab. Vater fragt, ob es gesund ist, einen Ventilator auf mich zu richten. Kein Wind erreicht mich. Bestimmt hat jemand ein Zeichen für »nein« gegeben.

Jetzt kann man schon offen darüber reden, daß ich fast tot gewesen bin.

»Ich glaube es nicht«, die Stimme kommt von einem weißen Kittel. »Gestern habe ich noch gefragt, warum man Blutkonserven an dieses Mädchen verschwendet.« Jetzt verstehe ich, daß die rote Flüssigkeit in den Beuteln und in den Schläuchen keine Medizin ist. Die Übelkeit wird stärker. Ich betrachte meine Handflächen, um mich zu vergewissern, daß ich immer noch ich bin. Jeder Mensch hier im Zimmer mischt sich mit mir. Ich wähle das Gesicht, dessen Blut mir am wenigsten Übelkeit verursacht. Wenn Mutter während der ganzen Krankheit neben mir saß, warum hat sie dann zugelassen, daß man mir das angetan hat? Ich versuche, etwas anderes zu denken. Ich finde keine Ruhe. Nichts gelingt mir. Wer ist diese Florence, die beinah arbeitslos gewesen wäre? Wo ist der Zusammenhang zwischen mir und dem Körper, um den sich alle kümmern? Warum tut mir der Darmtyphus im Kopf weh, und warum hat man mich in der Aufregung über das Wunder vergessen, und warum sagt man mir nicht, was ich mit der Übelkeit tun soll? Warum zum Teufel wollte ich mit Ratten schmusen? Warum habe ich kleine Pfeiftöne ausgestoßen, um sie in mein Bett einzuladen? Was passiert, wenn Mutter und Vater entdecken, daß ich an allem schuld bin?

Eine tiefe Stimme schlägt vor, Mutter und Vater sollen sich meine Essensration teilen, solange ich durch die Vene ernährt werde. Mutter reicht Vater eine Scheibe Schwarzbrot. »Du mußt dich für deine Geschäfte stärken«, sagt sie. »Ich habe auf die

Schnelle draußen eine Brezel gegessen.« Und er sagt: »Iß du nur, Anuschka, wir werden keine leichte Zeit haben, bis das Mädchen wieder auf den Beinen ist.«

Irgendwer sagt, sie sollen still sein. Auch hier, im Krankenhaus, drängen sich die Menschen eng um ein Radio, aus dem eine Reihe von Namen durchgegeben werden. Auch hier sortiert Mutter die unverständlichen Wörter aus, konzentriert sich nur auf die polnischen Namen. Danach murmelt sie, daß die Enttäuschung am Ende der Sendung durch die Erwartung, die sie am Anfang weckt, nicht ausgeglichen wird.

Mutter hat schon genug Typhuskranke in ihrem Leben gesehen. Wer weiß besser als sie, wie viele mühsame Schritte man machen muß, bis auch die letzte Bakterie aufgibt. Hauptsache, sie hat die Angst hinter sich. Inzwischen drückt sie auch nicht mehr auf meinen Bauch, um zu sehen, ob ich reagiere. Sie liest jemandem die unverständlichen Silben vor, die ich im Schlaf gemurmelt habe, und will wissen, ob es sich um hebräische Wörter handelt. Sie bittet Vater, nach Hause zu fahren und zu lüften, und er soll einen Viertelblock Eis in den Eisschrank legen, die Petersilienstengel, die im Wasser schwimmen, wegwerfen und alte Lebensmittel entsorgen. Vater möchte sie nicht allein lassen, geschwächt, wie sie ist, und noch dazu ohne Übersetzer. Sie müßten es zusammen durchstehen. Wozu hat man denn eine Familie, wenn man sich in solchen Situationen nicht hilft?

Am Dienstag nach der Visite trägt mein Vater mich, das Federgewicht, nach Hause. Noch bevor er mich ins Elternbett gelegt hat, stellt sich heraus, wie gern Ratten an grauen Schachteln nagen. Was als Eßtisch dienen sollte, ist zusammengebrochen, die gestärkte Tischdecke bedeckt die auf dem Boden verstreuten Schnallen.

Beide schämen sich, weil sie so dumm gewesen sind zu glauben, daß eine Wohnung ohne Lebensmittel die Ratten verscheuchen würde. Auch vor Bugrashov haben sie sich geschämt. Er konnte ja glauben, das Mädchen sei deshalb von einer Ratte gebissen worden, weil man es vernachlässigt habe; bei guten Eltern würde so etwas nicht passieren.

Kartonstücke wehen über den Fußboden und setzen sich in die Ecken. Staubige Lichtstreifen fallen schräg durch die Lamellen der Jalousie und zerschneiden die Luft. Mutter wedelt mit der Jalousie auf und ab, als wäre sie ein riesiger Metallfächer, mit dem man böse Geister vertreibt. Der Gestank von modrigem Schimmel und Rattenkot läßt sich auch durch Lüften nicht so schnell vertreiben. Bestimmt schauen die Ratten jetzt aus ihren Löchern und wundern sich, warum wir zurückgekommen sind. Sie hatten Zeit genug, sich neue Tricks auszudenken. Woher soll ich ahnen, welche von ihnen mich gebissen hat? Beißen Ratten absichtlich, können sie einen Fehler bereuen? Es wäre interessant zu wissen, wie viele Junge sie bekommen haben, während wir im Krankenhaus waren. Ich habe nie ein Rattenjunges gesehen.

Aber Vater und Mutter kennen sich aus. Das Leben hat ihnen beigebracht, gegen alles gewappnet zu sein. Sie verstehen nicht, warum ich in der Ecke hocke und mir ein Geschirrtuch über den Kopf lege. Warum ich mich weigere, das Zimmer anzuschauen, das nichts von der Vollkommenheit zeigt, die ich mir im Krankenhaus vorgestellt habe. Sie wissen nicht, daß der lange Arm Sigmunds uns erreicht hat, daß sich der Halbjude im Judenstaat aufhält. Er hat unsere Adresse von dem Einwanderungsbeamten bekommen und hetzt jetzt die Ratten gegen uns, um es uns heimzuzahlen. Wenn Mutter sagt, daß ich phantasiere, ist es nur, um mich zu beruhigen. Wenn es natürlich ist, alles zu unternehmen, um die Familie, die nicht mehr da ist, zu finden, dann ist es auch natürlich, daß der Schnallenmann seine Schnallen zurückhaben will.

Mutter schiebt einen Besen unter den Nußbaumschrank, schwenkt ihn von rechts nach links. Vater befestigt einen Köder in einer Falle und erhöht mein Bett mit vier der noch heilen Schnallenschachteln. Quecksilberkügelchen eines zerbrochenen Thermometers rollen über die Weintraubenfliesen, teilen sich in noch kleinere Kügelchen und rutschen in die Ritzen zwischen den Fliesen. Wenn man sie mit dem Finger anstößt, vereinen sie sich wieder zu einer Silberkugel, so perfekt wie am Zepter eines Königs.

Der neue Eßtisch wird aufgebaut. Diesmal aus den Schachteln mit Taschenschnallen, die die Ratten zum Glück übersehen haben. »Wie gut, daß es dich gibt«, sagt Mutter und fährt mit dem Finger über Vaters Lippen, die sich jedesmal verkrampfen, wenn er innerlich weint und es nach außen nicht zeigt. Vater gibt zu, daß Mitleid ihn zu Tränen rührt, aber seit er sich daran gewöhnt hat, gegen alles immun zu sein, läßt er auch diese Tränen nicht mehr zu. Er berührt das braune Muttermal an ihrem Hals und schwört ihr Freundschaft und Treue in den Stunden der Not, die noch kommen, und bedankt sich bei den Ratten, daß sie den Schrank und die Kiste mit der Bettwäsche übersehen haben. Die Tausenden von Schnallen, die er den Kunden nun ohne Originalverpackung zeigen muß, tun ihm leid. Lose Schnallen hinterlassen einen verwaisten Eindruck, die Ware wirkt dann billig und minderwertig, ihr Preis sinkt.

Vater schiebt sie mit dem Besen in eine Ecke des Zimmers. Er schlägt Mutter vor, das Mädchen damit zu beschäftigen, daß sie die Schnallen auf einer Schnur zu Armbändern und Ketten fädelt. Aber Mutter ist nur an meiner Rückkehr nach Hause interessiert, nicht am Schicksal der Schnallen. Sie überhört seine Vorschläge, zieht ein sauberes Laken über meinem Bett glatt und ist wütend, daß er sich in diesem Moment mit den Schnallen beschäftigt. »Sie sind lebensgefährlich, deine Kartons. Vielleicht stehst du auf und lüftest die Wohnung, damit der Gestank dieser Biester aufhört!«

Sie läßt das Laken mitten in der Arbeit los, geht zum Spiegel, trägt Lippenstift auf und wischt mit Watte das, was an der Seite verschmiert ist, wieder ab. Dann nimmt sie den Bügel mit ihrem besten Kleid von der Wand, dem bordeauxroten mit der Sternenstickerei. Sie zieht es an, streicht es über den Hüften glatt und knöpft einen weißen Spitzenkragen hinein, der ihren dunklen Teint betont. Im Dekolleté befestigt sie ihn so, daß ein wenig, wirklich nur ein wenig von der Linie zu sehen ist, die zwischen ihren Brüsten verschwindet. Während die Schuhcreme auf den roten Slippern trocknet, schüttelt sie ihre schwarzen Locken, läßt eine über die Stirn fallen, tupft sich den Rest aus einer der bunten Flaschen vom Spiegelregal hinter die Ohren und sagt Vater, nur so könne man mit dem Einwanderungsbeamten verhandeln. Aufrecht und selbstsicher macht sie sich auf den Weg, um ihre Aufgabe zu erfüllen.

Schon nach dem großen Krieg, als sie im Flüchtlingslager ein Baby bekommen und Milch für das Kind verlangt hat, hatte sie gelernt, daß eine vernachlässigte Frau keine Chancen hat, ihr Recht durchzusetzen. Der Kommandant des Lagers hatte angewidert ihren dicken, schlaffen Bauch betrachtet, die Folge eines Muskelrisses während meiner Geburt. Er konnte seinen Zorn darüber nicht unterdrücken, daß sie ohne seine Erlaubnis in sein Büro eingedrungen war, mit einem nassen, in einen zerlumpten Militärpullover gewickelten Baby auf dem Arm.

Mutter fiel auf die Knie: »Das Baby hört nicht auf zu schreien. Ich habe keine Waage, ich kann nicht kontrollieren, wieviel es saugt. Vielleicht ist meine Milch zu dünn und vielleicht sauer.«

»Es ist nicht mein Problem, daß die Dame beschlossen hat, sich zu einem so unpassenden Moment zu vermehren«, sagte er. »Es gibt keine Rationierung für ein Baby, dessen Name nicht auf der Liste erscheint!« Und dann befahl er einem der Soldaten, sie herauszubefördern.

Mutter verzichtete auf das, was von ihrer ohnehin mit Füßen getretenen Ehre übriggeblieben war, sie wollte nur, daß er ihr zuhörte. Sie drängte sich erneut in sein Zimmer und folgte ihm, als er mit verschränkten Armen zwischen den Büroschränken hin und her ging. Auch wenn dies nicht die passende Zeit sei, dieses Baby sei schon geboren, man müsse es füttern, sagte sie. Er schob sie von sich. »Ich bin weder Kindergärtnerin noch Sozialarbeiterin, ich bin der Kommandant dieses Lagers! Ich bekomme täglich neunhundertzweiunddreißig Essensrationen und bin für neunhundertzweiunddreißig Menschen verantwortlich.

Ihr müßt endlich kapieren, daß in Europa wieder Ordnung herrscht.«

Am nächsten Tag lieh sich Mutter von der deutschen Geliebten des Repräsentanten des Jewish Joint einen grauen Fuchspelz. Wieder erschien sie im Büro des Kommandanten, diesmal geschminkt, sorgfältig zurechtgemacht und mit dem Fuchsschwanz um den Hals. Im Ton einer verwöhnten Dame, deren Rechte niemand zu verletzen wagen würde, verlangte sie eine zusätzliche Essensration. Der Mann sah keine Verbindung zwischen dieser Dame und der schäbigen Wöchnerin, die am Tag zuvor vor ihm auf dem Boden gekrochen war. Er blinzelte sie anerkennend an, war glücklich, ihr entgegenkommen zu können, gab ihr sofort die besten Essensmarken und befahl einem amerikanischen Soldaten, sie zum Lebensmittellager zu begleiten und ihr behilflich zu sein. Den Laderaum voller Konserven mit Kakao, Ölsardinen, Traubenzuckerpulver und Tuben mit Kondensmilch, fuhr er sie zurück zur Baracke dreiunddreißig, bedankte sich bei ihr, daß sie bereit war, seine Hilfe anzunehmen, und bat sie, ihn ohne jedes Zögern zu rufen, wenn sie etwas benötigte.

Und jetzt, in einem Kleid mit gelben Sternen und mit vor Zorn roten Wangen, klemmt sich Mutter eine angenagte Schnallenschachtel unter den Arm und eilt zum Büro des Beamten, um ihm die große Schande zu zeigen und ihm ins Gesicht zu sagen, ein und für allemal, was sie von Palästina und seinen Chinchillas hält.

Vater fleht sie an, nicht zu übertreiben. »Wir werden diesen Beamten noch brauchen.« Aber Mutter verspricht nichts. Ihr Rücken verschwindet im Treppenhaus. Vater geht hin und her, um den Schnallentisch herum, rennt von einem Fenster zum anderen und versucht, nicht zu zeigen, welche Sorgen er sich macht.

Es vergehen zwei Stunden, bis er die gelben Sterne auf dem wehenden Glockenkleid entdeckt. Mutter strahlt ihn mit einem triumphierenden Lächeln an, als sie zwei hochwertige Fallen auf den Tisch stellt. »Er hat von mir alles gehört, was er hören sollte, alles zum Thema Ratten und gemeinsame Toiletten, und glaube nicht, daß ich vergessen hätte, jenen ersten Blick zu erwähnen, mit dem er mich damals im Zollager gemustert hat.«

Seit wir zurückgekommen sind, reden wir hauptsächlich über Ratten. Nach Mutters Meinung beginnt und endet alles mit dem Müll, den keiner vom Hof der Moschee entfernt.

Wer neben einer Mülldeponie wohnt, braucht sich nicht zu wundern, wenn die benachbarten Ratten ab und zu vorbeikommen, um guten Tag zu sagen. Gestern erschien eine Riesenratte auf der Fensterbank. Zum Glück war das Fenster geschlossen. Die Biester haben gelernt, über die rauhen Steine der Fassade zu klettern, sie haben haftende Pfoten entwickelt, wie rankende Pflanzen. Was werden wir tun, wenn sie uns belagern? Wie sollen wir die heißen Tage mit geschlossenen Fenstern verbringen? Und wohin sind die Straßenkatzen verschwunden, die Mutter bis vor einer Woche jedesmal erschreckt haben, wenn sie hinunterging, um den Müll wegzubringen? In Polen, zum Beispiel, hat man das Rattenproblem gelöst. Jedenfalls ist ihr in den achtundzwanzig Jahren, die sie in Lodz gelebt hatte, keine einzige Ratte begegnet.

Vater, unser Experte für Geographie und Naturkunde, sagt, daß Ratten auf der ganzen Welt in einer verborgenen Erdschicht leben. Wenn Menschen die oberste Schicht mit ihren blöden Bomben aufreißen, zwingen sie die Ratten, aufzutauchen und sich einen sicheren Ort zu suchen. Und da wir schon darüber sprechen: Menschen und Ratten sind Säugetiere mit ähnlichen Charakterzügen. Und eigentlich müßten wir uns bei ihnen bedanken, nicht umgekehrt, wegen all der Versuche, die wir mit ihnen schon angestellt haben. Wir brauchten nur die Türritze mit einem Brett abzudichten und die Öffnung der Regenrinne zuzumachen. Während er überlegt, ob er die anderen Hausbewohner zu einer Notsitzung zusammenrufen soll, deute ich auf zwei schnurrhaarige Schnauzen unter dem Klavier, die Anstalten machen, auf dem Weg zum Radioschränkchen den Teppich zu überqueren.

Ohne Vorankündigung, daß es heute stattfinden soll, höre ich die üblichen Morgengeräusche früher als sonst. Ich schaue unter meinen zitternden Wimpern hindurch und sehe, wie Vater die Finger um die alte Militärtasche legt. Er nimmt einen Fahrschein aus der Tasche und tut, als halte er ihn einem Busfahrer hin.

Es ist soweit. Der Zeitpunkt, die Schnallen zu verkaufen, ist gekommen. Woher weiß er, daß es gerade jetzt richtig ist? Warum jetzt und nicht zu einem anderen Zeitpunkt? Was ist anders als in den langen Wochen davor? Mutter sagt, daß große Dinge nur geschehen, wenn nebensächliche und angeblich belanglose Ereignisse zusammentreffen. Ich zähle die Schritte der Menschen, die durch die Straße gehen, die Lichtstreifen im Fenster und die Sorgenfalten auf Mutters Stirn, dazu all die Tage, die er benötigt hat, um das Umfeld zu erkunden, alles Dinge, die einen bedeutungslosen Menschen zu einem machen, der es versteht, Schnallen zu verkaufen.

Zwei Scheiben Brot mit Margarine, eine Thermosflasche mit einem Bakelitdeckel, der als Becher dient, ein Würfel Halva in Pergamentpapier eingewickelt und zwei Tischdeckchen mit gezackten Rändern, das alles packt Mutter vorn in die Militärtasche.

Vater nimmt den Ledergriff, den der Schuster für ihn genäht hat, und überprüft den Rüstungshändler im Spiegel: ein Mann im karierten Hemd, und hinter seinem Rücken ein verschlafenes Mädchen. Er kommt zu mir, setzt sich auf mein Bett, deutet auf Mutter und zeigt mir damit, daß er sie jetzt, wenn er sich auf den Weg macht, in meine Obhut gibt. Dafür sind keine Worte nötig, ich verstehe, was er meint. Ich nicke, er kann sich auf mich verlassen. Ich werde sie schon zum Lachen bringen.

Die Hände halten die Tasche und den Fahrschein, er bückt sich, um sich von mir zu verabschieden. Ich hänge mich an seinen Hals, küsse ihn wieder und wieder. Ich bete, daß er heute alle Schnallen verkauft und nach Hause kommt, die Arme voller Bougainvilleenstecklinge. Ja, Bougainvilleen. Ich habe es schon fast vergessen. Bougainvillea. Lila Bougainvilleen, die sich hochranken und verbreiten und mit den weißen, roten und bordeauxfarbenen mischen, wie in der Geschichte, die er immer wieder über den Garten der Frau in Samarkand erzählt. Ho, die Frau aus Samarkand. Nie wird es ihm gelingen, uns mit dieser Bäuerin zusammenzubringen, die ihm Mandelmilch gab und ihn drängte, in der Nacht nicht weiterzuziehen. »Mach dir keine Sorgen, Anuschka. Nur Trinken und ein Dach über dem Kopf, sonst nichts.«

Er beeilt sich, das Haus zu verlassen. Das Versprechen ist riesig, und um so dringlicher ist es, es zu erfüllen: bevor Zweifel den Willen schwächen könnten, bevor unvorhersehbare Ereignisse auftauchen, bevor andere Rüstungslieferanten ihm zuvorkommen. Er muß sich darauf einstellen, daß uns die Einwanderungsbehörde möglicherweise innerhalb eines Monats aus der Wohnung wirft. Er muß anfangen mit Erkundigungen, wo man Gründstücke bekommt und wie hoch die Preise sind. Er muß sich beeilen und Informationen sammeln über Menschen, die Uniformen, Militärschuhe, Rucksäcke und was auch immer produzieren. Das Schicksal hat ihn immer zu Überlebenden gebracht. Auch jetzt vertraut er dem Schicksal, zwischen ihnen herrscht Eintracht, und er beabsichtigt, sich weiterhin auf das Schicksal zu verlassen.

Mutter begleitet diesen großen Abgang bis zur Treppe. Er dreht sich noch einmal um, schickt ihr einen Handkuß und winkt ihr zum Abschied zu. Das ist der Zeitpunkt, ihn daran zu erinnern, die Militärtasche von einer Hand in die andere zu nehmen, aus Rücksicht auf seinen Rücken, und er soll kontrollieren, ob er seinen Ausweis mitgenommen hat.

Niemand hat sich die Mühe gemacht, in den Gassen des offenen Felds Warnschilder aufzustellen. Wer wird ihn vor der

Gefahr warnen, wenn eine Mauer, die irgendwann von einer Bombe getroffen wurde, gerade dann einzustürzen droht, wenn er an ihr entlanggeht? Und daß er ja nicht ausrutscht, wenn er auf der Straße geht, wie es schon einmal fast passiert ist. Zum Glück hat sie gerade neben ihm gestanden und konnte ihn am Arm festhalten. Und daß er nicht mit der Schuhspitze in einem Schlagloch im Bürgersteig hängenbleibt. Auch wenn man glaubt, alle Gefahren zu kennen, es kommt immer eine neue. Und daß kein anderer Rüstungslieferant ihn in einem verschlossenen und stinkenden Lager gefangenhält und sich hinterher lautstark entschuldigt, ganz zu schweigen davon, daß irgendwer ihn zufällig, einfach so, schubsen könnte, wenn er aus dem Bus steigt. Dann würde er, unbeweglich durch die fast achtzehn Kilo schwere Militärtasche, das Gleichgewicht verlieren, er würde der Länge nach hinfallen und sich verletzen. Natürlich kann man sich dann beschweren – aber bei wem? Und was macht eine Ehefrau, die nicht einmal die Wörter kennt, mit denen man die Polizei informiert, daß der Mann nicht nach Hause gekommen ist?

»Die einzige Waffe, die ich für ihn habe, ist meine gesunde Angst. Wenn er sich vor allen Unglücksfällen schützt, die in meinem Kopf herumschwirren, wird er gewappnet sein, wenn wirklich etwas passiert.« Mutter drückt sich fest an mich und murmelt mir die gleichen Worte zu, die sie heute morgen Vater zugeflüstert hat. Vater ist zwar gegangen, und wir sind hier, aber wir sind zwei, und kein Widersacher dieser Welt kann sich in eine Lücke drücken, die es gar nicht gibt, nämlich zwischen ihrem Körper und meinem. Sie hält mich mit aller Kraft fest: »Nicht jeder hat eine Mutter, die ihn vor allem schützt.«

Die Welt hat mir das, was Mutter »ihr wahres Gesicht« nennt, noch nicht gezeigt. Ich suche nach dem »wahren Gesicht« in den Straßen von Manschija, stelle mir jedesmal jemand anderen mit diesem Gesicht vor. Ich weiß nicht, ob ich meiner Mutter glauben soll, die sagt, das Leben sei eine »Spitze aus Porzellan«. Die Passanten teile ich auf in solche, vor denen man sich hüten muß, und andere. Noch hat sie mich nicht davon überzeugt, daß jeder,

der nicht zu unserer Familie gehört, böse Absichten hegt. Versteckt sich denn hinter jedem, den man trifft, ein anderer, der Menschen, die in die Welt gehen, um Schnallen zu verkaufen, in ein schäbiges Foto an der Wand verwandeln kann? Was mir wirklich Sorge bereitet, ist: Wenn Vater etwas passiert, bleiben nur Mutter und ich und die Familie, die nicht mehr da ist, zurück – und eine Menge Schnallen, für die man Hebräisch sprechen muß, um sie zu verkaufen.

Seit sie mir ein neues Thermometer gekauft haben, sinkt meine Temperatur. Das Quecksilber stoppt vor der roten Zahl. Deshalb darf ich hinunter ins Erdgeschoß, um nachzuschauen, ob der »Aganjok« eingetroffen ist, eine zusammengerollte Zeitung, die einmal im Monat kommt. Stufe für Stufe gehe ich hinunter, wage kaum aufzutreten, horche, ob aus Galileos Wohnung vielleicht ein Geräusch dringt.

Galileo hat noch nicht entdeckt, daß ich im Haus der Freude wohne. Er weiß auch nicht, daß wir vieles gemeinsam haben. Auch mir schwirren viele Ideen im Kopf herum, und ich kann erfinden, und wenn ich nur ein eigenes Zimmer hätte, würde ich das Alleinsein genießen und niemandem Zutritt gewähren. Wenn Galileo mich nur einmal sehen würde, sei es auch nur durch das Guckloch in der Tür, könnten unsere Tage viel interessanter werden. Mutter erlaubt mir nicht, Freunde in den anderen Häusern zu suchen, und in einem Haus ohne Kinder wird der Erwachsene, der am kindlichsten ist, ganz von selbst zum Freund.

Berkowicz von oben hat gestern ein Mordstheater gemacht, wegen drei leerer Bierdosen, die offenbar aus Galileos Wohnung hinausgeworfen wurden.

»Deine ganze Erdanziehung interessiert mich nicht, benimm dich wie ein Mensch«, brüllte er durch das Schlüsselloch.

Mutter rief von oben: »Misch dich nicht ein. Er mischt sich doch auch nicht in deine Angelegenheiten. Warum greifst du ausgerechnet den ruhigsten Menschen im Haus an, und was weißt du schon, was er durchgemacht hat?«

Obwohl sie ihre Ungeduld verheimlicht, genauso wie ich, wartet sie sehnsüchtig darauf, daß die Anziehungskraft aufgehoben wird. Das stellt sie sich schön vor. Und so, wie die Welt aussieht, wäre ihr jede Abwechslung willkommen.

Der »Aganjok« ist gekommen. Ich renne die Treppe hinauf und reiße den Papierstreifen auf, der die Rolle zusammenhält. »Ein weitgereister Gast.« Mutter trocknet sich die Hände an der Schürze ab, rollt den »Aganjok« in die Gegenrichtung, drückt ihn flach und schnuppert genüßlich den Duft der Druckerschwärze, der so typisch ist für diesen Kerl, der es geschafft hat, den Eisernen Vorhang zu durchbrechen, weil er uns so dringend erreichen wollte.

Vater kommt strahlend zurück. Nach nur fünf Stunden Suchen schaffte er es, die Adresse der Nachschubabteilung des Verteidigungsministeriums ausfindig zu machen. Dabei hat er die Bekanntschaft von drei für den Schnallenhandel wichtigen Personen gemacht. Für die kommende Woche hat er viel vor. Das Feld scheint bereitet zu sein. Die Nachfrage könnte noch größer ausfallen, als er vermutet hat. Noch heute wird er die Termine für die nächsten Tage planen. Und übrigens, in der Herzlstraße drängte sich ihm ein Makler auf, der seine Dienste als Subagent anbot. Vater hat nicht reagiert. Es hat keinen Sinn, Prozente abzugeben, wenn er seine Ware selbst zeigen kann, zumal es gut sein könne, daß das Verteidigungsministerium den ganzen Vorrat auf einmal kaufen will. Mutters Gesicht wird rot vor Hoffnung. Begierig saugt sie jedes seiner Worte auf. Wie gern hätte sie diese Neuigkeiten irgend jemandem aus ihrer Familie mitgeteilt. Wollte Gott, es gäbe jemanden, dem man das erzählen könnte. Vater sagt, es sei nicht nötig, uns mit den Einzelheiten zu ermüden. Wir würden beim Essen über alles sprechen. Seine Augen schielen zur Seite und entdecken den neuen »Aganjok«.

Aber beim Abendessen geht die übliche Diskussion los, die schon die beiden vorhergehenden Ausgaben begleitet haben. Wieder wird über die Zusendung von Dreschmaschinen an die Kolchose in der Ukraine geredet, und wo ist die Logik und die

Gerechtigkeit im Beschluß des Kremls, von den Bulgaren die Hälfte des Bruttosozialprodukts zu kassieren? Die Luft knistert, vor allem, wenn auf der vorderen Seite das Gesicht Stalins erscheint. Vater nennt ihn »deinen Diktator«, und Mutter schießt zurück: »Du solltest dich schämen, ihn, der für deinen Judenstaat gestimmt hat, so zu nennen.« Auch wenn es Gerüchte gibt, daß Stalin für einige Greueltaten verantwortlich ist, nimmt Mutter ihn in Schutz und sagt, das sei der unvermeidbare Preis für den Eintritt in eine bessere Welt. »Wir sind alles kleine Menschen, die von einem mächtigen Strom weggetragen werden. Laß uns reden, wenn der Strom uns irgendwo ausgespuckt hat und wir eine Perspektive bekommen. Außerdem, zeig mir ein kleines Kind, das nicht immer wieder stolpert und hinfällt, bis es laufen lernt.«

»Daß ein machtgieriger Abenteurer es geschafft hat, den Leuten vorzuschreiben, was sie glauben sollen, heißt nicht, daß du ihn ernst nehmen mußt«, sagt Vater mit gepreßter Stimme, wie jemand, der es ablehnt, in eine Diskussion verwickelt zu werden, und versinkt in die Farbfotos der neuen Zeitung.

Glückliche Bauerntöchter mit in die Zöpfe geflochtenen Ähren lächeln mir entgegen, und Lenin, auf einem beflaggten Balkon, hebt die schwerste Zuckerrübe in der Geschichte der Kolchosen empor und schwenkt sie vor prallen Arbeiterinnen, die ihm Rosen zu Füßen legen. Doch am wichtigsten ist die mittlere Seite. Der »Aganjok« öffnet sich von allein auf der Seite, bei der die Heftklammern nicht ganz fest sitzen. »Schau, Anuschka«, drängt Vater, »schon wieder etwas von Ilja Repin. Bei ihm kann man nie wissen, ob es ein Gemälde oder ein Foto ist.« Kaum eine Minute später wird die Kosakengruppe herausgerissen und an den Schrank gegenüber meinem Bett geheftet. Sie verdeckt den blutenden Waisenjungen aus dem vorigen Heft, der einen Ball der Zarenoffiziere beobachtet.

Ohne die mittleren Seiten des »Aganjok« hätte Mutter die Greueltaten, die sie erlebt hat, nicht darstellen können. Durch den »Aganjok« habe ich gelernt, zwischen den unterschiedlichen

Sorten von brutalen Soldaten zu unterscheiden und wie Schnee auf der Spitze eines Zweiges liegenbleibt. »Wahrscheinlich war die Welt immer ein großes Schlachthaus und bleibt es auch«, sagt Mutter und drückt auf das Klebeband, das die Kosaken am Schrank befestigt. »Der einzige Mensch, der seine Alpträume an die Wand hängt, ist dein Vater. So ist er immer sicher, daß es noch etwas gutzumachen gibt.«

Vater haßt es, wenn sie so redet, besonders neben mir, und er flüstert mir ins Ohr, ich hätte Glück, in einer Zeit zur Welt gekommen zu sein, in der die Menschheit sich schon ihrer Vergangenheit schämt, und daß die Greueltaten, über die sich Mutter so aufregt, schon vor langer Zeit und weit weg von hier geschehen sind, als mein Großvater noch ein Kind war. Schade, daß ich noch keine Diagramme lesen und die Verbesserungen verstehen kann, die die Welt erlebt, seit die Geschichte ihren Kurs gewechselt hat. Während wir vor uns hin leben, beim Bulgaren einkaufen und den Festsaal kehren, brütet dort, weit entfernt, jemand hinter dem riesigen Eisernen Vorhang eine Methode aus, die das Böse ausmerzen wird. »Sogar Mutter tun die Menschen leid, die nicht an die Botschaften des »Aganjok« glauben. Selbst sie wagt es nicht, an den Bildern zu zweifeln, die von der Kamera eingefangen wurden. Die Sowjetunion ist nicht Rußland. Von einem Heft zum anderen wird das Land schöner. Im letzten Heft stand, daß die Sowjetunion die Hafcrernte gleich unter allen Bürgern verteilen wird. Außerdem: Menschen müssen an irgend etwas glauben, und wir beide, deine Mutter und ich, haben eben nichts Besseres gefunden. Und es braucht auch Geduld, Aluschinka, man muß der Welt die nötige Zeit geben, um von dem, was war, in das überzugehen, was sein wird. Und schau, all diese Menschen auf dem Foto, Männer und Frauen, Kinder und Greise, tragen zwar Lumpen, aber sie hoffen ... sie hoffen auf eine gigantische Zuckerrübe!«

Mutter beschreibt die Lage so: »Das Mädchen ist noch nicht gesund.« Bugrashov sagt: »Sie ist außer Gefahr.« Vater lächelt: »Es geht ihr jeden Tag besser.« Und die Laborantin kräuselt die Lippen, wenn das Blutbild nicht ganz in Ordnung ist. Einmal nennt man das »Anämie«, dann wieder »Blutarmut«; einmal »eine typhustypische Komplikation«, ein andermal dankt man Gott, daß man wegen des Typhus entdeckt hat, »was bei diesem Mädchen innerlich los ist«. Mutter und Vater werfen sich nach der Bekanntgabe des Laborergebnisses einen verstohlenen Blick zu, der anders ist als sonst, und ich darf nicht fragen, warum mein Blut, das genauso rot ist wie das Blut in den anderen Reagenzgläsern, noch nicht so ist, wie es sein soll.

Die Spritze wird auf einem Aluminiumtablett sterilisiert. Ein Glück, daß Mutter auch eine Ausbildung als Krankenschwester gemacht und die Sterilisationsutensilien in der Umzugskiste mitgeschmuggelt hat. Wenn ich mich mit dem Zählen der Knöpfe an den Kissenbezügen ablenke, wird die Spritze weniger weh tun. »Hier, wir sind gleich fertig, es tut nicht weh«, verkündet Mutter feierlich, bevor sie mir eine Spritze mit Lebertran und eine mit Vitaminen gibt, gegen meine krankhafte Appetitlosigkeit. Seltsam, daß ich ihr noch glaube, obwohl ich weiß, daß es gleich zwei Stiche sind.

»Das Blutbild« ist das geheimste und am meisten besprochene Thema zu Hause. Die schlechte Nachricht ist, daß ich absichtlich die Nagelbetthaut verletze, in der Hoffnung, sehen zu können, was sich da drinnen abspielt. Die gute Nachricht ist, daß meine Situation Mutters Beschützerinstinkte geweckt hat. Sie küßt und streichelt mich viel häufiger, als sie es in normalen Zeiten getan hat.

Erwärmte Münzen

Wenn die Sonne hinter dem Minarett verschwindet, es vom Meer her kräftig weht und die Brise vom Boden aufsteigt, setzt mich Mutter, in eine Decke gehüllt, ans Fenster zur Straße. Bald entdecke ich die Militärtasche, die vor Vater aus dem Bus auftaucht, und Mutter läuft schnell in die Küche, um Wasser aufzusetzen. Wieder geschieht das tägliche Wunder, das Vater gesund und heil nach Hause bringt. All die Unglücksfälle, die unserem Leben hätten zusetzen können, haben ihn auch heute nicht heimgesucht.

Mit einem Glas Tee und zwei Zuckerwürfeln empfängt sie ihn an der Eingangstür. Etwas Heißes und Nasses, um ihn für die Strapazen des Tages zu entschädigen. Während er mit kleinen Schlucken den Tee schlürft, schreibt er die Zettel, die sich in seinen Taschen gesammelt haben, in ein gebundenes Heft ab, die Namen und Adressen von Lieferanten und Herstellern, von Subunternehmern des Verteidigungsministeriums. »Der Unterschied zwischen einem echten Kaufmann und einem, der auf gut Glück sein Schicksal herausfordert, ist die ordnungsgemäße Organisation des Geschäfts.« Vater breitet den Stadtplan auf der Arbeitsfläche in der Küche aus, markiert mit einem roten Strich die morgige Strecke und zeichnet einen blauen Punkt unter die Namen der Kaufleute, deren Geschäfte er noch diese Woche aufsuchen wird. Im Süden der Stadt gibt es mehr Werkstätten als im Norden. Zuerst will er den Süden abdecken.

Goldberg, der für das Verteidigungsministerium Zelte produziert, hat von Vater einige Muster genommen. Wenn er den Vorrat in der Schneiderei aufgebraucht hat, will er prüfen, ob die Schnallen in seine Produktionslinie passen. Pomerantz & Pomerantz haben um zwei Dutzend der kleinen Helmschnallen gebeten. Sie brauchen im Moment zwar keine, werden sie aber anderen Herstellern zeigen. Es ist kein schlechter Anfang für jemanden, der bis vor einem Monat noch nicht einmal wußte, wo das Tor des Verteidigungsministeriums ist, und in dessen Adreßheft nicht einmal der Name eines einzigen Herstellers verzeichnet war.

Mutter läßt ihm ein Fußbad in die Emaillewanne ein. Während sie seine Füße wäscht und seine Haut immer weicher wird, berichtet sie ihm, wie viele Bissen ich heute gegessen und wie viele Schlucke ich getrunken habe. Vater, der mit Zahlen gut umgehen kann, notiert die Mengen genau. Nach dem wöchentlichen Besuch bei Bugrashov, bei dem ich gewogen werde, wird in die letzte Spalte geschrieben, wieviel ich zu- oder abgenommen habe. Wenn er Nahrung und Gewicht genau studiert hat, wissen wir, was erfolgversprechender ist, Pudding oder Grießbrei.

Vater erholt sich ein bißchen, und Mutter serviert Nudeln mit Zimt und Zucker oder eine Schüssel mit Salzkartoffeln mit einem Schälchen gehackten Dills. Beim Essen vergleicht Vater die Preise von Pudding und Grieß. Sie fragt: »Reicht es dir nicht, daß sie rote Backen bekommt?«

Vehement verteidigt Vater seine Berechnungen. »Sie hat nur dreihundert Gramm zugenommen.«

»Du weißt immer alles besser und kannst alles beweisen. Was soll ich machen, Olek, dein Verstand macht mich müde. Ich verstehe deine Zahlen nicht.« Mutter sinkt in den Sessel. Es verwirrt sie, daß ich die ganze Zeit nur den geschlossenen Mund der Puppe Frida gefüttert habe. Vater lenkt das Gespräch wieder auf Schnallen und bedauert, daß er dieses oder jenes Modell heute nicht in der Tasche hatte, sagt, daß er einfach nicht so viel Gewicht von einem Laden zum anderen tragen kann. Wenn er das Geld hätte, ein Dreirad mit Anhänger zu mieten, hätte er ein fahrendes Geschäft. Wenn er zweihundert Schachteln mit sich führen könnte, würde bestimmt bald jemand fragen: Wieviel verlangst du für eine Schachtel? Mit der tiefen Überzeugung eines erfahrenen Kaufmanns verkündet Vater: »Offene Ware ist eine Art Werbung.«

»Vielleicht finden wir einen alten Kinderwagen«, sagt Mutter und gießt rosa Pudding in ein Schüsselchen.

»Ist das dein Ernst?«

»Du hast doch nur zwei Schultern.«

»Willst du einen Hausierer aus mir machen?«

»Warum schreist du, Olek?« Sie beißt die Lippen zusammen wie eine, die sich ihre Meinung verkneifen muß. Sie steht auf und schaut in den Topf, fischt aus der Brühe Karotten und Kartoffeln und fragt, ob jemand etwas möchte. Ich möchte etwas, obwohl ich keinen Hunger habe, sei es auch nur, um den granatblauen Wollmantel besser auszufüllen. »So, wie der an dir hängt, könnte man glauben, du hättest eine große Schwester.« Mutter lächelt liebevoll. Wenn die Ratte mich nicht gebissen hätte, hätte es nur ein Jahr oder anderthalb gedauert, und der Mantel hätte mir gepaßt. So hatte sie es wenigstens geplant, als sie überlegte, ob sie ihn eine oder zwei Nummern größer kaufen sollte.

Vater konzentriert sich auf das Essen und rät Mutter, die Petersilie und die Sellerieblätter herauszunehmen, diese kleinzuhacken und sie wieder zur Suppe zu geben. Als diplomierter Agronom weiß er, daß Mutter, wenn sie das Kraut nur wegen des Geruchs und des Geschmacks mitkocht und die Blätter nicht wirklich benutzt, ganze Berge von Gesundheit in den Müll wirft. Wir können uns so einen Luxus nicht leisten, besonders jetzt nicht, denn die Juden hier sind nicht ausreichend informiert, was in Europa auf dem Gebiet des Schnallenhandels passiert, sie sind viel zu eingebildet und haben keine Geduld für Feinheiten. Ach, wie wenige Kaufleute es gibt, die zwischen gewöhnlichen Schnallen und qualitativ hochwertigen Schnallen unterscheiden können.

Mutter läuft ein Schauer über den Rücken. Sie haßt große Worte. Ihr Alltag ist voll von kleinen, einfachen Reden, die zueinander passen. Sie hat genug von hochtrabenden Wörtern. Für den täglichen Gebrauch nimmt sie nur die einfachen Wörter, die nichts versprechen, was sie nicht halten können. »Tu mir einen Gefallen und laß diese propagandistischen Wörter draußen. Wie lange brauchst du noch, um zu merken, daß sie bei mir zu einem Ohr rein- und zum anderen rausgehen? Mir reicht die ekelhafte Perfektion der Wörter, die mich in die kommunistische Partei getrieben haben. Sie haben mich so gründlich getäuscht, daß ihr Klang mich bis heute verzaubert, obwohl sich mir der Magen umdreht, wenn ich an das sowjetische Regime denke. Heute habe ich nur Platz für die Wahrheit. Hindere mich nicht, sie zu sehen, wie sie ist.« Mutter nimmt demonstrativ die Kloschlüssel und beendet die Diskussion.

Vater geht ihr entgegen, als sie von unten zurückkommt. Er legt seine Hand auf ihren Nacken, schaut sie mitleidig an, richtet den Kragen ihrer Seidenbluse, der unter die Perlenkette gerutscht ist, läßt sie nicht weiter zu Wort kommen, führt sie zum Fenster und fordert sie auf, hinauszuschauen und zu sehen, wie unser Land täglich wächst. Wie kann man kleine Worte benutzen, wenn man Häuser renoviert und Dächer mit Ziegeln gedeckt werden? Wie kann man dem Schicksal nicht dankbar sein? Gibt es ein größeres Glück, als frei zu sein und sich nicht entschuldigen zu müssen für das, was man ist? Wenn man von einem israelischen Fenster zum anderen schaut und ein israelisches Chamäleon auf die Jalousie klettert? Er deutet auf eine Gruppe junger Männer, die die Straße überqueren, ist stolz auf den Abenteuergeist, den ihre Bewegungen ausstrahlen. Wie schön wäre es, wenn er diese Feierlichkeit, die ihn packt, auch ausdrücken könnte, wenn er eine große Fahne besorgen könnte, so breit wie die Fensterbank, und sie hinaushängen ließe, dann würden die Leute, die unten vorbeigehen, sagen: Hier wohnt ein Jude, der sich nicht schämt, ein Jude zu sein.

Aber Mutter sieht weiterhin vom Fenster aus einen Schuppen voller Kanalisationsrohre, die aus den bombardierten Häusern geplündert wurden, eine schiefe Decke, lose Teerpappe, die Nische, in der sich eine Witwe durch das Reparieren von Laufmaschen kaum ernähren kann, und Dächer, viele seltsame Dächer, die man besser abreißen und neu bauen sollte, statt sie mit ein paar Ziegeln zu flicken. Die »Leute mit interessanten Trachten, die sich in diesem Land versammeln«, nennt sie einfach »armselige Einwanderer«, und das hiesige Chamäleon ist noch nicht geboren, dem es gelingt, sie in Ekstase zu versetzen.

»Du wirst es nie schaffen, diese Straße so zu sehen, wie sie wirklich ist. Für dich wird es immer die Straße bleiben, die dir Zuflucht geboten hat. Wären wir in Australien gelandet, würden dich die australischen Straßen entzücken. Auch dort würdest du glauben, in einer verzauberten Welt zu wandern, du würdest die Häuser an beiden Seiten der Straße für starke Felsen halten, die man extra gebaut hat, um dich zu beschützen. Olek, gib es doch zu. In deinen schlimmsten Träumen in München hast du nicht eine Straße voller Trümmer gesehen. Auch keine verrosteten Wannen und kaputten Läden. Man braucht viel Phantasie, um an deine aufgeblasenen Wörter zu glauben.«

»Vielleicht ist die Situation nicht so schlecht, wie es dir scheint, und nicht so gut, wie ich es gern glauben möchte. Laß uns damit zufrieden sein, wie es ist, Anuschka. Wenn du darauf bestehst, können wir für dich immer etwas schrecklich traurig finden.« Er rollt eine ihrer Locken um den Finger, und sie läßt die Hand sinken, mit der für sie so typischen Bewegung des Verzichts; sie ist eine Frau, die weiß, daß die Diskussion sinnlos ist. Was für einen Unterschied können schon die Wörter machen?

Danach wird es still, Mutter hackt die Petersilie. Dann hebt sie ein Holzbrett hoch, das heute morgen vor Galileos Tür lag, und schlägt vor, Vater solle von jeder Schnallensorte eine darauf befestigen. »Kollektion« nennt sie das Brett und besteht darauf, so und nicht anders müsse man Kunden die Ware vorführen. Aber Vater beharrt darauf, volle Schachteln zu zeigen, die den Eindruck machen, sie würden direkt vom Hersteller stammen. Er ist es doch, der die Branche der militärischen Ausrüster erforscht hat, und er weiß, daß Menschen sich durch Überfluß beeindrucken lassen. Die Augen haften auf den Schnallen, wenn er eine Schachtel aufmacht und ausleert, wenn er eine Handvoll glänzender Schnallen hochhebt, sie durch die Finger fallen läßt, so daß sie sich auf den Theken der Ausrüster verteilen. Jede Sorte

Schnalle hat ihr Eigengewicht und ihre eigene Melodie. Und alle bilden eine Kette, eine lange glänzende Reihe von Metall, auch wenn sie sich manchmal verhaken, sie trennen sich, wenn sie auf die Theke fallen, und bleiben dort mit aufgerichteten Stiften liegen, um die Blicke der Kaufleute auf sich zu ziehen. Vater lächelt zufrieden. Das sind die schönen Momente des Tages. Gestern hat er einen Kaufmann getroffen, er schätzt ihn auf siebzig, dritte Generation im Schnallengeschäft, der so laut gesagt hat, daß alle es hören konnten, es gäbe keine Ware, die mit der Perfektion deutscher Waren konkurrieren könne. Gut, daß er diesen Mann zitieren kann, er selbst ist außerstande, Lobesworte für dieses verdammte Volk auszusprechen. Selbst wenn er sich zwingen würde, es zu tun, würden ihm die Worte nicht über die Lippen kommen.

Auch wenn Mutter beschließt, ihre Meinung für sich zu behalten, kann man den Groll spüren, den sie gegen Herrn Levi hegt, den Besitzer einer Werkstatt für Rucksäcke. Er hat Vater versprochen, zweitausend Stück zu bestellen, doch nun hält er ihn mit Ausreden hin. Vater hat ihm mindestens fünfmal die Schnalle vorgeführt, hat vielleicht schon acht Nachrichten beim Kiosk gegenüber hinterlassen und zwei Zettel zur Erinnerung durch die Ritze am Schaufenster geschoben. Als er Herrn Levi endlich getroffen hat, ist ihm unbedacht ein Rabatt von vierzig Prozent herausgerutscht, obwohl der Preis von Anfang an sehr niedrig kalkuliert war. Das sei weniger, als ihn die Ware in Deutschland gekostet habe. Die Lüge tut ihm leid, dieser Mann hat gute Kontakte, und wenn er sein Stammkunde wird, kann er ihm neue Käufer bringen. »Wir beide wissen, daß die wichtigsten Sachen nicht an einem Tag geschehen«, sagt Vater und schimpft über die Sorgenfalten auf Mutters Stirn. »Der entscheidende Durchbruch wird schon noch kommen.« Er tröstet sich laut und überlegt, was noch unternommen werden könnte, was er noch nicht getan hat. Es muß sich doch ein erster Kunde finden lassen, jemand, für den er die erste Quittung ausstellen wird. Der ihm die Möglichkeit gibt, »danke schön« und »viel Erfolg«

zu sagen, und: »Die Ware wird am Sonntag geliefert. Wenn es ein Problem gibt, schicken Sie mir eine Karte in mein Lager in der dritten Straße, die auch Hasan Bek genannt wird. Ich gebe Ihnen mein Ehrenwort, die Sache rasch zu bearbeiten.«

Mutter betrachtet den Mann, der sich bemüht, seine täglichen Aufgaben zu erfüllen, der Nachkomme einer Familie von Konditoren und Bäckern, die morgens aufstanden, um schwitzend an den glühenden Öfen zu arbeiten. »Anscheinend stimmt etwas nicht mit dem Material, aus dem meine Familie gemacht ist«, sagt sie sich bekümmert. Man hat sie dazu erzogen, alles langsam und mit Bedacht zu tun. »Das Leben ist lang, und jede Aktivität braucht ihre Zeit.« Ihre Mutter hatte ihr diesen Rat auf ihre noble, gemessene Art gegeben. »Jemand hat dafür gesorgt, daß du für dieses Leben viel besser ausgerüstet bist als ich.«

Vater überlegt laut, ob er stark genug ist, noch weitere Schnallenarten in seiner Militärtasche mitzuschleppen. Es ist wichtig, alles parat zu haben für einen Kunden, der an Ort und Stelle eine bestimmte Ware braucht. Es ist schon vorgekommen, daß ein Geschäft wegen der Ungeduld des Käufers, der jetzt und sofort bestimmte Schnallen haben wollte, nicht zustande gekommen ist, weil er gerade an diesem Tag die Schnallen nicht in seiner Militärtasche hatte.

»Ungeduld zeichnet dein Land aus«, sagt Mutter, froh, seine schlechte Laune teilen zu können. »Immer auf Lösungen aus. Ein schreckliches Verlangen, etwas auf die Beine zu stellen und schnell fertig zu sein. Durch Abkürzungen zu rennen, mit übermäßiger Geschwindigkeit, richtig hetzen bis zur Ziellinie. Im Radio zu melden, was noch zu machen ist, was man Neues planen kann. Wenn es von mir abhinge, hätte ich aus diesem Land ein großes Sanatorium für müde Menschen gemacht. Keine Visionen, kein Elan. Ein Land, in dem man die Beine hochlegen kann, in dem man versucht zu verstehen, was passiert ist. Was wollt ihr beweisen, Olek? Daß ihr euch in zwei, drei Jahren für alles entschädigt habt? Daß man, wenn man nur genügend macht und tut, alles ausradiert und ausmerzt? Daß, wenn man die Beine so leichtsinnig schwingt, wie man es hier tut, die Welt diesen Leichtsinn schätzt? Ihr rennt den ganzen Tag. Noch ein Einsatz, noch ein Arbeitsgang. Jeder erzählt dir, was er angefangen und beendet hat, als hätten die Dinge keine Mitte. Wohin soll das führen? Warum so viel, und warum so schnell? Wo habt ihr diesen Satz her, wenn ihr wollt, ist es kein Märchen? Was für ein Ehrgeiz. Was für eine Anmaßung. Was für ein unmenschlicher Satz. Ein bißchen Feingefühl, Olek, etwas weniger Überzeugung, daß alle außer mir schon den einzigen Weg zum Leben gefunden haben. Etwas mehr Vorsicht mit den Verwachsenen, die in euren Straßen herumrennen.« Sie geht in die Küche zurück wie eine, die das gesagt hat, was zu sagen war, und kein Interesse an irgendwelchen Reaktionen im Namen der Heimat hat.

Die Arbeitsangebote in seinem »richtigen« Beruf will Vater in aller Ruhe prüfen, wenn er erst in dem von Bougainvilleen umrankten Haus lebt und die Schnallen ein regelmäßiges Einkommen garantieren. Aber ein neues Geschäft verlangt seine Zeit, und er bemüht sich, Mutter nicht mit den Einzelheiten zu belasten. Aber auch wenn man wenig über das Geschehene spricht, die Art des Schweigens, mit dem er sich in letzter Zeit umgibt, deutet darauf hin, daß die Dinge viel komplizierter sind, als er sich erhofft hat. Der gemeinsame Kummer treibt sie einander näher. »Bis wir etwas einnehmen, laß uns mit dem Geld vorsichtiger sein.« Sie streift mit dem Finger über den rosafarbenen Strich, den seine Schirmmütze hinterlassen hat.

Mutters Einkaufsrunde beweist, daß man sich von dem Geld, das man nicht ausgibt, ernähren kann. Der Metzger hebt für sie Wurstreste und Hühnerbeine auf, die von den wohlhabenden Kunden übrigbleiben. Mutter schiebt eine Hand in die Tiefe ihres Büstenhalters, fummelt nach den Münzen, die sich zwischen ihren Brüsten festgesetzt haben. Der Metzger schließt träumerisch die Augen, genießt die Wärme, die von den Münzen ausstrahlt, und wirft sie in eine leere Sprottenbüchse, ohne nachzuzählen.

Fleischreste gegen ein paar angewärmte Geldstücke. Ein faires Geschäft.

Ein verschrumpelter Apfel erwartet sie auf der Theke des Gemüsehändlers. Mutter nimmt eine Banane von einem Fleischerhaken und bedeutet dem Gemüsehändler, sie dazuzulegen. Wenn das Obst gerieben ist, wird keiner merken, wie alt es war. Sein armseliger Anblick sagt nichts aus über die Qualität des Eisens und über den Gehalt an Vitaminen. Das Gegenteil stimmt: Je reifer die Früchte sind, um so aktiver sind die Vitamine.

Ohne ein Wort zu sagen, öffnet der Gemüsehändler unsere Segeltuchtasche und wirft noch mehr angefaulte Früchte hinein. Mutter gibt ihm einen runden Gegenstand, eine noch in Zeitungspapier eingewickelte Tasse von dem chinesischen, quasi holländischen blauen Service. Wo ein Teil nach dem anderen in München auf dem Bürgersteig gekauft wurde, wird nun ein Teil nach dem anderen unter den Händlern von Manschija verteilt.

Wir laufen an einigen schläfrigen Händlern vorbei, die auf Hockern vor den dunklen Löchern sitzen, die als Geschäfte dienen. Mutter ignoriert die Aufmerksamkeit, die sie erregt, und schleppt mich mit Entschiedenheit zum »Nachum von den Brezeln«. Nachum Zochowitzki, der Brezelbäcker, stützt sich auf ein mehlbestäubtes Brett, auf dem noch Stückchen von ausgerolltem Teig liegen. Gleich wird er uns bemerken, er wird sich Zeit nehmen, und sein Gesicht wird vor lauter Wiedersehensfreude strahlen. Dann kehrt er mit einer trockenen Bürste die Reste des Sesams und die Salzkristalle bis zur Kante des Backblechs, um sie in eine Tüte zu schütten, die Mutter vorsorglich von zu Hause mitgebracht hat. »Nachum und ich haben uns 1945 an der tschechischen Grenze getroffen«, Mutter stellt ihn mir zum wer weiß wievielten Male vor, und wieder loben sie das Schicksal, das sie in einer Gasse in Manschija wieder zusammengeführt hat. Es hätte sie sonstwohin treiben können, zwischen ihnen hätte ein Ozean oder zwei sein können. Auch heute morgen, wie bei jedem Bäckereibesuch, erinnert ihn Mutter daran, wie er im Wald herumstreunte, mit einer Flasche, die an seinem Hosengürtel hing, immer vorbereitet, falls eine umherirrende Kuh mit einem vollen Euter seinen Weg kreuzen würde. »Und du, Anuschka, eine junge Frau im gelben Pulli, hast Krümel an die Tauben um das Puschkindenkmal verteilt.« Er beugt sich mit einem geheimnisvollen Lächeln zu ihr, winkt sie näher und sagt: »Und denk nicht, daß ein Tag verging, an dem ich keine Kuh fand, die ihre Herde verloren hatte.«

Sie bricht in ein befreiendes Gelächter aus. »In das Geschäft vom Brezel-Nachum einzutreten ist, als würde man nach Hause kommen.« Sie legt die Hand aufs Herz. »Wenn ich etwas habe«, verspricht sie, »bekommst du etwas ab.« Und er stützt die Ellenbogen auf die Theke, hebt den Mittelfinger und schwört, daß zweifellos noch andere Zeiten kommen. »Mit all dem, was jetzt in der Landwirtschaft passiert, mit den riesigen Packhäusern, die man neben Natania baut, und mit den Dollars, die die Zitrusfrüchte einbringen, wirst du sehen, wie der Beruf deines Mannes noch gefragt sein wird.«

Der Höhepunkt der Einkaufsrunde ist die neue Filiale der Krankenkassenambulanz. Mutter hat es schon aufgegeben, sich mit Dr. Selig, unserem Hausarzt, zu beraten, ob Schmerzen von der Stimmung abhängen. Wie soll man mit Hilfe eines x-beliebigen, aus der Reihe der Wartenden herausgerufenen Übersetzers Angelegenheiten der Seele klären? Nachdem sie für sich entschieden hat, daß Dr. Selig ihr Arzneilieferant ist und sonst nichts, heißt der Besuch in der Praxis: »Wir kaufen bei Selig ein.« Kerzengerade und entschlossen richtet sie sich vor einem jungenhaften Mann im weißen Kittel auf, der verlegen auf dem Stuhl hin und her rutscht und nach Rezeptblock und Kugelschreiber greift, bereit zum Diktat.

»Vierzig Palgin, etwas zum Einschlafen und Lebertranspritzen für das Mädchen«, verlangt Mutter.

»Das habe ich Ihnen erst gestern verschrieben, Frau Meller.«

»Lassen Sie mich bitte nicht ohne Tabletten, Doktor.« Sie wühlt in ihrer Handtasche, holt ein Taschentuch, einen Kamm und einige Dokumente hervor, die mit einem Gummiband zusammengehalten sind, präsentiert ihm ein Rezept für zwanzig Tabletten, das er ihr vor einer Woche verschrieben hat.

»Das hätte für mehr als einen Monat ausreichen müssen.«

»Zwanzig sind gar nichts für mich.«

»Ich darf nicht mehr als zehn in der Woche verschreiben«, murmelt Dr. Selig vor sich hin, und seine Hand notiert zwanzig.

»Gib ihr das übliche«, befiehlt die Apothekerin ihrem Assistenten, und eine neue Portion Beruhigungsmittel quillt aus der Tasche.

Die Ausbeute des Tages wird aus den braunen Papiertüten auf der Arbeitsfläche in der Küche ausgebreitet: Tabletten, eine schwarze Banane, eine Tüte mit Sesamkörnern, Hühnerfüße, deren Krallen sich vor Angst vor dem Messer des Schlachters verkrampft haben. Wir können einen weiteren Tag leben, ohne die schwindende Kasse anzugreifen. Wieder haben wir den Tag hinausgezögert, an dem wir die Porzellanvase umdrehen müssen und nichts herausfällt.

Ein Rheumaanfall in der Nacht erschwert Mutter das Aufstehen am Morgen. Vielleicht wird sie zu schwach sein, meinem Flehen zu widerstehen. Vielleicht ist es der richtige Zeitpunkt, sie zu erpressen, an ihrer Stelle einkaufen zu gehen.

Mit schwacher Stimme diktiert sie mir die Einkaufsliste. Ich male sie mit kleinen Zeichnungen auf ein Blatt und gehe hinaus, um das zu erledigen, was sie »Dinge organisieren« nennt.

»Kinder in deinem Alter dürfen das eigentlich nicht«, sagt sie.

Ich plustere mich stolz auf: »Kinder in meinem Alter dürfen es nicht, aber ich darf.«

»Du sollst dich nie schämen, daß du Dinge ›organisieren‹ gehst. Das ist viel ehrenhafter, als nur mit Geld einzukaufen«, murmelt Mutter im Halbschlaf, und sie warnt mit erhobenem Zeigefinger: »Denk daran, daß du nicht ganz gesund bist.«

Auf der letzten Stufe bleibe ich stehen. Hoffentlich wird Galileo herausschauen und sehen, daß ich alleine einkaufen gehen darf. Wie gerne hätte ich es, daß unser erstes Treffen stattfindet, wenn ich die Einkaufstasche in der Hand halte. Die Leute, die vorbeigehen, wissen nicht, daß es das erste Mal ist. Das Leben außerhalb des Hauses tobt über die Köpfe von Kindern meines Alters hinweg.

»Daß du ja nicht mit Fremden sprichst«, ruft Mutter mir hinterher.

Im Schaufenster des Schlachters spiegelt sich ein kleines, energisches Mädchen, das eine riesige Einkaufstasche über den Bürgersteig schleppt. Die Frau, die Federn am Eingang zur Metzgerei rupft, macht mir ein Zeichen einzutreten. Ihr Sohn Halil, gutgelaunt und gefügig, rupft mit seinen kleinen Fingern die Daunen. Der Metzger sammelt alle Hühnerfüße, die er noch hat, bindet sie mit einer Schnur zusammen, wie man einen Blumenstrauß bindet, bückt sich und reicht mir den Strauß so, wie Mutter Vater Blumen zum Geburtstag gereicht hat. Halil merkt, daß mir übel wird, als ich das verkrustete Blut unter seinen Fingernägeln sehe, und er beeilt sich, den Strauß in Zeitungspapier einzuwickeln, und wieder strahlt sein Lächeln.

Das Segeltuch der Tasche bläht sich: drei Bonbons, die ich von dem Mann bekommen habe, der die Primuskocher repariert, eine halbe Tüte mit Sesamkörnern und Salz, ein Bündel Hühnerfüße, zwei angefaulte Äpfel und eine alte Konservendose mit einem Loch, aus der man Sand in den Wind streuen kann. Beim nächsten Streifzug werde ich schon wissen, wo ich stehen und wem ich mein scheues Lächeln schenken soll. Ich weiß, mit wem ich polnisch reden kann und welchen Händlern ich die Zeichnungen von meiner Liste zeigen muß.

Ich erzähle Mutter nicht, daß ich viele bewundernde Blicke eingeheimst habe, die mich in meinen Augen schön und gut machen, mehr als Besorgungen, aber wenn man ein Kind ist, das nach Abwechslung hungert, erwarten einen viele wundervolle Dinge, wenn man endlich aus dem Käfig gelassen wird. Die geplatzten Puddingbecher auf dem Bürgersteig sind den Augen sehr nah, auch krumme Nägel, die aus Umzugskisten gezogen wurden, und ineinander verschlungene Eisendrähte, auch Orangenschalen, die schon schwarz werden, und Flaumfedern und Holzspäne, die von irgendwoher zu dir geflogen sind, nur zu deinen Ehren, um deine Sinne zu verzaubern. Man entdeckt etwas, bleibt stehen, fragt sich, ob man so ein Ding schon in der Sammlung hat. Am Schluß bin ich verführt, die Dinge aufzuheben; ich entdecke, daß alles, was man unerwartet findet, verlockender ist, als man glaubt. Dankbar dafür, daß sie jemand aus dem Elend errettet hat, lassen sie sich leicht vom Staub befreien, zeigen ihre wahre Form. Sie wecken Überlegungen, was sich irgendwann aus ihnen machen läßt.

»Alle sind arm in Manschija, und wir sind ärmer als alle, und nur unsere glückliche Tochter versteht es, nicht arm zu sein«, stöhnt Mutter zufrieden, als sie meine Schatzkiste betrachtet.

Vater kommt zwei Stunden später zurück. Die Tagesbeute ist schon ordentlich auf der Arbeitsfläche zur Schau gestellt: ein Apfel neben einem Hühnerfuß, ein Schlaraffenland.

Vater widmet ihnen einen halben Blick, dann dreht er ein paar nervöse Runden durch das Zimmer, mault, daß Mutter aus mir eine Hausfrau macht und daß das Mädchen nicht mit anderen Kindern spielt. Er schaut sie vorwurfsvoll an: »Als ich so alt war wie sie, habe ich meine beste Zeit im Kiefernhain hinter der Konditorei meines Großvaters verbracht.«

Mutter schlägt zurück: »Was ist dabei, wenn es dem Mädchen Spaß macht? Sie ist aus dem Haus gegangen, hat eingekauft und ist zurückgekommen. Ist etwas passiert? Ich kenne jedenfalls keine andere Methode, ein Kind großzuziehen, das am Leben der Familie teilnehmen soll. Auch diese ganze Geschichte, daß ich mich mit Müttern anfreunden soll, die hebräisch sprechen. Hör schon auf damit, diese zerlumpten Frauen hier als Aufnahmekomitee für dieses Land zu betrachten. Dann braucht sie eben ein oder zwei Jahre länger, um die Sprache zu beherrschen. Man kann nicht in ein anderes Land ziehen, Typhus bekommen und gesund werden und auch noch Hebräisch lernen.«

Vater zieht die Schultern hoch. Er begreift ihre Gleichgültigkeit nicht. Er murmelt vor sich hin: »Du bringst ihr bei, daß sie sich vor der ganzen Welt in acht nehmen muß, deshalb nimmt sie sich vor dir und mir und ihren eigenen Wünschen in acht. Ja, ihre Wünsche, nur Gott weiß, ob sie noch welche hat und ob sie überhaupt noch weiß, wie man sich etwas wünscht.« Morgen will er früher nach Hause kommen und mich zum Sykomorengarten mitnehmen, einem Stück umzäunten Sand im Schatten eines riesigen Baums, an dessen dickstem Ast eine Schaukel hängt. Er wird mir erlauben, frei herumzulaufen und mich anzufreunden, mit wem ich möchte.

Vater und ich sitzen auf einer Reihe rauher Blöcke am Rand des Sandkastens. Wir sitzen und warten. Warum hat man dieses Stück Düne eingezäunt und zum Sandkasten erklärt? Wo ist der Unterschied zwischen Sandkuchen bauen im Kasten oder außerhalb des Kastens? Zigarettenrauch und wildes Lachen kommen aus den Sträuchern um den Sandkasten herum. Mütter mit Kindern in meinem Alter sind nicht zum Garten gekommen. Vielleicht wegen des Chamsins. Vielleicht ist es spät. Vielleicht ist es die übliche Zeit, in der sich der Park von selbst leert, in der alle für die größeren Jungen Platz machen.

Bald wird es dunkel. Die Fischerboote am Horizont haben Lampen angezündet. Ich sammle Schnecken und lerne das hebräische Wort dafür. Vater liegt entspannt auf einer umgedrehten Orangenkiste, die als Bank dient. Mit einem Fuß gräbt er eine Mulde in die Kieselsteine. Ab und zu richtet er sich auf und betrachtet die lichten Stellen im Gebüsch, in der Hoffnung, daß eine der Frauen, die auf dem Bürgersteig spazieren, in den Garten kommt. Er blickt einer Frau mit Kinderwagen nach, die ein paar gelangweilte Runden um den Sandkasten dreht, und ich schreite mit ausgebreiteten Armen über eine Reihe roter Backsteine und demonstriere, wie gut ich mein Gleichgewicht halten kann.

Außer daß ich jetzt weiß, wie Schnecken auf hebräisch heißen, ist nichts dabei herausgekommen, daß Vater sich die Mühe gemacht hat, heute früher nach Hause zu kommen. Aber jetzt, eine Minute bevor wir zurückgehen, holt er aus der Tasche ein leeres Joghurtglas und sagt, er habe vorsorglich auch eines für das Kind in meinem Alter vorbereitet, das sich vielleicht mit mir auf hebräisch angefreundet hätte. Er füllt das Glas mit brauner Erde, die er »fett« nennt, drückt mit dem Finger ein Loch hinein, in das er einen Tomatensamen steckt. Seinen genauen Anweisungen folgend, schließe ich das Loch und prüfe, ob der Samen bedeckt ist. Wenn ich das Glas alle zwei Tage einmal mit einem viertel Glas Wasser begieße und für ausreichend Sonne, Licht und Luft sorge, werde ich in der kommenden Saison fünf Tomaten ernten, die roter sein werden als die Stickerei auf dem Kissen. Anfang nächster Woche wird ein Keim sprießen. In acht Tagen sind zwei Blätter zu erwarten. Die weißen, wurmartigen Wurzeln, die man durch das Glas sieht, sollen mich nicht erschrecken, es sind gesunde und tiefe Wurzeln, und alle anderen Teile der Tomatenpflanze hängen von ihrer Saugkraft ab. Wenn meine Pflanze größer wird und mehr Nahrung braucht, werden wir sie in ein Gurkenglas umtopfen. Vater sagt, daß ich auf diese Art lernen werde, die Natur zu lieben. Ich werde den göttlichen Kern erfahren, für den die meisten Menschen von Geburt an blind sind. Um zu den Menschen zu gehören, die etwas von Landwirtschaft verstehen, muß ich mit aller Kraft an die eiserne Regel glauben, sie schätzen und auswendig lernen, nämlich daß man die Saat für das nächste Jahr auf keinen Fall essen darf. Ich lege eine Hand aufs Herz, schwöre, daß ich den Samen nicht vergeude, daß ich jedes einzelne Korn sammeln werde und wir uns eine Dynastie heranziehen, daß die Tomatenpflanze mit mir im Bett schlafen wird, daß ich sie immer im Auge behalte, während man mich anzieht, wäscht und füttert, daß ich sie mit mir zum Muschelhaufen nach unten nehme und auch aufs Dach, wenn ich die Fischerboote zähle.

Ich drücke das Glas, in dem der Samen irgendwann keimen wird, fest an meine Brust. Man darf den Moment nicht verpassen, in dem die Natur sich verwandelt, wenn eine grünliche Rolle sich entfaltet und zu einem richtigen Blatt wird, wenn eine Knospe ihre Blätter aufrollt. Das wunderbare Klima, mit dem Vaters wunderbares Land gesegnet ist, läßt wunderbares Gemüse wachsen. Wir werden auch Salatsamen sammeln, um ihn an einem Samstag auf dem Brennesselfeld zwischen der Mülltonne und dem Gelände des Schmieds auszusäen.

Froh über das Abkommen, das wir geschlossen haben, nähern wir uns dem Haus. Vater winkt wie üblich Frau Feldmann zu, der Nachbarin von gegenüber, dann schaut er zu unserem Fenster hinauf. Mutters Gesicht ist fest an das Gitter gedrückt, sie lächelt verschmitzt. Eine riesige Fahne, nach seinem Wunsch genäht, hängt vom Dach herunter. Vater lacht ausgelassen und schickt ihr als Dank einen Handkuß, auch wenn die Fahne nicht an zwei Haken befestigt und nicht um einen Besenstiel gewikkelt ist, was er eigentlich gewollt hat. Hier hängt sie von der Dachkante, flattert in der Brise über der Straße Nr. 3, und sogar der Kaktusfeigenverkäufer, der unten auf dem Fahrrad vorbeifährt, wird auf sie aufmerksam.

Bis wir die Wohnung erreichen, schafft es Vater, die Tränen zu trocknen. Ein seltsames Hüpfen seines Adamsapfels ist das einzige Zeichen seiner Aufregung.

Wir klettern zu dritt aufs Dach, um die neue Fahne zu streicheln. Als wir näher kommen, sehen wir, daß sie aus einem Laken genäht ist, dessen Kanten von den Ratten angenagt sind. Mutter hat es gestern aus dem Wäschekasten herausgeholt, sie wollte es erst zerreißen und Putzlumpen daraus machen, doch dann hat sie ihre Meinung geändert. Die beiden hellblauen Streifen sind die blauen Taftbänder, die sie für meine Zöpfe aus Deutschland mitgebracht hat. Die Enden hat sie mit Sicherheitsnadeln befestigt.

Vater klammert sich an das Geländer des Dachs und streckt dabei seine Arme. Er schiebt die Brust vor und öffnet seinen großen Mund im Wind. Mutter steht hinter ihm und legt einen Arm um seine Hüfte.

»Es ist doch nicht so schlimm, daß wir nichts haben, oder?«

»So weiß ich wenigstens, warum ich mich schlecht fühle, wenn ich einen schlechten Tag habe.« Er beugt sich zur Straße, bewegt die reglose Fahne, weigert sich, diesen schönen Moment mit Reden zu beflecken.

Sie schweigen beide. Vater macht eine aufgegangene Sicherheitsnadel wieder zu. Aber es ist nicht wie auf dem Titelfoto des »Aganjok«, dem hoch aufgerichteten Mann mit der Fahne werden keine roten Blumen zu Füßen gelegt.

Geschäfte

Wenn ich wirklich mit dieser Krankheit Schluß machen möchte, ein für allemal, müssen wir jeden Tag einige Stunden auf der Mauer der Moschee sitzen. Die Sonnenstrahlen in diesem Land haben die Kraft, durch die Kleidung zu dringen und die Bakterien zu töten. In einem schönen fernen Land namens Schweiz gibt es dafür Pensionen auf den Berggipfeln, und Menschen kommen aus der ganzen Welt, um ihre Körper von der Sonne bescheinen zu lassen. Was die Schweizer für gutes Geld verkaufen, werden Mutter und ich auf der Mauer von Hasan Bek umsonst haben.

Seit meiner Krankheit bin ich die alleinige, bevorzugte Patientin einer arbeitslosen diplomierten Krankenschwester geworden, die ihre Tage damit verbringt, auf mich aufzupassen. Sie träumte zwar davon, als OP-Schwester zu arbeiten, aber sie hat ihre Fachausbildung nicht zu Ende bringen können. Als sie mich »meine Arbeit« genannt hat, wußte sie noch nicht, wie lange diese Arbeit dauern würde.

In ein enganliegendes Flanellhemd und weitere überflüssige Schichten verpackt, den Tomatenkeimling fest an die Brust gedrückt, gehe ich mit ihr zur Moscheemauer, um zu genesen. Wenn man das Haus für ein paar Stunden verläßt, muß alles tipptopp aussehen. »Deine Unterwäsche ist mein Schaufenster.« Mutter achtet darauf, daß die Farbe des Hemds zur Farbe der Unterhose paßt. Wenn ich, Gott behüte, hinfalle oder überfahren werde und von einem Arzt oder einem Rettungsfahrer untersucht werde, werden sie sofort sehen, daß es sich bei mir nicht um ein Kind von der Straße handelt.

Mutter stellt einen Einkaufskorb neben die Wohnungstür, wirft Socken hinein, die fast zerrissen von der letzten Wäsche zurückgekommen sind, stellt einen Nähkasten aus Holz dazu, dessen Seiten man hochklappen kann. Kurz vor dem Weggehen nimmt sie aus dem Eisschrank die Zwischenmahlzeit, die sie nach den genauen Anweisungen von Doktor Bugrashov abgewogen hat.

Der neue Spielplatz ist ein umzäunter Schutthaufen. Man hat es seit Ende des Krieges noch nicht geschafft, ihn aufzuräumen. Schädel starren mit dunklen Augenhöhlen von Schildern und warnen vor Steinschlag. Ab und zu hält ein Lastwagen, öffnet die hintere Ladeklappe und kippt Müll in den Hof der Moschee. Der Müllberg wird bald die Eingänge zum Erdgeschoß verstopfen. Ein Sandsack, einer von denen, die in den Eingängen zu den Häusern hängen, ist auf einer zerbrochenen Kloschüssel gelandet. Brennesseln gucken durch Möbelskelette, strecken ihre Blätter zur Sonne.

»Verlassene Orte verführen Leute zu gesetzlosem Handeln«, sagt Mutter und deutet auf die verrosteten Eisenstangen mit Betonkugeln an einem Ende. »An einem Ort, an dem getötet wird, ist alles erlaubt. Nichts ist mehr heilig. Schau dir die Spuren der schlimmsten Geisteskrankheit der Menschheit an.« Ihr Finger berührt die seltsamen Entstellungen, die Dinge bekommen, wenn sie von ihrem Platz herausgerissen werden.

»Kriege«, stöhnt Mutter. »Eine gemeine Einmischung von Verbrechern in das Leben normaler Menschen. Wer weiß, wie lange dieses Mal die Pause zwischen den Anfällen von Geisteskrankheit der Menschen dauern wird. Wenn es etwas gibt, weshalb ich bereit wäre, mich bei Gott einzuschmeicheln, dann dafür, daß es keinen Krieg gibt in den Jahren, die er für dich auf dieser Erde bestimmt hat. Auch wenn der Krieg dich nicht endgültig tötet, irgendwie bist du dann doch erledigt, egal ob du zu den Siegern oder zu den Verlierern gehörst. Das spielt wirklich keine Rolle. Wie lange braucht diese Welt, um andere Methoden zu erfinden, wie man Ländereien von einer Hand in die andere transferiert?«

Eine Stunde vergeht und noch eine, und die Zeit bewegt die Luft in dem Hof nicht. Mutter wirft einen Stein auf den Brennesselhaufen und erschreckt eine Heuschreckenfamilie. »Schau, was sich unter dem, was man sieht, alles verbirgt«, sagt sie und deutet auf dünne Beinchen, die über eine Schimmelschicht rennen, und auf eine Reihe von Ameisen, die einen toten Käfer tragen.

Die Worte bleiben ihr im Hals stecken, als ihr klar wird, wem sie absichtslos ihre traurigen Lebensweisheiten mitgeteilt hat. Sie schweigt verlegen, dann hält sie es für richtig, mir die Unterschiede zwischen dem Schutthaufen, von dem wir kommen, und dem Schutthaufen, den wir erreicht haben, zu erklären. »Der Krieg von Jaffa ist ein kleiner Krieg.« Mutter zeigt auf die Abgrenzungen von Hasan Bek. »Und den Krieg, den schlimmsten aller Kriege, der schuld an allem ist, werden wir ab jetzt den ›Großen Gott-behüte-dich-davor‹ nennen.«

Ich höre nur halb zu und mache mir statt dessen Gedanken, wer wohl die Mütze auf die Minarettspitze gebracht hat. Wer hat dort eine Bommel in der Form eines Halbmonds angebracht? Wer hat beschlossen, auf der Spitze eines Rohres zu wohnen, und wo sind die Stufen, die hinaufführen? Und wie kann der Turmbewohner um sein Bett gehen, wenn der ganze Raum schmaler ist als mein Bett? Ich habe dort oben noch nie jemanden gesehen, ein weiteres Zeichen dafür, daß der Raum zum Wohnen zu eng ist. Kein Wunder, daß die Einwanderungsbeamten die Leute zu niedrigen und breiten Räumen bringen. Eines Tages kommen die Besitzer des Turms, um uns wegzujagen. Mutter wird ihnen bedeuten, daß sie kein Hebräisch versteht, und dann wird sie auf polnisch sagen, daß wir die Leute aus der vorübergehenden Wohnung sind, in dem Haus mit den Läden, und wir wären nie in den fremden Hof eingedrungen, wenn Bugrashov es nicht befohlen hätte, damit ich gesund werde.

Die Mauer von Hasan Bek muß man vorsichtig erklimmen; ein Fuß auf einen Stein, dann ausruhen. Noch einen Schritt, ausruhen. Sich vorsichtig an den Rest einer verrosteten Autokarosserie lehnen, dann mit Schwung zum nächsten Stein springen. Mein Körper ist noch nicht stark genug für scharfe oder schnelle Bewegungen. Es werden noch einige Monate vergehen, bis er mich mit Leichtigkeit tragen kann, wie früher. Mein Körper unterscheidet sich nicht von meinem Dreirad, das die Kurve nicht mehr richtig nehmen kann, seit sich die Nabe des Vorderrads gelockert hat. Die Mauer ist zu schmal zum Sitzen. Es ist nicht nur unbequem, sondern sogar gefährlich. Wer sein Gleichgewicht verliert, wird sich auf dem Steinhaufen darunter die Knochen brechen. Ein Glück, daß Mutter eine breitere Stelle entdeckt hat. Sie legt die Decke darauf. Mit dem Nähkasten und der Essenstüte beschwert sie die Ränder.

Die Steine der Mauer glühen, es ist gut, daß ich schwitze. Der Schweiß spült die kranken Körperflüssigkeiten heraus. So hat man auch in Polen Bakterien ausgetrieben. Was Großmutter Sara für Mutter mit Schröpfgläsern erreicht hat, macht Mutter in Palästina mit einem Wollunterhemd. In den ersten Tagen habe ich an den Bekleidungsstücken gezogen, sie hochgezerrt und dabei beinahe den Panzer aus Bekleidungsstücken zerrissen. Ich habe eine Woche gebraucht, um zu verstehen, daß es keinen Ausweg gibt, und wenn ich jetzt Lust habe, mir die Sachen auszuziehen, erinnere ich mich an die Sorgen, die ich Mutter und Vater bereitet habe, als ich die Ratten eingeladen habe, zum Streicheln in mein Bett zu kommen. Das bereue ich nun.

Man muß der Sonne direkt ins Gesicht schauen. Wie schade, daß das Meer auf der Rückseite liegt. Obwohl das der Tomatenpflanze nichts ausmacht, bei ihr ist vorn und hinten das gleiche. Ich drehe sie jedesmal um, um allen Seiten gerecht zu werden. Manchmal überlegt Mutter, wir sollten den Spaziergang auf Nachmittag verlegen, damit würden wir den Widerspruch zwischen der Richtung der Sonne und der des Meeres beilegen. Am Schluß zieht sie diesen Gedanken aber zurück, denn ab dem frühen Nachmittag fängt sie schon an, unter den Leuten, die aus den Bussen aussteigen, nach Vater Ausschau zu halten. Was ist, wenn er früher zurückkommt? Wie kann man den Gedanken ertragen, daß er in eine leere Wohnung kommt? Irgend jemand muß dasein, wenn er an den einzigen Ort zurückkehrt, der bereit ist, ihn aufzunehmen.

Vater ahnt nicht, wie gern sie wüßte, wo er jede Minute verbringt. Tagsüber dreht sie sich immer wieder um, weil sie glaubt, seine Schritte zu hören. »In welcher Straße mag er jetzt sein, wie soll ich wissen, ob er gescheit genug ist, sich den Kopf mit einem Taschentuch mit Knoten in den Zipfeln zu schützen, statt der Schirmmütze, die er zu Hause vergessen hat? Und überhaupt, Gott weiß, ob er daran denkt, die Militärtasche von einer Schulter auf die andere zu wechseln.« Jetzt legt sie mir ein Tuch auf die Knie, hängt mir eine Schürze um und verrührt den Obstbrei, der mich in ein oder zwei Monaten wieder gesund machen soll …

Karotten sind gut für die Augen. Gekochte Kartoffeln beruhigen die Magenwände. Eine halbe Orange gibt Energie, Kamillentee ist gut gegen Blähungen, und die Suppe aus Hühnerfüßen ist gut, weil sie die Kehle befeuchtet und wärmt. In ein langes Glasgefäß raspelt, zerquetscht und preßt Mutter Obst und ist zufrieden, wenn sie sieht, daß der Brei an der Luft schwarz wird. Schwarze Farbe deutet darauf, daß die Eisenkonzentration hoch ist.

Es reicht nicht, daß sie »ein Problemkind hat, was das Essen betrifft«, dazu kommt Bugrashov, der sie beschwört, Unmengen von ekelhaftem Brei in mich hineinzustopfen, der mich und sie in eine traurige Pampe verwandelt. Gerade wenn ich mich anstrenge, fröhliche Gedanken zu haben, kommt mir die modrige Schicht in den Sinn, die ich einmal in einem Fischteich gesehen habe, oder die Rotze, die aus der Nase des Schmiedsohns lief, oder der Schneckenschleim, der den Bürgersteig verschmiert. Ich drücke die Hände an den Mund, halte ihn mit Gewalt zu. Aber die Kotze läuft durch meine Finger, und wir müssen nach Hause gehen, um mich umzuziehen.

Wie überflüssig und ermüdend ist das Trampeln vor dem Breinapf. Was ist kränkender als ein Mädchen, ihr eigen Fleisch und Blut, das alles erbricht, was die Mutter ihr gibt. Vielleicht ist es der Hunger, unter dem sie im Gefängnis in Sibirien gelitten hat, vielleicht hat er zu einem minderwertigen Charakterzug geführt, den das Mädchen geerbt hat.

Gott im Himmel! Gerade jetzt! Nachdem der große Hunger vorbei ist! Wenn man Kalzium und Eisen und sogar ab und zu ein frisches Ei zur Hand hat. Sie hat alles in ihrer Macht Stehende getan, um meinen Appetit anzuregen. Wo hat man je gehört, daß ein Mädchen es ablehnt, satt zu werden? Das bedeutet Gefahr, dem Mädchen fehlt der Instinkt. Es ist nicht lebenshungrig genug. Es wird nicht um sein Leben kämpfen. Ein Mädchen ohne Lust zum Kauen wird schwache Zähne bekommen. Es gibt hier einen Grundfehler, den man sofort behandeln muß. Man darf nicht warten. Wo habe ich mich geirrt? Bestimmt habe ich einen Fehler gemacht. Ich habe versagt. Ich hätte meine Bedenken nicht preisgeben dürfen. Das Mädchen ist sensibel. Das Mädchen versteht zu viel. Das Mädchen will Schluß machen.

Wenn sie nur ein molliges Mädchen hätte, vollgestopft mit Essen, vorbereitet auf jede vielleicht kommende Zeit des Hungers. Wenn man nur die Tage zurückbringen könnte, in denen wir durch die Nabelschnur verbunden waren und alles von ihr wie von selbst in mich hineinströmte. Wenn sie mir heute nicht das Essen in der üblichen Art hineinstopfen kann, wird sie mir einige der Lebertran- und Vitaminampullen spritzen, die sie im Eisschrank aufbewahrt. Nur dann würde sie sich beruhigen und die Gewißheit haben, daß mein Körper bekommen hat, was er braucht.

Bestürzt schleppt sie mich in Bugrashovs Wartezimmer und bettelt, daß er sie nur für eine kurze Frage hineinläßt. Der Arzt zeigt Interesse für die ärgerliche Appetitlosigkeit der Kleinen. Ich stehe neben ihr, als sie ihm demonstriert, wie sich der Kopf des Mädchens zur Seite bewegt, wenn sie versucht, es mit dem Löffel zu füttern, und wie unmöglich es ist, den Löffel zum Mund zu führen. Und wenn schon etwas hineinkommt, sinkt das Essen nicht hinunter, wo es hinsoll.

Bugrashov schiebt die Brille auf die Stirn. Wenn er sich konzentriert und zuhört, zieht er es vor, nicht scharf zu sehen. In seiner Praxis hat er nie einen Fall von vererbtem Hungern gehabt. In der medizinischen Fachliteratur gibt es diesen Begriff nicht.

Er fragt, was ich zu meiner Verteidigung zu sagen habe, ich schweige, kann kein Wort hervorbringen. Nicht vor der Hauptkrankenschwester und den zwei weniger wichtigen Krankenschwestern und Bugrashov mit den hinter den Rücken gelegten Armen und den Patienten, die böse sind, weil Mutter sich vorgedrängelt hat.

»Niemand kommt ins Zimmer. Ich möchte mit dem Mädchen alleine bleiben.« Bugrashov schickt alle hinaus, geht mit langen Schritten quer durch das Zimmer und nimmt meine Hand in seine. Ein Bauch, der sich nicht mit Essen füllt, füllt sich mit Typhusbakterien, und wir zwei, er und ich, sind gleichwertige Partner beim Projekt der Rettung meines Lebens: Seine Rolle ist es, Entscheidungen zu treffen, meine Rolle ist es, zu schlucken. Die Nähe von Bugrashovs großem Kopf jagt mir Angst ein. Seine Locken tanzen vor meinem Gesicht, die rosa Pickel unter seiner Nase sind dick und häßlich, die Sommersprossen auf dem nackten Arm verbinden sich zu einer riesigen, ekelerregenden Sommersprosse – häßlich wie meine Undankbarkeit gegenüber seinen Rettungsversuchen.

Ich schiele zur Seite, um Zeugen für dieses Ereignis zu finden, ich berste vor Stolz, daß er mit mir redet wie mit einer Erwachsenen.

Wir gehen in den dunklen Korridor. Seine rauhe Hand verschlingt meine. Mutters Schatten, gebeugt und zerbrechlich, richtet sich vor diesem Mann auf, der trocken verkündet, daß wir beschlossen haben, mich zu retten: »Meine Rolle ist es, Entscheidungen zu treffen, ihre Rolle ist es, zu schlucken.« Ich nicke automatisch zu den anderen unklaren Wörtern, bin zu erregt, als daß sie zu mir durchdringen. Bugrashov verläßt uns. Als er sieht, daß die Krankenschwester ein verbundenes Kind anbringt, schlägt er die Tür hinter sich zu.

Wir sind wieder zu zweit, und die Frage ist, ob ich schlucken werde oder nicht. Mutter ist wild darauf, mich sofort auf die Probe zu stellen; sie befiehlt mir, mich auf die Bank im Warteraum zu setzen, und wickelt ein belegtes Brot mit Gurke aus.

»Jetzt mal schlucken, wie Bugrashov gesagt hat.« Sie begleitet achtsam jede Bewegung meiner Kiefer. Mit sieben riesigen Bissen habe ich es geschafft, ihre ganze Aufmerksamkeit auf mich zu lenken.

Das belegte Brot habe ich verschluckt, aber die große Prüfung liegt noch vor mir. Ich schließe die Augen, als sie den Deckel des Obstpürees öffnet, und warte gespannt auf die Berührung des Löffels mit dem Brei, der auf meiner Zunge schwarz wird. »Deine Rolle ist es, zu schlucken, deine Rolle ist es, zu schlukken, deine Rolle ist es, zu schlucken.« In Gedanken wandere ich zwischen den Regalen im Laden des Bulgaren herum, ein Löffel vom roten Pudding, ein Löffel vom gelben, ein Löffel Eis vom Eismann am Herbert-Samuel-Kai, wieder roter Pudding, gelber. Kein Obstpüree, kein Brei, nichts Schwarzes – der Inhalt des Glases ist geschluckt.

Aber Bugrashovs Methode funktioniert von Woche zu Woche weniger zwischen den Müllhaufen im Moscheehof – einem Ort, an dem die Welt nicht sauber und ordentlich ist wie in seiner Praxis. Ich werde langsam unempfindlich gegen die Beschimpfungen und Warnungen, die Mutter in Bugrashovs Namen ausstößt. Mein Kopf bewegt sich von einer Seite zur anderen, mein Mund bleibt verschlossen. Ich lerne es auch, die Märchen zu ignorieren, an deren Höhepunkten sie mir einen übervollen Löffel in den offenen Mund schieben will.

Wer wird wen fertigmachen? Müde und beschämt wegen der Methoden, die sie gezwungen ist zu erfinden, wirft Mutter das Glas gegen eine Säule. Der Brei rinnt zusammen mit Glasscherben herunter, ein Schatz an Vitaminen geht verloren. Ich hadere mit ihrem Kummer, schaue sie unschuldig an. Sie ist nah daran, die Fassung zu verlieren – sie schlägt mit den Fäusten gegen die Mauer. Ich weiß, daß Mutter mich nicht schlagen würde, sie ist tief im Herzen davon überzeugt, daß der sibirische Hunger an allem schuld ist.

Wieder geht die Gruppe der Mütter, die sich unter der Sykomore versammeln, an uns vorbei. Wieder bettle ich darum, daß wir mitgehen. Einmal habe ich es sogar geschafft, ihr ein Versprechen abzuringen: Wenn sie in der richtigen Laune ist, wird sie sich darum bemühen. Heute morgen ist sie unten im Treppenhaus stehengeblieben, hat gezögert und die andere Richtung eingeschlagen. Sie hat sich bemüht, sie hat es wirklich getan, aber als wir uns dem lebendigen Lärm am Sandplatz näherten, wurden ihre Schritte unsicherer, meine Hand zog, ihre Hand bremste. Ihre innere Natur hat wieder die Oberhand gewonnen. »Deine Mutter kann nicht«, hat sie mit gesenktem Kopf zugegeben, und diesmal glaubte ich ihr, daß sie es wirklich gewollt hat.

Schweigend überquerten wir den steinigen Pfad auf unserem Weg zur Mauer der Moschee. Wir setzten uns an den gewohnten Platz. Mutter legte die karierte Decke hin, stellte die Thermosflasche und den Essenskorb darauf. Wir saßen hoch über den Menschen und den Bakterien und widmeten uns der sauberen Luft und folgten den Anweisungen eines berühmten Kinderretters.

Von der Höhe des Zauns aus beobachtet sie »die Faulenzerinnen, die ihre Kinder auf die Weide führen«, sie ignorieren die Gefahr, die von den Früchten der Sykomore ausgeht, die auf den Sand fallen und verfaulen. Es gibt Mütter, die es schaffen, das Gerücht einer Polioepidemie zu verdrängen, die im Lande wütet, und den Bericht von den vier Babys von Adgiami, die bewußtlos ins Französische Krankenhaus eingeliefert worden sind. Ist eine Epidemie nicht Grund genug, gesunde Kinder von kranken zu trennen, damit sie nicht das Teuerste, was Mütter haben, in Gefahr bringen? Gestern hat sie Vater aus der medizinischen Enzyklopädie vorgelesen, wie ansteckend die Krankheit ist, und jetzt, hier, am hellichten Tag, greifen die Gesandten des Teufels nach kleinen Kindern, und ihre Mütter schauen zu. Zwei Kindergärtnerinnen betreten mit einer Gruppe von Kindern in meinem Alter das verseuchte Gebiet. Jetzt ist sie sicher, daß man mich nicht zum Kindergarten schicken soll. Wie unzuverlässig ist die Fürsorge einer Frau, der es nur ums Geld geht.

Sie sagt, es tut ihr gut, sich von den anderen abzusondern. Für sie ist das Alleinsein gesund, es befreit sie von der Anstrengung, die mit Freundschaften verbunden ist. Wer in der Welt könnte ein Interesse daran haben, auf die Mauer von Hasan Bek zu klettern und die Ruhe zu stören, die sie überkommt, wenn die Unordnung im Hof und die innere Vernachlässigung sich gegenseitig aufheben. Sie hat richtig gehandelt, als sie sich von dem Lärm der Kinder und den bunten Eimern im Sandkasten entfernt hat, von den Lebenszeichen, mit denen sie nichts zu tun haben will.

Jeden Morgen nimmt sie einige Kinderbücher mit. Wenn die Sonne am stärksten und die Langeweile unerträglich ist, klappt sie ein Buch auf und beginnt vorzulesen. Eine Geschichte, die auf dem Thron der Königin beginnt, und von dort geht es zum Siegelring, der auf eine Eisenbahnschiene rollt, und die Kürbiskutsche und die Sandalen der Prinzessin rutschen vom Königsweg zu den Blutspuren, die in der Erde am Graben versickern. Es geht um Flüchtlingskolonnen, die sich zusammenschließen, die an Dörfern und Städten vorbeiziehen, deren Bewohner diese verlassen haben, einen Zwischenstopp im DP-Lager in Eschwege machen, wo sie mich zur Welt gebracht hat, und direkt vor der Baracke dreiunddreißig halten, die in einer Nacht auf einem bombardierten Flugplatz gebaut wurde. Zwerge in roten Zipfelmützen und Stiefeln und weißem Pelzfutter am Saum rennen im Zickzack, als im Wald Schüsse zu hören sind, sie springen über Gräben, die zu einem Massengrab geworden sind, und laufen hinter Grenzpolizisten, Soldaten und Denunzianten her. Prinzessinnen in schmutzigen königlichen Gewändern hinken mit einem Stock an von Schüssen durchlöcherten Wegweisern vorbei. Während sie überlegen, in welche Richtung sie fliehen sollen, fallen von oben Granaten, die Kolonne verteilt sich am Wegrand, Seeräuber und Landgeister erledigen die Leute, die in den Feldern Schutz suchen. Mit ein bißchen Geduld wird die Leiche der bösen Königin im Schlamm liegen, die Aasgeier machen sich in den Furchen breit und picken mit ihren krummen Schnäbeln in das menschliche Fleisch. Jede Geschichte hat ihren spezifischen Kummer, jede Geschichte ist eine Heldentat. Obwohl die Erde bebt, ziehen am Ende alle, die Zwerge und die Flüchtlinge und die Feen und jeder, der die tschechische Grenzkontrolle überstanden hat, ihre festlichsten Kleider an und fahren zur Hochzeit von Schneewittchen.

Ich drücke mich in ihre Arme, schmiege mich an die Brüste meiner einfallsreichen Mutter. Niemand wird einem Mädchen etwas antun, dessen Mutter im Gefängnis einen Hungerstreik anfachte, die dafür gesorgt hat, daß eine Denunziantin bei den politischen Gefangenen entfernt wurde, die eine Flüchtlingsgruppe über die tschechische Grenze geführt hat, auf die sich alle verlassen haben, weil sie die Gefahr riechen konnte. Sie verscheuchte die Wachen, führte die Frau des Gauleiters in die Irre, zündete eine Scheune an und erschoß einen Räuber.

Ein paar Minuten eines kleinen, geschützten Glücks, dann sinken ihre Arme nach unten. Sie ist wieder kraftlos, sie entschuldigt sich, daß ihre Kraft zu Ende ging, bevor mein Leben begonnen hat. Schade, daß ich die falsche Zeit gewählt habe, um in ihr Leben zu treten. Was von ihr übriggeblieben ist, ist nur ein Rest von dem, was sie früher war. »Wenn du doch gekommen wärst, als ich noch die Fähigkeit besaß, das Leben zu genießen.« Sie klopft auf ihr Knie. »Ich bin mir jetzt nicht mehr sicher, daß alles, was mir geschieht, nur vorübergehend ist.« Im gleichen Atemzug lobt sie ihre Nichte Rochele, die ein so unproblematisches Kind war. Und wieder frage ich mich, wie man es schafft, ein ausgeglichenes Kind zu sein, ein Kind, das man kaum wahrnimmt, eine Art Luft, ein Kind, das sich unsichtbar zwischen den Gegenständen bewegt, das nichts erwähnt, was die Mutter an ihre Pflichten im realen Leben erinnert, dem Leben, in das sie und ich hineingeworfen wurden. Ein Kind, das den Wunsch unterdrückt, sie möge so sein wie die anderen Mütter.

Was soll ich tun, was ich noch nicht getan habe? Wie soll ich mich anpassen? Wie soll ich immer auf das »Ich kann nicht mehr« reagieren? Wie soll ich ihren Kummer in Schach halten, damit nicht alles ausufert? Wie kann ich aufpassen, daß sie keine Migräne bekommt, daß sie sich nicht ärgert und stirbt und mich allein läßt, so wie die Familie, die nicht mehr da ist, es mit ihr gemacht hat?

Vielleicht ist es bei uns so, wir müssen besser aufeinander aufpassen und uns mehr in acht nehmen als andere Familien.

»Wenn ich heute noch drei, vier gute Kontakte mache, habt ihr zu Hause einen richtigen Geschäftsmann. Nur zwei Monate auf dem Markt, und schon sechs Verträge, die fast abgeschlossen sind. Am Anfang haben sie mich wie ein verrücktes Huhn behandelt. Sie haben aufgehört zu reden, wenn ich das Büro des Versorgungsamts betreten habe. Sie wußten nicht, ob ich etwas kaufen oder verkaufen wollte. Sie haben sofort verstanden, daß ich ein ganz anderes Niveau habe. Daß die Militärtasche mit der Ware nicht zu mir paßt. Ich habe Zeit gebraucht, um zu lernen, daß alles davon abhängt, wie du dich vorstellst. Die Kunst ist, ihnen das Gefühl zu geben, daß du und sie gleich sind, daß alle Mitglieder in dem Club der Menschen sind, die gute Schnallen zu schätzen wissen.«

Vater berauscht sich an seinen Fähigkeiten, und Mutter beschleunigt das Tempo, mit dem sie die Gurken schält. Sie hat schon darauf verzichtet, zu erfahren, was dieses »fast abgeschlossen« bedeutet, das er immer wieder erwähnt, nachdem alle anderen Details des Geschäfts schon entschieden sind. Wo ist der Unterschied zwischen einem Geschäft, das fast zustande kommt, und langen Spaziergängen in den Straßen von Tel Aviv? Manchmal beschwert sie sich, daß er Flecken auf dem Hemd hat oder daß seine Schnürsenkel offen sind. Was sie stört, ist, daß er ihr nicht sagt, ob er verkauft hat oder nicht, und daß er, wenn sie ihn fragt, sich sofort aufregt und sagt, wenn sie ihn so verhöre, sei das ein Zeichen, daß sie ihm nicht glaube.

»Es gibt einige Lieferanten, die mir das Gefühl geben, zu Hause zu sein.« Er stellt sich vor den Spiegel und fährt sich durch die Haare.

»Seid ihr zu einem Abschluß gekommen?« Ihr Blick ruht auf der Geldvase.

»Es kommt kaum vor, daß man sich nicht nach dir und nach der Gesundheit des Mädchens erkundigt.«

»Was geschieht mit den sieben Schachteln, die du bei ihm gelassen hast?«

»Ich darf ihm nicht das Gefühl vermitteln, daß ich zu gierig bin.« Vater spricht in einer so professionellen Art, daß man lieber nicht weiterdiskutiert.

Nur wenn er ihr den Rücken zeigt, wagt sie es, sorgenvolle Blicke auf seine hängenden Schultern zu werfen. Nein, sie wird ihm nicht sagen, was ihr Kahana, der Schuster, gesagt hat, der den Griff der Tasche ab und zu wieder festnäht. Wie oft kann sie ihn davor warnen, daß er sich den Arm aus der Schulter reißen könnte?

Wenn es mit dem »Fast« so weitergeht, wird einer von ihnen gezwungen sein, einen »richtigen Beruf« auszuüben. »Was passiert mit dem richtigen Beruf?« sagt sie in die Luft hinein, so wie sie andere Fragen über die Zukunft stellt, oder: »Wo wären wir heute, wenn es keinen Krieg gegeben hätte?« Oder: »Wo führt das alles hin?« Alles Fragen, die gestellt werden, nur um zu betonen, daß es darauf keine Antworten gibt, es sind nur hohle Wörter, die ihre Angst ausdrücken.

Ich weiß schon fast, wie es geht, Schnallen zu verkaufen. Im Gegensatz dazu ist der »richtige Beruf« eine Anhäufung von Aktivitäten wie Düngen und Entfernen von Steinen, Arbeiten, von denen ich allerdings noch nie gesehen habe, daß sie tatsächlich ausgeführt werden. Mutter behauptet, die Bücher, die Vater in der Universität gelesen hat, stecken tief in seinem Kopf, und wenn seine Schnallen in eine Sackgasse führen, könne er jederzeit seine Kenntnisse umsetzen. Jedesmal, wenn der »richtige Beruf« erwähnt wird, spürt man ihre Sehnsucht nach der Sicherheit einer Anstellung mit einem festen Gehalt, das durch eine lange Betriebszugehörigkeit ansteigt. Sie warnt Vater wiederholt, es sei seine letzte Chance, er sei fünfunddreißigeinhalb und dürfe sein Leben nicht mit überflüssigen Tagträumen vergeuden. Sogar jetzt, während wir auf dem Schnallenstuhl sitzen und über die Vergänglichkeit der Zeit reden, vergeht diese Zeit unwiederbringlich. So ist es nun mal. Die Zeit bleibt nicht stehen für Menschen, deren natürlicher Lebenslauf durch einen verdammten Krieg zerstört wurde.

Aber Mahnungen dieser Art bringen bei ihm nur einen dieser nichtssagenden Sprüche hervor: «Das Leben wurde uns gegeben, damit wir es leben.« Sie macht eine wegwerfende Handbewegung, widmet sich dem Schneidebrett, auf dem sie Dill oder Zwiebeln hackt. Das Klopfen des Messers verrät ihren unterdrückten Zorn.

Vater hebt den Klavierdeckel. Fast nie geht er am Klavier vorbei, ohne eine Melodie oder zwei, die er auswendig kann, zu spielen und ein wenig zu improvisieren. Das Klopfen vom Schneidebrett vermischt sich mit der neuen Melodie, die er aus dem Radio kennt. Es ist das Lied von einer Frau, die das Läuten an der Tür nicht gehört hat, und jetzt bittet sie den Soldaten, er möge zweimal hintereinander läuten.

Als sie nicht mehr weiß, wie sie mich noch füttern kann, versucht sie es mit Vaters Schnallen aus den von Typhusratten angenagten Schachteln. Für jeden Löffel, der über meine Lippen geht, legt sie mir eine Schnalle in die Hand. Nur wenn ich schlucke und den Mund weit aufmache, darf ich die Schnalle in die Öffnung des Gullys im Hof der Moschee werfen.

Einmal bin ich dran, dann wieder sie. Wir verbringen den Tag damit, daß wir in den Gully zielen.

Heute hat sie eine volle Tüte mit Helmschnallen mitgebracht. Ich packe die erste an der Metallnadel, kneife ein Auge zu und werfe sie schwungvoll durch die Luft, ohne zu zielen. Mutter wirft besser als ich. Die lustige, spielerische Art des Mädchens, das sie früher war, läßt ihre Wangen rot werden. Sie schwingt den Arm über den Kopf, als würde sie die Luft boxen, und wirft die Schnalle in den Gully. Im Dreck am Rande des Gullys liegen leere Sardinendosen, die einen klingenden Ton von sich geben, wenn eine Schnalle auf sie prallt. Ich verdränge den Gedanken, daß Mutter mit Vergnügen zuschaut, wie sie langsam verschwinden. Könnte es sein, daß Vater, der sie wie einen verborgenen Schatz hütet, keine Ahnung hat, was mit ihnen passiert?

Es ist nur ein Schritt zwischen unserem wilden, verhexten Hof und der Straße voller Menschen, die einen wirklichen Grund haben, dahin zu gehen, wo sie hingehen wollen. Die Schnallen pfeifen durch die Luft. Sie blitzen in der Sonne auf, und aus dem Gully antwortet ein Echo. Eine Schnalle trifft auf wucherndes Unkraut. Eine reife Frucht platzt, ihr Saft spritzt in alle Richtungen, landet auf den Brennesseln und verschwindet unter den Stengeln. Am Abend erzählen wir es Vater, und er öffnet das Pflanzenbestimmungsbuch und findet, daß diese Pflanze »Spritzgurke« heißt. Wir haben ihm nicht erzählt, daß es eine Schnalle war, die die Frucht zum Platzen gebracht hat. Vielleicht weiß er es und ignoriert es, und vielleicht kann er sich nicht vorstellen, womit wir in den Gully zielen.

Wir sitzen jetzt schon zwei Wochen mit schaukelnden Beinen auf der Steinmauer. Mutter verzeichnet Erfolge mit dem Kakaobrei und dem Obstpüree. Wir zielen von Tag zu Tag genauer. Ich lerne es, auf den Haufen leerer Sardinendosen zu zielen und dabei die Augenlider zusammenzukneifen, so daß alles verschwimmt. Nur auf diese Art schaffe ich es, das gewünschte Echo aus der Tiefe des Gullys zu hören.

Gerade habe ich mir von Herzen gewünscht, daß Bugrashov noch einige Kinder in den Hof schickt, die sich gerade vom Typhus erholen, und schon tauchen zwei Köpfe am Zaun auf. Ich heule wie eine Katze. Die Köpfe machen große Augen, sie wundern sich, wer wir sind – eine Mutter, eine Tochter und eine

Thermosflasche, eine Reibe und ein Nähkasten, ein Glas mit Obstpüree und eine Tomatenpflanze. Sie schauen jedesmal weg, wenn ich sie ansehe. Der magere Junge mit dem Hut ruft noch zwei andere Jungen. Sie zögern, alle warten auf Mutters Zustimmung: ein Schritt und ein herausfordernder Blick, noch ein Schritt und ein fragender Blick. Bis wohin dürfen sie gehen? Der ängstliche Junge zieht sich zurück, als er ihren Blick trifft. Der magere Junge stellt einen Fuß auf die niedrigen Stufen der Schießanlage. Bis die Kinder von Manschija uns als die Besitzer des Platzes behandelten, ist es mir nicht in den Sinn gekommen, daß die Moschee mir und Mutter gehört.

Es vergeht noch eine Woche. Der freche Junge ist heute früher erschienen. Mutter amüsiert die Art, wie er sich mit ihr verständigt. Sie deutet auf den Gully und gibt ihm eine Schnalle. Er steckt sie in die Tasche und verläßt den Platz.

Seit drei Tagen kommen Jungen, immer zur gleichen Zeit. Ihre Augen hängen am Korb mit den Schnallen. Sie sind zerlumpt und schielen pfiffig zu der Frau im Schneiderkostüm hinüber, die auf der Moscheemauer sitzt. Mutter ermuntert sie, ihre Freunde mitzubringen. Jetzt sind wir zehn, vielleicht mehr. Und auch wenn wir sie nicht als Gesellschaft ausgewählt haben und trotz der Polioepidemie hat Mutter aus irgendeinem Grund vergessen, daß sie Angst hat; es ist klar, daß sie erwünschte Gäste sind.

Sie stehen unter uns und heben bettelnd die Hände, zeigen sich gegenseitig ihre Beute. Sie sind von den mit Strichen und Ritzen verzierten Teilen entzückt, sie riechen nach fernen Ländern. Sie brauchen einige Tage, um festzustellen, daß die Quelle unerschöpflich ist. Es gibt keinen Grund, sich über eine Schnalle zu ärgern, die für immer in dem Gully verschwunden ist. Noch weitere barfüßige Jungen tauchen auf, mehr Arme schwingen sich im Wettkampf. Da es keine klaren Regeln gibt, ändern sich die Regeln von einem Wurf zum nächsten. Allmählich entsteht ein Schnallenregen, den sie mit freudigen Rufen begleiten.

Der scheue Junge im zerlumpten Unterhemd ist der erste, der es wagt, über die Ruinen zum Gully hinunterzugehen. Ein kleiner Mensch, der sich mit Händen und Füßen vortastet, der kriecht, springt, hüpft. Er bahnt sich den Weg von oben nach unten, bewegt sich wie eine Katze zwischen den Schutthaufen. Die anderen, die auf der Mauer sitzen, dirigieren ihn, warnen vor Löchern und Stacheldraht. Mit vollen Taschen hält er sich an Mauervorsprüngen fest, klettert zu den jubelnden Kindern über ihm. Der Vorrat reicht für eine Stunde Zielen. Alle sind wortlos damit einverstanden, daß ihm das Recht zusteht, dreimal hintereinander zu werfen.

Wir sind nett zueinander. Wir geben uns Zeichen, die ein Fremder nicht verstehen würde. Wir feuern uns an, zeigen durch Schreie unsere Anteilnahme. Einer kommt, nachdem er einen Tag gefehlt hat, Mutter hebt fragend die Hände. »Wo warst du gestern?« Auch wenn sie nicht imstande ist, zu verstehen, was er sagt, nickt sie als Zeichen, daß von ihr aus alles in Ordnung ist. Daß sie mit der Erklärung zufriedengestellt ist.

Wenn ich früher hinausgegangen bin, um Schnallen zu werfen, gehe ich jetzt hinaus, um Freunde zu treffen. Ihnen zuliebe wechsle ich die Bänder in meinem Haar, möchte ihnen gefallen. Die Vorbereitungen, bevor wir zur Moschee gehen, dauern immer länger. Aus dem Schnallenhaufen muß man die begehrtesten Sorten heraussuchen. Ein neues Kind muß mit einer vergoldeten, flachen Schnalle mit drei Achsen überrascht werden.

Morgens früh wühle ich in dem Schnallenhaufen; die Schnallen, die wir mitnehmen, ordne ich in der Reihenfolge, in der ich sie den gierigen Händen übergeben werde. Morgen bringe ich mir ein weißes Handtuch mit. Mit dem Handtuch werde ich einige nasse Schnallen vorm Gullyrand abreiben, ich werde es vor ihnen ausbreiten, das Handtuch wird einwandfrei sauber bleiben, ohne Rostflecken. So lernen auch sie, Vaters Schnallen zu bewundern, die Schnallen des Mannes, der uns ein Haus bauen wird, ein von Bougainvilleen umranktes Haus.

Gedächtnisspiel

»Du bist auch so schon schön.« Mutter drängt, wenn ich noch schöner aussehen will, als ich schon bin. Ich stehe vor dem Spiegel und hindere sie daran auszugehen. Aber wenn Vater von einer geliebten Person spricht, vergißt er nie zu erwähnen, wie schön sie sei. Anscheinend muß man schön sein, wenn man geliebt werden will. Und wenn diese Person so ist wie ich, die nicht aufhört zu prüfen, wie sehr man sie liebt, dann muß sie eben besonders schön sein.

Ich weiß, was schön ist. Die Schönen sind blond, und man merkt nicht, daß sie Juden sind. Die Blonden bekommen gefälschte Papiere, damit sie am Leben bleiben und blonde Kinder zeugen, die die Erde bevölkern. Wenn deine Haarfarbe wie Heu und Stroh aussieht, kann man dich in der Scheune verstecken, dir nachts Essen hineinschmuggeln und sich unter Tränen von dir verabschieden, wenn der erste russische Panzer kommt. Wie kann ich schön sein, wenn ich schwarze Haare habe? Wie kann ich vergessen, daß ich Jüdin bin, auch wenn ich zur neuen Generation gehöre? Es stimmt, daß Mutter behauptet, sie hat noch kein schöneres Mädchen getroffen als mich, und sie hat, Gott sei ihr Zeuge, in ihrem kurzen Leben schon viel zuviel gesehen. Sie sagt auch, daß ich Großmutter Sara, die adlig aussah, ähnlich bin, und adlig zählt noch mehr als schön.

Wie es also verschiedene Arten Juden gibt, gibt es wahrscheinlich auch verschiedene Arten Schönheit. Ich gehöre zu der Art mit schwarzen Zöpfen, die die hohe, adlige Stirn von Großmutter Sara hat; mich wird man in keiner Scheune verstecken.

Mutter sorgt dafür, daß ich immer tipptopp angezogen bin. Mit hübscher Kleidung kann man die schöne Figur gut zur Geltung bringen. Diejenigen, die weniger schön zur Welt gekommen sind, sehen gut gekleidet etwas besser aus, und diejenigen, die Großmutter Sara ähnlich sind, werden noch nobler. Aber die zerlumpten und vernachlässigten Kinder am Zaun lachen und lieben sich auch ohne ein gestärktes Organzaband in den Haaren. Um eine von ihnen zu sein, muß ich aussehen wie sie. Was ist schon dabei, wenn ich bei Mutters Ansprüchen ein paar Punkte verliere. Ich stehe vor dem Spiegel, um meine makellose Erscheinung etwas zu lockern. Mutter korrigiert, und ich mache den Eindruck gleich wieder kaputt. Sie versteht es nicht.

An einem abwechslungsreichen Tag Anfang Herbst, als Mutter gerade Vitamintabletten im Haferbrei zerquetscht hat, sehen wir, daß ein langes Auto mit langen Kotflügeln an der Mauer vorbeifährt. Solche Autos haben keinen Grund, in der Hasan-Bek-Straße zu halten. Auch wenn sie manchmal die Straße entlangfahren, sind sie immer auf dem Weg zu einem anderen Ziel.

Die Passanten bleiben stehen und starren dem Auto nach. Es gibt Begeisterungsrufe, wenn sie sehen, wie sich in einer Kurve die Räder von der Straße abheben. Die Räder, die über dem Staub der Steine schweben, kehren auf den Boden zurück.

Das Zielspiel hat aufgehört. Die Kinder am Zaun richten sich auf. Die Hand, die den Brei umgerührt hat, hält inne.

»Toll!« Die glänzende Perfektion erregt mich.

»Das Auto eines Kapitalisten«, sagt Mutter verächtlich. »Nur wer auf Kosten der Hilflosen lebt, kann sich so einen Wagen leisten.« Die Kinder machen weiter mit dem Werfen, und ich frage, wie immer, nicht mehr nach, ich merke mir aber, daß »das Auto eines Kapitalisten« nach Ausbeutung stinkt. Der Begriff ist dem Horrorlexikon des »Aganjok« entnommen. Vor den Autos der Kapitalisten muß man sich hüten.

Es vergehen einige Tage, das Auto wird nicht mehr erwähnt. Aber heute, als wir gerade den Schnallenkorb die Treppe hochgeschleppt haben, kommt uns Herr Berkowicz aus dem Stockwerk über uns entgegen und unterhält sich flüsternd mit Mutter über zwei angesehene Männer, Alteingesessene, keine Neueinwanderer, die aus einem nagelneuen amerikanischen Chevrolet ausgestiegen sind und anfingen herumzuschnüffeln. Sie haben auf die Fenster unserer Wohnung gezeigt. Da er schon vor einigen Tagen diesen Chevrolet mißtrauisch beobachtet hat, ist er hinuntergegangen, um sich zu erkundigen, wer sie geschickt hat und was sie hier suchen. Am Anfang sagten sie, es gehe ihn nichts an, dann ließen sie sich erweichen und fragten ihn nach Mutters Wohlbefinden und wollten wissen, was er über die Geschäfte und die Gesundheit meines Vaters wisse und auf wen die Wohnung eingetragen sei und wie viele Kinder wir haben und wie die Verhältnisse sind. Sie waren nicht bereit zu sagen, wie sie heißen, und versprachen, wieder vorbeizuschauen, wenn sie in der Gegend seien. Mutter versichert, sie kenne keinen, der aus so einem Wagen steigt. Keiner, der hebräisch spricht, weiß etwas von ihrer Existenz. Obwohl es sich hier anscheinend um einen Irrtum handelt, murmelt sie: »Wer kann das sein, wer kann das sein?«

Einige Stunden später, als wir am Fenster auf Vaters Rückkehr warten, gleitet wieder das Silberdach über die Kalksteinstraße. Der Motor wird abgestellt, als der Wagen vor dem Rollgitter des Schmieds anlangt. Zwei Männer steigen aus und betreten unser Treppenhaus. Außer den gelochten weißen Schuhen sehen sie wie normale Menschen aus, die etwas älter als Vater sind. Der eine ist schwer und langsam, gelbe Locken kleben wie ein Kreis auf seinem Kopf, der zweite ist zackig und trägt einen teuren Anzug. Er hat die eine Hand in der Hosentasche, mit der anderen streicht er über das Taschentuch, das in seiner Brusttasche steckt.

Mutter kaut auf ihren Fingernägeln und rennt von einem Fenster zum anderen.

»Schließ auf.« Sie drängt mich, zur Tür zu gehen. Ich habe Angst, sie schiebt mich vorwärts. Ich öffne die Tür und verstecke mich hinter dem Klavier, blicke verstohlen auf einen der Männer in weißen Schuhen, der am Wohnungseingang steht. Dieser Mann sagt zum zweiten Mann: »Man sieht, daß es die Tochter von Brenner ist, sie ist ihrer Mutter wie aus dem Gesicht geschnitten.« Mutter schreckt zurück, ihr wird schwindlig, sie verliert für einen Moment das Gleichgewicht. Dann richtet sie sich auf und lehnt mit dem Rücken am Spiegelrahmen.

Vater stürmt herein, er schwitzt und atmet schwer. Heute haben wir nicht am Fenster auf ihn gewartet. In den wenigen Sekunden, die er für die Treppe gebraucht hat, hat er sich schon die schlimmsten Szenarien vorgestellt. Er stößt einen tiefen Seufzer der Erleichterung aus. »Macht mir das nie wieder.« Der große Fremde mit den weißen Schuhen entschuldigt sich für den von ihm verursachten Schrecken, stellt sich als Jucek vor, auf hebräisch Giora, oder umgekehrt, er heiße Giora, sei aber als Jucek geboren. So oder so, wie man es nimmt, er streckt Vater die Hand entgegen, ganz offiziell. Vater sieht die Gäste genauer an und läßt auf seine Begrüßung warten. Er mustert die Leute, die sich als entfernte Verwandte vorstellen, mißtrauisch, diesen Sohn der ersten Frau von Mutters Großvater. »Das heißt, wir könnten sagen, wir sind Enkelkinder desselben Großvaters, aber von unterschiedlichen Großmüttern.«

Der Mann lächelt: »Ihr fragt euch sicher, was wir hier tun. Nun, als ein alteingesessener Bürger habe ich es für richtig gehalten, als ich von den vielen Einwanderern hörte, wenigstens einer Familie zu helfen.« Zufällig fand er eine Liste der Einwanderer, die bis September 1949 kamen, und zu seiner Überraschung entdeckte er Mutters Mädchennamen. »Ich bin gekommen, um Hilfe anzubieten, mit Geld, Arbeit, allem, was ihr braucht, wenigstens für den Anfang. Denn Blut ist dicker als Wasser, und Familie ist Familie. Ich wußte nicht, daß es auch eine Tochter gibt, und für wen machen wir das, wenn nicht für die nächste Generation?«

Mutter ist wie gelähmt, sie steht noch am Spiegel. Ihre Augen wandern an dem plötzlichen Verwandten auf und ab. Ihr Atem geht noch nicht wieder normal, und schon versucht sie, in ihren Erinnerungen zu graben. Ihre Wangen sind heiß geworden, die Schweißtropfen rinnen ihr von der Stirn in den Kragen. »Ich glaube es nicht, ich glaube es nicht … von Angesicht zu Angesicht mit jemandem, der meine Mutter gesehen hat … Blut ist dicker als Wasser, Blut ist dicker als Wasser.«

Es scheint, daß die Verwandtschaft nicht auf gegenseitiger Kenntnis beruht. Mutter hat nie gehört, daß ihr Großvater jemals mit einer anderen Frau außer ihrer Großmutter verheiratet war. Die Wahrheit ist, daß sie ihren Großvater nie gekannt hat. Jetzt, wo sie in ihrem Gedächtnis sucht, fällt ihr ein, daß er sein Leben unter einem Wagen, der Heizkörper zu einer Fabrik transportierte, beendet hatte. Sie kann sich nur schwach erinnern, daß man heimlich über ihn geflüstert hat. Mutter folgt dem Stammbaum, den der neue Verwandte auf eine Serviette zeichnet. Ihre Hand, die die Haarbürste umklammert, zittert noch. Die Namen begreift sie nicht, auch wenn er sie buchstabiert, klingen sie ihr fremd.

Sie lädt die Gäste ein, die Fotos der Familie, die nicht mehr da ist, zu betrachten. Jucek bittet seinen Freund, seine Lesebrille aus dem Auto zu holen. Bis er zurückkommt, beugt er sich über die grauen, unscharfen Personen, fragt, wann sie geboren sind, mit wem sie verheiratet waren, wo sie gewohnt und gearbeitet haben. Die Gesichtzüge der Menschen und die Namen erwekken bei Jucek nichts, von Bild zu Bild zeigt sein Gesicht wachsende Enttäuschung. Alles, woran er sich festhalten möchte, erweist sich als falsch. Mutter schwebt nervös um ihn herum und überhäuft ihn mit Einzelheiten und gibt sich noch mehr Mühe. Sie reißt einige der Fotos von der Wand, die größer und klarer sind, und hält sie ihm vor die Augen. »Nathan. Wie kann es sein, daß Sie sich an meinen Bruder Nathan nicht erinnern? Wer meinen Bruder Nathan kennengelernt hat, konnte ihn nicht vergessen. Und hier ist Halina. Halina Grabelski, die mit den unanständigen Witzen. Diejenige, die Bulek verlassen hat und mit Henjek Piterkovski zusammengezogen ist, dem Regenschirmflicker von der Ecke der Miczkewicz. Die ganze Stadt hat sich mit dieser Affäre befaßt … und Bulek ist ihr nichts schuldig geblieben. Hier hat ihn der Fotograf aufgenommen, als er mit Mascha Goldmann und ihrem Hund spazierengegangen ist, und hier zwei wunderschöne Mädchen aus seiner Ehe mit Halina ... Das ist kein sehr gelungenes Foto von Cesa, wegen des Rocks, der aussieht wie von ihrer kleinen und mageren Schwester Lutka, und hier ist sie gerade zwei Monate nach der Geburt von Antek zu sehen, hier, auf diesem Foto ist er ein bißchen über sechs Jahre alt, und man sieht ihm an, daß er Sportler geworden wäre, hätte es keinen Krieg gegeben, schauen Sie, was er für eine Körperhaltung hat ... und das war an dem Tag, als wir Zakopane verlassen haben, und alle hatten schon ihre Stadtkleidung an. Die Frau, die neben meiner Mutter sitzt, ist Schranka Gurewicz, und Macek reicht ihr gerade den Käse, nach dem sie so verrückt war, er hat ihr immer ein Kilo oder zwei bei den Bauern gekauft, bevor sie Zakopane verlassen haben und sich auf den Weg machten. Und hier bin ich.« Sie zeigt auf ein junges Mädchen, das Laibe Ziegenkäse hält und fröhlich mit den echten Zähnen lächelt, die sie damals noch hatte.

Der Fremde zuckt weiter mit den Schultern. Die Fotos der Leute wischen zwar eine dünne Schicht Staub von seinen Erinnerungen, aber er ist weit entfernt von einer endgültigen Klarheit. Die Arme hinter dem Rücken verschränkt, geht er an den Fotos entlang, nimmt die Brille ab, setzt sie wieder auf, wechselt zu den Seiten des »Aganjok«, die an der Schranktür kleben, bis Mutter sagt: »Diese Bilder hängen hier nur vorübergehend, bis wir uns gerahmte Bilder leisten können. Keine von diesen russischen Fratzen gehört zu unserer Familie.«

Als alles über Mutters Familie gesagt ist, lehnt er sich an das Klavier und verkündet: »Schauen wir mal, ob wir mit meiner Seite der Familie etwas anfangen können.« Jucek zählt eine lange Reihe Namen auf: seine Onkel und Cousins, die alle Brenner hießen. Mutter hört zu und runzelt die Augenbrauen, aber die immer tiefer werdenden Falten helfen ihr nicht beim Erinnerungsprozeß. Jetzt hebt sie die Schultern und senkt sie bedauernd.

»Bronka Brenner, Bronka Brenner ... sind Sie sicher, daß sie Bronka und nicht Bronia hieß?«

»Bronka, ich bin sicher, daß sie Bronka hieß. Wir wohnten fünf Jahre lang Tür an Tür, im selben Stockwerk.«

»Vielleicht war es ein Kosename?«

»Bronka ist Bronka, und Bronia ist Bronia.«

»Bronia? Bronia, Bronia, ich kann mich erinnern, daß mal von einer Bronia die Rede war, oder so ähnlich, aus diesem Städtchen bei den Soleminen, nu, wie heißt es.«

»Meine Bronia lebte in Radom, aber vielleicht sind deine Bronia und meine Bronia Cousinen und sind beide nach der gleichen Bronia benannt.«

Und so gehen sie weiter im Zimmer auf und ab, die Gedächtnisschwäche ist für beide peinlich, sie sehnen sich nach ein bißchen Gemeinsamkeit, die fast da ist, aber dann doch nicht. Mutter starrt seine Locken an, er konzentriert sich auf ihre Beine, Vater betrachtet beide, und der Freund lächelt mich an, und Mutter ist traurig dabei. Das lange Schweigen ist peinlich, es gibt keine Lösung und keinen Rat, bis Jucek sagt: »Vielleicht wird es mit der Zeit kommen. Ja, die Zeit. Was der Verstand nicht löst, wird die Zeit richten. Man kann sich nicht auf Befehl erinnern.« In der Zwischenzeit schlägt er vor, sich damit zu begnügen, daß er glaubt, in seiner Kindheit ihre Mutter, Sara Brenner, gesehen zu haben. Er hat das Gefühl, daß er eine Ähnlichkeit feststellen kann. Es braucht nur einen Verwandten, um die Familienzusammengehörigkeit zu klären.

Es ist verwirrend, Leute zu treffen, die mit einem verwandt sein möchten, aber nicht wissen, wie sie es anstellen sollen. Jucek ist anders als diese Verwandten, für die Mutter die Formulare ausgefüllt hat, diejenigen, die verletzt aus dem Krieg hätten kommen sollen, ausgelaugt und geschlagen, so wie Mutter das in ihren Erzählungen geschildert hat.

Wenn ich bis heute glaubte, daß Verwandtschaft ein Fakt ist, den man nicht leugnen kann, stellt sich jetzt heraus, daß alles vom Gedächtnis abhängt. Ein Verwandter, der sich nicht daran erinnern kann, woran du dich erinnerst, was ist das für ein Verwandter? Doch wer überhaupt nicht verwandt ist und Zeichen der Nähe mitbringt, den kann man, wenn man das möchte, zum Familienmitglied machen.

Der Kaffee wird serviert. Zur Feier des Tages macht Vater eine Ausnahme von seiner Gewohnheit, sich Gesicht und Hände zu waschen und davon zu berichten, was heute nicht geschehen ist. Jucek setzt sich an den Schnallentisch, aber es stellt sich heraus, daß der Tisch nur für uns drei geeignet ist, für zwei zusätzliche Menschen muß man improvisieren. Es ist nicht so angenehm, den Fremden zu zeigen, woraus der Tisch gebaut ist. Vater sagt zu Juceks Freund, der in der Ecke steht und sich noch nicht einmal namentlich vorgestellt hat: »Setzen Sie sich, das ist in Ordnung. Ich komme schon zurecht.« Aber Jucek steht auf, macht Platz für den Freund, der gar nicht vorhat, sich hinzusetzen, und stützt die Ellenbogen auf die Armlehnen des Sessels.

Von meinem Platz aus sehe ich seinen Kopf in einem seltsamen Winkel zwischen zwei Ballerinen auf dem Klavierdeckel. Alle sind in wichtige Dinge versunken. Niemand nimmt sich die Zeit, zu beobachten, wie witzig es ist, wenn die zwei Ballerinen auf Juceks Ohren tanzen. Jetzt steht er auf, dreht einige nachdenkliche Runden im Zimmer, bleibt bei Gegenständen und Möbelstücken stehen, streichelt den gepolsterten Sessel und stellt genüßlich fest: »Es ist die Wohnung von Leuten, die von zu Hause Kultur mitbringen.«

Er schaut seinen Freund an, und sein Blick sagt: »Ich habe dir ja gesagt, daß du dich für meine Familie nicht zu schämen brauchst.« Er nickt und redet zum erstenmal: »Guter Geschmack – das beste Zeichen für ein gutes Haus.«

Mutter wird rot vor Glück, wenn jemand ihren besonderen Sinn schätzt, die Gegenstände hübsch und ordentlich zu arrangieren, um »eine kultivierte Umgebung« zu schaffen, wie sie es nennt, besonders wenn diese Person beabsichtigt, unser Verwandter zu werden. Nur ich weiß, wie sie sich bemüht und überlegt hat, wie sie jedes Möbelstück von einer Stelle zur anderen geschoben hat. Mutter beeilt sich, das Haus in der Pomorskastraße 25 zu loben, in dem sie aufgewachsen ist. Das Haus hat ihr Vater gebaut, Großvater Se'ev, der sich als Bauherr einen Namen gemacht hatte, der gutes Material verwendete und imposante Fassaden errichtete. Er war der erste Bauherr, der bei der Renovierung alter Gebäude moderne Materialien einsetzte. Die Leute zeigten Interesse für seine Wohnungen, als sie noch auf dem Millimeterpapier existierten, aber er war erst bereit, sie zu verkaufen, wenn sie fertig waren, sauber und makellos. Er ging mit den Käufern durch die Zimmer, wies auf Details wie Griffe, Marmorplatten, die besondere Maserung der Holzpaneele hin, darauf, daß er das Fenster genau gegenüber der Kastanienallee plaziert hatte, denn die Schönheit der Allee galt als Teil der Innendekoration und war im Preis inbegriffen.

Noch nie habe ich in Mutters Gesicht diese Sehnsucht gesehen, die sich jetzt darin widerspiegelt. Daß Jucek die Großzügigkeit besitzt, laut zu bestätigen, daß alles so war, daß die Pracht der Vergangenheit kein Märchen ist, daß der Verlust groß und gewaltig und kaum zu ertragen ist. Er soll ein gutes Wort über Großvater Se'ev sagen und über diese beiden Menschen, die ihm nahestanden. Er soll sagen, daß sie das Glück hatten, im richtigen Stadtteil zur Welt zu kommen, an einem Ort, der das Unglück, das jedem beschert ist, verringert, und daß sie mit Liebe und Güte beschenkt waren. Aber der Mann kann sich nicht an die Gebäude erinnern, die Großvater Se'ev gebaut hat, er steht nur da und hört zu, von Zeit zu Zeit gibt er höfliche Begeisterungsrufe von sich. Er glaubt sich noch an die Kastanienallee zu erinnern, die man von der Ecke der Pomorskastraße aus gesehen hat. Als Kind, als er Fahrradfahren lernte, ist er gegen einen Baum in der Allee gefahren. Plötzlich spürt er Sehnsucht nach dem geschwungenen Lenker seines exzellenten Sportfahrrads, und es tut ihm leid, daß er sich damals geschämt hat, weil gerade zwei Schulkameraden vorbeikamen. Der Freund mit den weißen Schuhen holt ein gesticktes und gebügeltes Taschentuch hervor, schüttelt es aus und fährt ihm zärtlich über die Wangen. »Beruhige dich, beruhige dich, du hast doch schon im voraus gewußt, daß du dich heute aufregen wirst.«

Als Mutter und Jucek sich an der Erinnerung an die Allee, Ecke Pomorskastraße erwärmen, wagt er es, näher zu ihr zu treten, um ihr die Hand zu küssen. Mutter schlägt aber auf den Tisch und murmelt: »Ich glaube es nicht, ich glaube es nicht. Wer hätte geglaubt, daß ich noch einmal mit jemandem sprechen würde, der die Allee noch im Kopf hat.«

Sie bücken sich über das Foto von Großmutter Sara. Mutter schließt die Augen und überhäuft das Foto mit Beschreibungen dessen, was man sowieso auf dem Foto sieht: das glatte Haar, das im Nacken zusammengebunden ist, die hohe Stirn mit den langen und dünnen Augenbrauen, die sorgfältig gezupft sind und den Schwung der Stirn betonen. Sie streicht mit dem Finger über die beiden Falten oberhalb der Nasenwurzel. Dort biegt die rechte Falte nach rechts, und die linke Falte geht weiter hinauf bis zum Haaransatz. Sie legt den Daumen auf ein Muttermal auf dem hohen Wangenknochen, das Großmutter den mysteriösen Gesichtsausdruck einer tatarischen Prinzessin verlieh.

Und natürlich die Finger. Wie kann man über Großmutter Sara reden, ohne diese feinen und schnellen Finger zu erwähnen, mit Nägeln, die in einem hellen Lila lackiert waren. Kein Wunder, daß sie die Kerne aus einem Apfel pulen konnte, ohne das Fruchtfleisch zu verletzen, und Kragen aus Baumwollgarn strikken konnte, das so dünn war, daß es fast durchsichtig war. Und wer hätte geglaubt, daß sie nach vier Geburten und zwei Fehlgeburten noch so zart geformte Fußgelenke hatte, Beine ohne Krampfadern und ohne Zeichen der Zeit, und was für wunderbare marinierte Heringe sie zubereitet hat, die sie in riesige Gläser mit Zwiebelringen und vielen Pfefferkörnern einlegte.

»Hör zu, hör gut zu.« Sie winkt mich zu sich und zieht mich auf ihre Knie. »Nicht jeden Tag hast du die Möglichkeit, neben jemandem zu stehen, in dessen Adern unser Blut fließt, der dir erzählen kann, woher du stammst und wem du ähnlich siehst. Jedes Wort ist wahr. Das ist Großmutter Sara, so war sie. Wenn sie hier auf einmal plötzlich erscheinen würde, würdest du sofort sehen, daß ich dich nicht angelogen habe. Nicht, weil man gut über die Toten redet. Ihre Schönheit hat sie nicht daran gehindert, maßvoll zu handeln und großzügig und liebevoll alles zu teilen, was sie besaß. Zweimal wöchentlich machte sie mit dem kleinen Sohn des Hausmeisters Mathematikhausaufgaben. Ohne sie hätte es in ganz Lodz und Umgebung keine Schule gegeben, die diesen Jungen behalten hätte. Und ihr Gerechtigkeitssinn, was für einen Gerechtigkeitssinn hatte sie! Für sie waren die Menschen gleich viel wert. Sie konnte sich selbst in Bezug zu einer anderen Person beurteilen, als handele es sich um zwei Fremde. Diesem angeborenen Sinn für Gerechtigkeit ist es zu verdanken, daß sie dem Ruf des Kommunismus folgte. Was für einen Grund hat eine Dame, der es an nichts fehlt, sich mit dem Proletariat zusammenzutun, das sich genau das wünscht, was sie in Hülle und Fülle besitzt? ›Solange diese Kluft besteht, kann ich sowieso keine Ruhe finden.‹ Das sagte diese wundervolle Frau, die ihre Stimme nicht erheben konnte und die am Schluß weniger als achtundvierzig Kilo wog, und wer weiß, ob sie noch Kraft hatte, in den Himmel aufzusteigen. Sie war der letzte Mensch, der für solche Zeiten geeignet war. Jeder, der ein bißchen zarter besaitet war, hat diesen Krieg nicht überlebt. Geblieben sind nur wir, grobe Rindviecher, um bestraft zu werden, daß wir überlebt haben.« Sie fängt an zu weinen, das Gesicht zum Fenster gerichtet.

»Eines ihrer vier Kinder hätte für sie dasein müssen.« Sie kommt näher, läßt sich auf einen Schnallenstuhl fallen und vergräbt den Kopf in den Händen. »Ich hätte diese Person sein sollen. Zu Hause hat man gesagt, daß Mutter mich besonders verwöhnte, und manchmal waren sie richtig böse. Die Neider sagten, das sei so, weil ich weniger gut gelungen sei als die anderen, das Kind, das mehr Schutz braucht. Die Wahrheit ist, daß Mutter und ich den gleichen Geschmack hatten, was Menschen und Schönheit betrifft, und es war kein Wunder, daß wir uns so nahestanden. Ja, ich habe versagt, ich weiß, daß ich versagt habe.« Sie lehnt sich an den Körper des Fremden und weint an seiner Brust, und das ist das erste Mal, daß Mutter freiwillig einen anderen Menschen außer meinem Vater und mir berührt. »Entschuldige, daß ich dich mit diesen ganzen Einzelheiten überfallen habe. Ich warte schon zu lange auf jemanden, mit dem ich diese Lücke schließen kann.«

Die Hand des Freundes spielt mit der Münze, deren Rand sich in der Hosentasche abzeichnet. Juceks Arme hängen wie zwei dünne Gummischläuche am Körper. Warum schaut er gerade mich an, wenn er nicht weiß, was er mit dem Kopf tun soll, der sich an seiner Brust vergräbt? Er fragt, wie er uns helfen kann, und Mutter murmelt, entweder zu sich selbst oder zu uns, wie gern sie den Eisernen Vorhang heben und die Knochen ihrer Liebsten nach Palästina bringen würde. Bis vor einem Monat konnte sie ihren morgendlichen Träumereien nachgehen und glauben, daß Großmutter Sara nur mal eben ausgegangen sei und gleich zurückkommen würde, daß alles, was in den letzten Jahren passiert war, nur eine unglückselige Übergangszeit wäre, eine Art Pause zwischen dem, was war, und dem, was bald wieder sein würde. Sie sorgte sogar dafür, daß genug Essen im Haus war, falls Großmutter zurückkäme.

Aber die Hoffnung schwindet und macht Platz für konkretere Pläne. Zuletzt ist sie damit beschäftigt, wo man hochwertige Leichentücher bekommt. Auf dem Kalksteinhügel, den man vom Badezimmerfenster aus sieht, dort oben, rechts von der Ruine, in der Lichtung zwischen den Strandlilien und der Hütte des Verrückten, würde sie für ihre Liebsten ein Familiengrab ausheben. Großmutters Lieblingsblumen, Vergißmeinnicht, würde sie in einen runden Tontopf pflanzen und auf das Grab stellen. Wenn du ein Grab hast, kannst du ab und zu hingehen, nachsehen, ob ein Buchstabe heruntergefallen oder ob Unkraut gewachsen ist. Es ermöglicht dir, etwas für deine Liebsten zu tun, und du hast eine Stelle, wo du dich rechtfertigen kannst. Irgendwann, irgendwo muß sie erklären, daß sie nicht schuld daran war. Daß es nur ein Zufall war, daß sie und nicht die anderen überlebt haben. Daß es so passiert ist. Zufällig. Vollkommen zufällig. Es hätte umgekehrt sein können. Und wenn man schon über Wünsche redet, sie wünscht sich, sie könnte die vierzig oder fünfzig Minuten Verspätung ungeschehen machen, in deren Verlauf man ihr ihre Liebsten weggeholt hat.

Diese vierzig, fünfzig Minuten verbrachte Mutter im Auftrag einer Organisation, die »Rote Hilfe« hieß und Essenspakete an Familien von gefangenen Aktivisten der Kommunistischen Partei lieferte. Als sie sich am Morgen auf den Weg zu ihren routinemäßigen Aufgaben machte, unterdrückte sie das intuitive Gefühl, sie solle lieber zu Hause bleiben.

Als sie die Wohnung von Alek Godczinski verlassen hatte, mit einem Bündel Bekleidung und Briefen, die sie jemandem bringen sollte, der alles in die Haftzelle der Polizeistation in der Innenstadt schmuggeln würde, hatte sie plötzlich das Gefühl, sie müsse ganz schnell nach Hause gehen. Ein klebriger Nebel lag auf den Straßen der Stadt. Ihr Herz war voller Angst, und die Stille bedeutete Böses. Durch die Fenster der Straßenbahn sahen die Menschen wie schlafwandelnde Tiere aus, denen man den Weg in den Wald versperrt hatte. Anders als sonst sagte der Schaffner die Namen der Stationen nicht an. Je näher sie ihrem Stadtteil kam, um so mehr Menschen waren zu sehen, die mit erschrockenen Gesichtern zur jüdischen Schule rannten.

Sie stieg an der Haltestelle aus, blieb am Schild eines Gemüseladens stehen. Sie trieb sich zur Eile und machte doch nur langsame Schritte, sie zögerte den Moment hinaus, an dem ihr Leben in zwei Teile zerbrechen sollte.

Sie blieb am Hauseingang stehen. Die Leiche des Pudels, der dem jüdischen Hutmacher gehörte, der gerade ins Nachbarhaus umgezogen war, lag blutüberströmt auf der Fußmatte. Der Hausmeister stieß die Leiche in das Lavendelbeet, verfluchte die Leute, die blutgetränkte Stapfen auf den Eingangsfliesen hinterlassen hatten. Die Kinder der Nachbarn hatten aufgehört, Verstecken zu spielen, sie schlichen ihr auf der Treppe hinterher. Sie konnten ihre Gier, Zeugen eines schicksalhaften Moments zu werden, nicht unterdrücken. Fensterläden wurden geräuschvoll zugeklappt. Der Hausmeister schaute sie aus hohlen Augen an, als würde er sagen: Wer bist du, und wer kennt dich, und was machst du überhaupt in der Wohnung, in die ich gerade einziehe?

Der saubere Wäschekorb. Die verbrannte Linsensuppe auf dem Herd. Eine fast beendete Kreuzstichstickerei schwamm im Spülbecken. Die Tischdecke mit dem Geschirr lag auf dem Teppich. Ein Pflaumenkuchenrezept in Mutters Handschrift blieb an ihrer Schuhsohle hängen. Die Schreie der Menschen, die hier vor vierzig, vielleicht fünfzig Minuten weggeschleppt worden waren, dröhnten noch in der Luft.

Sie stand mit dem Rücken zur Flurwand, gefühllos, nicht wissend, wie es weitergehen würde. Irgend jemand rief die Kinder, sie sollten schnell nach Hause kommen, und sie wrang das Wasser aus dem bestickten Stoff. Wie konnte es sein, daß ihre Mutter und ihr Vater irgendwo hingebracht wurden, während sie hier die Stickerei auswrang.

Seit Jahren stellt sie sich immer wieder jenen 5. November 1939 vor. Wie ihre Mutter in dem blauen Emaillesieb Linsen spülte. Hatte sie eine Schürze getragen oder nicht? Und hatte sie den letzten Stich ihres Lebens gestickt, bevor die Suppe kochte oder danach, und was hatte Vater getan, als sie ihm sagte, daß die Suppe in einer Stunde fertig sein würde, und wie kam das Pflaumenkuchenrezept an ihre Schuhsohle, und waren sie eingebrochen, oder hatten an die Tür geklopft, und was hatten sie zu der Frau gesagt, die ihnen höflich die Tür aufmachte?

Die Gedanken lassen ihr keine Ruhe. Was wäre gewesen, wenn sie außer der Reihe ihre Mutter mit auf die Tour genommen hätte? Wie wäre es weitergegangen, wenn sie sich vor dem Eingang des Gebäudes von Czimerinski, dem üblichen Treffpunkt am Eingang des jüdischen Viertels, verabredet hätten? Wie wäre ihr Leben weiter verlaufen, wenn sie auf ihre innere Stimme gehört hätte und zu Hause geblieben wäre? Bei der Überlegung, ob man etwas tut oder nicht, muß man immer etwas ignorieren, man muß, je nachdem, etwas unternehmen oder unterlassen. Was war das für eine Ignoranz, mit der sie den Wunsch rechtfertigte, auf jeden Fall wegzugehen? Womit begründete sie die Notwendigkeit, das Haus zu verlassen? Das Wissen, daß jeder Moment der letzte und jede gewöhnliche Tat schicksalhaft sein kann, läßt sie nicht mehr los. Nichts ist mehr zufällig. Hinter jedem Schritt, den man macht, verbirgt sich eine Entscheidung.

Der Anblick von Uniformierten beflügelt ihre Phantasie. Wenn es etwas gibt, wofür es sich zu leben lohnt, dann ist es der Moment, in dem es ihr vollkommen zufällig, auf der Straße oder in der Warteschlange in der Metzgerei, klar sein wird, daß der Mann, der ihr gegenübersteht, kein anderer ist als jener, der die verschreckten Juden auf den Lastwagen vor dem Haus geladen hat. Er wird irgend etwas über Befehle und Gehorsam murmeln, darüber, was alle allen angetan haben. Er wird sogar begeistert sein, daß der Zufall ihn mit der Tochter der Bewohner aus der Pomorskastraße zusammengeführt hat, Leute, die er für den Transport nach Paviezina oder Chelmno oder irgendeinen anderen Ort verladen hatte, wo die Lastwagen die Beute, die sie im Ghetto Lodz eingesammelt hatten, wieder abluden. Mutters Faust wird sich einfach erheben und auf die Brille von Hans oder Gustav, oder wie er sonst heißen mag, hinunterfallen, sie wird so lange zuschlagen, bis es nichts mehr gibt, worauf man schlagen kann.

»Nett, nicht wahr? Es ist nett, den Eltern auf diese Art einen Gefallen zu tun.« Ein bitteres Lächeln breitet sich auf ihrem Gesicht aus.

Jucek und der Freund schauen sich an. Sie möchten etwas sagen, wissen aber nicht, was.

»So ist es.« Vater steht auf, um das Wörterbuch auf dem Klavier gerade hinzustellen. »Es gibt nichts, was man machen kann.« Er schüttelt den Staub vom Wörterbuch.

Jucek sagte: »Nichts tun. Keine Hilfe leisten. Sie sollen in ihrem Schuldgefühl schmoren.«

Der Freund schaut Mutter an: »Warum soll man für sie die Arbeit machen?«

Jucek kommt in Fahrt: »Sie sollen sich innerlich auffressen.«

Der Freund fügt hinzu: »Der Tod soll für sie ein Fest sein im Vergleich zum Inferno des Lebens.«

Vater stellt das Wörterbuch an seinen Platz: »Die gleiche Geschichte bei allen, fast die gleiche.«

»Sag das nicht, Olek. Es ist nicht die gleiche Geschichte. So hat mein Unglücksmarsch angefangen.« Mutter stöhnt wieder, und ich liebe sie jetzt mehr denn je und schwöre, daß ich sie nie länger als vierzig oder fünfzig Minuten verlassen werde und daß ich für sie alles tun würde, was Großmutter Sara getan hätte, wenn sie am Leben geblieben wäre.

Ich wünsche mir, es käme ein Riese, jemand, der alles kann, wie Gott oder zum Beispiel Bugrashov, er würde meine Mutter auf einen Kinderstuhl setzen und ihr beibringen zu sagen: »Es ist nicht wegen mir, es ist nicht meine Schuld.« Sie wird es Wort für Wort wiederholen, bis ihre Stimme den Klang bekommt, den Bugrashovs Ohren befriedigt. Er kann die feinste Unstimmigkeit heraushören. Danach wird er uns allen Bescheid geben – uns allen, die in seinem Wartezimmer sitzen –, daß die Angelegenheit erledigt ist. Seine Rolle ist es, zu entscheiden, ihre Rolle ist es, sich zu befreien. Er soll verkünden, daß Mutter jetzt geheilt ist und die Einbildungen vergessen sind.

Ich habe noch nicht einmal gemerkt, wie sich meine Arme um Juceks Hüfte gelegt haben. Ich halte ihn fest, als Dank für die Erleichterung, die er gebracht hat. Jucek streichelt zögernd mit einem Finger über meine Haare. Man merkt sofort, daß er keine Erfahrung darin hat, Kinder zu streicheln. Mutter weint und stößt dabei glückliche Seufzer aus beim Anblick der Familienidylle, die vor ihren Augen entsteht. Vaters Mißtrauen dem Fremden gegenüber ist noch nicht verflogen, der verfrühte Liebesausbruch regt ihn auf, er bewegt sich seltsam federnd von einem Möbelstück zum anderen, seine Bewegungen sind scharf und passen nicht zu der Wärme, die zwischen den anderen Menschen im Zimmer entstanden ist.

Mutter flüstert Jucek zu: »Eines Tages werden wir uns hier alle versammeln.« Er nickt.

»Es gibt ja niemanden, der zur Versammlung kommen wird, Anuschka«, sagt Vater mit entschiedener Stimme aus der Küche.

»Man kann nie wissen.«

»Du weiß ganz genau, daß es niemanden mehr gibt.«

»Laß mich denken, daß sie noch da sind.«

»Denk, was du willst, aber glaube nicht an das, was du denkst.«

»Olek, bitte, es reicht mit den Theorien.«

Jucek nimmt das Wörterbuch vom Klavier und blättert darin. Er kann sich nicht entscheiden, ob er der Diskussion folgen oder sie ignorieren soll. Er antwortet, wobei sich eine Falte an seinem Mundwinkel glättet und seine Augenbrauen sich vor Begeisterung heben: »Meine Mutter, wie schade, daß ihr sie nicht kennengelernt habt. Meine Mutter war eine außergewöhnliche Frau. Wirklich außergewöhnlich. Sie konnte Dinge vorhersehen, und sie hatte einen seltsamen Drang, entgegen der Logik der anderen Menschen zu handeln. Eines Tages, im Januar 1936, ich erinnere euch daran, daß damals noch keiner an Krieg gedacht hat, ich hatte das Gymnasium noch nicht beendet, teilte sie mir mit, daß sie mich für ein Studium in ›Mikwe Israel‹ eingeschrieben hatte. Damals hatte ich den Verdacht, sie wolle mich loswerden, und in der Nacht vor der Abreise wäre ich fast weggelaufen. Heute weiß ich, daß sie mich vor dem Schicksal der anderen gerettet hat. Ganz zu schweigen davon, daß ich mich Giora nennen sollte. Hier öffnet dieser Name Tür und Tor. Und das Geld, das sie mir geschickt hat, damit ich in diesem Land die ersten Fabriken für Parfüm und duftende Seife gründen soll! Zu meinem Bedauern war ich nur miserable zweieinhalb Wochen verheiratet, und ich habe keine Kinder. Die Familie mütterlicherseits ist im Krieg umgebracht worden, und ich bin so froh, daß ich euch gefunden habe. Zufriedene Einwanderer, gut situiert und voller Elan, nicht wie die seltsamen Penner, die in der letzten Zeit die Straßen von Tel Aviv bevölkern. Sie sind so empfindlich, daß man Angst hat, ein Wort zu sagen; ihre überstrapazierten Nerven sind am Ende. Gott weiß, wovon sie leben, und unter uns gesagt, viele von ihnen sind halb verrückt, aber um sie nicht zu beleidigen, kann man auch sagen, sie sind menschliche Schatten, die sich um die eigene Achse drehen, schlafwandelnd, und nicht genau verstehen, warum sie hier sind und wo sie hingehören. Es ist vielleicht nicht schön zu sagen, aber manchmal schäme ich mich, daß sie und ich zum gleichen Volk gehören. Die Wahrheit ist, daß ich Mitleid mit ihnen habe, aber ich verabscheue sie, ich verstehe sie und dann wieder nicht. Ich versuche mich von ihnen zu distanzieren und keinen Kontakt aufzubauen. Was euch betrifft, ist es klar, daß ihr und sie vollkommen unterschiedlich seid. Und wenn ich irgendwie helfen kann, dann liebend gerne. Wozu bin ich hier, wenn nicht, um zu helfen. Und ich habe euch noch nicht erzählt, daß ich außer den beiden Fabriken für Parfüm und Duftseife auch eine Fabrik für Kernseife habe, nicht weit von hier, zwanzig Minuten mit dem Bus Richtung Djabelia. Es sind die braunen Seifenwürfel, die ihr im Regal im Lebensmittelladen seht. Wenn ich weniger aufgeregt wäre, als ich das Haus verlassen habe, hätte ich euch einen Karton oder zwei gebracht, dann hättet ihr genug bis zum nächsten Pessachfest. Und auch ein paar Tuben einer Creme, die trockene Hände wieder geschmeidig macht. Außerdem habe ich drei Filialen und zwei Zollager, und ständig sind ein Personalchef oder zwei auf Geschäftsreisen oder machen Urlaub, es wäre für mich kein Problem, für deinen Mann eine Stelle als Springer einzurichten. Überhaupt, meine Erfahrung sagt mir, daß es gut ist, ein Familienmitglied anzustellen. Es schadet nie, wenn zwei Augen mehr aufpassen, besonders wenn man ein paar Dutzend Arbeiter hat, die in drei Schichten arbeiten. Ich muß euch nicht erklären, wie das ist mit Arbeitern, wenn man sie nicht kontrolliert. Ganz zu schweigen von der Untreue der Tagelöhner, die für wenig Geld wie Esel schuften. Erst gestern habe ich zehn Seifenstücke im Rocksaum einer Tagelöhnerin entdeckt, einer Araberin, die es nicht geschafft hat, nach Gaza zu fliehen.«

Die Adern an Vaters Hals schwellen immer mehr an, sein Adamsapfel fährt auf und ab. Er hebt sich schwer aus dem Sessel, die Karos seines Hemdes dehnen sich auf seiner Brust. Nur eine Kachel ist zwischen ihm und der Spitze der weißen Schuhe, als er zweimal energisch mit den Füßen aufstampft und dabei die Kaffeetasse mitten auf den Tisch stellt. Obwohl er mager ist und klein, zeugen die nach hinten gezogenen Schultern von Kraft: »Ich kann mich nicht erinnern, daß ich Sie um Arbeit ersucht habe, Herr Cousin. Mein Geschäft ist der Verkauf von Ausrüstungsgegenständen, wenn es Sie überhaupt interessiert zu wissen, was ich mache, und keine Arbeiterin wird bei mir Seife im Rocksaum verstecken, um Brot nach Hause zu bringen. In diesem Haus wird man nicht so über Leute reden, die schwer für ihren Unterhalt arbeiten.«

Auf einmal hat sich die Stimmung verschlechtert. Die Einigkeit, die noch vor einer Minute herrschte, ist düsterer Stille gewichen. Jucek trinkt schnell aus, überlegt sich, ob er noch etwas zur Zukunft sagen soll, und schaut ratsuchend seinen Freund an, der mit dem Taschentuch vor seiner Nase wedelt, als wäre es ein Fächer oder sonst etwas. Jetzt tritt der weiße Schuh des Freundes auf Juceks weißen Schuh, und als dieser Hinweis nicht ausreicht, zieht er ihn am Ärmel.

Mutter ist zwischen dem unbewiesenen Verwandten und ihrem Mann, der für die Ehre des Arbeiterstands kämpft, hin und her gerissen und rennt jetzt zwischen Tür und Sessel auf und ab. Die lahmen Entschuldigungen, die sie ausspricht, die zögernden Arme, die sie den Gästen entgegenstreckt, schaffen es nicht, die Stimmung im Raum aufzutauen. Der Freund zieht die Schultern hoch, als wolle er sagen, es läßt sich nicht ändern, daß die Dinge diese Wendung bekommen haben. Jucek bleibt noch eine Weile an der Tür stehen, dreht sich um, möchte etwas sagen, ändert seine Meinung und geht weg.

Der Lärm der Straße verschluckt das Geräusch des startenden Autos. Mutter stemmt ihre Hände fest in die Hüften und baut sich so vor Vater auf. Aber Vater hat nicht das Gefühl, er müsse etwas klarstellen, statt dessen schimpft er, wie sie sich das vorstellen würde, solle er etwa von einem Kapitalisten etwas annehmen? Auch wenn er sich mit allen Seifen waschen und mit allen Düften begießen würde, würde er noch nach dem Schweiß der ausgebeuteten Arbeiter stinken. »Anscheinend sind deine kleinbürgerlichen Ambitionen stärker als deine Solidarität mit der arbeitenden Klasse.« Den Kaffeerest kippt er in den Ausguß. »In Samarkand hast du mir keinen Anlaß gegeben, zu glauben, daß ich eines Tages so einen Satz sagen müßte.«

Mutter zieht sich in den Sessel zurück, starrt auf den Schuh, der auf die Fliese mit den Weinblättern trommelt. »Er ist der einzige Mensch, der vielleicht noch meine Mutter kannte. Der einzige hier und vielleicht auf der ganzen Welt, mit dem ich gemeinsame Erinnerungen teile. Ein Cousin ist ein Cousin! Ein Cousin ist nicht dasselbe wie ein Kapitalist!«

Vater läßt das Wörterbuch fallen: »Ein Kapitalist im vollsten Sinne des Wortes.«

»Du bist ein versnobter Proletarier, das ist es, was du bist.«

»Dein Cousin hat den Kapitalismus erfunden!«

»Es disqualifiziert ihn nicht, weil er etwas hat, was du nicht hast.«

»Die Quintessenz des kapitalistischen Prinzips. Ein zynischer Kapitalismus.« Vater steckt eine Serviette in die Jackentasche, ordnet sie so, daß sie aussieht wie Juceks Taschentuch, das aus seiner Brusttasche hervorlugte. Er stellt sich an die Stelle, an der Jucek gerade noch gestanden hat, und ahmt seine dünne Stimme nach: »Wenn man in drei Schichten arbeiten läßt, können zwei zusätzliche Augen nicht schaden.«

Mutter wird verlegen unter meinem durchdringenden Blick. Sie gibt zu, daß sie gesehen hat, daß er ein Bonzenauto fährt, und bittet Vater und mich um Entschuldigung, daß sie sich von Familiengefühlen überwältigen ließ und einen Augenblick lang nicht klar denken konnte. Vater schnappt sich ein Handtuch und geht duschen, wie üblich, wenn er nach Hause kommt.

Mutter ist in Gedanken versunken. Ich warte, daß sie anfängt zu weinen, aber das tut sie nicht. Sie stöhnt. »So ist es.« Dann gibt sie mir die bunten Stifte, wie sie es an jedem gewöhnlichen

Nachmittag tut. Ich breite Pergamentpapier auf der Weintraube in der Mitte des Fliesenteppichs aus, versuche die Traube zu kopieren und führe den Stift im Zickzack über das Papier.

Vater kommt zurück, seine Haare kleben an der Stirn, und die Wut ist aus seinem Gesicht gewichen. Er geht schnurstracks zum Klavier, öffnet den schwarzen Deckel, putzt unnötigerweise einige Tasten und klappt das Notenbuch auf: »Ein Bündel Heldenlieder.«

Spät in der Nacht höre ich Juceks Namen wieder von drüben, vom Bett meiner Eltern. Vater sagt, das, was Jucek ihm hingehalten hat, war keine Männerhand, sondern eine Ansammlung schwacher, knochenloser Finger. Außerdem: »Wenn er so reich ist und nur zweieinhalb Wochen verheiratet war, stimmt bei dem etwas nicht.«

»Wer sagt dir, daß er reich ist?«

»Er stinkt nach Geld.«

»In Vergleich zu uns ist jeder reich.«

»Und dieses Auto? Was ist das anderes als eine billige Zurschaustellung von Luxus? Und dieser Freund, der kaum ein Wort spricht, der seine Fäuste ballt wie Leute, die etwas zu verstecken haben, der nur dagestanden und gegafft hat, als hätte man ihn von der Zeitung oder vom Radio geschickt. Und diese gelochten weißen Schuhe von den beiden? Ist das nicht seltsam, daß sie die gleichen Schuhe anhaben? Nur Spekulanten und Nachtclubbesitzer tragen Schuhe, die so spitz sind. Und überhaupt, sie sehen aus wie zwei Bräutigame, die nie eine Braut bekommen. Du sollst später nicht sagen, ich hätte dich nicht gewarnt: Er wird noch zurückkommen. Er braucht uns mehr, als wir ihn brauchen. Ich persönlich schulde ihm nichts. Daß er glaubt, sich an deine Mutter erinnern zu können, macht ihn nicht zum Cousin. Man wird auch nicht verwandt, wenn man sich an dieselbe Allee erinnert.«

»Er hat sich wirklich bemüht. Er wollte von ganzem Herzen, daß wir seine Familie werden.« Mutter macht das Licht aus und bittet Vater, auch die Nachttischlampe auszumachen. Morgen früh gehen wir zur monatlichen Kontrolle bei Bugrashov, und das ist ihre Art, zu sagen, laß es, laß uns nicht mehr über Juceks Besuch sprechen. Du kannst einfach nicht verstehen, was ich empfinde.

Nur dem kapitalistischen Jucek habe ich es zu verdanken, daß mir endlich klar wird, warum Familienmitglieder nicht länger als nur wenige Minuten voneinander getrennt bleiben dürfen. Endlich habe ich die Erklärung dafür, warum Mutter nicht von meiner Seite weicht. Es ist eine Vorsichtsmaßnahme. Plötzlich fällt mir auf, daß wir die Mütter der »Mauerkinder« nie getroffen haben. Wieso machen sie sich keine Sorgen, daß der Krieg sie rauben könnte, wenn sie sich zu weit von ihren Kindern entfernen?

Ein Stück vom Meer

In Gedanken versunken, steigen Vater und Mutter in den Bus, der zu Bugrashov fährt. Ich schlinge meine Beine um die Eisenfüße des Sitzes, beherrsche die wilde Vorstellung, an der nächsten Haltestelle auszusteigen und für immer zu verschwinden.

Die hohen Stuhllehnen in Bugrashovs Wartezimmer helfen ihnen, sich voreinander zu verstecken. Mutter betrachtet gelangweilt die Fotos von bärtigen Männern mit rahmenlosen Brillen, die über ihrem Kopf hängen. Gerade heute warten wir lange, weil Bugrashov einen »Notfall« hat, wie die Sprechstundenhilfe sagt. Bis er kommt, mache ich einen Handstand auf dem grünen Teppich mit den gelben Karos. Vom Rande des Teppichs bis zur Wand reichen Fliesen in einem verstaubten Grau. Ein Lampenschirm am Ende eines flexiblen Metallschlauchs läßt einen Lichtkreis im Rhythmus von Vaters klopfenden Füßen erzittern. Eine Frau in einem Kittel lächelt unter der Glasplatte, die auf dem Tisch liegt. Hier hebt Bugrashov die Fotos seiner dankbaren Patienten auf. Wenn mein Foto dran ist, werde ich das mit den offenen Zöpfen wählen.

Der Notfall hat Bugrashov gezeichnet. Er wirkt abwesend, seine Lippen sind offen, als wären sie mitten in einer Frage versteinert. Er versteckt sich hinter einem Haufen schäbig aussehender Akten, die auf dem Schreibtisch liegen, macht es sich im Sessel bequem und sagt: »Ja.«

Mutter und Vater sind zerstritten. Jeder wartet, daß der andere den ersten Schritt macht. Die Blicke, die ich mit Bugrashov tausche, sagen, daß nichts zu machen ist. Kinder müssen mit den Erwachsenen Geduld haben, wenn die nicht wissen, wie sie sich versöhnen sollen. Bugrashovs Blick wandert von einem zum anderen. Man muß kein großartiger Arzt sein, um zu spüren, daß etwas nicht stimmt. Nach einer langen Pause, die lang genug gewesen wäre, alles zu sagen, was sie stört, setzt er seine Brille wieder auf und studiert die Unterlagen. Er trommelt mit den Fingern auf den Tisch, und alle sind wieder mit meiner körperlichen Verfassung beschäftigt.

Seiner Meinung nach ist mein Gesundheitszustand noch immer instabil. Meine schwankende Körpertemperatur und die abendlichen Bauchschmerzen nennt man »Reste von Typhus«. Auch meine Hämoglobinwerte sind nicht besonders gut. Bugrashov stellt mich auf eine Waage, die kalte Ströme in meine nackten Sohlen schickt. Der Zeiger der Waage schwankt. Mutter, die nicht an Zahlen glaubt, folgt dem Zeiger mit der Erwartung eines Kindes, das hofft, nicht ausgeschimpft zu werden. Im letzten Monat habe ich nicht ein Gramm zugenommen. Die alarmierenden Zahlen werden in die Kartei eingetragen. Mutter wendet sich ab und sagt zu Vater: »Schau mich bitte nicht so an.«

»Was habe ich denn schon wieder gemacht.« Vater sucht Rükkendeckung bei Bugrashov.

»Du gibst mir immer das Gefühl, ich wäre daran schuld. Als würde es nicht reichen, daß ich mich bemühe.«

Während Bugrashov die Dosierung meiner Medikamente ändert, bittet ihn Mutter um ein Rezept für Schmerz- und Schlaftabletten. Das wird ihr das verärgerte Gesicht unseres Hausarztes ersparen. Bugrashov gibt ihrer Bitte widerwillig nach und warnt sie vor Abhängigkeit.

Auch dieses Mal kommen wir mit Anweisungen und Rezepten für einen langen Monat auf der Mauer zurück.

Der Schnallenhügel am Eingang der Wohnung schwindet. Ganz selbstverständlich und ohne zu zögern, als hätte sie es mit Vater vereinbart und als müsse man nichts verstecken, holt sie jeden Morgen eine Originalschachtel aus der Bettwäschetruhe. Sie nimmt sogar die Taschenschnallen, die seltenen, teuren, mit der doppelten vergoldeten Achse. Sie zerreißt den Karton und schüttet die Schnallen in den Korb.

Mit jedem Tag, der vergeht, fällt es mehr auf, daß wieder eine Schachtel fehlt. Warum schweigt Vater? Ignoriert er es absichtlich? Was wird er machen, wenn sich die Armee für die Schnallen interessiert? Und ist es nicht die Armee, die ihm eine Auszeichnung ans Revers heften wird, als Beweis, daß er ein Jude der neuen Art sei? Wer kann verstehen, warum Vater die Schnallen wie einen verborgenen Schatz behandelt und Mutter sie unter den fremden Kindern verteilt, die damit in den Gully zielen?

Ich folge Vaters Handlungen, wenn er abends nach Hause kommt und wie gewohnt in der Wäschetruhe wühlt. Er signalisiert nicht, daß er merkt, daß eine Schachtel fehlt. Er packt die Quittungsblöcke aus, die er von der Druckerei abgeholt hat, streicht über ein zusammengepreßtes Papierbündel, das er »Block Nr. 1« nennt, und steckt Durchschlagpapier hinein. Wer wird der erste Kunde sein, wer bekommt die erste Quittung? Das Herz sagt, es wird Gutmann sein, von »Gutmann und Söhne GmbH – Großhandel für Ausrüstung und Bekleidung«. Er wird den Namen des Kunden aufschreiben, die bestellte Menge und das Datum eintragen. Er wird sich verpflichten, beschädigte oder verrostete Ware umzutauschen. Eine Schnalle besteht nur aus einigen gebogenen Metallteilen, die durch anfällige Verbindungsteile zusammengehalten werden. Aber Vater hat noch keine Mängel an den Verbindungsstellen von Haken und Achsen gefunden. Er zwinkert mir zu wie jemand, der den Wert seines perfekten Schmuckes kennt. Unter uns gesagt, auch wenn man das nicht laut zugeben darf, die Deutschen, ihr Name möge ausgelöscht sein, liefern makellose Ware.

Ich gebe ihm zwei Gummibänder, mit denen man sonst die Socken bündelt. Er zieht sie über den Quittungsblock, so bleiben die Seiten fest zusammen, ohne Knitter und Eselsohren. Den Block steckt er in das Geheimfach seiner Militärtasche, wo er auch den Busfahrschein und seinen Ausweis aufbewahrt. Er schließt das Fach vorsichtig, stellt die Tasche an den gewohnten Platz und verkündet, daß er ab heute, wenn er »mein Geschäft« sagt, es mit der Gewißheit eines Menschen tun kann, der die letzten Vorbereitungen für die Gründung eines offiziellen und ordentlichen Geschäfts getroffen hat.

Zu Ehren des Tages, an dem die erste Quittung abgerissen sein wird – und eine Stimme sagt ihm, daß der Tag nicht mehr fern ist –, werden wir uns einen kleinen Luxus gönnen. Abends um sechs Uhr werden wir zu der gepflasterten Promenade am Strand gehen, wir werden den Leuchtturm betrachten und den Leuten, die dort spazierengehen, Gesellschaft leisten und einen Apfel mit Honig essen. Seit Wochen beobachtet er die Leute, die sich dort versammeln und die Brise vom Meer genießen.

Sein feierliches Angebot wird von der Luft im Zimmer verschluckt, und er bekommt keine Antwort.

Er greift Mutter am Arm. »In unserer Gegend gibt es hübsche Orte, wir haben nicht einmal angefangen, sie zu entdecken.«

»Was wollen wir dort tun?« Mutter zieht die Schuhe aus. Kein Leuchtturm wird sie aus der Wohnung locken.

»Was alle tun.«

»Und was verpasse ich, wenn ich nicht hingehe?«

»Das Flackern des Leuchtfeuers gleicht den Lichtern bei der Kirmes, die einmal im Jahr bei uns stattgefunden hat.«

»Was ist da zu sehen?«

»Eine besondere Art vom Scheinwerfer. Ein Scheinwerfer auf einem kleinen Hügel wirft gelbes Licht auf die alten Hafenmauern.«

»Und das ist alles?«

»So geht es nicht, Anuschka. Man kann kein Kind auf einem Haufen Schnallen großziehen. Du kannst ihr den Kopf nicht mit deinen Ängsten vollstopfen und dich mit ihr im Haus einschließen, um sie vor allem zu bewahren.«

Mutter zieht die Wanderschuhe wieder an: »Schon wieder muß ich zwischen euch gehen, wie die Stumme mit dem sprechenden Mann.«

Die erste Quittung wurde zwar noch nicht ausgestellt, aber Mutter trägt das Übergangskostüm und Vater die braune Jacke. Die Menschen machen sich halb nackt auf den Weg, um auf dem

Platz vor dem Leuchtturm frische Luft zu schnappen. Vater schlägt vor, am Strand entlangzugehen und die Wärme, die aus dem Sand steigt, zu spüren, aber Mutter ist beleidigt, weil er von ihr erwartet, vor Fremden ihre verkrümmten Zehen zur Schau zu stellen.

Wir setzen uns neben eine Gruppe, die um ein Blech mit Keksen und einen Wassertopf lagert. Die Menschen werden sich sehr ähnlich, wenn sie alle mit offenem Mund daliegen und die kühle Brise erwarten. Ein Kind hält seine Wange an eine Steinmauer, lächelt, als es die Kühle spürt. Rumänisch und Jiddisch, Polnisch, Arabisch und Hebräisch. Manchmal übersetzt Vater, manchmal läßt er es bleiben.

»Die Brise kommt nicht vor sieben Uhr.«

»Man kann sich nicht an einen solchen Sommer erinnern.«

»Das Boot hat sich bewegt.«

»Der Wind ist ganz nah.«

»In Rumänien geht jetzt der Herbst zu Ende.«

»In England regnet es mitten im Sommer.« Jemand, der zum Himmel schaut, entdeckt einen Drachen, der am Strommast hängengeblieben ist.

»Heiß.« Vater verkündet, daß auch er zur Gruppe gehört.

»Heiß ist gar kein Ausdruck.« Die tiefe Stimme hinter uns kommt unter einem Strohhut hervor.

»Zu Hause ist es noch heißer.« Eine Frau stöhnt. Sie hat die Beine gespreizt, ihre Arme hängen schlaff herunter, und ihre Lippen sind aufgesprungen. Sie sieht dumm aus.

»Drei Kampfflugzeuge sind aus Frankreich gekommen. Das hat man in den Nachrichten gesagt, so habe ich es gehört.« Einige Köpfe erheben sich, die anderen sind zu schläfrig. Jemand klatscht und sagt, daß wir mit Sicherheit jetzt zehn davon haben. Irgend jemand übersetzt für irgend jemanden, daß es bestimmt mehr als zehn Flugzeuge gibt, aber man spreche nicht darüber.

»Gibt es hier vielleicht einen Mechaniker? Ich glaube, die Kugeln sind aus dem Lager gefallen.« Ein verschwitzter Mann stürzt herbei und zeigt auf einen Wagen mit aufgeklapptem Motordekkel.

Mutters Gesicht erhellt sich, als sie ein bekanntes Wort hört.

Vater zerstört ihre Begeisterung. »Nicht dein Lager ist gemeint.«

»Welches denn?«

»Es ist ein Kugellager im Auto.«

»Und wie ist es passiert?«

Vater reibt sich die Handflächen. Niemand der Anwesenden kann erklären, was es bedeutet, wenn die Kugeln herausfallen. Mutter schaut auf das Meer, aber die Brise läßt sich Zeit. Zwei Jungen stützen sich mit den Ellenbogen auf den kühlen Bürgersteig. Es wird dunkel, das Licht im Leuchtturm, das an- und ausgeht, wird immer deutlicher. Ich frage mich, woran die Menschen denken, die sich stundenlang das Flackern des Lichts anschauen. Warten sie auf den Moment, in dem die Ordnung zusammenbricht, oder verspricht das Licht, das ständig an- und ausgeht, an und aus, wie die aufgehende und untergehende Sonne, eine süße und angenehme Ordnung, etwas Vorhersehbares?

Mutter entfernt sich, bückt sich zu den Fischernetzen, die salzig stinken, pflückt Algen, starrt mit leeren Augen in ein leeres Boot. Noch eine Welle erhebt sich und bricht in die vorübergehende Ruhe ein, die zwischen zwei Wellentälern herrscht. Entfernte dunkle Punkte im Wasser nennt Vater einen Schwimmwettbewerb. Zwei Frauen auf einem Kissen diskutieren, ob die Abenddämmerung schon angefangen hat.

Die Federrupferin und ihr Sohn Halil, zum ersten Mal sauber gekleidet und ohne Huhn, lächeln uns an. Ich strecke Halil meine Hand entgegen, und er streckt mir seine Hand entgegen. Wir machen beide Platz für den Mann, der Äpfel mit Honig verkauft, der die Kinder dazu verführt, ihre Väter anzubetteln. Das Flackern des Leuchtturms beleuchtet die roten Äpfel auf den Eisstielen. Ein Kind in einer über den Knien abgeschnittenen Hose läßt einen Drachen fliegen, der aus einem karierten Schulheftblatt gefaltet wurde. Nonnen vom Französischen Kloster schieben im Gänsemarsch Behinderte in Rollstühlen zur abendlichen Spazierfahrt. Ein Konvoi trauriger Bräute. Sie gehen an uns vorbei, mit steinernen Gesichtern, als würden sie einem ungeschriebenen Befehl folgen, ja keinen Blick zur Seite zu werfen. Weiße Gewänder flattern über hohen Schuhen. Harte Sohlen schlagen hart und entschieden auf den Asphalt. Das Quietschen der Rollstuhlräder läßt mich erschauern.

»Wo gehen sie hin, Vater?«

»Gott heiraten.« Er lacht, und ich erschrecke, schaue auf ein Mädchen mit offenem Mund, das mit einem Gurt an einen Rollstuhl geschnallt ist.

»Ich habe gedacht, Palästina hätte einen Schlußstrich unter meine Geschichte mit den Nonnen gezogen.« Mutter zerrt mich demonstrativ von ihnen weg. Sie zwingen sie, daß sie sich an Halina Meikowski erinnert, ein Mädchen aus ihrer Stadt, das es abgelehnt hat, zu ihren Eltern zurückzukehren, nach der Hirnwäsche, der sie im Kloster unterzogen worden war. Vater, im Gegensatz zu ihr, kennt jemanden, der von einer Nonne gerettet wurde.

Mutter mault: »Wie willst du, daß die Kleine weiß, was sie von Nonnen halten soll, wenn ich das eine behaupte und du das Gegenteil?« Und ich? Ich bin froh, daß Halil kein Polnisch versteht und vielleicht nicht merkt, daß sie sich streiten.

Am nächsten Tag darf ich die Schuhe ausziehen und das Organzakleid bis zur Hüfte hochraffen, um dem Fischschwarm näher zu kommen, der am Felsen schwimmt. Ohne um Erlaubnis zu bitten, gehe ich auf die Knie und lasse mich von den Wellen streicheln. Obwohl das Meer sich kaum bewegt, sind Mutter und Vater vorbereitet, mich vor der plötzlichen Welle zu retten, die mich überfallen könnte. Runde Teerflecken kleben an meinen Knöcheln. Mutter hat im voraus gewußt, daß es passieren würde, und hat vor den Hautschäden gewarnt. Erschrocken zwänge ich mich in meine Schuhe. Wie immer droht eine Gefahr und verdirbt mir den Spaß, und wieder wird mit dem Meer gehadert:

Morgens ist das Wasser eiskalt, nach zehn Uhr ist die Sonne zu stark. Der weiße Sand spiegelt die ultravioletten Strahlen wider, genau wie es die weißen, blendenden Schneeflächen in Zakopane getan haben. Viele Menschen, die zur Hauptzeit an dem schmalen Streifen, der zum Baden freigegeben ist, schwimmen gehen, pinkeln einfach ins Meer. Nahrungsreste, die in der Sonne gammeln, sind ein Brutkasten für Krankheiten. In der medizinischen Enzyklopädie steht, daß die Polioviren durch Wasser übertragen werden. Ganz zu schweigen von den bläulichen gallertartigen Blasen, die man leicht erkennt, wenn sie am Strand austrocknen, aber wer soll sie sehen, wenn sie als harmloses Nichts im Wasser schweben und brennende Pfeile abschießen? Man durchlebt nicht alle Leiden und zieht ein Kind auf, um es am Ende den Quallen zum Fraß vorzuwerfen.

Den Kampf, sie zu überzeugen, daß wir mit den anderen Frauen und ihren Kindern zum Meer gehen, habe ich schon aufgegeben. Sie ist noch zu erschöpft, und Freundschaften zu schließen ist für sie zu anstrengend. Sie muß ihre Gedanken noch ordnen, bevor sie jemandem erlauben kann, in ihr Leben einzudringen. Sie sagt, sie hat noch keine Kraft, Ordnung in die kleinen Heucheleien der Nachbarinnen zu bringen.

Von der Straße her kommt der Lärm der Kinder, die den Schlauch eines Fahrrads aufpumpen. Jemand ruft einem anderen zu, er soll Eis bringen. Ein paar Jungen stehen Schlange, um auf eine Boje zu springen, und eine Mutter sagt: Bei roter Flagge geht man nicht ins Wasser.

Und ich, in Unterhose und Unterhemd statt eines Badeanzugs, halte eine Bakelitschüssel und einen Kochlöffel in der Hand, die als Eimer und Schaufel dienen sollen, und beobachte Mutter, deren Migräne immer schlimmer wird. Sie drückt ein Geschirrtuch an die Stirn, und damit ist die Sache mit dem Baden schon entschieden. Nun fängt die Zeit an, aufs Dach zu steigen, die geplünderte Wanne umzukippen, die Muschelsammlung hineinzuwerfen, bis drei zu zählen, sich der beißenden Kälte des Wasserschlauchs hinzugeben und sich in die runde Wanne zu legen. Wenn man will, kann man sich einbilden, es wäre das richtige Meer.

Frau Berkowicz, die aufs Dach kommt, um Wäsche aufzuhängen, schlägt vor, mich zum Meer mitzunehmen. »Woher hat sie den Mut, die Verantwortung für ein fremdes Kind zu übernehmen?« Mutter lehnt dieses Angebot ab, das ich ihr im Namen von Frau Berkowicz überbringe, und begründet ihre Ablehnung mit den Leichen zweier Fünfzehnjähriger, die das Meer Anfang der Woche auf dem Muschelhügel nicht weit vom Haus ausgespuckt hat. Einer der Faulenzer am Strand sah vier Arme aus einem Strudel ragen. Er schrie und deutete aufs Meer, die anderen haben es gehört, aber nicht auf ihn geachtet. Später behaupteten sie, man habe ihn wegen der Kirchenglocken nicht gehört. Und sie sagten, so mache er es immer, er ziehe mit sinnlosen Schreien seine tägliche Ration Aufmerksamkeit auf sich.

Am nächsten Tag zerschneidet das Heulen einer Frau, die mit zerkratztem Gesicht aus dem Meer kommt, die Luft. Ein paar nasse Kinder ziehen an ihrem nassen Kleid. Polizisten prüfen die Entfernung zwischen der Hütte des Verrückten und dem Fundort der Leichen. Zwei Männer in Weiß legen sie auf Bahren und versuchen, sie in den Polizeiwagen zu schieben. Es dauert lange. Es gibt keinen Platz für zwei Bahren.

Schalom-Schalom und die Berkowiczs gehen zum Strand. Mutter hat keinen Mut, sich das Unglück aus der Nähe anzuschauen. Sie steigt auf einen Hocker, betrachtet das Stück des Meeres, das man durch unser Badezimmerfenster sehen kann. Sie hat für dieses Leben schon genug Leichen gesehen. Es ist das Glück dieser Mütter, daß ihre Kinder direkt vor der Hütte ertrunken sind. Sie werden einen festen Platz haben, wo sie mit ihren Alpträumen, die bald kommen werden, hingehen können.

Jetzt hat sie einen zusätzlichen Beweis, daß die quecksilbrige Fläche, die man vom Fenster sieht, in Wirklichkeit eine Todesfalle ist.

Die Nachmittagsstunden, die in dieser Jahreszeit kürzer werden, nennt man »Herbst«. Aber die Sonne ist noch heiß, die Feuchtigkeit ist klebrig, und die Erde um die Tomate herum bekommt Risse vor Trockenheit. Die Pflanze verlangt ein halbes Glas Wasser mehr, als Vater angegeben hat. Mutter sagt, daß nur diejenigen, die hier geboren wurden, dieses verdammte Klima aushalten. Dieses Land verbrennt seine Bewohner und ist nur grob, staubig und häßlich. Wer weiß, wie lange die europäischen Juden es hier noch aushalten werden. Sie sind sowieso zum Austrocknen verurteilt. Bis es soweit ist, verlassen wir das Haus dick eingecremt, tragen breitrandige Strohhüte und wehren uns gegen die Unmenschlichkeit des Landes, das Vater als unser Zuhause gewählt hat.

Der Schützenclub am Zaun der Moschee ist zum Alltag geworden. Wenn nichts Unerwartetes geschieht, können wir unsere Zielübungen bis in alle Ewigkeit fortsetzen. Langsam glaube ich auch, daß wir das Richtige tun. Ich habe mir beigebracht, den Gestank des Mülls zu ignorieren, auch meine Angst vor dem ursprünglichen Schnallenbesitzer, der uns vom Turm aus beobachten und eines Tages herunterspringen könnte, von Polizisten, Feuerwehrmännern und den Rettungsschwimmern vom Herbert-Samuel-Strand begleitet. Manchmal stelle ich mir vor, wie er ihnen befehlen wird, die Schnallen zu einem Haufen zusammenzufegen und in den Korb der Dame zu füllen, die zu jung ist, um seine Mutter zu sein, und zu alt für etwas anderes. Ich habe mich mit seiner Anwesenheit abgefunden, damit, daß er Gedanken liest und Lügen, Halbwahrheiten, Tricks und Ausreden erkennt. An dem Tag, an dem er herunterkommen wird, werden die Einwohner Palästinas erfahren, was Vater in München getan hat, und jeder, der glaubt, daß wir nur die Mutter und ihre Tochter sind, die gern mit Schnallen auf den Gully zielen, wird die nackte Wahrheit entdecken.

Hoffentlich ist niemand da, an dem Tag, da er herunterspringt und uns befiehlt, ihm alles zurückzugeben, was sich im und um den Gully angesammelt hat. Bitte, Sigmund Hertz-Band, nur weil du Halbjude bist, kannst du mir das nicht im Beisein von Fremden antun.

Mutter nimmt an diesen Zwiegesprächen nicht teil. Vermutlich hat sie die Bombennacht vergessen. Schon lange wird Sigmund nicht mehr bei uns erwähnt, und wenn sein Name ab und zu in einem Gespräch vorkommt, wird er »der Fabrikant« genannt. Mutter stopft weiterhin die Löcher in den Socken, und manchmal stopft sie sogar die gestopften Stellen. Langeweile macht sich bei ihr bemerkbar. Sie erzählt zum zigsten Mal die Geschichte von Krasawicze, dem Schoßhündchen. Ich kenne Krasawicze schon so lange, die Hündin, die Mutters Schwäche für Hunde entdeckt hat, als sie ins Lager kam. Sie hat so lange gejault, bis Mutter sie zu sich holte. Sie folgte Mutter vom Appellplatz zu den Feldern. Über drei Jahre hat die kleine Hündin mit Mutter die Matratze geteilt, hat an Mutters Füßen gelegen und ihr ein bißchen Trost und Wärme gespendet. Obwohl nie jemand einen anderen Hund gesehen hat und trotz des dichten Drahtzauns ums Lager hat Krasawicze es geschafft, zweimal im Jahr zu werfen. Wenn Krasawicze in die Hasan-Bek-Straße kommt, werde ich sie sofort erkennen, an ihren rosigen Pfoten und an ihrer Fähigkeit, sich über ihre Welpen zu legen und sie damit zum Schweigen zu bringen, eine Minute bevor die Schlüssel des Wächters zu hören sind. Auch die Methode, wie man heimlich Futter für sie an den Wachleuten vorbeischmuggelt und wie man für die Hündin und ihre beiden Welpen ein Nachtlager mit Stroh macht, das man abends aus der Matratze nimmt und morgens wieder hineinstopft, kenne ich auswendig.

Ich falle Mutter ins Wort, erzähle die Geschichte von Krasawiczes entzündeter Zitze. Mutter ist erstaunt. »Ich verspreche dir, daß ich eine andere Geschichte erzähle.« Sie legt den Kopf auf die Knie und überlegt krampfhaft, wie sie mir auf der Mauer die Zeit vertreiben kann. Ergeben sagt sie: »Vielleicht solltest du langsam von den Kindern Hebräisch lernen.«

Wie soll ich die Kinder darum bitten, daß sie mit mir reden? Sie setzt mich auf die Mauer, stellt den Korb mit dem Schnallenvorrat zwischen meine Beine und tritt zurück. Ich muß selbst herausfinden, wie ich mich den ausgestreckten Armen gegenüber verhalten soll. Ich muß einen Weg finden, wie ich verhandeln kann, entscheiden, wie viele Schnallen jeder bekommt, wer wann und auf wen zielt, wer schon Schnallen bekommen hat und wer noch welche bekommt. Und wie viele Gürtelschnallen man gegen eine Beutelschnalle mit einem doppelten Haken tauschen kann. Manche Jungen kichern, wenn Mutter mir auf polnisch Ratschläge gibt, die anderen lachen mich laut aus und ahmen spöttisch ihre Worte nach, begleitet von beleidigenden Bewegungen.

Bis jetzt habe ich zu den üblichen Diskussionen zwischen Mutter und Vater, ob man polnisch oder hebräisch sprechen solle, keine Stellung bezogen. Vater verlangt: »Wer in der neuen, der wahren Heimat lebt, soll nicht die Sprache der verräterischen alten Heimat sprechen.« Ihre Sprache nennt er »die Sprache der Toten«. Seit dem Tag, als er sich entschieden hat, mit mir nur hebräisch zu sprechen, spricht er zu mir und zu Mutter in verschiedenen Sprachen. Manchmal verstehe ich, was er von mir will, und manchmal zwinge ich ihn, es in Mutters Sprache zu übersetzen. Dann regt er sich auf, erst über mich, dann über Mutter, und sagt, daß normale Kinder nicht so lange brauchen, um eine neue Sprache zu lernen.

Mutter versäumt keine Gelegenheit, um Vater zu sagen, daß die Heimat, die er für sich erobern will, für sie einfach nur Exil bedeutet, daß die altertümliche Sprache der Bibel bei ihr keine Rührung erweckt, daß die Wörter auf polnisch die Dinge selbst darstellen, während die Wörter auf hebräisch willkürliche Laute sind, die nur an ihrer Oberfläche kleben. Sie ist nicht bereit, das bißchen Konzentration, das sie noch besitzt, für das Erlernen dieser quadratischen Buchstaben zu verschwenden, die man gegen die natürliche Richtung schreibt. Ihr Gehirn ist zu belastet, um Verben zu konjugieren, sich weibliche und männliche Hauptwörter zu merken, die verschiedenen Zeiten und Einzahl und Mehrzahl. Ihre Stimmbänder sind für den polnischen Akzent geschaffen, sie können diese komischen fremden Laute sowieso nicht hervorbringen. Und überhaupt, die Laute seines Landes sind hart und dissonant. Worte des Mitleids und der Liebe hören sich an wie Hundegebell oder Beschimpfungen, sie können nie ihre Gefühle ausdrücken. Als eine, die ihre Worte sorgfältig wählt, ist es besser, daß sie von vornherein auf die Sprache verzichtet, die sie nie beherrschen wird.

»Du bist in deine Heimat eingewandert, und ich folgte dir in ein fremdes Land. Alija!« Sie macht sich lustig: »Das soll schön klingen und ist doch nur ein Wort für eine ganz gewöhnliche Einwanderung, mit all der Fremdheit und Befremdung, mit Ekel für die Leute, die in ein anderes Land gehen.« Sie rechnet mit diesem Staat ab, dessen Bewohner sich gern als »einwandererfreundlich« bezeichnen, aber in Wahrheit jedem neuen Gesicht gegenüber besonders unfreundlich sind. »Ja, Olek, wir verderben den Alteingesessenen das Bild, das sie gerne von sich selbst hätten. Und wenn wir nur noch halbe Menschen sind, wenn wir hier ankommen, machen uns ihre kritischen Blicke endgültig fertig.«

Und überhaupt sei es Unsinn, was er ihr über ein »Zufluchtsland« einredet. Was für ein Zufluchtsland ist das, wenn man täglich im Radio berichtet, daß Eindringlinge über die Grenze kommen, um das Land zu zerstören. Hätte sie die Zerstörung nicht selbst erlebt, hätte sie es vielleicht geschafft, die beiden bewaffneten Araber, die gestern über die Grenze gekommen sind, zu ignorieren. Aber für sie sind es zwei bewaffnete Araber, die das Unglück bestätigen, das ihr Herz sowieso schon prophezeit hat. Sie fragt Vater: »Was ist der Unterschied zwischen Eindringlingen und normalen Leuten, die ein Pogrom veranstalten, und was ist dieser Ort hier anderes als ein jüdisches Ghetto, umgeben von Feinden einer anderen Art?«

Vater hat diese Diskussionen satt, er fragt nur, in welches Land sie denn umziehen möchte, und Mutter murmelt, daß sie für dieses Leben schon genug Umzüge hinter sich hat. Und ich ahne jetzt schon, was ich heute nacht aus dem Ehebett zu hören bekomme. Was sie »neben der Kleinen« bereden, ist nur ein erster

Hinweis auf all die Einzelheiten und Feinheiten, die sie klären werden, »wenn die Kleine schläft«. Ein schwarzes Klavier trennt mich von dem Ort, aus dem die Stimmen nackt aufsteigen, nicht mehr in die Lügen verpackt, die meine zarte Seele schützen sollen.

Mutter beschwert sich über Polen, das sie an die Deutschen ausgeliefert hat, über Rußland, das sie als Staatsfeind betrachtete, über Deutschland, das nur ein scheinheiliges Mördernest ist. Sie wird keinem Land mehr treu sein, und wenn Vater beabsichtigt, hier zu bleiben, soll er es übernehmen, zwischen ihr und dem, was um sie herum geschieht, zu schlichten. Ihren Worten entnehme ich, daß es meine Aufgabe sein wird, für sie eine große, fürsorgliche Schwester zu sein, und daß wir die Grenzen der Heimat auf die Wände der Wohnung beschränken sollten, den einzigen Ort, an dem sie sich zurechtfindet.

Heute nacht schweigt Vater. Er ist beleidigt. Wer die Heimat beleidigt, beleidigt auch ihn.

Sie schaltet ihre Bettlampe aus: »Ich dachte, du wärst immun gegen alles, was ich dir zu sagen habe.«

Wieder auf der Mauer der Moschee. Der kleine Junge mit den Sommersprossen setzt sich neben mich, rutscht immer näher. Ich sage: »Komm«, und schon gräbt sich eine Spalte in Mutters Stirn: Das Mädchen tastet nach der Sprache, die nicht ihre eigene ist. Ihre Tochter wird mit der Truppe der schreienden Kinder im Viertel herumrennen, wird gutturale Laute von sich geben, wird vergessen, aus welchem Land sie gekommen ist und in welcher Sprache sie aufgezogen wurde. Die Kinder kreisen um mich herum, und Mutter entfernt sich und setzt sich auf die Mauer gegenüber. Auch bei dem Abstand, der uns jetzt trennt, bin ich für ihr Wohlbefinden und ihre Unversehrtheit zuständig. Ich verfolge die Art, wie sie ihre Ohren vor den fremden Lauten verschließt, wie es in ihr kocht, wie sie den Kindern, die sich um mich versammeln, den Rücken zuwendet. Wie sie zu einem gleichgültigen Schatten versteinert und eine Socke und Garn in der Hand hält. Sie lehnt mit dem Rücken an einer Steinsäule, und auch wenn ich ihr Gesicht nicht sehen kann, kenne ich diesen Blick, der Europa hinter dem Wasserstreifen sucht. Bei einer ihrer häßlichen Streitereien hat Vater gesagt, daß sie, wenn das Meer nicht aus Wasser wäre, ans andere Ufer fliehen würde. Nur dort, weit entfernt vom Strand Manschijas, existiert etwas, das keine Lüge ist, etwas Reales, das mit dem Leben zusammenhängt, wie das Grab und die Bekleidung und das Haus. Nur dort gibt es die Chance auf einen ordentlichen Abschied, so wie Menschen ihrer Natur nach von Orten Abschied nehmen sollten, zu denen sie nie wieder zurückkehren würden. Nur dort wird sie im Park spazierengehen und jemanden treffen, der sich an sie als kleines Mädchen erinnert und sie auf die Art liebt, wie sie geliebt werden möchte.

Die Kinder zielen weiter auf den Gully, nehmen die unhörbaren Sätze zwischen ihr und mir nicht wahr. Manchmal drehe ich mich zu ihr um und gebe ihr ein Zeichen, daß alles in Ordnung ist. Nein, man hat mir die Schnallen nicht aus dem Korb gegrabscht, der Korb leert sich auf die übliche Weise. Zumindest hier, auf der Mauer der Moschee, gibt es blühende Geschäfte.

Halil, das einzige Kind mit einem Namen, klettert auf die Steine, um sein Schnallenkontingent zu bekommen. Er sitzt neben mir, auf dem frei gewordenen Platz, schaut mich und Mutter abwechselnd an und senkt den Kopf wie einer, der verstanden hat, um was es geht. Ich gebe ihm eine doppelte Menge und stottere einige Silben in der neuen Muttersprache. Die Kinder sammeln sich um uns. Ihre Schreie ermuntern mich, sie weiterhin nachzuahmen: »Gib mir mehr, jetzt bin ich dran.«

Unter den Fittichen derjenigen zu sein, die Mutter spöttisch »diese Asiaten« nennt, ist beängstigend und zugleich wunderbar. Ein Wort und noch eins und noch eins lassen mich aus ihrer Obhut in die sonnengebräunten Arme auf der Mauer gleiten. Ich vergleiche die Farbe meines Arms mit der von Halils Arm. Endlich gibt es Kinder, die so nah sind, daß ich prüfen kann, ob ich so bin wie sie oder nicht ganz so wie sie oder überhaupt ganz anders.

Ihre schmutzige Kleidung, ihre brennenden Wangen, die Schweißränder unter ihren Achselhöhlen faszinieren mich. Die krasse Anarchie der Schlammflecken auf ihren Knien, die abgerissenen Knöpfe zeugen von ihrer Freiheit, zu schreien und ihre Wünsche zu äußern. Ich unterscheide zwischen den Kindern, deren Füße hart wie eine Ledersohle sind, und denen mit den ungeraden, hervorstehenden Zähnen. Ich kann nicht zwischen den unterschiedlichen Sprachen der Kinder unterscheiden. Ich begreife nicht, welches Gemisch aus Arabisch und Hebräisch ich mir aneigne. »Sag Madgnun«, sagen sie und klatschen in die Hände. »Sag Sardine.« Jemand nimmt eine Steinschleuder heraus und zielt auf eine Sardinendose.

Seltsame Silben sammeln sich auf meiner Abschußrampe. Silben werden zu Wörtern. Ein neues Wort liegt mir auf der Zunge. Ein Wort und noch ein Wort sprudeln heraus. Es fängt mit heiseren Lauten an, aus denen faßbare Wörter werden, die sich aneinanderreihen. Worte und noch mehr Worte, fast ein Satz. Ein Satz fliegt in die Luft, ohne daß ich weiß, welcher Sprache er angehört.

»Loch«, Vater schimpft mit mir beim Abendbrot. »Sprich es auf hebräisch aus und nicht auf arabisch, wer hat dir solche Dummheiten beigebracht?« Ich sage Stein, aber auf arabisch, und zeige ihm vom Fenster die Steine der Mauer.

»Stein sagt man. Stein auf hebräisch. Sag Stein. Nicht das arabische Wort. Warum erlaubst du dem Kind, die Sprache so zu verfälschen?« Er wirft die Zeitung »Al Hamischmar« nach Mutter.

Sie beißt sich auf die Lippen. Woher soll sie wissen, in welcher Sprache meine Hebräischlehrer sprechen? Und überhaupt: Ist das der richtige Zeitpunkt, dem Mädchen, das bereits einen Salat aus Polnisch, Russisch und Deutsch im Kopf hat, noch eine Sprache beizubringen?

Daß mein Vater meine Hebräischlehrer bemängelt, hindert mich nicht daran, ihre Nähe zu suchen. Es ist so wunderbar, ein beliebtes Mädchen zu sein. Auch wenn die Beziehung nur vorübergehend ist und von den Schnallen abhängt, spüre ich eine starke Verbindung mit den Asiaten. Ich besitze genügend Wörter, um Mutter auf hebräisch zu befremden, und genug Frechheit, kein Wort auf polnisch zu sagen. Gebt mir noch ein paar Wörter mehr, und ich schließe mich euch an. Los, machen wir uns über sie lustig in einer Sprache, die sie nicht versteht. Wir überlassen sie ihren abscheulichen Schmerzen, so wie sie mich den Trümmern von Hasan Bek überlassen hat. So wie die Familie, die nicht mehr da ist, sie verlassen hat, so wie sie Großmutter Sara während des großen Kriegs verlassen hat. Und Vater läßt uns im Stich und verschwindet auf seinen Touren mit den Schnallen, die in einer Fabrik in München zurückgelassen wurden. Der Fabrikant verließ seine Fabrik, ohne eine Nachricht zu hinterlassen.

»Du antwortest mir nicht. Warum antwortest du mir nicht?«

Ich tu so, als würde ich nichts hören.

»Ich spreche zu dir!«

Ich stecke die Faust in den Mund.

»Antworte mir.«

Ich drücke mich an Halil und seinen Freund, zeige auf die Kinder und schüttle den Kopf. Nicht in deren Anwesenheit, kein Wort auf polnisch. Du wirst es nicht schaffen, daß ich meinen Platz bei diesen Kindern verliere, ich möchte so sein wie sie, soweit wie möglich möchte ich sein wie sie.

Mutter entläßt mich mit einer Handbewegung und geht zurück, um das Meer zu beobachten. Ich weiß nicht, ob sie den Grund für ihre Weigerung begriffen hat und was sie jetzt denkt. Weiß sie, daß ihre Weigerung, die Mauer zwischen dort und hier einzureißen, uns dazu zwingt, diese harte, undurchlässige und schmerzliche Mauer zwischen uns zu errichten?

Wieder ist sie allein, diesmal wegen mir. Auch ich werde die Strafe bekommen, irgendwann, weil ich sie im Stich gelassen habe. Die unvermeidbare und die gängigste Strafe in unserer Familie wird mich nicht überspringen. Laß es geschehen, damit ich es hinter mir habe. So schnell wie möglich. Jetzt. Damit ich von dem Druck der Fälschung, der Halbwahrheiten, der kleinen, unnötigen Lügen befreit bin. Daß ich ein für allemal wegen »Parteiergreifens« in den Streitereien zwischen ihr und Vater bestraft werde.

Ich suche die Wörter, die ich ihr sagen werde, bevor ich in die Gruppe der Zaunkinder verschwinde. Vielleicht kann sie meine Gedanken hören, aus der Entfernung, auf der anderen Seite der Mauer, wo sie sich jetzt niedergelassen hat. Sie hat noch nicht begriffen, wie weit »die Kleine« die ihr unverständlichen Dinge schon versteht und wie sie sich alles merkt. Nein. Sie begreift es nicht, ebensowenig, daß ich das Ohr an die Wand des Badezimmers drücke, wenn sie sich dort einschließt, um das noch übriggebliebene Geld zu zählen.

Und vielleicht merkt sie es doch. Vielleicht wird sie platzen und böse sein, wie an jenem Morgen auf der Mauer von Hasan Bek, als sie sich an einer Nadel stach und sich ärgerte, daß mich dieser einzige Blutstropfen auf ihrem Finger nicht aus der Fassung brachte.

»Kinder, die ihre Mütter lieben, weinen, wenn sie sich gestochen haben.«

»Das habe ich nicht gewußt.«

»Was ist mit dir los, Aluschinka, du bist nicht mehr das Kind von früher.«

»Was möchtest du, daß ich tue, Mutter?«

»Nichts. Wirklich nichts. Alles, was ich jemals von dir gewollt habe, ist, daß du dich wie ein normales Kind benimmst.«

Der Blutstropfen ist getrocknet, und nur ich stecke voller Zweifel, schiele zu den normalen Kindern. Was hat sie gemeint, als sie sagte »ein normales Kind«? Ich beobachte die anderen Kinder, begutachte ihre Hosenfalten, die Länge ihrer Röcke, die Haare, die Art, wie sie ihre Beine bewegen, wie sie die Hände halten, lachen, Eis essen. Kinder wie alle anderen. Solche, die aus dem Stoff gemacht sind, aus dem man echte Kinder macht.

Ich schwöre, daß ich beim nächsten Mal, wenn sie sich sticht, die traurige Miene aufsetze, die ich mir von den Fotos der Familie, die nicht mehr da ist, abgeschaut habe. Aber jedesmal, wenn ich mich verstelle, wird meine innere Stimme sagen, daß ich ihr nur einen Gefallen tue und daß es nicht echt ist. Daß ich das Kind geblieben bin, das nicht lernt, die Ängste der Mutter zu fürchten, ein Kind, dem das, was der Mutter weh tut, nicht schadet, in dessen Umgebung es mehr Lachen gibt als in den traurigen Geschichten, die Mutter erzählt. Vielleicht gibt es diese Gedanken nur in den Köpfen von schlechten und egoistischen Töchtern, vielleicht kennen normale Kinder das überhaupt nicht. Nein, ich werde nicht um Verzeihung bitten. Sie verzeiht schon einfachere Sünden als diese nicht. Ich werde weiterhin meine Gedanken tief in mir vergraben, an einem Ort, an dem niemand mich belauschen kann. Ich werde sie mit meinen Salti und den Scherenschnitten aus dem »Aganjok« besänftigen, damit sie nicht erfährt, welche Gedanken ich habe.

Die Tage vergehen, einer nach dem anderen, und die Mauer zwischen uns wird höher. Ich verschwende viele Gedanken, um mich zu entscheiden, ob ich groß oder klein sein will. Ob ich meine Fähigkeiten zeige, damit ich auf den Schutz der Mutter verzichte, den sie als Gegenleistung für meine Schwäche gewährt. Ich bin es leid, die Informationen zu sammeln, aus denen ich mich erfinden soll. Ich frage mich, ob ich den vermeintlich sicheren Hafen ansteuern soll. Ich habe Angst davor, mich an den einzigen Erwachsenen anzulehnen, der in der Lage sein müßte, mein Kindergewicht zu tragen.

Wie lange wird sie die Trennung aufrechterhalten können, zwischen sich und dem Land, zwischen sich und uns, zwischen sich und den Wörtern, aus denen die Gegenwart gemacht ist? Niemand weiß, wann Vaters Abenteuer zu Ende geht, und das macht sich auf ihrem Gesicht, das früher straff und fast durchsichtig war, bemerkbar. Eine Schicht nach der anderen kommt hinzu. Im Nacken hat sich eine teigige Falte gebildet. Sie kann es im Spiegel nicht sehen, und Vater und ich verraten es ihr nicht. Auch wenn die Schuhe geputzt und der Farbe des Kleids angepaßt sind, kann ich, die Kleine, die hinter ihr hergeht, erkennen, was sie vor den anderen Menschen verheimlichen möchte. Wenn es ein Tag ist, an dem ich zu Scherzen aufgelegt bin, springe ich unter den Mantel des falschen Prunks, mit dem sie sich umgibt, und beteilige mich an der Täuschung. Mutter läßt mir die Wahl, mich der Realität entsprechend zu verhalten, oder so, daß die anderen glauben, was Mutter sie glauben machen will. Und schon habe ich meine eigenen Methoden, mich nach Lust und Laune zu erfinden.

Unterröcke

Jetzt richtet sie sich auf, stellt sich auf die Mauer, betrachtet Frau Feldmann, die einen Eiswagen zum Lebensmittelladen des Bulgaren zieht. Wenn Frau Feldmann einen Eiswagen hinter sich herzieht – wobei bekannt ist, daß sie einen elektrischen Kühlschrank hat –, dann ist sie auf dem Weg zur Post, um ein Paket aus Kanada abzuholen. Die Nachbarn munkeln, daß ihr ehemaliger Verlobter die Sendungen schickt. Er liebte sie und nannte sie »Okusch«, doch er verschwand aus ihrem Leben, als das geschah, was Vater »die zweite Aktion im Warschauer Ghetto« nennt. Jahrelang suchte sie auf Zeitungsfotos, die bei der Lagerbefreiung gemacht wurden, nach seinem Gesicht, suchte es unter den Toten. Als sie sich mit seinem Tod abgefunden hatte, traf sie jemanden, der ihr erzählte, es gebe in Toronto eine Miederfabrik, die »Okusch« heiße. Diese Person machte sich auch die Mühe herauszufinden, daß der Fabrikant die Fabrik nach seiner toten Freundin benannt hatte, was unsere Nachbarin von gegenüber war, die noch lebte, Frau Mascha Feldmann. Seit der Kanadier wußte, daß Mascha lebt und sie keinen anderen geheiratet hat, schickt er ihr pünktlich einmal monatlich, ohne daß seine Frau es weiß, ein Paket mit Unterröcken, Nylonstrümpfen und Strumpfhaltern, mit Nachthemden und sonstiger Unterwäsche. Die Frauen des Viertels lechzen nach dieser Unterwäsche. Besagte Person wußte auch zu berichten, daß der Kanadier seine Okusch noch immer liebt und begehrt, und wäre da nicht seine kanadische Frau, der er erst im letzten Jahr von seiner Vergangenheit erzählt hatte, hätte er sich schon längst ein Visum besorgt und Maschinka zu sich geholt.

In einer Straße, in der zerlumpte Frauen sich nach ein bißchen Schönheit sehnen, zugleich aber auch Angst davor haben, trägt Frau Feldmann Stoffe, die nicht zerknittern, und stolziert auf hohen Absätzen einher. Mit einem Stift zeichnet sie die gezupften Brauen nach, was ihr eine Miene verleiht, als würde sie sich ewig wundern, und sie schmiert, bevor sie das Haus verläßt, eine fettige Creme auf ihre Wimpern. Dank der langen, duftenden Haare, die sie im Nacken zu einem Knoten zusammensteckt, sieht sie fast edel aus. Frau Berkowicz ist bereit zu schwören, daß es nicht ihre eigenen Haare sind, und Mutter deutet auf die vielen schwarzen Haarnadeln und nennt es »einen Klumpen von einer Frisur«.

Man munkelt, daß Frau Feldmann regelmäßig zweimal in der Woche zu dem neuen Friseursalon in der Allenbystraße, Ecke Mugrabi geht. Mutter ist auch bereit zu schwören, daß man mit dem Geld, das Madame für ihre kleinbürgerlichen Freuden braucht, die Lumpen der Moscheekinder gegen Hemden und Unterhemden austauschen könnte, und es bliebe auch noch was für Seife übrig, um den Dreck wegzuschrubben, der sie wie eine zweite Haut überzieht.

»Ich wünschte, ich könnte dich an einem Ort aufziehen, an dem es Frauen erlaubt ist, Frauen zu sein.« Mutter vergleicht die weichen, fließenden Stoffe, die den Körper von Frau Feldmann umhüllen, mit den Baumwollstoffen, die einige Frauen tragen, wenn sie zu der Sykomore gehen. Sie mißbilligt die fast durchgängig schlampige Bekleidung, ahmt die energische Körpersprache der Griechin von der Ecke nach, die gerade im Lebensmittelladen verschwindet, und deutet auf »diese proletarische Frisur, die nach Frömmigkeit stinkt«. Dieses seltsame Land macht zwischen Männern und Frauen keine Unterschiede. Männer sind eben Männer, und die Frauen sollten eigentlich die Farbe ihrer karierten Blusen mit der Farbe der Socken abstimmen. Echte Frauen nehmen sich die Zeit für solche Feinheiten, auch wenn die Geschichte einen anderen Lauf nimmt. Niemand zwingt eine Frau dazu, wie eine Arbeiterin auszusehen. Hoffentlich wird die billige Konfektionskleidung, die man hier überall sieht, nicht den guten Geschmack der Kleinen verderben. Sie darf nicht in dem Glauben aufwachsen, daß das hier schön und richtig ist. Wie soll man ihr das später ausreden?

Mutter breitet ein Taschentuch aus, reibt es an meiner Wange, bringt mir bei, das Rascheln der Seide zu erkennen und den Wert eines Stoffes danach zu schätzen, wie faltig er wird, wenn man ihn zusammenlegt. »In den schlimmsten Zeiten, als ich zu nichts mehr Lust hatte, gab mir die Sehnsucht, etwas Weiches oder einen Gegenstand mit guten Proportionen anzufassen, die Kraft weiterzumachen. So bin ich. So war ich immer. Glaub ja nicht, daß ich vergessen habe, mich zu pudern, als ich im Untergrund tätig war. Das hört sich vielleicht kleinlich an, aber sogar hier, in diesem Lager, das unser Zuhause ist, versüßt es mir den Tag, wenn ich ihn damit beginne, daß ich dir ein Samtband in die Haare binde. Ich kann nichts dafür, daß ich nach allem, was ich mitgemacht und gesehen habe, noch immer von den gleichen Dingen angerührt werde.«

Mutter sagt, Grün paßt nicht zu Blau, und Leinen läßt sich mit normaler Baumwolle nicht kombinieren. Braun mit Schwarz – das ist Friedhof, und Blau mit Orange, das eignet sich für eine Fahne. Die Sicherheit, mit der sie diese Regeln von sich gibt, macht die Vergehen der Frauen hier im Viertel sehr deutlich. Ihre unordentlichen Kleider lassen die Eleganz, die Zeichen der Oberschicht, die von Mutters und Frau Feldmanns Dekolletés ausgehen, noch strahlender erscheinen. Auch wenn ihre Lage heute nicht besonders gut ist, soll es doch keine Mißverständnisse geben, was ihre Vergangenheit betrifft.

Mutter hat einen unbezwingbaren Trieb, alles, was sie besitzt, mit dem zu vergleichen, was Frau Feldmann hat oder nicht. Kein Wunder, daß sie ein mürrisches Gesicht macht, als man ihr erzählt, daß Frau Feldmann letztes Jahr, als es die Überschwemmungen gab, Kaschmirhüte trug, deren Wollhaare auch noch auf die Leute eine gewisse Wärme ausstrahlten, die neben ihr standen. Darüber hinaus hat Frau Feldmann in ihrem Schrank einen Pulli mit einem Persianerbesatz, mit Ärmeln aus Angorawolle und einem Goldknopf, und mit ihren Spitzenhandschuhen könnte man eine Modenschau veranstalten.

Mutter lauert weiter darauf, Fälschungen und billige Imitationen in Frau Feldmanns Garderobe zu entdecken und läßt keine Gelegenheit aus, irgendeinen Makel zu finden. Was Unterwäsche betrifft, zieht sie den kürzeren. Aber als Mutter, als Ehefrau eines Akademikers und als eine Frau, die eine entschiedene Meinung hat, was die Arbeiterklasse betrifft, schafft sie es dennoch, sich mit dem Gefühl zu trösten, etwas Besseres zu sein.

Die Liaison zwischen Mutter und Frau Feldmann kam an einem einzigen Tag zustande, an dem Tag nämlich, als Mutter auf der Singer-Nähmaschine der Dame die Fahne für Vater nähte, und am selben Tag wurde sie auch wieder gelöst. Niemand weiß, was zwischen ihnen vorgefallen ist, während die blauen Bänder auf das weiße Laken genäht wurden. Aber eines ist klar: Es ging nicht gut aus. Es ist Monate her, und Mutter hat sich noch immer nicht von den Eindrücken jenes Vormittags erholt. Seit jenem Besuch dreht Mutter lieber noch eine Runde um die Mauer der Moschee, um ihrer Feindin nicht von vorn zu begegnen. Vor allem dann nicht, wenn sie ihre Locken nicht perfekt gekämmt hat und wenn ihr Spiegel ihr sagt, es sei nicht ihr Tag.

Frau Feldmann ist Teilhaberin an diesem instinktiven Kampf und respektiert die ungeschriebene Absprache, daß jede der Frauen für sich bleibt und in ihrem Königreich herrscht. Mutter sagt, daß sie deshalb die Blumentöpfe am hinteren Balkon angebracht habe und daß in letzter Zeit ihre Rolläden runtergelassen seien, wenn sie am Fenster steht, um auf Vater zu warten.

Und jetzt, gut versteckt hinter dem Auto, das vor der Mauer von Hasan Bek steht, schaut Mutter auf die runden Schultern, die sich Richtung Postfiliale bewegen. Sie zeigt mir, wie die Dame ihren Kopf reckt, um ihr Doppelkinn zu kaschieren.

Die Frauen schauen heimlich aus den Fenstern der Häuser, wie Ameisen, die schnell aus dem Bau kriechen, wenn sie einen Krümel riechen. Jetzt gehen sie hinunter, um Freundschaften zu schließen, ausgerechnet auf dem Weg, auf dem sie Frau Feldmann treffen werden, wenn sie vom Postamt kommt. Ihre Brust ist nach vorn geschoben, der Hals gereckt, und hinter ihrem

Rücken knarrt der Wagen, auf dem das, nach dem sich alle sehnen, mit brauner Kordel festgezurrt ist.

Bald werden sich einige enthusiastische Freiwillige anbieten, ihr zu helfen, das Paket in den dritten Stock zu tragen. Eine wird sich in das Treppenhaus begeben, wird den leeren Eiswagen tragen, nur um einen kurzen Blick auf das werfen zu können, was auf dem braunen Samtsofa ausgepackt wird.

Obwohl »Sich-fein-Machen« in Manschija als ein schlechter Charakterzug gilt, erweckt Frau Feldmann eine Art Sympathie, und es ist gar nicht so leicht, auf sie hinabzuschauen. Es gibt niemanden, der sie ausschließt, weil sie sich nicht dem Dekret der Bescheidenheit beugt und sich der Armut nicht anpaßt, wie man das von einer vom Schicksal geschlagenen Frau eigentlich erwarten würde. Sie hat den Ruf einer Frau, die ihre Exklusivität in der Branche nicht ausnutzt, deren Preise vernünftig sind, und sie verkauft auch auf Raten, und wenn man sie an einem guten Tag erwischt, ist sie sogar bereit, Änderungen mit Hilfe ihrer Singer vorzunehmen.

Das Paket liegt auf dem Sofa. Die Dame ignoriert das Klingeln der Frauen, die sehnsüchtig die Ware betasten wollen. Jetzt ist sie sicherlich in den Liebesbrief versunken, den ihr der Kanadier hineingeschmuggelt hat. Erst wenn die Zeichen der Erregung verschwinden, wird sie im Türspalt auftauchen und den Kundinnen sagen, wie lange sie noch braucht, um festzustellen, was ihr selbst paßt und was sie verkaufen wird. Wenn es ihr genehm ist und nach allerlei Überlegungen und Versprechungen, die sie schon gegeben hat, wird sie die Regel bestimmen, nach der die Frauen nacheinander für eine festgelegte Zeit eintreten dürfen, und jede Frau wird, wenn sie dran ist, die Stoffe befühlen und die weichen Kleidungsstücke anprobieren, die sich wie eine zweite, atmende Haut an den Körper schmiegen.

Der Abend kommt bald. Wir sitzen auf den Steinsäulen der Mauer und beobachten die Frauen, die sich wie Diebe aus Frau Feldmanns Treppenhaus schleichen. Jede Frau geht ihrer Wege, in der Hand eine braune Papiertüte mit einem kostbaren Inhalt.

Nachdem die letzte das Feld geräumt hat, zieht mich Mutter mit energischen Schritten hinter sich her, tut so, als sähe sie nichts außer der Stelle, an der der Bürgersteig eine Biegung macht und unser Haus beginnt.

Vater, außer Atem vom Treppensteigen, sieht gleich Mutters mürrisches Gesicht und weiß, daß wieder ein Paket angekommen ist, mit allem, was das Herz begehrt und was sie zu kaufen nicht in der Lage ist. Er bittet sie um noch ein bißchen Geduld und liest die Termine vor, die er für die kommende Woche vereinbart hat. Aus einem Termin wird bestimmt etwas werden, dann kann sie so viele Unterröcke kaufen, wie sie mag. Im schlimmsten Fall wird er versuchen, seine Leica zu verkaufen. Die Filme, die er aus Deutschland mitbrachte, gehen sowieso zu Ende.

Mutter schickt ihn zwar in das betreffende Haus, aber die Vorstellung, daß ihr Ehemann und ihre Feindin sich im Hinterzimmer einschließen, um Unterröcke zu betasten, beunruhigt sie. »Ein Unterrock«, warnt sie Vater, »strömt, auch wenn er am Tag betrachtet wird, den Duft eines Ehebettes aus.« Aber was bleibt ihr übrig, wo soll sie in Jaffa eine Ware wie diese finden, und sie kann doch nichts dafür, daß sie mit einem so erlesenen Geschmack geschlagen ist und sich mit Fälschungen und Nachahmungen nicht zufriedengeben kann? Es geht nicht anders, sie muß Vater erlauben, das Treppenhaus der Primadonna jenseits der Straße zu betreten, auch wenn sie fast platzt.

Aber aus keinem von Vaters angeleierten Geschäften wird etwas, und Mutter verliert zunehmend die Lust, so weiterzuleben. Sie beugt sich über einen kleinen Briefblock, ein Mittelding zwischen Schulheft und Notizblock, den sie bei dem Bulgaren gekauft hat. Sie stellt sicher, daß keiner, sprich ich, etwas sieht. Wenn Vater dazwischenkommt, dreht sie ihm den Rücken zu, deckt mit dem ganzen Körper das ab, was die Bleistiftspitze von sich gegeben hat, und sagt, es handle sich um Dinge zwischen ihr und den Stimmen in ihrem Kopf.

In den ersten Tagen hat sie noch das Datum oben auf dem Blatt notiert und geschrieben, was ihr passiert war und was nicht. Neuerdings überspringt sie Seiten, fügt ein Rezept für Zitronenpudding ein, heftet noch eins ein, legt die Zettel dazu, die sie an Vater schreibt und ihm dann üblicherweise doch nicht gibt.

Lange Stunden hockt sie mit ihrem Gedankenblock auf der Fensterbank, beobachtet die Hüte der Menschen, die unten vorbeigehen, klappt den Block in der Mitte auf, skizziert verschlungene Formen und radiert sie energisch wieder weg. Jetzt, verzweifelt auf der Jagd nach der passenden Formulierung, reißt Mutter Seiten heraus, zerknüllt sie zu einem Ball und wirft ihn von Hand zu Hand. Ich frage sie, warum sie die ganzen Schlangen malt, die sie am Ende zum Ball formt. »Nur so«, antwortet sie, ohne mich anzuschauen, und das ist ihre Art zu sagen: Wenn ich das für richtig halte, muß ich es tun, und wer sagt, daß es für alles einen Grund geben muß? Und ich soll lieber gehen und Bilder aus den »Aganjok«-Heften herausschneiden.

Unsere Schnallen, seine Schnallen, ihre Schnallen

Vater versucht einen Hauch von Leben in die Stille des Zimmers zu bringen. Er hebt die Zeitung »Al Hamischmar« hoch und übersetzt für Mutter Teile aus der Landwirtschaftsbeilage. Wenn sie nicht gleich die gewünschte Begeisterung zeigt, sagt er: »Es ist wirklich unglaublich, wirklich unglaublich.« Und wer könnte in der Tat glauben, daß der Export der Valencia-Orangen um achtundzwanzig Prozent gestiegen ist und daß sich der Ertrag von einem Dunam Weizen seit dem letzten Jahr verdoppelt hat? Es ist aber kein Wunder, denn sie haben jetzt einen Spezialdünger, eine neuartige Mischung aus siebzig Prozent organischem Hausabfall. Und wenn das, was in der Tagespresse steht, nicht ausreicht, dann gibt es den Bernowicz aus Haifa, einen alten Bekannten von Vater, noch aus der Studienzeit in Vilnius, der ihm regelmäßig das Heft »Das Feld« vom letzten Monat schickt. Den Tabellen und Zeichnungen, die im »Feld« veröffentlicht werden, kann man noch genauere Daten über das Geschehen in der hiesigen Landwirtschaft entnehmen.

Mutter ist der Zuwachs des Orangenexports gleichgültig, fühlt sich aber genötigt, sich dafür zu interessieren, da das Ende von Vaters Schnallenzeit naht. Es wäre wünschenswert, daß er auf dem laufenden bleibt, wenn der Tag kommt, an dem er zugibt, daß er sich umsonst die Hacken abgelaufen hat, und wenn ihm nichts anderes übrigbleibt, als zum Landwirtschaftsministerium zu gehen und sich um eine Stelle als diplomierter Agronom zu bewerben.

Heute abend liest er ihr eine Geschichte vor, die in der Rubrik »Gehört – Gesehen« erschienen ist, über einen ungarischen Agronomen namens Thomas Weiß, der sich Palästina als eine Wüste vorgestellt hatte. Deshalb kaufte er günstig eine Pumpstation, teilte sie in drei Teile und schickte sie in drei getrennten

Kisten hierher. Das Schicksal wollte es, daß eine Kiste auf unerklärliche Weise verschwand. Dem Mann blieben zwei Drittel einer Pumpstation, die seine Ressourcen ausgetrocknet und ihm die letzte Hoffnung geraubt hatte, im Gelobten Land ein Geschäft zu etablieren.

Mutter tut das Herz weh, wenn sie daran denkt, was Frau Weiß durchmacht, und Vater sagt, er verstehe sehr gut den Kummer eines jüdischen Flüchtlings, der nach etwas Greifbarem suchte, bevor er in das unbekannte Land auswanderte. Aber er hatte Glück, dieser Ungar, daß alles mit dem Verschwinden der dritten Kiste entschieden war, er hat sich und seine Familie nicht in ein überflüssiges Abenteuer gestürzt. Wie schade, daß seine »Pappkartonsafes« nicht Schaufeln, Papier für Poster, Druckfarben, Nägel oder Arbeitskittel enthielten. Aber wer kann schon wählerisch sein, wenn man eine Frau hat, die das Zeitgeschehen nicht wahrnimmt, und eine Tochter, die in das armselige Flüchtlingsdasein hineingeboren wurde.

Und wieder ein neuer Tag. Es stellt sich heraus, daß der Lärm des Hauses verschwindet, wenn man sich auf das Dachgeländer stützt und die Welt von oben betrachtet. Halil, der bald seinen Arbeitstag beendet hat, ist der erste, der entdeckt, daß jemand vom Dach herunterspäht. Er winkt mir mit seiner schmutzigen Hand zu und macht für mich Faxen. Ich hebe meine Zöpfe hoch und schneide Grimassen. Seine Mutter will, daß er weiter Hühner rupft, und winkt der Tochter der neuen Bewohner zu, die man schon länger nicht mehr auf der Straße gesehen hat.

Ein Glück, daß ich Mutter überzeugt habe, daß irgend jemand zweimal täglich die Knoten lösen muß, die durch den Wind in den Bändern und der Fahne entstehen. Ich genieße es, auf die Sonne zu warten, die bald auf gleicher Höhe mit der Wäscheleine auf dem Dach gegenüber ist; genieße es, zu raten, wie voll die Fischerboote sind, oder die erste zu sein, die einen Schwimmer beobachtet, der vom Strom mitgerissen wird, und wie der Bus hält, der Vater bringt.

Hier ist die Militärtasche, die zuerst aus der Tür geschoben wird. Da seine karierte Mütze, die sich gegen die Glatze eines großen Mannes abhebt, der hinter ihm aussteigt. Beide setzen sich auf die Haltestellenbank, und Vater zieht mit einer breiten Bewegung den Reißverschluß der Tasche auf und holt eine Pakkung heraus.

Der Fremde deutet auf die Uhr, und Vater redet auf ihn ein. Der Fremde schüttelt ungeduldig den Kopf, er steht auf, und Vater hält ihn an der Hand fest. Der Mann bleibt stehen. Vater holt eine Schachtel nach der anderen heraus und hält den Mann an der Hose fest, damit er nicht weggeht. Während er mit den Gummibändern kämpft, kommt der nächste Bus, der Fremde reißt sich los und steigt ein, und Vater bleibt allein zurück, mit der Schachtel in der Hand. Er sammelt die anderen Schachteln ein und packt sie in die Tasche, achtet auf die gewohnte Ordnung, reckt den Hals, streicht sich das Hemd glatt. Sein Gesicht zeigt jetzt die Miene, die es immer zeigt, wenn er zu Hause eintrifft.

Er schaut zum Dach, und sein Gesicht leuchtet, als er das Mädchen und die Fahne sieht. »Vater.« Ich winke ihm zu, renne die Treppe hinunter, stürze mich in seine Arme und verstelle mich auch.

Ich schreie auf hebräisch: »Eine Schnalle! Schnallen, unsere Schnallen, seine Schnallen, ihre Schnallen!« Die Wörter habe ich heute an der Mauer von Hasan Bek gelernt. Sein Gesicht leuchtet auf, wir werden durch die Wörter, in denen unsere Zukunft steckt, zu Partnern. Er nimmt eine Faust aus der Tasche und sagt: »Augen zu, und Hände auf.« Die Gegenstände, die er auf seinem Weg gefunden hat, kitzeln in meinen ausgestreckten Handflächen: ein kaputtes Stehaufmännchen, das jetzt nur noch aufrecht stehen kann, zwei längliche, miteinander verbundene Muscheln, ein Würfel aus einem Gesellschaftsspiel und ein Stein, der so rund ist wie eine Perle.

Mit einem versöhnenden Lächeln sagt Vater: »Damit du vorläufig schon mal was hast.«

Ich verspreche ihm und glaube mir fast selbst: »Ich werde dir geräucherte Makrele kaufen, jede Menge, die ganze Makrele, die beim Bulgaren auf dem Holzbrett liegt.«

Es gibt Tage, die uns mit der Traurigkeit versöhnen. Vater weiß nicht, daß zu Hause Violetta auf ihn wartet. Wie kann er wissen, daß es eine Frau namens Violetta gibt, wenn sie erst vor zwei Stunden in unserem Leben auftauchte? Sie sprach Mutter im Laden des Bulgaren an, öffnete die Schnalle einer flachen Ledertasche mit Zangen und Scheren und stellte sich als diplomierte Fußpflegerin vor, die auch Blutegel und Schröpfgläser verwendet und verspannte Nackenmuskeln lockert. Sie hat auch Patienten in der Dizengoffstraße und in der Jabotinskystraße. Sie hat sogar ein Empfehlungsschreiben auf deutsch und verspricht, es beim nächsten Mal mitzubringen. Und heute morgen hat sie die Füße von einem Professor der Orthopädie in der Rothschildallee gepflegt.

Mutter warnt sie: »Sie wollen nicht wirklich meine Füße sehen.« Violetta verspricht, daß ihre Augen schon alles gesehen haben, inklusive zusammengewachsener Zehen und einem Fuß mit zwei großen Zehen.

Mutter läßt nicht locker: »Ich kann Sie nur mit einer Tasse oder einem Teller von einem Service bezahlen.« Aber Violetta braucht Geschirr, und wenn ihr die Tasse gefällt, ist sie bereit, mit Mutter ein Abkommen zu treffen, bis sie ein Service für drei Personen zusammen hat. Violetta verläßt mit uns den Lebensmittelladen, als wäre alles schon vereinbart. Unterwegs erzählt sie, daß sie in Saloniki zur Welt kam, daß sie auf den Holzpritschen in Auschwitz Polnisch gelernt hat und welch Glück es sei, daß sie einen universellen Beruf hat, der auf der ganzen Welt gefragt ist. Erleichtert stöhnt sie: »Füße sind Füße, mal warm, mal kalt, jedes Klima ist problematisch, nur der Beruf bleibt immer derselbe und benötigt keine Sprache.«

Violetta kocht ihre Geräte auf einem Aluminiumtablett aus, das nennt sich dann »Sterilisation«. Zögernd zieht Mutter den rechten Strumpf aus. Sie schwört, daß ihre Füße perfekt waren, bevor die Nazis an die Macht kamen. Violetta ist von dem, was sie sieht, überhaupt nicht erschrocken. Eine regelmäßige Behandlung, zweimal im Monat, und orthopädische Einlagen mit kleinen Hügeln vorn, dann sind die Zehen in höchstens zwei Jahren in ihrer ursprünglichen Lage.

Das blaue niederländische Service gefällt Violetta, besonders der Tassenhenkel, der erst eine Kurve nach oben macht und dann nach unten gebogen ist. Die Behandlung gefällt Mutter ausgesprochen gut. Sie verläßt sich vom ersten Moment an, als diese die Flamme am Primuskocher entzündet, auf die Professionalität ihrer Fußpflegerin. Sie sagt: »Ich werde Ihnen die Wahrheit sagen, Frau Violetta, Sie sind die erste Person in Palästina, außer meinem Mann und meiner Tochter, der ich den Blick nach unten erlaube.«

Mutter und Violetta einigen sich für eine zusätzliche Untertasse, daß sie die Hornhaut an den Füßen ihres Mannes abreibt, der jeden Augenblick heimkehren muß. »Sie kommen mir genau richtig, Violetta. Schon seit Monaten möchte ich seinen müden Füßen Erholung zukommen lassen und weiß nicht, wie.«

Vater ist verwirrt, eine fremde Person in seiner Wohnung anzutreffen. Mit einem mißtrauischen Gesicht studiert er die Auswahl an Scheren und Rasierklingen. Diese Sache mit der Fußpflege riecht nach kleinbürgerlichem Verzärteln, und er mag es nicht, daß sich jemand vor ihn auf den Boden kniet. Violetta kennt diese sozialistischen Reden und erklärt, man könne darin auch eine Art medizinischer Pflege sehen, zumal seine Fersen vor lauter Hornhaut schon aufplatzen, und so etwas kann zu einer Infektion führen. Schon weil die Extremitäten zu den empfindlicheren Körperteilen gehören und deshalb mehr Mitleid und Pflege verdienen. »Sie wissen nicht, wie recht Sie haben.« Er zieht die Schuhe aus und erzählt, wie viele Tausende von Kilometern diese Füße in den letzten Jahren zurückgelegt haben, dann versinkt er, besänftigt und gehorsam, in der Zeitung »Das Feld«. Violetta hantiert mit dem Schälmesser, kneift die Nagelhaut ab und erzählt mit rollender Zunge von dem kleinen Zeh des Professors in der Rothschildallee, dann von dem großen Zeh einer frisch verwitweten Frau aus Newe Zedek, alles aus der Warte derjenigen, die sie einmal in der Woche behandelt, und von den Elefantensohlen des Vorsitzenden der Arbeiterpartei in Bnei Brak. Ohne den Blick von der Zeitschrift zu heben, kichert Vater und stöhnt vor Vergnügen. Nein, er wird nicht offen zugeben, wie sehr er die Behandlung genießt.

Die Herbsttage werden kürzer, bleiben aber warm. Die Monotonie der Tage ermüdet Mutter. Die Verzweiflung wird zur Gewohnheit. Sie setzt sich ans Fenster, verschränkt die Arme auf den Knien, wartet auf die Sirenen der Krankenwagen, die unserer Straße etwas Leben einhauchen. Sie hat gelernt, anhand des Sirenentons zu wissen, welches Unglück passiert ist, besonders wenn es sich um einen Rettungswagen handelt, der vom Strand kommt, denn da kann sie sagen: »Wieder hat das verfluchte Meer jemanden verschluckt.« Jedes Unglück gibt ihr das Aussehen einer Frau, die im letzten Moment ein sinkendes Schiff verlassen hat, es bekräftigt ihre Ansicht, daß das Leben eine ständige Gefahr ist.

In der Zwischenzeit kommentiert sie die Frauen, die sich in Schals wickeln, und die Männer mit Baskenmützen auf dem Kopf und mit hochgestellten Kragen, um sich gegen den Winter zu schützen, der bald kommen wird. Für kalt oder warm hat sie »andere Standards«, und der Winter in Palästina, der nur tut, als wäre er ein Winter, ist nichts anderes als eine kurze Pause in den Hitzeperioden dieses Landes. Sie denkt zwar daran, die Mäntel zu lüften, hängt sie aber an drei Nägel neben der Tür und trennt das Wollfutter aus Vaters grauem Mantel. Doch auch wenn der Monat November, Dezember oder Januar heißt, kann man kurze Ärmel tragen und sich einbilden, es wäre Frühling, Herbst oder sogar Sommer. Wer weiß, ob der granatblaue Mantel mir noch paßt, wenn die Winterüberschwemmungen anfangen werden.

Wenn Vater nicht mit dem Verkauf von Schnallen beschäftigt ist, so gibt er es wenigstens vor. Die gewöhnliche Frage »Wie war dein Tag« gilt jetzt als aufdringlich. Er zieht es vor, nicht zu erfahren, was Mutter über ihn denkt, und sie behauptet, daß der Marsch durch einige im voraus festgelegte Straßen die beste Methode sei, vor sich selbst davonzulaufen, sich irgendwelchen Illusionen zu widmen und das eigene Leben zu vergessen.

Sie ist es schon gewohnt, einzuschlafen, während er ihr Einzelheiten aus dem »Feld« vorliest, und Vater weiß, daß sie morgens nicht mehr mit ihm aufsteht und ihm nur einen kurzen Gruß zumurmelt, wenn er sich für die Arbeit fertigmacht.

In besonders trüben Stunden, meist vor den Nachrichten um sieben Uhr, kündigt sich eine schwere Nacht mit einigen nervösen Drehungen des Halses an, man nennt es »Rheumatismusanfall«. Es fängt an der Schläfe an, kriecht durch den Nacken in die Spalte zwischen den Schulterblättern und von dort in die anderen Körperteile. In wenigen Minuten werden die Schmerzen alles beherrschen, und das Leben im Haus kommt zum Stillstand.

Ich will sie massieren: »Wo tut es dir weh, Mutter, zeig mir, wo es dir weh tut.« Aber Mutter kann die schmerzende Stelle nicht immer zeigen, und manchmal versagt ihr die Stimme. Mit einer schwachen Handbewegung schiebt sie mich weg: »Nur wer Schmerzen erträgt, weiß, wie Schmerzen sein können, und paß auf, daß du die Matratze nicht bewegst, und atme nicht so nah am Laken.«

Schade, daß man Mutters Schmerzen nicht sehen kann, daß sie nicht wie eine Wunde oder Schwellung sind, nicht mal wie eine Schramme. Auch die Haut, die sie »den Spiegel der Seele und des Körpers« nennt, ist in der letzten Zeit dünn und gespannt, umschließt alles, was innen ist, und gibt nichts preis. Ihre Schmerzen sind so innerlich, daß die Aufnahmen und Untersuchungen, die in der Praxis der Krankenkassenambulanz in der Zamenhofstraße gemacht wurden, ihr Versteck nicht zeigen. Die drei Ärzte, die wir besucht haben, konnten diese Krankheit nicht benennen, es sei eine seltene Mischung aus Migräne und rheumatischen Anfällen und noch einigen unerklärlichen Symptomen von etwas, von dem nicht klar sei, woher es komme. Wenn Mutter im Bett zusammenklappt und murmelt, daß sie nicht mehr kann und daß sie keine Kraft mehr hat, wechseln Vater und ich Blicke und verwandeln uns blitzschnell zu einem Erste-Hilfe-Team. Vater holt rasch eine Kopfschmerztablette und ein Glas Wasser, und ich lege ihr das gerahmte Foto von Großmutter Sara auf die Brust, die in solchen Momenten eine gewisse beruhigende Wirkung hat. Jetzt ist es Zeit zu fragen, ob ich die Massage an der gewohnten Körperstelle vornehmen soll. Mit geschlossenen Augen nickt Mutter. Vater macht das große Licht aus, ich schalte das kleine Licht über der Marmorplatte an, und auf dem Weg vom Schalter zum Bett kontrolliere ich, daß der Primuskocher nicht brennt. Man muß den Berkowiczs von oben Bescheid geben, damit sie keinen Lärm machen und keine Teppiche ausklopfen. Vater rennt zum Dach, um die Wanne zu holen, stellt sie vor das Kopfende des Bettes und betet, daß sie sich endlich erbricht, denn danach wird es ihr bessergehen. Wir setzen uns auf beide Seiten des Bettes. Abwechselnd fragen wir, ob sie etwas braucht und ob es ihr bessergeht, und hören, wie sie weinend »Mama, Mama« murmelt. Jetzt ist es ruhig und dunkel genug, und die Schmerztablette wirkt, jetzt kann sie ihre Leute heraufbeschwören. Und sie hat eine Art zu weinen, die nur zu ihnen gehört, das Weinen und die Dunkelheit hinter den Augen.

»Der Schmerz ist unerträglich. Jemand soll ihn wegnehmen.«

»Wir gehen morgen zur Praxis, Anuschka.«

»Sie werden mich wieder zum Röntgen schicken.«

»Dafür haben sie Medizin studiert.«

»Sie haben keine Geduld für mich, Olek. Glaub mir, daß ich alles versucht habe. Sie ziehen Krankheiten mit Namen vor.«

Wir haben großes Glück, daß der Schmerz sie zu Hause überfällt und nicht an einem Ort, wo andere Leute sind. Die massierenden Finger besitzen die Macht, den Schmerz zu lindern, und dann kommt der Schlaf schneller und verkürzt den Tag. Wer nicht im Bilde ist, könnte über die Art, wie Vater und ich unsere Finger zwischen ihre Wirbel drücken, während ein Küchentuch als Wickel auf ihrer Stirn liegt, seltsame Gedanken bekommen. Jeder Wirbel hat sein eigenes Stöhnen, und der eine, von dem der Hauptschmerz kommt, hat ein besonderes Stöhnen, dem der Hinweis folgt: »Ein bißchen weiter rechts und nach oben und in die Mitte und mit etwas weniger Kraft und nach links.« Und: »Nein! Nicht so stark, nach unten, schwächer, ja, mehr, kräftiger, schwächer, mehr, mehr, mehr, mehr, Gott, noch mehr.«

Ich frage Vater: »Warum hat der Krieg ihre Freude getötet und nicht auch gleich ihre Traurigkeit?« Vater drückt weiter zwischen ihren Wirbeln und antwortet nicht. Wir beide denken, daß ihr Bewußtsein geschwächt ist, und wenn sie mit geschlossenen Augen und einem Küchentuch über Gesicht und Ohren daliegt, ist sie bestimmt weit weg. Aber plötzlich murmelt sie: »Traurigkeit, oh, Traurigkeit. Es ist so traurig, daß ich mich nicht mehr erinnern kann, wie sich die Traurigkeit anfühlt. Nur Leere, nur Nichts. Ich spüre nur, daß ich nichts spüre.« Mit dem gleichen Atemzug sagt sie, daß sie noch eine Schmerztablette braucht, vielleicht sogar zwei, und murmelt, daß es dem Schmerz zu verdanken ist, daß sie weiß, daß sie nicht in einen Klumpen Porzellan verwandelt wurde.

»Geht es dir etwas besser, Anuschka?« Vater spielt mit der Locke auf ihrer Stirn.

Mutter weint: »Hetz mich nicht, Olek.«

»Ist es schon fast wie weg?«

»Noch ein bißchen, Olek.«

»Ist es etwas besser?«

»Ich werde es dir sagen. Versprochen.«

»Aber ist es tatsächlich etwas besser, Anuschka?«

»Laß mich in Ruhe, Olek.«

»Die Tablette müßte doch schon wirken.«

»Noch ein bißchen, Olek. Es wird davon nicht besser, wenn du dauernd hören willst, daß es besser geworden ist. Gib mir nicht das Gefühl, daß die Entscheidung, ob und wann mir etwas weh tut, bei mir liegt.«

Langsam läßt der Schmerz nach. Mutter ist besänftigt. Ihre Nasenlöcher sind geweitet, die Falten der Anstrengung geglättet, die Augenlider geschwollen, und die Mundwinkel sinken nach unten. Sie streckt die Arme zur Seite, zieht mich am Gummiband der Hose zu sich, streichelt meine Haare, meine Wangen, die Vertiefung zwischen den Augenbrauen, klopft auf meine Schultern und meinen Hals, bestätigt sich selbst, daß ich es bin und daß ich neben ihr stehe. »Entschuldige, daß du so eine Mutter hast, das habe ich nicht so gewollt.« Sie fängt an zu weinen. »Wenn mir etwas Böses passiert, dann ist es, weil ich es nicht mehr in mir behalten konnte. Weil ich explodiert bin. Du wirst ihnen sagen, daß meine Kraft, alles in mir zu behalten, zu Ende war, daß ich eine Versagerin bin, eine, die nichts mehr in sich behalten konnte. Sag ihnen, daß es Menschen gibt, die auf einmal sterben, aber andere sterben auf Raten. Komm, setz dich neben mich. Ich möchte es schaffen, dir alles zu erzählen. Wem werde ich es erzählen, wenn nicht meinem Kind? Alles, von Anfang an. Es soll in einer Ecke deines Kopfs nisten. Auch wenn du davon keinen Gebrauch machst, und auch wenn du nicht alles verstehen kannst. Irgendwann wirst du dich vielleicht ärgern, daß du nichts gehört hast. Hör wenigstens zu, egal, was du davon behalten wirst. Es gibt so viele Dinge, die ich meine Mutter hätte fragen wollen, und jetzt ist sie nicht mehr da. Nicht jeden Tag kommen die Erinnerungen zu mir. Manchmal verschwinden sie. Wie soll man wissen, wieso man sich an bestimmte Dinge erinnert und an andere Dinge nicht? An manchen Tagen sehen die Jahre dort aus wie ein großer Eisblock. Mach die Ohren auf, als wäre es die letzte Gelegenheit, etwas zu erfahren.«

Ich kann den Dingen, an die sich Mutter erinnert, keinen Ort und keine Form geben. Ich habe nie ein Gefängnis gesehen, ich war nie in Sibirien. Manchmal stelle ich es mir vor wie den Grund des Gullylochs in Hasan Bek, der voll ist mit blutenden Menschen, die reihenweise hinken und Kartoffelsäcke schleppen wie Ameisen Krümel. Ein Durcheinander von Missetaten, ein Wirrwarr von Opfern und Tätern. Die Ohren werden mir taub, ich höre kaum noch etwas, höre dann gar nichts mehr, tu nur so, als würde ich etwas hören, und schäme mich, daß meine Gedanken mich davontragen.

»Ein Arbeitslager in Sibirien, es gibt nicht mal ein Schild. Drei lange Baracken, ein Gebäude und ein Zaun. Man holt uns vom Lastwagen. Der Lastwagen entfernt sich. Die Welt ist aufgeteilt in diejenigen, die alles machen dürfen, worauf sie Lust haben, und die anderen, die nicht sterben wollen. Die tägliche Brotration ist nicht einheitlich. Manchmal ist das Brot trocken, manchmal schimmlig. Man muß jeden Tag eine Arbeitsquote erreichen. Zweieinhalb Furchen, deren Ende nicht zu sehen ist, nur Nebel und Schnee. Die Frauen, die es nicht schaffen, kommen in die Strafabteilung. Die Schreie der Unglücklichen in der Nacht. Jede Nacht. Das einzige, was man von Gott in diesen Nächten erbittet, ist, taub zu sein. Es gab keine politische Gefangene, die nach einer Nacht in dieser Zelle normal blieb. Kriminelle Gefangene sind aus einem anderen Holz geschnitzt. Wenn du groß bist, wirst du das verstehen ... Und der Krieg im Kopf: für wen und gegen wen und mit wem ... die Soldaten der Völkersonne sind jetzt meine Feinde. Sie sind die Gesandten der großen Revolution und befinden sich auf beiden Seiten der Barrikaden. Wenn man seinen Feind nicht erkennen kann, wird man verrückt.« Sie flüstert mit der eigenartigen Stimme, mit der sie mich mit Ratschlägen für den Weg versorgt. »Die spirituelle Heimat, die Wiege der grandiosen Idee ist zu meinem Gefängnis geworden. Sie selbst, mit ihren groben Händen, schickt mich in das dreckige Lager mitten im Eis, und es gibt keinen Lastwagen, der mich in das vorherige Leben zurückbringt. Sie macht aus mir eine Maschine für den Kartoffelanbau, für die Kartoffelernte, für das Kartoffelnsammeln, fürs Kartoffelnsortieren, Kartoffelnverpacken, Kartoffelnverschicken, Kartoffeln, Kartoffeln, den ganzen Tag Kartoffeln, und man darf nicht hineinbeißen. In den

Nächten bereute ich die Dinge, die ich gemacht oder nicht gemacht hatte. Die Tage waren die Strafe für das, was ich machte, und vor allem für das, was ich nicht machte. Menschen bestehen aus zerbrechlichem Material. Sie sind viel zerbrechlicher, als es scheint. Der Abstand zwischen einem Menschen mit eisernem Willen zu einem, der Gott als Fußabstreifer dient, ist kürzer, als man denkt. Nimm sie aus ihren Häusern heraus, bring ihre eigene Kleidung in einen Schuppen, gib ihnen einen Wattemantel, der nachts auch als Decke dient, versetze ihrem Selbstwertgefühl noch ein paar Tritte, und schon hast du die Methode, mit der du sie zertreten kannst. So ist es. Die Menschen sind aus einem brüchigen Material gemacht. Man kann sie leicht zertrampeln. Sollte ich Militärschuhe wählen, die zwei Nummern zu klein waren, oder barfuß durch den Schnee gehen? Ich habe die Schuhe gewählt. Der menschliche Fuß ist aus einem Knochen gemacht, der seine Größe nicht verändert. Nur die fünf kleinen Zehen sind bis zu einem gewissen Grad elastisch. Jeder meiner Zehen hat sich angepaßt, der mittlere bog sich mal dahin, mal dorthin und war immer aufgescheuert, der große bog sich nach links, der kleine spürte nichts mehr. Nach ein paar Monaten waren meine Füße deformiert. Ich habe mir eingebildet, daß jemand vom Roten Kreuz auf dem Weg zu uns war. Das habe ich mir in den Kopf gesetzt. Freunde in der Rettungsorganisation werden ihre Kameradin nicht vergessen. ›Die Gefangene Anna Brenner, Baracke drei, Bett achtundzwanzig, eine der treuesten Menschen der kollektiven Idee, ist aus Versehen gefangengenommen worden. Es war nicht beabsichtigt, daß sie hierhergebracht wird. Die Organisation verlangt ihre sofortige Entlassung.‹ Noch einen Tag und noch einen Appell vor der Arbeit. Aber außer Flöhen in der Matratze ist niemand gekommen. Morgen früh stehe ich zum Appell nicht auf. Wenn sie wollen, sollen sie mich erschießen. Es ändert nichts. Das Ende tanzt sowieso um mich herum. Welche Mächte spielen draußen? Wer gegen wen? Wer ist dran, die Räder der Geschichte zu drehen? Drei Jahre ohne Zeitung. Nur Gerüchte. Das einzige, was sich erneuerte, waren die Gerüchte. Später wiederholten sie sich auch. Die Deutschen sind in Frankreich einmarschiert, die Franzosen haben Böhmen eingenommen, die Rote Armee bombardiert Berlin, die Franzosen denunzieren, die Polen verbrennen Juden, die Partisanen verbrennen die Polen. Die Luft in Europa ist mit Zyanid getränkt. Es wird empfohlen, in den nächsten dreißig Jahren nicht zu atmen. Es ist besser, wenn dich die Usbeken fangen. Die Litauer sind die schlimmsten. Wie soll man das wissen? Die Befreiungsurkunden kommen Anfang April. Der Termin für die Freilassung der polnischen Gefangenen ist genau so willkürlich wie der Grund für die Verhaftung. Wer hat über die Rückführung entschieden, und warum erst jetzt? Dreihundertzwanzig Gefangene in Zivil unterschreiben Formulare im Zimmer der Kommandantin. Ich bleibe auf dem Boden der Zelle sitzen, halb ohnmächtig. Gott weiß, wie Krasawicze hergekommen ist in diesem Augenblick. Das Bellen macht den Wachmann mißtrauisch. Er dreht eine Runde in den Räumen, ruft meinen Namen über Lautsprecher. Was von mir übrigblieb, wollte dem, was von der Welt übrigblieb, nicht begegnen. Alles ist Anka zu verdanken, einer dicken, tauben Bäuerin mit einem großen Herzen. Sie tritt mich hinaus, steckt mir einige Münzen in den BH, schafft es, für mich den Wagen zu stoppen, der zum Bahnhof fährt. Alle Frauen träumen vom Süden. Der warme Süden, Djuma, Samarkand, Taschkent, das tropische Paradies in den gefrorenen Träumen der politischen Abteilung. Ich hatte noch ein paar Zähne im Mund. Alle Backenzähne. Ich bin ein altes Baby, das nicht in der Lage ist, eine Brotkrume zu beißen. Der kaputte Halswirbel, damit hat es angefangen. Die Zehen wie jetzt, aber blau und entzündet. Wie fängt man von vorne an mit solch einem Gesicht? Wer bin ich überhaupt, und wie ist die Welt, die ich vor drei Jahren zurückgelassen habe? Noch ein paar andere Menschenreste wie ich liegen auf dem Boden des Wagens. Die Benommenheit hilft, sich an den Gestank des Urins zu gewöhnen. Alle drängen zum Rand der Gleise. Warten auf einen Zug, der sie von einer Unsicherheit in die andere bringt. Jeder hat einen

Trick, wie er als erster in den Wagen gelangt. Das Gerücht sagt, daß man das machen muß, um mit der Nase an eine Ritze zu kommen. Im Kopf lasse ich Gedichte von Julian Tuwim laufen. Hier und da fehlt mir ein Wort, das meiste weiß ich noch. Die Frau im Mantel ist die Anna Brenner, die ich mal war. Befreite Polen erscheinen an jeder Ecke. Müde, schwer und voller Gerüchte legen sie sich am Schlagbaum nieder. Ein Körper berührt den anderen. Man sagt, die Waggons werden voller verwundeter Soldaten sein, man sagt auch, daß die Lokführer nur anhalten, wo sie Lust haben, daß es niemanden gibt, der den Zugverkehr bewacht. Niemand kann dir sagen, wann hier zuletzt ein Zug fuhr. Wie soll man wissen, ob überhaupt noch Züge verkehren und ob sie an dieser Station halten.

Am Ende dieser Woche hört man das Pfeifen einer Lokomotive. Es ist ein Personenzug, ich werde vom Menschenstrom hineingeschoben. Ich bleibe wie versteinert auf meinem Platz sitzen. Der Schlägertyp gegenüber bewacht ihn, wenn ich aufs Klo gehe. Ich stricke mit einem Baumwollfaden und zwei langen Streichhölzern, trenne auf, stricke, trenne auf, stricke. Ab und zu döse ich ein bißchen. Vielleicht gibt es keinen Lokführer. Vielleicht fährt der Zug in die verkehrte Richtung. Vielleicht sind die Strommasten im Fenster die Zaunmasten des Lagers, vielleicht bin ich in einen Zug gestiegen, der nur rund um das Lager fährt. Die Leute haben meine Frage satt, ob der Zug wirklich nach Samarkand fährt. Es ist so einfach, verrückt zu werden, ganz einfach. Der erste sonnige Tag auf der Fahrt. Die Jahreszeiten wechseln auch mitten im Nirgendwo. Wir nähern uns Usbekistan. Die Flüsse sind aufgetaut, Kinder winken. Ein Baby mit roter Mütze auf den Armen seiner Mutter. Ich betrachte die verblaßten, beigefarbenen Wände des Abteils, die grauen Holzbalken am Boden, das schwarze Loch des Schlosses, das bleiche Braun der Decke, und weine. Weine, weil Rot so schön ist. Eine Bäuerin bringt einen Apfelkuchen in den Wagen. Sie geht von Passagier zu Passagier. Nur an mir, einer Pennerin ohne Alter und ohne Zähne und vollkommen zerlumpt, zieht sie vorbei. Der

Zimtduft macht mich wahnsinnig, ich habe Bilder im Kopf, von einer Küche, in der gebacken wird, einem Gewürzregal und einer Hand, die Zucker auf den Kuchen streut. Anscheinend geschehen in der Welt noch andere Dinge als nur das Böse. Es gibt einen Grund, auf etwas zu warten. Eine unklare Zukunft, die irgendwo auf einen wartet, schickt Zeichen. Wahrscheinlich existiert die Zukunft doch.

Wieder Krasawicze. Sie steht auf den Hinterbeinen, wedelt mit dem Schwanz und will zwischen den Ohren gekrault werden. Warum ich mich von Krasawicze nicht getrennt habe? Warum bin ich dafür bestimmt, mich an die zu klammern, die ich liebe?«

Sie richtet diese Frage an die Decke, legt den Kopf nach hinten und schluckt die dritte Kopfschmerztablette. Das Licht der Nachtlampe läßt sie das Gesicht verziehen. Blaue Venen ziehen ein Netz über ihre durchsichtige Hand. Vater fleht sie an, sie möge sich »mit diesen vielen Schmerztabletten« beherrschen, und berichtet, was der Arzt über die Frau erzählt hat, die an den vielen Beruhigungsmitteln gestorben ist. Aber Mutters Blick folgt nur den Moskitos, die an der heißen Glühbirne verkohlen, ihre Hand macht eine Bewegung, daß sie alles für unwichtig hält, sie schließt die Augen. Vater starrt ihr benommenes Gesicht an, verfolgt das Zittern ihrer Wimpern, während sie die Augen aufmacht. Und auch wenn sie klar und durchdringend wirken, wissen Vater und ich, daß sie etwas anderes sehen.

Das Zittern der Wimpern hört auf. Ihre Brust hebt und senkt sich fast regelmäßig. Vater gibt mir ein Zeichen, daß wir schlafen gehen können. Er steckt die Decke um sie fest. »Fertig, es ist vorbei, es gibt nichts, die Bomben sind gefallen, wir sind fertig.« Er bereitet sich auf den Schlaf vor.

Ihre Atemzüge werden friedlich. Ich ziehe die Decke über den Kopf. Vater berührt meinen Fuß, um zu sehen, ob ich noch wach bin. Ich stelle mich schlafend. Er steigt auf den Hocker, wühlt zwischen den Laken und Bettbezügen im obersten Fach des Nußbaumschrankes, nimmt Tabletten heraus, ein paar Hände voll, zählt sie, konfisziert die Schlaftabletten. »Warum muß diese junge Frau sich selbst so schaden?« Er stöhnt laut vor sich hin.

Mutters Locken bewegen sich. Erschrocken wacht sie auf, als der Fünf-Uhr-Bus kreischend bremst. Sie reibt sich die Augen, als wolle sie mit aller Kraft die Benommenheit vertreiben. Vater hat schon seine Arbeitskleidung angezogen, wartet auf ein Lebenszeichen.

Er bringt ihr eine Wärmflasche und zwei Schals für ihren verspannten und schmerzenden Hals, und sie drängt ihn, endlich zu entscheiden, bis wann es so weitergehen soll. Sie stöhnt, als sie die unerklärliche Energie wahrnimmt, mit der er sich auf die Arbeit vorbereitet: »Nur Kartoffeln ändern nicht ihren Tagesablauf.«

Heimlich hoffte sie, daß er für sie einen Arbeitstag opfern würde, daß der Vorschlag, bei ihr zu Hause zu bleiben, von ihm und nicht von ihr käme. Jetzt hört sie, daß er schon um sieben Uhr dort sein muß, wenn die Werkstätten im Wolowelski-Zentrum aufmachen. Wer die Arbeitszeiten nicht beachtet, gilt nicht wirklich als fleißig. Wenn er sich nicht beeilt, wird man nicht auf ihn warten, man wird ihn für einen Faulenzer halten, für den es keine Rolle spielt, ob er da ist oder nicht. Von seiner eigenen falschen Idee motiviert, mit Geschichten, die er sich selber erzählen kann, nähert er sich wieder ihrem Bett, um sich zu überzeugen, daß die Nacht das Gift von gestern herausgespült hat, daß sie ihre Stimme wieder hat, daß ihre Lippen wieder feucht sind.

Er merkt, daß ich wach bin. »Paß auf Mutter auf.«

Mutter flüstert zur Decke: »Ein Tag frei wird deine Geschäfte nicht ruinieren.«

»Überfrachte das Mädchen nicht mit Dingen, die es besser nicht wissen soll.« Er antwortet schimpfend und fügt hinzu, daß das Lager in Sibirien ein Erholungsheim war im Vergleich zu dem, was sich in den Vernichtungslagern abspielte, daß die Straßen von Tel Aviv voll mit Menschen sind, die sich das Lächeln beibrachten, nachdem sie der Hölle entronnen waren.

Mutter zieht in die Wortschlacht, ihre Augen treten aus den Höhlen. Mit erhobener Brust richtet sie sich auf, um ihr Leiden zu verteidigen. Die Schrecken, die sie für mich in die Kindererzählungen eingearbeitet hat, dürfen jetzt ihr wahres Gesicht zeigen. Ich halte mir fest die Ohren zu. Und doch höre ich ihre Stimme durch die Spalten zwischen meinen Fingern.

»Irina Balkow, sagt dir dieser Name etwas?«

Irina Balkow liebte die inhaftierten Frauen. In der Strafabteilung war sie gefürchtet. Begleitet von zwei großen Wärterinnen, wurde Mutter in den Personalbereich gezerrt, und sie »hat es mit mir gemacht«, auf dem Tisch der Direktorin. »Reicht es dir, oder möchtest du mehr Einzelheiten hören über meine Freizeitbeschäftigung? Vielleicht ist die Zeit gekommen, daß du etwas über die ›Blondine aus Samara‹ hörst.« Sie dreht ihm den Rükken zu und spricht zum Fensterladen. Die Blondine aus Samara wurde immer wieder erwähnt, mit einem angeekelten Gesicht, wenn sie sich an das Zwangsarbeiterlager erinnerte. Nun, da Mutter unkontrolliert spricht, höre ich, daß die Blondine Mutters Geburtstag herausgefunden hat und sie mit einem Teller heißer Fleischsuppe zum dreißigsten Geburtstag überraschte. Nachdem Mutter den Teller mit Appetit leer gegessen hatte, kippte die Blondine den Mülleimer um. Ihre dubiosen Freundinnen lachten hämisch, als die Blondine auf die zerrissenen Körperteile von Krasawiczes Welpen deutete, die zwischen den Schalen von Roter Bete und Kartoffeln lagen.

»Reicht es, oder soll ich weitermachen?«

Vater preßt die Hände auf die Ohren. Er rennt hinaus.

Es sind schon einige Stunden vergangen, seit ich es ablehne, von der Fensterbank herunterzukommen. Nach meiner Berechnung müßte Vater schon zu Hause sein. Bestimmt drängt er sich jetzt in einen Bus voller Menschen, in deren Taschen das Geld, das sie heute verdient haben, raschelt. Vielleicht ist er absichtlich in einen Bus gestiegen, der ihn weit von uns fort bringt.

Lange nachdem der Schmied das Eisengitter heruntergezogen hat, schiebt sich Vater durch die Tür. Die Tasche mit den Mustern hängt schwer an seinem Arm. Er nimmt das verschwitzte Tuch von seinem Hals und wirft es in den Wäschekorb. Mutter schaut verstohlen zur Tasche hinüber, die nichts von ihrem Umfang verloren hat. Er ignoriert ihre Blicke. Etwas funktioniert nicht mehr mit seiner Verstellung. Er sinkt auf den Schnallenstuhl.

Mutter setzt sich ihm gegenüber. Beide schweigen. Die glitzernden Kristalltropfen am Lampenschirm drehen sich schneller. Sie fragt, ob sie Kaffee kochen soll. Sie erwähnt mit keinem Wort die Sorgen, die er uns gemacht hat. Sie überläßt ihm die Stille. Soll er sie füllen, womit er will.

»Für die Briten hat es sich nicht gelohnt, die Ausrüstungsteile, die sie in Palästina hatten, mit nach Hause zu nehmen.« Seine Nasenspitze drängt sich durch die Finger seiner Hände, die er vors Gesicht geschlagen hat. »Spekulanten verkaufen alles, was die Briten hinterließen, zu Schleuderpreisen. Die Konspiration zwischen den Briten und den Spekulanten läßt mir keine Chance. Ich laufe mir ganz umsonst die Sohlen ab. Ich sage mir immer wieder, daß es unmöglich ist. Es kann doch nicht sein, daß alles umsonst war. Irgendwo versteckt sich der Händler, der gerade meine Schnallen braucht. Die einzigen Momente, in denen ich spüre, daß meine Ehre nicht völlig zertreten ist, sind die, wenn ich irgendwie weitermache.

Die Repräsentanten des Verteidigungsministeriums sind nicht so, wie ich mir es vorgestellt habe. Der einzige, von dem ich ein bißchen Wärme bekam, ist der Wächter am Tor des Generaldirektors. Er nennt mich beim Namen, sagt: ›Guten Tag, Alexander.‹ Und manchmal, an heißen Tagen, gibt er mir ein Glas Wasser, wenn ich auf das Auto des Ministers warte. Er hat zwar versprochen, daß er Bescheid sagt, wenn er den Tagesplan des Ministers erfährt, damit ich weiß, wann und wo es sich für mich lohnt, zu warten, und daß er versucht, es so zu organisieren, daß ich dem Minister ein paar Musterschnallen durch das Fenster reichen kann. Aber das ist irgendwie nie passiert.

Ich habe dir nicht erzählt, daß ich mich vor zwei Wochen entschlossen habe, den Brief, den ich vor langer Zeit an den Minister geschrieben und nicht abgeschickt habe, noch vor der Typhuserkrankung, neu zu schreiben. Ich dachte, ich habe jetzt mehr Erfahrung und weiß besser, wie man offizielle Briefe schreibt. Ich habe mir große Mühe gegeben und die Kopie meines Diploms und die Auszeichnungsurkunde der Universität Vilnius beigelegt, auch die Zeichnungen, eine Liste der Schnallensorten, Lieferzeiten und Kosten des Transports. Ich beantwortete im voraus jede Frage, die der Minister eventuell stellen würde. Das Herz erlaubte mir nicht zu schreiben, daß die Schnallen der Deutschen, ausgelöscht sei ihr Andenken, zuverlässiger sind als die Schnallen der Briten, ausgelöscht sei ihr Andenken. Schon seit zwei Wochen stehe ich mit dem komischen Gefühl auf, daß es vielleicht heute geschieht. Ich stürze mich auf den Briefkasten, und da ist nichts. Wie kann es sein, daß die Wächter des Generaldirektors, des wichtigsten Mannes im Verteidigungsministerium, den Kontakt mit Bürgern, die nur sein Bestes wollen, verhindern? Wie kommt es, daß Briefe, die von Herz zu Herz geschrieben werden, den Weg zu seinem Schreibtisch nicht finden? Ich bin ihnen viel zuviel nachgelaufen. Sie haben mir zu verstehen gegeben, daß man den Staat auch ohne meine Schnallen aufbauen kann. Sie haben auf mich verzichtet, Anuschka. Ganz einfach verzichtet.« Vaters Finger tasten über das Wachstuch.

»Ich bin vom Verteidigungsministerium enttäuscht. Ich fange an, mich damit abzufinden, daß ich ein Jude der alten Sorte bin, nur ein kleiner Kurzwarenhändler, der Bargeld nach Hause tragen will. Ich habe jedem, der irgendwie etwas mit Gürteln und Taschen, Hüten, Gurten, Schürzen, Mänteln, Schulranzen, Rucksäcken, Zelten und was auch immer zu tun hat, den Hof gemacht. Ich habe Leute getroffen, mißtrauische Leute ohne jede Vision. Einer hat behauptet, militärische Schnallen seien für den zivilen Gebrauch zu grob, der andere konnte die gotischen Buchstaben in Sigmunds Namen nicht ausstehen. Ich möchte nicht wissen, was sie hinter meinem Rücken über mich sagen. Auch nicht, was meine Schuhsohlen zu den vielen Kilometern meinen, die ich erfolglos gelaufen bin. Gurewicz, der Leiter des Handelshauses für Schuhbedarf hinter der Fabrik für Orangenkisten, hat sich nicht geschämt, mir die Tür vor der Nase zuzuschlagen. In der Werkstatt von Djamil sagten sie, ich soll nach Pessach kommen. In der Kofferfabrik hinter der Schule der Schwestern von Sankt Joseph gibt es zehn Meter Regale voll mit britischen Originalschnallen, die für die nächsten zwanzig Jahre ausreichen. Was heißt da zwanzig – mindestens hundert. In den Nähstuben für Zelte am Uhrturmplatz begrüßt man mich kaum noch. Nur bei ›Kaufmann und Co.‹, dem Importeur aus Haifa, gibt es eine Chance, ein Geschäft zu machen. Warum soll er sich um eine Einfuhrgenehmigung bemühen, wenn die Ware schon im Lande ist.« Vater preßt die Lippen zusammen, als Mutter fragt, was er für die Busfahrt nach Haifa bezahlt hat.

»Handel ist die einfachste Sache der Welt: Jemand, der etwas verkaufen will, geht zu jemandem, der kaufen will. Will er, dann kauft er. Will er nicht, dann nicht. Das ist das, was ich mir sagte, als ich mich in Sigmunds Fabrik schlich. Wie konnte ich ahnen, daß ich mich in einer Nacht zum Narren gemacht habe. Ein Spinner. Vielleicht verrückt. Du sagst ja auch, daß Leute, die verrückt wurden, nicht genau sagen konnten, wann es passiert ist. Zu ihrem Glück können sie nicht beurteilen, wann sich die Realität verschiebt, und dann sind sie wie der Verrückte an der

Strandpromenade, der den Fischen Zettel zuwirft. Es ist keine Ansichtssache, ich meine den Wahnsinn, es sind nur ein paar unlogische Dinge, die du an irgendeinem Morgen geschehen läßt. Und wie sollst du wissen, daß es vorbei ist, wenn es immer so aussieht, als könntest du noch ein bißchen mehr und noch ein bißchen und noch ein bißchen. Du kannst dir vormachen, daß die Dinge nicht an einem Tag passieren und daß es Schlimmeres gibt. Und du tust weiter so, als wärst du beschäftigt, um den Gedanken zu verscheuchen, daß dich niemand braucht, und du machst die gleichen Tätigkeiten, auch wenn du weißt, daß du den nächsten Laden mit etwas weniger Selbstbewußtsein betreten wirst, daß du das Mal des Versagers trägst, ein Mal, das du nicht verstecken kannst. Und du befindest dich im nächsten Laden, weil dein Tagesplan es so vorsieht und weil niemand die Wolken über deinem Kopf für dich wegbläst. Fast jeden Tag war es so, daß ich mitten am Tag zurückkommen und sagen wollte, es reicht. Es ist vorbei. Der Versager, der sich als Händler verkleidet hat, ändert seine Pläne. Du hast recht. Ich gebe zu, daß du recht hast. Ich habe nur so getan, als könnte ich alles sehen und hätte auch ein Auge im Hinterkopf. Ich habe kein zusätzliches Auge, um alles zu sehen. An wen denke ich in diesen Momenten, wenn nicht an meinen Vater? Ich schwöre bei der Kleinen, daß ich ihn gestern vor mir gesehen habe, wie damals, als wir uns trennten. Er gab mir ein Bündel Geldscheine, die nach Vanille dufteten wie die Konditorei meines Großvaters, und sagte, das müsse für die Kosten des Studiums und für die Wohnung im ersten Jahr reichen.« Wieder bedeckt er sein Gesicht mit den Händen.

»Als ich ihn gestern sah, sagte ich zu ihm: ›Ich verspreche dir, daß ich den Beruf nicht aufgeben werde. Ich bleibe dein akademischer Sohn, der sein Studium mit einer Auszeichnung der Fakultät für Agrartechnik an der Universität Vilnius abgeschlossen hat, der es überhaupt geschafft hat, aufgenommen zu werden, trotz Numerus clausus, trotz Antisemitismus und Gewalt, du kannst weiterhin stolz auf mich sein. Wenn ich dir versprochen habe, den Beruf nicht aufzugeben, dann tue ich es auch nicht. Die Geschichte mit den Schnallen ist nur vorübergehend. Nur wegen der Wohnung und anderer Sachen. Man muß doch irgendwo anfangen, oder? Das Leben ist nicht so, wie du denkst, Vater. Das Leben hat sich geändert. Das ist es, was mir jetzt paßt. Es geht nicht darum, daß ich mich jetzt entschuldige. Nur damit du nicht erschrickst, wenn du deinen Sohn zufällig auf der Straße triffst, während er Schnallen verkauft.‹«

»Immer der gleiche Taxifahrer. Immer sehe ich ihn, wenn ich nicht mehr weiterkann. Der einzige Mensch, der mir das Gefühl gegeben hat, das unter den Menschen selbstverständlich sein sollte. Ich sagte mir: Wenn es einmal so einen Menschen gibt, gibt es auch noch andere. Aber es ist lange her, und er hat es bestimmt schon vergessen. Seither treffe ich nur Leute, die zufällig in das gleiche Land geflohen sind, und jetzt stoßen sie sich gegenseitig für das bißchen, was man in diesem Land gewinnen kann. Und glaub ja nicht, daß ich nicht weiß, daß sie mich für einen Schmarotzer halten, für einen Juden ohne Würde, der immer wieder kommt und geduldig wartet, bis die Käufer sich in Luft aufgelöst haben. Vielleicht fordert man mich wieder auf, die gleiche Schnallenschachtel noch einmal zu zeigen, ihr Preis ist gesunken und kostet jetzt nicht mehr als ein Kilo Zucker. ›Du läßt dich doch von ein paar Schwierigkeiten nicht unterkriegen.‹ Ich sage ihn mir immer wieder vor, diesen Satz, der mir damals, in Vilnius, sehr geholfen hat, als das Geld von zu Hause kaum für zehn Teller Graupenbrei reichte und Lipski, der antisemitische Professor für organische Chemie, wieder einmal die Prüfungsunterlagen seiner jüdischen Studenten verloren hatte, ganz zufällig, wie immer. Manchmal hat mir der Satz geholfen, den nächsten Laden zu erreichen. Manchmal hilft er mir auch, den Laden zu betreten. Der Gestank des Versagens klebt an mir. Das ist es, was passiert ist. Ich bin gekennzeichnet. Das ist es, was ich bin. Sie haben Angst, daß ich sie mit dem, was man aus meiner Stimme hört, anstecke, mit der Art, wie meine Hände zittern, wenn ich die Schnur der Schachtel öffne. Sie sehen meine herunterhängenden Schultern und wissen, da ist noch einer, der bettelt. Nein. Ich habe meinen Verstand nicht verloren. Ich erkenne diejenigen, die versuchen, mich loszuwerden. Das schlimmste ist, daß ich anfange, sie zu verstehen. Niemand muß dafür bezahlen, daß ich mir eingebildet habe, dieses Land brauche meine Schnallen. Niemand schuldet mir irgend etwas, weil ich vorgeprescht bin und dich und das Mädchen in diese Situation gebracht habe. Daß ich ein Jude sein wollte, der sein Leben meistert, daß ich geglaubt habe, ich könnte mit diesen blöden Blechteilen in der Militärtasche das Land erobern. Wie kann ich die Sprüche, die sich in meinem Kopf festgesetzt haben, loswerden und mich dazu zwingen, etwas zu tun, etwas wirklich Entscheidendes? Wie werde ich sie los, Anuschka? Wie kommt es, daß ich mich vor dem Banalen beuge und auch noch Gefallen daran finde? Wie kann ich mich davon überzeugen, daß das Leben mehr ist als nur der Erhalt des Lebens? Daß man nicht nur für kurze Zeit lebt, seine Familie versorgt und dann verschwindet? Was geht im Kopf eines Mannes vor, der nur ißt, Geld verdient und schläft und keine Visionen braucht? Wie kann ich mich mit dem Widerspruch abfinden, daß ausgerechnet die schrecklichen Kriegsjahre mir das Gefühl gegeben haben, etwas Besonderes und Wertvolles zu sein? Daß ich gerade dort, auf einem Fahrrad mit Holzrädern, auf einer äußerst schlechten Straße zwischen Djuma und Taschkent, gespürt habe, wie mein Puls schlägt und wie mein Kopf nicht aufhört zu arbeiten? Ausgerechnet dort, am Tiefpunkt, habe ich mich ein bißchen geliebt. Ich dachte: Ich bin ein Held, jemand, über den man ein Buch schreiben kann. Ohne Boden unter den Füßen, nur so viel, daß ich stehen konnte, und trotzdem war ich stark und voller Hoffnung. Ich spürte, ich habe ein Recht auf Leben. Und dann die Bougainvilleen. Warum sind die verlassenen Häuser in den Orangenplantagen von Djabelia immer mit Bougainvilleen bewachsen? Warum sind Ruinen schöner mit Bougainvilleen? Und warum finde ich im Bus immer gerade auf der Seite einen Platz, von wo aus ich die Bougainvilleen nicht übersehen kann, auch wenn ich mich anstrenge. Bougainvillea,

Bougainvillea ... Das Herz tut mir weh. Ich muß den alten Plan aus dem Kopf kriegen, zehn Setzlinge eng beieinander, viel enger, als es der Gärtner vorgibt, damit sie die Erde bedecken und sich ihre Farben mischen und sie sich in einen dichten Zaun verwandeln. Das läßt sich doch verwirklichen. Eine Bougainvillea wuchs am Hofeingang jener Frau in Samarkand, die in ihrem langen usbekischen Umhang dastand, mit einem Lächeln, mindestens so groß wie ihr großes Herz. Sie schaute mich ruhig an und deutete auf den Weg, der zum Haus führte. Wie hart ist es, daß das Radio dich ermuntert, von der Stadt ins Dorf zu ziehen, als nationale Tat. Und ausgerechnet ich, der den Kopf voll hat mit Bougainvilleen, stecke in dieser städtischen Beschäftigung und kann mich nicht bewegen. Manchmal habe ich Lust, auf der Straße stehenzubleiben und alles, was mit Geschäften zu tun hat, von mir abzuschütteln, mit einer großen Geste, weißt du, und all diese Schnallen loszuwerden.«

Solange er spricht, sagt Mutter kein Wort. Ihr ist anzusehen, daß sie schon längst erraten hat, was er sagen würde. Ja, sie hat recht gehabt. Er erzählt ihr nichts Neues. »Alles wegen deiner Naivität, Olek. Manchmal ist Naivität schlimmer als Dummheit. Das Problem mit naiven Menschen ist, daß es nicht schön ist, über sie zu schimpfen, auch wenn ihre Naivität zu einer Art Despotismus wird. Ich bin böse auf mich selbst, nicht auf dich. Es tut mir weh, daß ich die Rolle der Bösen übernehmen mußte, die einem anderen seine kindlichen Träume kaputtschlägt. Ich hasse es, eine Expertin für Böses zu sein, die den Mann überfällt, der sich eine Phantasiewelt aufbaut und sich täglich wundert, wenn er entdeckt, daß die Dinge nicht so sind, wie er sie sich gedacht hat.« Mutter stockt und macht ein Zeichen, daß er warten soll, da sie noch nicht fertig ist.

»Alles, was du jetzt von mir willst, ist ein bißchen Trost. Ich weiß es. Ich habe keinen Trost, Olek, er ist aufgebraucht. Und ich habe es satt, am Tiefstpunkt angelangt zu sein und zusehen zu müssen, wie du aus meinem Retter zu meinem Zerstörer wirst. Ich habe es satt, zu wissen, daß meine Worte nur eine

Chance haben, dich zu erreichen, wenn ich kurz vorm Platzen bin. Alles, was ich tue, seit wir hier angekommen sind, ist, zu warten, daß du aufhörst, dich wie einer zu benehmen, der ein regelmäßiges Einkommen hat, denn das hast du nicht, Olek. Du hast nicht annähernd so etwas wie ein geregeltes Einkommen. Wenn ihr wollt, ist es kein Märchen ... Wenn ihr wollt, ist es kein Märchen, das Unmögliche ist heute am populärsten. Du konntest es dir, ebensowenig wie die anderen, nicht leisten, kein Held zu sein. Ein Held mit Schnallen, ein Schnallenheld. Ich habe keine Kraft, mit dem hebräischen Verteidigungsministerium zu konkurrieren. Laß uns wieder von vorne anfangen, Olek. Wenn das Mädchen die Anämie los wird, gehe ich mit dir ins Ministerium für Landwirtschaft. Du weißt, daß ich mit den Beamten zurechtkomme. Aber laß uns das schnell machen. Möglichst jetzt. Solange ich nicht unterscheiden kann zwischen dem, was ich über dich denke, und den Dummheiten, die du machst.« Ihre Stimme wird weicher, als der Kopf mit den silbernen Haaren auf ihre Knie rutscht.

Wieder vergehen Tage, und es scheint, sie würden ewig so vergehen, bis Vater verschwitzt und mit rotem Gesicht ins Haus stürzt. Anders als sonst ruft er uns zum Sessel am Radio, wir sollen uns zu ihm setzen und zuhören. Mutter streckt sich wie eine, die keine Zeit für die Hirngespinste hat, die sie von ihm erwartet. Sie zieht den Morgenmantel an und ist widerwillig bereit, sich auf den Schnallenstuhl zu setzen und ihm ein mißtrauisches »Nun?« zu gönnen.

Es fällt ihm schwer, seine Aufregung zu beherrschen. Er spricht stockend, bis er die passenden Worte findet und fließend erzählt, daß er zufällig, als er Sodawasser am Kiosk in der Rothschildallee trinken wollte, entdeckte, daß der Rücken vor ihm einem Mann aus seiner Stadt gehört, Sabek Borodzki, der niemand anders ist als der kleine Bruder von Julek Borodzki.

»Julek Borodzki, ich wundere mich, daß ich dir nie von ihm erzählt haben soll. Bestimmt habe ich es getan, und du hast es vergessen. Wenn ein Mensch wie Julek Borodzki von einer Schlange gebissen wird, muß man die Schlange ins Krankenhaus bringen, so einer ist er. Es ist kein Zufall, daß er der beste Schwimmer vom Gymnasium war und der erste aus unserer Klasse, der geheiratet hat, noch vor dem großen Krieg, die schöne Lonja. Weil man sie immer nur ›die schöne Lonja‹ nannte, konnte sich niemand an ihren Nachnamen erinnern, und niemand glaubte, daß sie eine Jüdin war. Bestimmt habe ich dir mal von ihr erzählt. Es kann nicht sein, daß ich die schöne Lonja nie erwähnt habe. Ihr Vater handelte mit Schweizer Uhren und hatte die Lizenz für Tissot und Doxa für ganz Osteuropa. Nicht nur, daß beide mit einem goldenen Löffel im Mund zur Welt kamen, das Leben schenkte ihnen noch mehr Löffel, mehr, als sie auffangen konnten. Schon damals, als sie Mitte Zwanzig waren, langweilten sie sich vor lauter Wohlstand. Zwei junge Menschen, die keine Wünsche hatten. In wenigen Jahren horteten sie alles, was ein Mensch fürs ganze Leben braucht. Und man konnte sich noch nicht mal damit trösten, daß sie ganz einfach ekelhafte, bürgerliche Menschen waren, man hätte sich anstrengen müssen, sie zu hassen. Und ich stehe da in der Schlange am Kiosk und sehe die Hosen von Sabek Borodzki, die nur bis zu den Knien gehen, und diese schlampigen, hochgekrempelten Hemdsärmel, du weißt, was ich meine, und frage mich, ist er es, oder ist er es nicht, und wenn ja, wie kommt es, daß ich nach so kurzer Zeit Julek Borodzkis Bruder nicht von den anderen Menschen in Newe Zedek unterscheiden kann? Ich ziehe vorsichtig an seinem Arm. Er dreht sich um, hebt die Hand, bereit, mich zu schlagen, und es dauert nur eine Sekunde, da erkennt er mich und lächelt und erzählt, daß Julek und Lonja überlebt haben. Und daß das Schicksal es will, daß sie nur ein paar Straßen von uns entfernt wohnen, direkt an der Grenze zwischen Manschija und Newe Schalom. Und was besonders aufregend ist: Julek hat eine große Karriere im Verteidigungsministerium gemacht, also er arbeitet im oder für das Verteidigungsministerium, ich kann mich nicht an die genauen Worte erinnern, die Sabek benutzt hat, aber Julek hat jedenfalls etwas mit dem Verteidigungsministerium zu tun. Der erste Mensch, der mir in den Sinn kam, war der Wächter am Tor des Verteidigungsministeriums. Ich dachte, jetzt kommt es. Ich und Julek Borodzki erreichen gemeinsam das Tor, und jemand in der Wachbude salutiert und drückt auf den Knopf, und die Schranke geht hoch. Und wie ich gesagt habe, Anuschka, jeder Mensch hat seine Stunde. Es war nur eine Geduldsprobe. Mein Vater hatte recht. Wenn du wirklich von etwas überzeugt bist und beharrlich in diese Richtung gehst, wird dir irgendwann und irgendwo dieses Etwas begegnen. Es war nicht nur der Zufall, der mich in der richtigen Minute zur Warteschlange am Kiosk in der Rothschildallee geführt hat.

Ich erzählte Sabek, was ich mache. Er lachte und sagte, daß alle Menschen aus unserer Stadt mit dem Staat geschäftlich zu tun haben, und versprach mit echter Freude, sogar mit Aufregung, für mich ein Treffen mit Julek zu vereinbaren. Wenn es keine Nachricht gibt, daß sie absagen oder verschieben, dann kommen Julek und Lonja am Samstag um elf Uhr zu uns, um zu sehen, wie wir zurechtkommen, und um zu reden. Vor allem, um zu reden.«

Es ist das erste Mal, daß jemand zu uns eingeladen ist. Am Freitag kommt Vater rechtzeitig zurück, er bringt gemahlenen Kaffee und Rosinen für den Kuchen, den Mutter bei Ge'ula oben backen wird, in dem riesigen Backofen, den Ge'ula von der Offiziersküche der Briten gekauft hat, als sie die Basis Sarafend räumten und alles verkauften. Der Ofen hat einen Schalter, der die Backzeit automatisch regelt, und Mutter wird nicht die ganze Zeit oben bleiben, bei der »Heiligen von oben, die nicht aufhört zu reden«. Vater ermahnt Mutter, daran zu denken, daß sie beim Servieren des Kaffees aufpassen soll, daß alle Löffel und Gabeln zueinander passen. Mutter hebt eine Augenbraue und wundert sich, wie er überhaupt auf den Gedanken kommt, daß es anders sein könnte. Sie rücken den Schnallentisch zur Seite, um gründlich sauberzumachen, diesmal wirklich gründlich. Wir sind zwar noch nicht dran, das Treppenhaus zu putzen, aber keiner der Nachbarn würde es gut genug machen, deshalb putzt Mutter es jetzt selbst und entdeckt ein paar Ecken, die offenbar nie gereinigt wurden.

Was machen die Mauerkinder in der Zeit, wenn Mutter und ich wegbleiben? Ich steige aufs Dach und sehe, wie sie sich über den Gully beugen und Schnallen herausfischen. Ich habe große Lust, beim Zielspiel dabeizusein, aber der süße Duft des Biskuitkuchens aus geschlagenem Eiweiß und Zucker erfüllt schon das Treppenhaus. Alle Nachbarn, außer Galileo, fragen mich, was an den Gästen, die morgen kommen, so besonders sei. Zu Schalom-Schalom sage ich, daß ein polnischer Schwimmeister komme, um Vater eine Arbeit anzubieten. Erst später fällt mir ein, daß man draußen nicht erzählen soll, was man zu Hause bespricht.

Mutter holt aus dem »Fach der neuen Sachen aus Deutschland« ein blaues Band, eins von denen, die sie für besondere Anlässe aufhebt. Sie prüft gegen das Licht im Fenster, ob die Farbe zu dem blauen Kleid, das ich morgen anziehen werde, paßt, und betont wieder einmal, daß man nie zwei verschiedene Töne derselben Farbe zusammen trägt. Wenn man nicht den genauen Farbton findet, dann ist es besser, die Schleife hat eine ganz andere Farbe.

Zufrieden lächelt sie die Kleiderknöpfe an, die noch in München bestellt wurden, bei einem Knopfhersteller, der Knöpfe mit dem gleichen Stoff bezogen hat, aus dem das Kleid besteht. Auf das Band spritzt sie mit Stärke vermischtes Wasser, spannt es auf das Bügelbrett und plättet es. Ein glattes, steifes Band hängt nun vom Bügelbrett. Die Enden schneidet sie mit der Schere zu Dreiecken, damit sich keine Fäden lösen.

Am nächsten Tag, kurz vor zehn, steckt sie mir die Haare hoch und bindet sie mit einer Schleife zusammen, so wie man es mit Schnürsenkeln tut. Sie zupft die Schleife zurecht, bis sie genau in der Mitte sitzt und ihren Wünschen entspricht. Dann ist sie bereit zu schwören, daß ich viel schöner bin als die Schönheitskönigin des Gymnasiums, die, von der man nicht glauben konnte, daß sie eine Jüdin war. Die, von der die Männer den Blick nicht lassen konnten.

Vater sagt, ich solle mich darauf vorbereiten, daß die Gäste sich für mich interessieren. Bestimmt werden sie sehen wollen, wie ich einen Spagat mache und danach zwei Salti schlage, und am Schluß soll ich mich auf die Zehenspitzen stellen und die Arme nach hinten strecken. »Daß du dich ja nicht vor den Leuten aus Vaters Stadt schämst. Heute sind Menschen aus derselben Stadt wie Familienmitglieder. Mehr als das. Die wahren Verwandten sind heute Menschen, die wissen, was es heißt, von dort zu sein.« Er streichelt über das Band.

Es ist halb elf. Das Ticken der Uhr drängt Vater, den Klavierdeckel zu heben, um daran zu erinnern, daß das Klavier nicht nur eine Trennwand und der Stellplatz für die Ballerinen ist. Er schlägt ein paar Töne auf dem ungestimmten Instrument an, lauscht, zieht die Stirn in Falten und versucht, sich an die Hymne der Athletikgruppe seines früheren Gymnasiums zu erinnern. Der Text fällt ihm nicht ein. Seine Finger sind vom Schleppen der schweren Militärtasche steif geworden und wollen ihm nicht gehorchen. Ein Ton und noch einer, bis sich langsam eine Melodie herausschält. Er übt und übt, bis es sich so ähnlich anhört wie die Hymne, die auf dem Hof des Gymnasiums gespielt wurde, wenn die Medaillen verteilt wurden.

»Julek und ich waren nicht wirklich Freunde. Man kann sagen, daß wir gute Bekannte waren, oder so etwas wie sehr gute Bekannte und ein bißchen Freunde. Ich hatte im Gymnasium viel bessere Freunde als ihn. Aber es gab so etwas wie eine unausgesprochene Sympathie zwischen uns. Wären wir uns zufällig begegnet, hätten wir uns beide gefreut. Ich bin sicher, daß auch er spürt, daß es für uns genug wäre, uns gegenseitig zu helfen. Immerhin sind wir aus derselben Stadt, aus demselben Stadtteil, und wie viele sind übriggeblieben!«

Vater und Mutter beraten laut, ob sie »direkt zur Sache« kommen sollen oder ob sie vorher Freundschaft schließen und über die Lage im Land reden sollen, bevor sie Julek um einen Gefallen bitten. Vater ist nicht so sicher, ob es gut ist, über den Krieg zu sprechen, nicht jeder will über Dinge aus der Vergangenheit reden. Er versucht, Mutter klarzumachen, daß dieser Schürzenjäger schon vor dem Krieg ein Filou war, der nicht viele Worte brauchte, um zu verstehen, was man von ihm wollte. Der Hinweis, den ihm sein Bruder bestimmt gegeben hat, würde reichen, um das Thema Verteidigungsministerium von allein zur Sprache zu bringen.

Mutter warnt ihn, von der ersten Begegnung nicht gleich Ergebnisse zu erwarten. Man müsse über Nebensächlichkeiten reden und dabei die Absichten prüfen. Das sei alles. Aber Vater soll tun, was er für richtig hält, denn Julek ist sein Freund, nicht ihrer, und sie mischt sich nicht in berufliche Angelegenheiten ein.

Vater spielt wieder die Hymne der Athletikgruppe und hofft, daß die Melodie bis zum Hauseingang zu hören ist, und Mutter fällt plötzlich ein, daß man den Gästetisch noch mit acht Schnallenschachteln verlängern muß.

Es ist zehn vor elf. Das Haus ist gerichtet, der Kuchen duftet, die Hymne belebt die Wohnung, und an der Tür steht ein gebeugter, knochiger Mann mit geschwollenen Tränensäcken. Der Mann wischt sich den Schweiß vom Hals, entschuldigt sich, daß er die Tür selbst aufgemacht hat, aber was hätte er tun sollen, wenn niemand das Klopfen hört. Er geht auf das Klavier zu. Zögernd kommt ihm Vater entgegen, und beide sehen sich an, von oben bis unten und von unten bis oben. Vater ist der erste, der eine zitternde Hand ausstreckt und mit stockender Stimme fragt: »Julek?«

Der Mann nickt, er ist der Julek, den Vater meint mal gekannt zu haben. Ohne ein Wort über die Hymne zu sagen, deutet er auf das Treppenhaus. »Lonja ist unten. Sabek hat vergessen zu sagen, daß ihr im zweiten Stock wohnt.«

Vater begleitet ihn nach draußen. Mutter folgt ihnen mit einem mißtrauischen Blick, der zeigt, daß der berühmte Meisterschwimmer gar nicht so atemberaubend ist. Sie eilt zum Spiegel, schiebt die Lippen vor wie ein Fisch, legt rosa Lippenstift auf, pudert ihre Wangen, schafft es noch, in dem Fach der »Sachen aus Deutschland« zu wühlen und einen silbernen Salzstreuer herauszuholen, die Holzspäne von ihm zu schütteln, ihn mit einem feuchten Tuch abzuwischen und in die Mitte des Schnallentisches zu stellen.

Bei seinem hastigen Eintreten hat Julek Mutter und mich nicht bemerkt. Aber jetzt, beim zweiten Mal, kommt die offizielle Vorstellung. Mutter ermahnt mich, aufrecht zu sitzen, die Hände auf den Knien. Sie zupft noch einmal an der Organzaschleife und erinnert mich daran, daß ich versprochen habe, mich nicht in das Gespräch einzumischen und geduldig zu warten, bis Vater mir ein Zeichen gibt, wann ich den Gästen den Spagat und die Salti zeigen soll.

Ich hoffe immer noch, daß sie ein Kind in meinem Alter haben und es mitbringen, und ich frage mich, wie und warum man Schürzen jagt.

Aus dem Treppenhaus hört man Schnaufen. Berkowicz von oben befiehlt mit einer nervösen Stimme: »Nur noch zwei, und paßt mit dem Geländer auf.« Die Tür füllt sich mit Vaters Rükken. Er und Julek haben die Hände zu einem Stuhl verschränkt, und darauf sitzt eine kahlköpfige Frau, die unterm Arm zwei Krücken und eine Packung Zitronenwaffeln hält. Julek und Vater knien sich vorsichtig hin, und Berkowicz schiebt die Frau von hinten, bis sie halb auf einem Schnallenstuhl sitzt. Sie legt die Krücken neben den Stuhl und beklagt sich, daß es ihr ohne Lehne nicht bequem ist. Sie wird hochgehoben und auf das Bett gesetzt, auf die Wölbung, die von der Winterkleidung unter der Tagesdecke stammt. Die Frau lehnt sich mit dem Rücken an das Bettgestell, blinzelt und bedeutet Julek, daß sie einen trockenen Mund hat, und verlangt ihre Krücken. Mutter hebt die seltsamen Stöcke auf, ein Ende ist mit einem Lappen gepolstert, am anderen Ende befindet sich eine schwarze Gummikugel. Mutter dreht die Krücken herum und weiß nicht, mit welchem Ende sie sie der Frau reichen soll.

An unserer Tür versammeln sich ein paar Leute, die gute Ratschläge geben: Sie brauche ein Kissen im Rücken und etwas, um den Bauch zu stützen, und jemand ruft: »Seht ihr nicht, daß sie bald verdurstet? Was steht ihr nur da und glotzt.«

Mutter läuft in die Küche und kommt mit einer Tasse in der zitternden Hand zurück. Julek schlägt vor, wir sollen den Tisch vor das Doppelbett rücken, so könnten wir alle zusammensitzen. Aber der Tisch hat keine Beine, man muß eine Schachtel nach der anderen verrücken, was sehr mühsam ist. Vater stört es, daß die Schalom-Schaloms vor der Tür stehen und die fehlenden Beine der schönen Lonja anstarren. Er knallt die Tür zu und erwartet von Lonja ein Zeichen der Anerkennung.

Mutter verkündet, daß das Wasser kocht, und fragt, wer was trinkt und mit wieviel Zucker. Julek und Vater gesellen sich zu Lonja und setzen sich auf den Bettrand.

»Wenn wir eine Bonbonniere gekauft hätten, hätten wir nicht genug Geld gehabt für ein Taxi.« Lonja läßt die Waffelpackung fallen, und Mutter bedankt sich: »Das wäre doch nicht nötig gewesen.« Und ich sitze aufrecht da, wie verlangt, mit geschlossenen Beinen und den Händen auf den Knien, und warte darauf, daß ich einen Spagat machen soll. Mutter sagt wieder, daß der Kaffee schon heiß ist, und fragt, wer welchen möchte, und es gibt auch Biskuitkuchen mit Rosinen. Erst dann merkt sie, daß Vater und Lonja und der Meisterschwimmer weinen und so tun, als würden sie sich für zwei grüne Fliegen interessieren, die abwechselnd gegen die Fensterscheibe prallen.

Lonja versteckt mit einer Hand die Haare, die sie nicht hat, und mit der zweiten ihre Tränen. Vater hat Mutter schwören lassen, daß es dieses Mal ein freundlicher Kaffeeklatsch ohne Klagen und Weinen sein soll, nun stützt er sich an die Wand mit der Familie, die nicht mehr da ist, klopft mit einem Finger auf die Zitronenwaffelpackung und weint mit.

Wenn alle weinen dürfen, darf Mutter es auch.

»So ist es, wenn man nicht zum richtigen Zeitpunkt weint«, murmelt sie, und die anderen nicken ihr zu.

Niemand merkt, daß ich aufgestanden bin und mich näher zu den Gästen stelle. Das blaue Band ist vor dem Gesicht des Schürzenjägers. Um die Reste von Lonjas Schönheit zu entdecken, muß ich noch näher hintreten. Ich prüfe die Schönheit der grünen Augen, die braune Flecken haben, betrachte ihr Gesicht und frage mich, wo sie diese abstoßenden Falten her hat.

Der Schürzenjäger sitzt vor mir, die Knöpfe meines Kleids, die mit dem gleichen Stoff überzogen sind, lassen ihn gleichgültig. Er versucht, zwischen seinen Schluchzern ein paar Worte hervorzubringen, und sagt, seit der Amputation tut ihr der Frost an den Füßen weh, die sie nicht mehr hat. Vater und Mutter nikken zum Zeichen, daß sie keine Erklärungen brauchen. Besonders Mutter nicht, mit ihrer dreijährigen Erfahrung vom Kartoffelanbau in der sibirischen Steppe. Aber Julek besteht darauf, die Einzelheiten zu erläutern, er schildert, wie alles mit dem großen Zeh angefangen hat und von dort aus weiterging und eine große blaue Blase wurde. Hätte er sie nicht auf dem Rücken getragen, wer weiß, ob sie heute noch Knie hätte.

»Diese Generation weiß nicht, was Frost ist.« Vorwurfsvoll deutet er auf mich. »Wo kann man ihnen Eis zeigen? Im Kühlschrank? Auf einer künstlichen Eislaufbahn? Das Mädchen wird nie verstehen können, worüber Leute wie wir reden.« Er wischt den Schweiß mit einem Taschentuch ab.

Ich erinnere mich, daß Mutter mir versprochen hat, mit mir zur Eislaufbahn zu gehen, wenn wir es uns leisten können. Sie sagte, wenn man mich nicht nach Sibirien bringen könne, dann wenigstens zum Eislauftheater in Ramat Gan, dann würde ich vielleicht endlich verstehen, was eine unschuldige weiße Fläche den Menschen antun kann.

Wir standen schon oft vor dem Plakat, das an einer Litfaßsäule am Herbert-Samuel-Kai hängt. Und jetzt verschwindet die schöne Lonja in den krakeligen Spuren auf dem Plakat, die von den Schlittschuhen der Läufer ins Eis gezeichnet wurden, und ich sehe ihre Haare auf das Eis fallen, sie hebt die Hände zum Himmel und schreit um Hilfe, genau wie die Menschen, die am

Strand von Manschija ertrinken. Ich stehe ganz dicht am Klavier und betrachte die Mienen der Anwesenden. Die Schrecken, die durch meinen Kopf jagen, beeindrucken sie nicht. Julek hebt die Krücken und entschuldigt sich, daß man die Prothesen von Lonja zur Reparatur schicken mußte. Das Wort »Prothese« hört sich an wie der Name einer Blume, aber es ist nicht die Zeit, zu fragen, wie man Blumen repariert. Lonja nickt, als Zeichen, daß sie sehr reparaturbedürftig waren, hebt ihren Plisseerock an und deutet auf die Pflaster, die an den Stellen kleben, die von den Prothesen wund gerieben wurden. Sie nimmt die Krücken, drückt sie fest an ihre Brust. Julek erklärt, obwohl sie die Krükken gar nicht benutzen kann, solange die Prothesen bei der Reparatur sind, ist sie nicht bereit, darauf zu verzichten.

»Es ist nur zur Sicherheit.« Er streichelt die beiden Stöcke.

Lonja bestätigt: »Nur zur Sicherheit.«

Julek lächelt sie an: »Mit reparierten Prothesen wäre sie die zwanzig Stufen wie eine Gazelle heraufgehüpft.«

Vater klopft ihm freundschaftlich auf die Schulter. »Ich hoffe, daß du es nicht für nötig hältst, dich zu entschuldigen, daß ich dir geholfen habe, Lonja in die Wohnung zu tragen. Bei meiner Arbeit bin ich es gewohnt, schwere Lasten zu tragen.«

»Er wird es beim nächsten Besuch auch gerne machen.« Mutter legt den Arm um Vaters Hüfte.

Es ist schon Nachmittag, als ich mit meiner Tomatenpflanze vom Dach zurückkomme, wo ich meinen Gedanken nachhing. Lonja und Julek sind längst wieder weg, der Schnallentisch ist vom Geschirr befreit, und Vater und Mutter flüstern im Bett. Mutter besteht darauf, daß es nicht sein kann, und Vater schwört immer wieder, daß es im Gymnasium kein schöneres Mädchen gab als sie. Daß sie kastanienfarbene Locken hatte, feste Beine und die Selbstsicherheit einer Frau, die weiß, was sie wert ist. Daß er nie vergessen wird, wie sie die nassen Haare schüttelte, als sie aus dem Schwimmbecken am Fluß stieg, und dabei tat, als wüßte sie nicht, daß alle hinter den Büschen saßen und sie beobachteten.

Mutter bewegt ihre komischen Zehen und lächelt sie sogar vergnügt an, weil der Schnee Mitleid mit ihnen gehabt hatte. Keiner hat viel von dem duftenden Biskuitkuchen und den Äpfeln gegessen. Ich kratze das Angebrannte vom Rand und bohre ein paar Rosinen heraus. Die Zitronenwaffeln waren so alt, daß sie bröckelten, als Mutter sie aus der Cellophanpackung nahm. Vielleicht haben sie die Waffeln vor langer Zeit selbst bekommen und sie aufgehoben, für den Fall, daß sie eingeladen würden. Vielleicht ist es ein Zeichen, daß es ihnen nicht besonders gut geht und daß die Kosten für Prothesen und Taxifahrten ihr ganzes Geld auffressen. Sie schimpfen nicht, als ich mich in meinem besten Kleid auf die Tagesdecke fallen lasse. Vater erklärt Mutter, daß Julek in einer Kupfergießerei arbeitet, die auf Flügelblätter für Lüftungen spezialisiert ist. Das Mißverständnis kommt daher, daß Sabek bei diesen Flügelblättern an Flugzeuge erinnert wird und die Werkstatt deshalb scherzhaft »deine Luftwaffe« oder »Verteidigungsministerium« nennt.

Seither haben wir Julek und Lonja nicht mehr gesehen. Als das wenige, was zu sagen war, gesagt wurde, war klar, daß nichts übrigblieb, um ein zweites Treffen inhaltlich zu füllen. Wer weiß, ob sie sich vor dem großen Krieg etwas zu sagen hatten. Ich werde nie erfahren, ob sie überhaupt bemerkt haben, daß meine Haarschleife neu und gestärkt war und im gleichen Farbton wie mein Kleid. Zumal Mutter behauptet, daß Leute, die früher die schönsten und die besten Sportler im Gymnasium waren und es jetzt aber nicht mehr sind, nicht besonders auf Einzelheiten achten.

Die Krümel der Zitronenwaffeln habe ich auf dem Dach verstreut. Die Tauben von der Baracke des Verrückten kreisten über der Wäscheleine. Bis zum Abend ist alles weg und Mutter zufrieden, daß wir keine Kohlehydrate weggeworfen haben. Genau wie der Mann, der unser Verwandter werden wollte, werden auch Julek und Lonja vom Schweigen verschluckt. Der Tag geht zu Ende, die Nacht kommt, und alles nimmt seinen üblichen Gang. In meinem Traum kriecht Vaters Körper in die Kleidung des Schnallenherstellers, und beide verwandeln sich in seltsame Schatten, hüpfen auf seltsamen Stöcken, die wie eine Blume heißen und die man nicht reparieren kann. Erschrocken wache ich vor Mutter und Vater auf, bevor sie wie üblich nachschauen, wie tief ich schlafe, und dann die Nachtlampe anmachen und die Porzellanvase ausleeren.

Vater sagt mit Genugtuung: »Es wird trotzdem für ein paar gute Monate reichen.«

Mutter trennt die Geldscheine von den Münzen: »Ich hoffe, daß du recht hast.«

»In der Zwischenzeit fehlt uns nichts.«

Mutter zählt ihre Sorgen auf: » Die Schuhe des Mädchens sind zu klein. Und der Optiker ist nicht bereit, die Zahlung in sechs Raten aufzuteilen.«

Ich muß genau hinhören, was unter der Nachttischlampe geflüstert wird. Nur so kann ich wissen, ob ihre Berechnungen mit meinen Vermutungen übereinstimmen. Und überhaupt, denke ich, es gibt keinen Unterschied zwischen Menschen, die nichts haben, und Menschen, die wissen, daß sie bald nichts haben werden. Es ist das gleiche Loch im Herzen und die gleiche ruhelose Angst, auch wenn die Lage noch einigermaßen erträglich ist.

Vater zeigt auf mein Bett: »Ich kann mich an nichts erinnern aus der Zeit, als ich so alt war wie sie.«

»Manchmal glaube ich, das Mädchen versteht mehr, als wir denken.«

»Schau, Anuschka, ihr Gesicht strahlt eine göttliche Ruhe aus.«

»So eine Art halbes Lächeln.«

»Die Kleine ist ziemlich lustig.«

»Lustig bedeutet fröhlich.«

»Fröhlich bedeutet glücklich.«

»Wie Kinder sein sollen.«

»Wenn sie nicht fröhlich wäre, hätte sie nicht gelacht. Kinder sind Kinder. Kinder können sich nicht verstellen.«

»Es ist uns geglückt, eine fröhliche Tochter zu haben.«

»Sie ist ganz normal.« Vater bewundert, wie normal ich bin. »Sie ist fast nie unzufrieden.«

»Es gibt Kinder, die über jede Kleinigkeit weinen.«

»Man muß fast nie laut mit ihr werden.«

»Sie weiß es von allein.«

»Was?«

»Was sie tun soll und was nicht.«

»Ich habe die Kleine noch nie geschlagen. Es reicht, wenn ich sage, daß sie von mir gleich einen Blick bekommt.«

»Ich habe sie noch nie bestraft.«

»Ein kleiner Blick, und sie erstarrt auf der Stelle.«

»Sie freut sich an jedem Schrott, den sie unten findet.«

»Sie ist immer bereit, etwas zu bereuen, ob es nun einen Grund dafür gibt oder nicht. Sie ist ein gutes Kind.«

»Gut und fröhlich.«

»Und erzogen.«

»Sie ist erzogen zur Welt gekommen.«

»Sie hat auch nie Hunger.«

»Als sie erst drei Monate alt war, hat sie mir schon ein Füßchen nach dem anderen gereicht, um mir das Wechseln der Lumpen, die wir Windeln nannten, zu erleichtern. Ein großes Glück. Der Charakter dieses Mädchens ist ein großes Glück. Gott weiß, wo wir heute wären, wenn wir ein Mädchen mit einem anderen Charakter hätten.«

Vater nennt mich »die Kleine«, und das macht mich glücklich. Ich nehme die Haltung eines Embryos ein, stecke den Daumen in den Mund, sehne mich danach, ihre kleine Tochter zu sein, die noch nichts versteht, ein Mädchen, das noch Kind sein darf. Aber während ich unter der Decke liege, ermahne ich mich, die Geschichten, die sie sich unter der Nachttischlampe erzählten, nicht zu zerstören. Ich schwöre mir, mich all ihrer Komplimente würdig zu erweisen, weiterhin Lügen zu erzählen, die nicht bestraft werden, und brav die Rolle zu spielen, die sie mir in der gemeinsamen Familienlüge zugesprochen haben. Morgen werde ich mit einem gewagten Handstand aus dem Bett springen. Vater und Mutter werden sich vergnügt zuzwinkern. Es darf keinen Zweifel geben: Das Mädchen ist fröhlich. Wirklich fröhlich. Sehr fröhlich, richtig glücklich. Wer in einem Freudensaal lebt, von dessen Badezimmerfenster aus ein Stück vom Meer zu sehen ist, muß sehr glücklich sein.

Eine laute Verbindung

Während die Münzen klirrend in die Porzellanvase zurückfallen, erfahre ich etwas Neues. Wenn Vater es schafft, bis Mittwoch etwas zu verkaufen, wird Mutter bei Frau Feldmann einen Unterrock aus echter Seide probieren, wie sie ihn vor dem großen Krieg unter durchsichtigen Kleidern getragen hat. Am besten in Blaßlila. Das ist etwas zwischen Rosa und Lila, ein ganz besonderer Farbton. Nicht süßlich und nicht verspielt, sondern seriös und zurückhaltend. Ein Farbton, den man gern in Erinnerung behält, Großmutter Saras Festtagsbluse war blaßlila. Wenn sie Mutter in ihren Träumen besucht, hat sie immer diese Bluse an. Mutter ist stolz auf das Wissen, das sie aus ihrem wohlhabenden Elternhaus mitgebracht hat. Vater gibt zu, daß er nur durch sie erfahren hat, daß Samt und Seide ihre eigenen Willen haben, man Leinen und Baumwolle aber nach Lust und Laune behandeln kann.

Schon lange sehnt sie sich nach einem weichen, glatten Bekleidungsstück, das sie daran erinnert, daß sie eine Frau ist, und Vater ist bestrebt, ihren Wunsch zu erfüllen. Sie spricht ihre Begeisterung laut aus, sie sagt, er hat die Großzügigkeit eines Mannes, der alles verloren hat. Heute hat sie seltsamerweise das Gefühl, daß bis Mittwochmittag tatsächlich etwas Gutes geschehen wird. Wenn sie beide gleichzeitig an etwas glauben, neige ich dazu, es ihnen gleichzutun. Aber ich ahne, daß von den Schnallen nichts Gutes kommt. Ich erinnere mich an die vielen Dinge, die Vater fast gekauft hat, und warne mich davor, mich wieder einer falschen Hoffnung hinzugeben. Mein Blick fällt auf das Polnisch-Hebräische Wörterbuch, immer noch originalverpackt, der einzige Kauf, der tatsächlich stattfand, ohne daß er vorher versprochen worden war. Wahrscheinlich hat er vergessen, was er mir damals geschworen hat, als wir meine Spielsachen verpackten, und jetzt ist nicht der passende Zeitpunkt, ihn daran zu erinnern. Außerdem gibt es kein Spielzeug, das mit dem Schnallenwerfen an der Mauer konkurrieren kann.

Auch heute bete ich, bevor ich einschlafe, daß Sigmund kommen soll. Daß er auf dem Turm erscheint, daß er mich nur kurz quält und mich dann schlafen läßt. Aber heute schickt er mir einen Traum. Dünn wie ein Kamm zieht sich ein Riß über die Wand mit der Familie, die nicht mehr da ist, nach oben, ein bißchen zum Radio, ein bißchen zum Bett, ein bißchen zur Seite und dann nach oben, von der Wand zur Decke, wächst, wird so breit wie das Polnisch-Hebräische Wörterbuch, Staub fällt herab, Stücke vom Mörtel, eine Mörtellawine, ein Loch in der Deckenmitte. Ich springe aus dem Bett, klettere auf den Schnallentisch, hebe die Arme hoch wie dieser Riese Atlas auf dem Einband von »Volksmärchen für Kinder«, stecke meine Finger in den Mörtel, stütze den Rand des Lochs.

Eine Ratte kommt, noch eine, Unmengen von kleinen Ratten, alle kommen aus ihren Löchern, alle stehen um mich herum, umkreisen mich, kommen immer näher, spucken Typhusviren direkt in mein Kissen, in das ich meine Nase bohre. Ich recke den Hals, fange fast an zu schreien, aber Mutter krault Vater am Rücken, und Vater liest ihr aus »Das Feld« die Tabelle mit dem Zuckergehalt der Apfelsorte Jonathan vor, die mit salzarmem Wasser gegossen wird. Ihre Hand bewegt sich an seiner Wirbelsäule auf und ab, und Vater rollt sich hin und her vor Vergnügen. »Hör auf, hör auf.« Aber er meint nicht wirklich, daß sie aufhören soll.

Müde und schwach durch die Intensität des Traums, strecke ich meine Arme aus, um zu prüfen, ob die Pflanze noch heil ist. Mutter und Vater schlafen eng umschlungen. Eine halbe Schlüsseldrehung, und ich steige dem kalten Luftstrom auf dem Dach entgegen.

Das Dach ist verlassen und still. Unter mir fährt kein Auto, kein Mensch ist auf der Straße. Graue Schatten kriechen aus der

Dunkelheit. Tropfen aus dem Wasserbehälter fließen in die blauen Streifen von Vaters Fahne. Die verrosteten Eisenbänder um die Frachtkiste surren im Wind. An der Leine hängen Socken, an den Fersen und an den Zehen so gestopft, daß man nicht mehr sehen kann, wo die ursprünglichen Socken anfangen. Stühle und Wannen auf den Balkons der Nachbarn sind ein Zeichen dafür, ob es dort Kinder gibt oder nicht, und in der Ge'ulastraße flakkert ein Licht.

Manschija gehört dem, der in dieser seltsamen Stunde wach ist. Man kann ungestört die Schönheit der Welt genießen. Ich lege mich in die Mitte von nirgendwo, strecke die Arme zur Seite, lasse zu, daß mein Pyjama den Tau aufsaugt, lege imaginäre Dreiecke auf den Rand der Frachtkisten, pflanze Bougainvilleen gegenüber der offenen Wand und baue Vaters großen Traum: eine begrünte Siedlung von Alteingesessenen.

Und plötzlich sehe ich Bugrashov. Ja, Bugrashov in seinem weißen Kittel.

»Bugrashov, hallo, Bugrashov.« Ich will ihm von dem Riß erzählen. »Woher haben Sie gewußt, daß Sie zu mir kommen sollen, als ich es mir gerade gewünscht habe?« Bugrashov steht auf, streckt seine langen Glieder bis zum Rand der Frachtkiste. Er ist begeistert, daß die Kiste auch als Behausung für einen so großen Mann wie ihn paßt, und findet es herrlich hier in der Siedlung, die ich für uns beide gebaut habe. Er faltet die Hände wie damals, als wir die Kinderabteilung des Krankenhauses verließen, und wir nähern uns der durchsichtigen Gestalt meiner Mutter, die bereit ist, alles zu tun, was der Doktor ihr sagt. Die Wärme, die von seinen braunen Augen ausgeht, erweckt in mir die Vorstellung, daß ich, wenn er alle Kinder in seiner Abteilung verlassen hat, um bei mir zu sein, vielleicht etwas habe, was die anderen Kinder nicht haben.

Ich sammle alle guten Worte, die Bugrashov jemals gesagt hat, lächle den Himmel über mir an, weiß mehr denn je, daß mir nie mehr etwas Schlimmes passieren kann. Wenn Bugrashov mich liebt, dann liebt mich die ganze Straße.

Beschwingt und von einem seltsamen Wohlgefühl erfüllt, stehe ich auf, um in die Wohnung zurückzugehen. Eine Keksdose hält Berkowiczs Tür offen, die tagsüber immer geschlossen ist. Hätte ich geahnt, daß sie offen ist, hätte ich mein Gespräch mit Bugrashov leiser geführt. Aber was geschehen ist, ist geschehen, und soll ich jetzt die Berkowiczs wissen lassen, daß ich hier bin, oder nicht?

Schon oft stand ich auf ihrer Schwelle, hörte ihr Lachen und betete, sie würden die Tür aufmachen und mich einladen. Noch nie habe ich es gewagt, an die Tür zu klopfen, zumal das Verhältnis zwischen meiner Familie und den Berkowiczs nicht besonders gut ist. In der letzten Woche hat sich Herr Berkowicz mit meinem Vater gestritten, weil die viereckig geschnittenen Papiere unten in der Toilette immer von der Zeitung »Davar« stammen und er sich den Hintern ausgerechnet mit Artikeln über Personen abwischen muß, die er respektiert. Warum leistet Vater nicht auch seinen Anteil mit ein paar Seiten aus dem »Feld«?

Die Tomatenpflanze fest an die Brust gedrückt, gehe ich zögernd hinein. Leute, darunter eine ältere Frau und zwei Männer, die ihr ähnlich sehen, sitzen an einem groben, fleckigen Tisch, fügen bunte Formen zu etwas zusammen, das nicht zu erraten ist. Einer steckt eine Feder in eine gebogene Röhre, und die Tante, offenbar Spezialistin für Zusammenschrauben von fußähnlichen Schienen, verkündet, daß die Schachtel voll ist. Herr Berkowicz schleppt sie in die Ecke des Zimmers. Zufrieden stellt er fest, daß sie bereit ist und nur noch auf jemanden wartet, der schon anderthalb Stunden Verspätung hat und den er »Spielzeugvertreter« nennt.

Ich sehe ihren Eifer, den Rauch der Zigaretten und höre ihr Lachen. Frau Berkowicz, den schlaffen Körper gebeugt, schlurft mit ihren Stoffschuhen der »Kleinen mit der Pflanze« entgegen. Sie bittet ihren Mann, dem Mädchen zu zeigen, was eine erstklassige Henne macht. Alle hören auf zu arbeiten. Ihre Blicke sind auf die Tante gerichtet, die den Deckel einer Dose öffnet und ein buntes Spielzeug herausnimmt, das wie eine Henne aussieht. Sie drückt auf ihren Kamm, und plötzlich, wie durch ein Wunder, breitet die Henne die Flügel aus, und ein weißes Ei fällt aus ihr heraus und rollt über den Tisch. Ich stoße verblüfft einen Schrei aus, und das macht sie glücklich. »Ich habe ja gesagt, daß Kinder darauf fliegen.« Berkowicz hebt mich hoch, und dabei wäre fast meine Pflanze zu Boden gefallen. Alle sind glücklich über meine Verblüffung. Noch nie haben mich so viele zufriedene Augen angeschaut.

Ich laufe zwischen Fässern mit Hühnerkämmen und Flügelteilen umher. Ich kann schon die einzelnen Körperteile des Wunderhuhns erkennen, die völlig anders sind als die Teile, die beim Metzger auf der Theke liegen: blutige Leber, Mägen und Füße.

»Komm, Süße, komm.« Berkowicz zieht mich zu sich auf die Knie. Schweißtropfen sammeln sich auf dem Flaum seiner Brust. Seine Hand kriecht langsam unter meinen Pyjama, tippt mir Fliegen auf den Bauch. Es hätte angenehm und lustig sein können, wären nicht auf einmal alle still geworden, seltsam still. Frau Berkowicz zieht mich mit Gewalt aus seinen Armen. Die anderen Menschen tun so, als würden sie weiter die Teile zusammenfügen. Irgend jemand unterbricht die Stille: »Wann wird bloß der Spielzeugvertreter kommen.« Die Tante, die das Radio anmacht, übersetzt für die anderen Tanten eine Nachricht von zwei Soldaten, die bei einem Grenzzwischenfall umgekommen sind, und Ge'ula winkt mir, ich solle mich neben sie stellen, richtig nah, und mich nicht bewegen.

»Was ist schon passiert? Was macht ihr für ein Theater.« Berkowicz zeigt mir, wie man der Henne ein Ei in den Hohlraum zwischen den Flügeln schiebt.

»Was denkst du dir bloß?« Ge'ula drängt sich zwischen mich und ihn und tritt wütend auf ein Ei, das zu Boden gefallen ist.

»Welche Eierfarbe lieben Kinder?« Berkowicz ignoriert sie, seine zitternde Stimme wird immer kindischer.

»Gelb, Herr Berkowicz.«

»Auf was drücken die Kinder gerne, auf den Kamm oder auf die Flügel?«

»Auf die Flügel, Herr Berkowicz.«

»Habe ich es euch nicht gesagt?« Er jubelt und schwingt eine imaginäre Flagge.

Ge'ula versucht, die Wogen zu glätten. »Er war immer gut zu Kindern.«

»Du fängst schon wieder an!«

»Was habe ich denn gesagt?«

»Wir haben ausgemacht, nicht mehr darüber zu sprechen.«

»Es ist mir einfach rausgerutscht, na und?«

Die Leute, die die bunten Teile halten, arbeiten jetzt schneller, und nur Berkowicz läuft herum, drückt die verschränkten Arme fest an die Brust und betrachtet die anderen, die in ihre Arbeit versunken sind.

Mit zwei geschenkten roten Kämmen schleiche ich mich zurück in die Wohnung. Das Ehepaar Berkowicz scheint sich über meinen Besuch gefreut zu haben. Nur Nachtarbeiter wie sie können so etwas schätzen.

Dieser Besuch führt dazu, daß ich und das Ehepaar Berkowicz miteinander sprechen, wir hören auf, zufällige Schatten im Treppenhaus zu sein. Es bringt uns nicht mehr in Verlegenheit, wenn wir uns treffen. Berkowicz lächelt mich anerkennend an und möchte mir immer etwas beibringen, was ich noch nicht kann. Schade, daß er Ge'ula versprechen mußte, mich nicht mehr anzufassen. Schade, daß er, wenn er mich sieht, schnell beide Hände in die Hosentaschen steckt.

»Mit wie vielen Tellern Tomatensuppe kann ich rechnen?« Er befühlt die Tomate, die an meiner Pflanze reift.

»Was tun wir, wenn aus dieser Pflanze plötzlich Linsen oder Kartoffeln wachsen?« fragt er besorgt und lächelt dann.

Auch wenn sich seine Witze wiederholen, verwandelt die Freundschaft der Berkowiczs das dunkle Treppenhaus in einen Ort, an dem angenehme Dinge geschehen. Ich verlege meinen Spielplatz in die Wohnung über uns. Am Arbeitstisch wird fast nie geschwiegen, und wenn, dann liegt es bestimmt daran, daß die Menschen angenehmen Gedanken nachhängen. Das Gefühl, daß sie vielleicht meine heimlichen Eltern sind, läßt mich wohlig erschauern, vielleicht liegt es an der lauten Lebensfreude, ohne jede Spur von Bitterkeit, die bei ihnen herrscht, und vielleicht auch daran, daß sie ganz einfach nicht meine Eltern sind. Könnte es sein, daß ich ihr Kind bin? Daß mich nur dieser verdammte Krieg, der alle Menschen durcheinandergewirbelt und Kinder von ihren Eltern getrennt hat, versehentlich zu diesen Leuten brachte, die jetzt meine Eltern sind?

Ge'ula fragt mich nie nach Dingen, für die ich Ausreden erfinden muß. Sie nimmt mich nur in ihre Arme, drückt mir einen schmatzenden Kuß auf jede Wange, wischt den Lippenstift weg, kneift und streichelt mich und sagt immer das gleiche: Daß ich mehr essen und zunehmen soll, und wie herrlich rosige Wangen sind. Sie räumt für meine Pflanze einen Platz vor dem Spiegel frei und führt mich zu einer Vitrine, die mit einer »Sammlung von Nationalpuppen« vollgestopft ist. Hätte ich mich nicht mit den Berkowiczs angefreundet, hätte ich nicht die erste Kokosnuß meines Lebens gesehen. Auch nicht den knochigen, schwarzen Mann, der sich auf einen Stock stützt, ein Paar, das einen bulgarischen Tanz vorführt, eine Puppe in Neonfarben, die sich über einen Sack beugt, der eigentlich ein Behälter für Zahnstocher ist. Und über allem thront ein Hirschgeweih, dessen Kopf in der Wand steckt, nur seine Hörner ragen heraus, sein Körper versteckt sich im Schlafzimmer.

All diese Sachen stammen von der Mutter des Kindes, das bei Ge'ula umsonst Hebräisch lernt, von der Kunststopferin, die für sie die Zeitungen vom Vortag aufhebt, von dem Matrosen, der von ihr ein Faltbett bekam, als sein Schiff ohne ihn auslief, sowie von dem Briten, der über Ge'ula seine Frau kennenlernte, die ihr seither außer Puppen auch Grußkarten zu Pessach und Neujahr schicken: »Glaub mir, Süße, daß ihre Aufmerksamkeit mir wichtiger ist als die Puppen.«

Berkowicz holt vom Regal die Dose mit Schokoladenpulver herunter, die seine Cousine aus New Jersey geschickt hat. Eine gespannte Stille begleitet die Drehungen des Dosendeckels.

Obwohl die Blicke der Anwesenden prüfen, ob er es wieder wagt, meinen Bauch zu berühren, erinnere ich mich mit Sehnsucht an sein Kitzeln und hoffe, daß er das wieder macht, an einem Ort, an dem er nicht gestört wird. Aber er steht jetzt nur dicht neben mir, hält den Löffel wie eine Waffe, liest vom Zettel im Deckel vor, daß acht Gramm die tägliche Ration an Kalzium und Eisen für Kinder bis zwölf Jahre enthalten, und stellt die Dose in den Küchenschrank.

Fast hätte ich gefragt, warum die Cousine aus New Jersey Schokoladenpulver für Kinder an eine kinderlose Familie schickt. Ein Glück, daß ich mich an Vaters Rat erinnert habe, zweimal nachzudenken, bevor ich eine Frage stelle, die sich auf das bezieht, was früher war. Ich fülle meinen Mund mit Schokoladenpulver und verspreche, jeden Tag zu kommen, bis ich die Dose, die für das einzige Mädchen im Haus bestimmt ist, leer gegessen habe.

Als Berkowicz die Schokoladendose in den Schrank stellt, sieht man durch die auseinandergeschobenen Wachstuchvorhänge Marmeladengläser und eingewecktes Gemüse. Frau Berkowicz nimmt ein oder zwei heraus, gibt mir einen Löffel zum Kosten, wischt meinen Mund mit einem feuchten Geschirrtuch ab, erzählt, wieviel man spart, wenn man die Früchte der Saison einmacht, und was für ein Vergnügen es ist, Kinder zu füttern, denen das Essen schmeckt.

»Und wenn ich mit den Flügeln fertig bin, greifen meine Finger sofort zu den Stricknadeln. So ist es bei mir. Ich muß immer in Bewegung bleiben.« Meine Bewunderung für sie wächst. Jetzt stellt sie einen Korb mit Wolle auf den Tisch und setzt mich auf einen Hocker vor dem Sessel. Sie zeigt mir, wie ich die Arme vorstrecken soll, legt einen Strang Wolle darüber und fängt an, sie aufzuwickeln. Dabei erzählt sie, daß man für einen großen Schal weniger als zwei Knäuel Wolle braucht und daß sie von den Resten, die sie sammelt, bunte Kinderschals strickt. Kinder mögen es bunt, im Gegensatz zu alten Frauen. Es ist noch nie vorgekommen, daß ein Kind ihre Geschenke abgelehnt hat. Das

Kind, das nicht wenigstens einen Streifen mit seiner Lieblingsfarbe findet, ist noch nicht geboren. Berkowicz bestätigt, daß Ge'ula einen sehr ausgeprägten Sinn für Farben hat. Hätte der Krieg nur ein halbes Jahr später begonnen, hätte sie die Malschule beendet und eine Werkstatt für bemalte Teller aufgemacht, oder für irgend etwas anderes, das mehr zählt als Bakelithühner. Und überhaupt, wenn wir schon von Ge'ula reden, sie hat goldene Hände, und wenn sie ein Ei aufschlägt, läuft der Dotter nie aus.

Die Freude, die Berkowiczs gleich zu treffen, versüßt mir das Aufstehen am Morgen. Von dem Tag an, als ich versprach, die Schokoladenpulverdose leer zu essen, sind die Türen, ihre und unsere, zum Treppenhaus offen. Man könnte sagen, ich lebe in beiden Wohnungen gleichzeitig. Frau Berkowicz versteht nicht, warum ich manchmal pfeife. Sie weiß nicht, daß ich es tue, wenn ich Mutter nicht sehe. Ich mache mir Sorgen um ihre Sorgen und gebe ihr ein Zeichen, daß ich noch lebe. Noch ein Kamm, und es reicht. Ich muß mich vor dem Wunsch hüten, immer hierzubleiben. Nur noch ein Kamm, nicht mehr. Jetzt. Schnell. Bevor Mutter anfängt zu suchen und zu weinen und »Aluschinka, Aluschinka« zu rufen.

Obwohl Mutter und ich über Geräusche Kontakt zueinander halten, sehe ich sie, wenn ich zurückkomme, unruhig hin und her laufen. Die Provianttasche ist gepackt für den Spaziergang zur Mauer von Hasan Bek. Weil sie immer grimmig aussieht, kann man nicht wissen, ob es meine Besuche oben sind, die sie ärgern. Ich schleiche mich in die Wohnung, als hätte ich es verdient, ausgeschimpft zu werden. Woher nehme ich die Frechheit, auf eigene Faust den Tisch der Legehennen zu entdecken? Und warum habe ich anderen Menschen erlaubt, mich zu lieben? Es ist meine Pflicht, Mutter für das Versäumte zu entschädigen. Vielleicht mache ich sie zur Partnerin für die Tagesabenteuer – sie bekommt ein Ei oder eine Feder von den vielen defekten Teilen, die mir Ge'ula geschenkt hat.

Sie will weder das Ei noch die Feder. »Ich habe kein Interesse daran, mit den Berkowiczs Umgang zu pflegen. Sie haben keine Kinder, und wenn sie welche gehabt haben, sind sie im Krieg gestorben. Man kann nicht mit einem Hühnerkamm das Kind anderer Leute kaufen. Man gibt eine Tochter nicht einfach an Nachbarn weiter. Der Teufel weiß, warum sie sich so viele Stunden von der Arbeit abhalten lassen, und wer hat ihnen erlaubt, einem Mädchen, das gerade gefrühstückt hat, Schokoladenpulver zu geben? Sie wissen doch, daß du gerade die Krankheit hinter dir hast. Sie hätten mich fragen müssen, was du essen darfst und was nicht. Warum hassen sie mich, diese Berkowiczs, ich habe ihnen doch nichts getan.« Mutter schlägt sich verzweifelt auf die Knie und bittet mich, Platz zu nehmen.

»Der Mensch ist ein verräterisches Tier.« Sie hebt warnend den Zeigefinger. »Er geht von einem Ort zum anderen und läßt immer Verletzte hinter sich. Hättest du mehr Erfahrung, würdest du wissen, wie du die Fallen von Leuten meidest, die deine Liebe gewinnen wollen und dir den Eindruck geben, sie würden nie aufhören, dich zu lieben. Die sich erst einen Platz in deinem Herzen sichern und dann verschwinden und ein schmerzendes Loch hinterlassen. Wer klug ist, weiß, wen man als ersten verlassen sollte. Wenn du das Gefühl hast, daß es zu Ende geht, dann steh auf und geh weg, bevor irgend jemand dich verläßt. Du darfst nicht vergessen, daß wir die Wohnung nur vorübergehend haben. Daß wir irgendwann, vielleicht sehr bald, von hier wegziehen, und Berkowicz wird sich weiter mit seinen Hühnern beschäftigen und vergessen, daß es dich gab. Und wenn wir schon darüber sprechen: Im Leben wie im Krieg ist jeder ist für sich allein. Wer das rechtzeitig begreift, bildet sich nicht ein, daß eine Freundschaft ewig hält, er lebt ruhig und sieht zu, daß seine Belange geregelt sind. Ich wünschte, ich wäre mutig genug, um laut zu verkünden, daß ich eigentlich niemanden brauche. Warum habe ich keinen Mut? Vielleicht, weil man in Palästina als anormal gilt, wenn man bei dem Spiel ›Wir sind alle eine große Familie‹ nicht mitmacht.«

Mutters Klage hat einen besonderen Klang, wenn sie sich bei Vater beschwert, daß »sie« das Mädchen länger als zwei Stunden aufgehalten haben. Die Spannung zwischen den Berkowiczs und Mutter zeugt davon, daß Kinder eine sehr gefragte Angelegenheit sind. Vier Wohnungen gibt es im Haus – sieben Erwachsene und nur ein Kind. Ich gewöhne mich an das Gefühl, etwas Kostbares zu sein.

Wenn ich groß bin, werde ich die Körpersprache und die Mienen von verräterischen Menschen entziffern können. Mutter sagt, daß das mit dem Alter kommt. In der Zwischenzeit versuche ich, ihrem fragenden Blick auszuweichen, sie hat bestimmt schon gemerkt, wie gern ich ein Teil der bunten, lauten Gemeinde am Arbeitstisch sein möchte. Ich versuche weiterhin, sie zu überreden, mit mir nach oben zu gehen, um die größte Nuß der Welt zu sehen, aus dem Kokosland, die in der Vitrine liegt. Mutter sagt, sie würden mich ganz verrückt machen. So ein Land gibt es nicht. Und sie besuche aus Prinzip keine fremden Wohnungen. Und über Frau Berkowicz lasse sich viel sagen, wenn sie wirklich keine bösen Absichten hätte, hätte sie keine Vitrine mitten ins Wohnzimmer gestellt. Was wolle sie denn beweisen? Ihre Großzügigkeit? Sie habe auch nicht vor, mit »diesem Berkowicz« zu reden, der eine Sechzig-Watt-Glühbirne in die Treppenhauslampe geschraubt hat, obwohl man in der Mieterversammlung ausdrücklich beschlossen habe, nicht mehr als vierzig Watt zu nehmen. Es gibt Menschen, mit denen man nicht sprechen kann. »Nur wenn ich die Sicherung rausnehme, würde er mir vielleicht zuhören.«

Wenn Mutter so unfreundlich ist, werden die Berkowiczs mich weniger lieben. Ich werde sie nicht mehr auffordern, mit mir nach oben zu gehen. Ab jetzt ist jeder Besuch bei ihnen mit vielen Überlegungen verbunden, so daß ich manchmal sogar erleichtert bin, wenn ihre Tür zu ist.

Vom Dach aus kann ich bis zum Vorplatz des Schmieds schauen und sogar bis dahin, wo der Bürgersteig zu Ende ist. Aber nur, solange meine Mutter mich hören kann. Jedes Entfernen bedeutet einen kleinen Abschied, und bei Abschieden weiß man nie, wie lange sie dauern und wann sie sich in eine Trennung verwandeln, von der es kein Zurück mehr gibt. Ich sehne mich nach den Dünen am Strand, und wenn ich mir die Decke über den Kopf ziehe, kann ich denken, was ich will, und niemand erkennt meine verbotenen Gelüste. Man muß lernen, wie man Wünsche gegen andere Wünsche tauscht. Sich etwas vorstellen und daran glauben. Bei dem schwarzen Obstbrei ist es mir ja auch gelungen, zu glauben, daß ich roten Pudding schlucke. Vereinbarungen darf man nicht brechen. Man darf nicht quengeln. Die Welt ist zerbrechlich. Wenn ich meinem Verlangen nachgebe, von Mutter wegzulaufen, wird Mutter ihrem Verlangen, Großmutter Sara zu suchen, nachgeben, und wer soll dann für Vater das Essen kochen, wenn er allein zu Hause bleibt? Gerade jetzt, wo er so viel Zeit mit dem Rucksackhändler Gutmann verbringt, mit ein bißchen Hoffnung und viel Zögern und viel »wir werden sehen« und »vielleicht« und »ich muß darüber nachdenken«. Vater ist überzeugt, daß es jetzt passiert, und Mutter gibt sich Mühe, daran zu glauben, aber es gelingt ihr nicht wirklich. Nicht, daß Vater uns belügt, aber er kann die wirklichen Absichten der Menschen nicht erkennen. Er erkennt auch nicht, daß ich ihn nicht aus den Augen lasse, wenn er zurückkommt, in der Hoffnung, einen halben Blick von ihm zu ergattern. Vielleicht hat Mutter recht, wenn sie manchmal zum Spaß sagt, er habe einen klugen Kopf und ein dummes Herz und man solle nichts von ihm erwarten, er sei eben nur ein Mann.

Am Mittwoch dieser Woche soll Gutmanns endgültige Antwort kommen. Wenn Gutmann sein Versprechen hält und die kleinen versilberten Schnallen für Schultertaschen kauft, reicht es für fünf Monate und länger ohne Geldsorgen. Manchmal vergißt Vater, daß bei uns zu Hause die Sorgen groß sind und Mutter jetzt schon Angst vor der Zeit nach diesen fünf Monaten hat. »Was kann ich dafür, der Krieg hat mich zu einer Expertin für Anzeichen gemacht.« Sie seufzt stolz, und Vater macht bei dem Wort »Anzeichen« sein übliches angeekeltes Gesicht. Wieder sagt er, daß man die Tage nicht damit verbringen kann, sich auf ein Unglück vorzubereiten. Ein Unglück kommt einfach, und auch wenn man sich vorbereitet, verhält sich das Unglück anders als erwartet. Und überhaupt ist die Tatsache, daß wir noch da sind, der Beweis dafür, daß wir wissen werden, was zu tun ist, wenn uns das Unglück überrascht.

Es ist Mittwoch, die Sonne wandert schon über die Spitze der Moschee und wird bald hinter der Baracke des Verrückten verschwinden. Als es dunkel wird und immer weniger Busse durch die Hasan-Bek-Straße fahren, tauschen Mutter und ich Blicke. Wir wollen endlich wissen, welche Antwort er bekommen hat. Wir kennen Vater gut genug, der alles abgebrochen hätte, um uns eine gute Nachricht zu verkünden.

Mutter hat sich schon unter ihrer Daunendecke vergraben und hört nicht, als er beschämt eintritt. Er geht an ihrem zugedeckten Körper vorbei, schöpft sich Suppe aus dem Topf und verkriecht sich hinter dem Tisch wie einer, der es nicht verdient hat, viel Raum zu beanspruchen. Auch als ihre Bewegungen zeigen, daß sie wach ist, steht sie nicht auf, um ihm zu erzählen, was sie heute alles erlebt hat. Sie will ihm auch nicht die Fragen beantworten, die er manchmal stellt, nur damit es nicht so still ist. Er schaltet sich durch die Radiostationen und läßt es zwischen den Sendern quietschen und hofft, daß sie schreit: »Siehst du nicht, daß ich schlafe!«

Kurz vor den Neun-Uhr-Nachrichten steht Vater vom Sessel auf. Er hat sich entschieden, Frau Feldmann mit einer Schachtel neuer, glänzender, rostfreier Schnallen, wie nur die Deutschen sie produzieren können, zu bestechen.

Es ist bekannt, daß Frau Feldmann das Haus kaum verläßt. Es ist bekannt, daß jede Minute ihres Lebens der Chance gewidmet ist, daß der Kanadier eines Tages vor der Tür steht und sagt: »Okusch, hier bin ich.« Man kann sie spontan besuchen, ohne sich vorher anzumelden, sie ist immer in dem weichen Sofa versunken, das auf dem dicken Teppich steht. Sie glaubt, daß das

Hebräisch aus dem Radio in ihren Ohren hängenbleibt, während sie Patiencen legt. Man sagt, würde sie nicht erwarten, überrascht zu werden, hätte sie keine offene Bonbonniere mit Katzenzungen auf dem Tisch stehen und hätte ihre Lippen nicht mit einem extraroten Lippenstift übermalt, daß sie doppelt so groß aussehen.

Vater bleibt lange bei ihr. Als er zurückkommt, schildert er, wie die Dame ihm den letzten Schrei an Unterwäsche vorgeführt hat, die mit dem Paket am Dienstag direkt aus Kanada kam. Als er die Ware ernsthaft betrachtete und nicht sofort nach dem Preis fragte, griff sie zu der preiswerteren, fehlerhaften Ware, die sie in einem Karton aufbewahrt. Die Dame ist stolz, man findet bei ihr keine Flanell- oder Baumwollunterhosen und keinen Büstenhalter mit Schnüren. Bei ihr ist alles aus Nylon oder Shantungseide, alles wird mit Haken oder Druckknöpfen zusammengehalten, alles läßt sich leicht waschen, man muß die Sachen nicht kochen, und sie sind bügelfrei. Fotos von barfüßigen Schönheiten in Unterhöschen und Büstenhalter, aus dem letzten Heft für Unterwäsche aus Montreal, dem Heft von Anfang September, dekorieren den Holzrahmen des Spiegels. Ja, sie hat in ihrem Bestand einen Unterrock in Blaßlila, so einen, wie ihn die Brünette trägt, und sie hat sogar einen Unterrock mit verstellbaren Trägern. Das Spitzenband oberhalb der Brust verteuert das Stück zwar, aber da es sich um Nachbarn handelt, die auf der anderen Straßenseite wohnen, würde sie sich mit dem normalen Preis zufriedengeben. Sie hat auch nicht vergessen, Vater daran zu erinnern, daß sie die Flagge, die von unserem Dach herunterhängt, auf Mutters Wunsch auf ihrer Singer genäht hat, und zwar umsonst.

Vater ist ziemlich verwirrt von dort zurückgekommen: Sie hat ihm einen Unterrock in Blaßlila mitgegeben, Größe achtunddreißig, aber sie wollte von einem Tauschgeschäft nichts hören. Sie war zwar von der Schönheit der Schnallen begeistert und sagte sogar: »Wie ist es möglich, daß sich solch ein Schatz nur eine Straßenbreite von mir entfernt versteckt und ich keine

Ahnung davon habe?« Doch dann hat sie gleich dazu gesagt: »Und was ist mit dem Prinzip, keine deutsche Ware anzunehmen?«

Und wie üblich stellt sich die Frage, ob es zu einem Geschäft kommen würde. Und wie üblich läßt Vater nicht locker. Er gewöhnt es sich an, auf dem Rückweg von der Arbeit eine Tasse Kaffee bei ihr zu trinken. Vielleicht wird es ihm gelingen, mit einer frohen Botschaft heimzukommen. Er berichtet Mutter, daß die Verhandlungen fortschreiten, aber Mutter mag es nicht, daß er ihre Tasse Tee ablehnt, weil er bei Frau Feldmann schon eine Tasse Kaffee getrunken hat. Und überhaupt: Sie sei nicht die erste Frau, die von einem Mann besucht wird, der es nicht schafft, seiner eigenen Frau eine Freude zu machen. Obwohl Vater geschworen hat, ihr Wort für Wort zu wiederholen, was gesprochen wurde, und sagt, es gehe immer nur um Unterröcke und die Lage im Land, verlangt sie von ihm, diese Freundschaft zu beenden. Auch wenn es nichts Ernstes ist, auch wenn ganz Manschija weiß, daß Frau Feldmann ihrem Kanadier verfallen ist, bereitet es ihr Herzklopfen.

Vater geht nicht mehr hin. Nach zwei Abenden, an denen Frau Feldmann umsonst auf ihn gewartet hat, wirft sie ihm eine Nachricht in den Briefkasten. Sie habe über alles nachgedacht und sei zu dem Schluß gekommen, daß diese Metallteile vielleicht an Seitentaschen passen, aber bei ihr würden sie bloß nutzlos herumliegen.

Mutter lästert über die kindische Handschrift der Dame: Die Buchstaben sind einzeln und rund, fast wie bei einer Analphabetin, die Linien gerade wie in einem Schönschreibheft. Außerdem: Warum hält sie es nicht für nötig, die zehn Schnallen, die er als Muster daließ, zurückzugeben?

Noch eine Enttäuschung. Noch eine kleine Lehre, wie sich die Menschen benehmen. Noch eine Erwartung, die sich in Luft auflöst. Das überrascht Mutter nicht. Wer wüßte besser als sie, daß das Leben eine andauernde Katastrophe ist und man dankbar sein muß, wenn es ab und zu eine Verschnaufpause gibt. Vielleicht versteht Vater endlich, wie groß der Unterschied zwischen dem Lächeln der Dame und ihren Absichten ist. Vielleicht kann sie ihn jetzt auf ihre Seite ziehen, was ihre Ansichten über die menschliche Natur betrifft. Endlich hat sie eine Chance, ihn von ihrer Meinung über »die gewöhnliche Bäuerin in einem feinen Kleid, eine falsche Baronin, deren feuchte Füße stanken, eine von denen, die es für angebracht hielten, es mit den Deutschen zu treiben«, zu überzeugen. Wie durchschaubar und kläglich ist sie doch, wenn sie auf dem Balkon zur Straße steht, mit ihrer berechnenden Bescheidenheit und der perfekten Frisur, wie sie alle anlächelt und doch niemanden, und bestimmt nicht nur zu dem Zweck, Mitleid zu erzeugen. »Ich bin bereit zu schwören, daß sie erst dann einen Herzinfarkt bekommt, nachdem sie in ihrem besten Kostüm frisch vom Friseur zurückkommt. Pose. Alles nur Pose und sonst nichts. Sie ernährt sich recht gut von ihrem Kanadier. Daran wäre nichts Schlimmes, wenn sie anderen auch helfen würde.«

Vater wirft den Zettel in den Mülleimer und knallt die Tür hinter sich zu. Er hat die Reißverschlüsse seiner Hausschuhe nicht zugezogen, vielleicht ist das ein Zeichen dafür, daß ihm nichts mehr wichtig ist. Ich renne ihm hinterher, bis zum Kalksteinpfad. »Vater, warte, ich bin es, Vater.« Mutter steht am Fenster: »Aluschinka, komm nach Hause.« Und ich renne und renne und will nichts mehr hören.

Er schaut bereits zum zweiten Mal zu Frau Feldmanns geschlossener Jalousie. Nein, er ist nicht böse auf sie. Sie kann ja nicht wissen, was für Probleme ein Unterrock aus reiner chinesischer Seide verursachen kann, der von Kanada seinen Weg in ein arabisches Haus im hebräischen Jaffa gefunden hat und bei Mutter polnische Erinnerungen weckte! Wenn er sie auf der Straße zufällig treffen würde, würde er ihr sagen, daß er es versteht. Falls er vorübergehend angenommen habe, sie schulde ihm etwas, dann bitte er jetzt um Entschuldigung. Wenn man das, was man erwartet, nicht bekommt, darf man doch dem anderen keine bösen Absichten unterstellen. Sie hat bestimmt ihre Gründe für das, was sie getan hat, wir können nicht alles verstehen.

Vater geht weiter, an der ehemaligen Lederbearbeitungsfabrik von Lewkowicz vorbei. Er hebt eine verrostete Patronenhülse auf, die zeigt, welche Gewehre man hier früher im Untergrund produzierte, und steckt sie heimlich in die Hemdtasche. Vor einem Balkon mit Kakteen wird er langsamer. Ein Mann lehnt sich über das Geländer, und eine Frau verscheucht Fliegen von einem Keksteller. Ich schiebe meine Hand in die meines Vaters, und er fragt nicht nach Mutter und ob sie weiß, daß ich nach unten gegangen bin; er deutet nur auf eine Gardine, die sich im Wind bewegt, und sagt: »Der Winter beginnt.«

Noch eine Ruine und noch eine, noch mehr aufgequollene Türen ohne Klingel oder Türklopfer. Noch mehr bemooste Steine, noch mehr Häuser, die ich nie besucht habe. Und manchmal frage ich mich, ob es dort auch so ist wie bei uns und ob alle Menschen, die in den Ruinen von Manschija hausen, auch Geldstücke in einer Vase sammeln und ob es stimmt, daß hinter den dürftig angenagelten Brettern auch »Normale« wohnen, die, obwohl sie genug Geld besitzen, um hier wegzuziehen, sich genau wie ich über die überflüssigen und kaputten Dinge freuen, die am Strand zu finden sind. Vielleicht haben sie auf dem Dach zerlegte Frachtkisten, vielleicht aber auch nicht, und was denken sie, diese »normalen Menschen«, über die Leute, die aus den Zollagern kamen und braune Kartons in ihre Wohnungen schleppten. An welche Art Leben erinnern wir sie? Welche Gedanken gehen ihnen durch den Kopf, wenn Vater und ich durch ihre Straßen ziehen? Und was geschieht in einem normalen Haus, und was tun die Normalen an einem normalen Abend ohne rheumatische Schmerzen? Vielleicht sieht es ja nur so aus, als seien sie immer hiergewesen, als habe es die vielen Gegenstände auf ihren Balkons und Dächern schon immer gegeben, von Anbeginn an, als hätten schon ihre Urgroßväter, die nackten und barfüßigen Männer aus der bebilderten Bibel, sie benutzt.

Vater beschleunigt seine Schritte vor dem Wind, der vom Kalksteinpfad herüberweht, bleibt an der Straßenecke stehen, überlegt, sagt, daß jede Kurve so aussieht wie die andere, und läßt sich von seinen Beinen tragen, wohin sie wollen. Der Bürgersteig versinkt immer tiefer im Sand des Strandes, und Sand dringt in unsere Hausschuhe. Er lehnt sich mit dem Ellenbogen an einen der aufeinandergetürmten Liegestühle, die an einer Säule angekettet sind. Sein ausdrucksloser Blick folgt einer Gruppe Jungen, die lachend zum Strand rennt.

»Was ist los mit dir, Vater.« Ich klettre auf den Liegestuhlstapel, streichle die beiden Geheimratsecken, die rot geworden sind, trockne die ersten Regentropfen ab, die ihm in den Kragen rollen.

»Ich habe es satt, es reicht mir, es langt.« Er spricht mit erstickter Stimme, mal auf polnisch, mal auf hebräisch. »Kannst du verstehen, daß in einem Judenstaat ein Jude einem anderen Juden keine Schnallen abkauft? Außerdem ist die Lage im Land besorgniserregend, und die Größe der Stunde macht den vielen traurigen Menschen, die sich hier versammelt haben, keine Freude.« Wir wissen beide, daß er von Mutter spricht, obwohl ich gestern in der Nacht gehört habe, wie sie sich einig waren, dem Mädchen nichts Böses zu sagen.

»Es ist wegen ihrer Gefühle, Vater.«

»Gefühle?«

»Sie sagt, daß sie von ihren Gefühlen beeinflußt ist, Vater.«

»Es sind keine Zeiten für Gefühle.« Zwei traurige Augen starren mich an. »Es gibt eine Zeit für Gefühle, und es gibt eine für Taten. Entweder – oder, man kann nicht alles zusammen haben.«

Der Pfad ist mit Glasscherben übersät. Es sind abgerundete Edelsteine, vom Wasser so lange gestreichelt, bis ihre Ecken verschwunden sind, jetzt blinken sie in der Nachmittagssonne. Ich trample auf die Muschelhaufen, sinke in die unteren Schichten und entdecke farbige Gläser, die ich noch nicht in meiner Sammlung habe. Vater liebt es, vor meinem Aquarium zu stehen, einer

Wasserflasche, die ich auf die Fensterbank gestellt habe und in der Gegenstände glitzern. Er bewundert die Eigenschaft des Wassers, allem Glanz zu verleihen. Auch jetzt, in bedrückende Gedanken versunken, bückt er sich, um noch einen neuen Farbton für meine Sammlung aufzuheben; er klopft die Glasscherbe an eine Tonscherbe, prüft ihre Härte und den Klang, leckt daran, um zu sehen, welche Farbe sie haben wird, wenn wir sie ins Wasser legen.

Früher, als Mutter noch aufmerksam war, hat sie Geschichten über Scherben erfunden, wie sie in die Wellen gerieten und warum sie rund wurden. Die dunkelgrünen sind zum Beispiel Scherben der Bierflaschen von Napoleons Armee. Wer hätte gedacht, daß das Meer die Reste der zerbrochenen Flaschen zu runden Smaragden schleift, die dann auf der Fensterbank von Familie Meller ausgestellt werden.

Einmal, vor langer Zeit, an dem Tag, als sie mir von Schiffbrüchigen erzählte, die Hilferufe in verschlossenen Glasflaschen schickten, erlaubte sie mir, in dem Muschelhaufen am Ufer zu wühlen und mit ein bißchen Glück solch eine Flasche zu finden. Ich lief die Stufen runter und betete still, die Flasche, die von einem untergehenden Immigrantenschiff ins Wasser geworfen wurde, noch rechtzeitig zu finden, wühlte in nassen Papierfetzen, die vielleicht von einer zerbrochenen Flasche stammten, und hörte bereits, wie im Radio von dem Wundermädchen aus dem Freudensaal neben Hasan Bek berichtet wird, der Kleinen, die die Menschen im letzten Moment vor dem Ertrinken rettete. Danach wird vor dem Haus ein Auto halten, mit langen Kotflügeln, wie der Chevrolet von Jucek, und jemand von der Regierung oder vom Verteidigungsministerium wird klopfen und fragen, ob hier das Mädchen wohnt, das Augen hat, die alles sehen, und auch ein Auge im Hinterkopf. Und Vater wird vor Stolz platzen, aufstehen, ihm die Hand reichen und sagen: »Sehr angenehm, Ingenieur Alexander Meller, ich bin der Vater.«

Jetzt liegen zwar viele Scherben auf der Schaumlinie zwischen Sand und Wasser, aber keine Flasche. Ich sehe Vater, der auf dem festen Sandstreifen am Wasser seine Schritte beschleunigt, und einige Fische mit offenen Mäulern, die mit ihrem Gestank die Badenden vertreiben. Die Pflanze halte ich fest im Arm, während ich in die Fußstapfen hüpfe, die Vater hinterläßt. Ich gebe mir Mühe, nicht auf leere tschechische Gewehrhülsen oder auf Burgen aus tropfendem Sand zu treten. Ich rate, woraus der nächste Hügel besteht und ob Glasscherben drin sind oder nicht und ob die Masten am Horizont von deutschen Kriegsschiffen stammen oder von einem Schiff, dessen Matrosen gerade die Flasche ins Wasser werfen, die mein Leben verändern wird. Und hier ist Europa. Die noble Europa steigt aus den Fluten, segelt behäbig zu den Verstecken in den Wäldern, da ist der große Vorhang, der ihre Schönheit in zwei Teile teilt, sie kommt näher, königlich und selbstsicher: »Mutter, öffne das Badezimmerfenster. Sie kommen zu dir zurück.«

Der Regen wird dichter. Der Pony klebt mir schon an der Stirn. Frauen verrenken sich, während sie ihre Badeanzüge unter der Kleidung ausziehen. Einige Badende überqueren die Spuren, die Vater und ich auf dem Sand hinterlassen haben. Vater macht Platz für die praktischen Menschen, die sich beeilen, ihre Badetücher zum Trocknen aufzuhängen. Er bleibt stehen, um die Sträucher zu betrachten, die hinter den kleinen Dünen wachsen, fragt sich, ob es Strandlilien sind, pflückt zwei Blätter ab, um im russischen Pflanzenführer nachzuschauen. »Wenn du groß bist, möchte ich, daß du Botanik studierst.« Er reicht mir ein Blatt, um daran zu riechen. Und wieder sieht man die Köpfe zwischen den Kakteen auf dem Balkon, der Keksteller ist vom Geländer entfernt, und sie nicken als Zeichen, daß sie uns schon vom Weg zum Meer kennen. Gut, daß das Geländer den offenen Reißverschluß von Vaters Hausschuhen verdeckt, denn von den Knien aufwärts sieht Vater ordentlich aus.

Wir gehen und gehen, bis wir wieder in der Hasan-Bek-Straße sind. Der gelbe Staub vom Sommer ist ein trüber Brei geworden, ähnlich wie Plastilin, wenn man alle Farben zusammengemischt hat. Wieder zeigt sich oben Mutters blasses Gesicht, vielleicht hat sie gesehen, daß er zu Frau Feldmann hochgeschaut hat, und vielleicht auch nicht. Vielleicht hat sie Angst, wenn die einzigen Menschen, die sie hat, ohne sie zum Meer gehen, aber Vater drückt sich, begrüßt überschwenglich einen jungen Mann, der einen Hund ausführt und sich bückt, um ein umgeklapptes Hundeohr wieder geradezurichten. Der junge Mann geht weiter, das Ohr kippt wieder um, und Vater kniet vor dem Hund, der jedoch weiterläuft. Und plötzlich ist er geschrumpft, sieht in dem Hemd, das einige Nummern zu groß ist, kleiner denn je aus, und ich zeige ihm nicht, wie herzzerreißend seine Einsamkeit ist. Ich hüpfe auf einem Bein, schaue durch die zitternden Wimpern, wie er in die Hände klatscht und dieses hopsende Mädchen, das ihm gehört, bewundert. Ich weiß, ich war nicht der Junge, auf den er gewartet hatte, stark und muskulös und bereit für die improvisierte Wiege, die er in letzter Minute ergattert hatte. Aber ich bin trotzdem begabt und kann über die Steinfliesen springen, ohne die Ritzen zu berühren. Auch wenn es so aussieht, daß ich bald stolpere, fange ich mich und lande aufrecht und beherrscht auf den Steinen. Mit geschlossenen Augen weiß ich, wo der Bürgersteig aufhört.

»Ein Junge, auf dessen Muskeln man sich verlassen kann.« Das ist es, was ich gehört habe. Er sagte es damals in der Nacht, als ich mich an die Wand drückte, mit dem Rücken zu ihnen, und versuchte, mich gegen das Gemurmel zu wehren, das aus ihrem Bett kam. So erfuhr ich, wie er sich davor gefürchtet hatte, eine Tochter zu bekommen. Wie er es bedauerte, daß niemand mehr da war, der ihm etwas über Mädchen beibringen konnte und darüber, wie man sie in seiner Familie erzogen hat. Ich hörte, wie er in jeden Kinderwagen schaute, um zu erfahren, was man mit seinem ersten Baby macht, seinem eigenen Baby, das aus jeder Körperöffnung Flüssigkeiten aussondert, strampelt, schreit und sich weigert zu saugen. Und dann der ständige Durchfall. Warum sagte einem niemand, daß Babys dauernd Durchfall haben? Und auch, wenn es ihm leid tat, ein Mädchen in diese scheußliche

Welt gesetzt zu haben, war er derjenige, der den Termin bei der usbekischen Frau storniert hatte, die mit zwei glühenden Stricknadeln die Schwangerschaft hatte abbrechen wollen. Statt dessen ein dicker Bauch und Schreie und Wehen und eine Geburt und eine Tochter. Und nun gibt es auf einmal ein fertiges Mädchen, kein Baby mehr, eine richtige Sportlerin, stark und geschmeidig, die Salti über das Geländer des Schmiedes schlägt, die einen Kopfstand machen kann, eine Kerze und sogar einen Spagat, ein Mädchen, normal und fröhlich, wie normale Kinder von normalen Eltern an normalen Orten sein sollen.

Blauer Flügel

Es sind schon einige Monate, daß das aufgeriebene Holz des Türflügels die Hitze des Sommers in sich aufnimmt. Jetzt läßt er sich schon zu einem Drittel öffnen. Vater schlägt mit der Faust darauf. »Glaub ja nicht, daß ich es der Tür verziehen habe, daß wir damals ihretwegen die Kisten auf der Straße auspacken mußten, vor allen Menschen. Man sagt, es gibt dieses Jahr einen normalen Winter, nicht solche Überschwemmungen wie im letzten Jahr, daß sich das Wasser nicht in der Vertiefung vor dem Haus sammelt. Vielleicht wird die Tür endlich vollkommen trocken werden.« Und Mutter hat bereits verkündet, daß sie die abblätternde Farbe entfernen, die Tür mit Leinöl tränken und dann in Dunkelblau anmalen will, damit der Eingang nach etwas aussieht.

Vater fragte: »Eine Tür mit frischer Farbe, während alle anderen Türen der Straße abblättern? Was für einen Sinn hat das?«

Mit der Sicherheit einer Expertin für guten Geschmack antwortete sie: »An einem Ort, an dem sowieso nichts zusammenpaßt, kannst du alles machen, worauf du Lust hast.«

Und jetzt schlägt Vater mit seiner Schulter gegen die Tür, erwähnt im Selbstgespräch noch andere Verbesserungen, die sie im Haus vorhaben, und bedauert, daß er nach den langen Arbeitsstunden so müde nach Hause kommt. Als Mutter mit dem Malen anfangen will, schläft er vor dem Radio ein, einen Band von irgendeinem »Gesamtwerk« in der Hand, und bis er wieder Kraft hat, sind alle Farbengeschäfte längst geschlossen.

Heute abend, vor dem Schlafengehen, lasse ich alle blauen Farbtöne, die ich kenne, Revue passieren und wähle ein Blau, das zu Lila neigt, dessen Reste auf der sich schälenden Farbe einiger Geländer in Manschija zu sehen sind. Ich nehme mir vor, es Vater noch vor der Arbeit zu beschreiben, aber als ich morgens aufwache, höre ich kreischende Bremsen, renne zum Fenster, stecke den Kopf hinaus, so weit es geht, und sehe, wie er zur Mitte der Straße rennt und, ein Stück von einer Regenrinne in der Hand, und in den Abgasen eines langen silbernen Autos verschwindet. Ich brauche eine Weile, um zu merken, daß es der Chevrolet des Kapitalisten ist. Als das Auto hinter dem Sacklager von Schlesinger abbiegt, sehe ich Vater, der sich gedemütigt und gebeugt nach Hause schleppt. Gerade als es scheint, er würde sich aufrichten, fängt er an zu schreien, schlägt gegen den blockierten Türflügel, und mit jedem Schlag dringt die Regenrinne tiefer in die Tür ein, und das Holz splittert. Er reißt sich das Hemd vom Leib und wirft sich halbnackt mit dem ganzen Gewicht seines Körpers auf die Regenrinne, deren anderes Ende in dem abgerissenen Türflügel steckt. Der Flügel reißt aus dem oberen Scharnier, die Tür hängt halb herunter, als Vater einen Schritt nach hinten macht und brüllt. Er hat einen Wutausbruch nach dem anderen, seine Augen treten aus den Höhlen, seine Wangen glühen. Er schreit, während er auf die Tür einschlägt, die jetzt nur noch am untersten Scharnier hängt, und fällt in den Eingang.

Es gibt keinen Flügel mehr. Die Regenrinne steckt im Bauch der zerstörten Tür. Vater hebt ein paar Trümmer auf und wirft sie in die Mülltonne des Schmieds.

Berkowicz entschuldigt sich bei dem Spielzeugvertreter, der gerade die Hühner auf den Transporter lädt: »Der Mann macht sonst immer so einen ruhigen Eindruck.«

Er wirft noch einen verwirrten Blick zum leeren Balkon von Frau Feldmann, und dann verschwindet Vater im Treppenhaus. Die Mustertasche schlägt gegen die Tür, die sich sperrangelweit öffnet. Ich renne zum Bett zurück, zu aufgeregt, um zu tun, als würde ich schlafen. Soll ich Vater spüren lassen, daß ich es gesehen habe, oder lieber warten, bis sich alles gelegt hat? Nur meine bösen Gedanken sind schuld. Ich schwöre dir, Vater, daß ich sie ausmerzen werde. Ich verspreche dir, es kommt nie wieder vor. Ich werde über deine Schnallen nur noch gute Gedanken haben.

Sein halbnackter Körper lehnt eine Weile am Türrahmen, dann geht er zum Radio und macht es an. Die heisere Stimme eines Mannes mit Namen Ben Gurion ertönt. Vater holt sein Vesperbrot aus der Manteltasche, beißt hinein und setzt sich zum Kauen hin.

Mutter kommt gelaufen, als er seinen Kopf auf die Knie legt. »Ins Bett, los, schnell ins Bett.« Sie zieht ihm den Hosengürtel aus, legt das Ohr auf seine Brust. »Bloß nicht das Herz, lieber Gott, bloß das Herz nicht! Wo tut es dir weh, was spürst du?« Aus der Flasche mit den Glassteinen spritzt sie Wasser auf sein Gesicht, schlägt zweimal auf jede Wange. »Paß auf, daß er atmet«, ruft sie und reißt mir die Decke weg, wühlt in der Schublade mit den Medikamenten. »Der Baldrian, verdammt noch mal, wo ist der Baldrian?«

Ein Fläschchen mit eingetrocknetem Inhalt wird zurückgelegt. Ich stehe vor ihm und atme tief ein, und Mutters Blick mahnt mich aufzupassen, daß er atmet.

Vater liegt auf der Tagesdecke. Ein Arm hängt herunter, der andere verdeckt seinen Mund. Seine Augen folgen ihren Bewegungen, obwohl er nicht wirklich da ist. Mutter fächelt ihm mit der Zeitung Luft zu. »Atme tief ein, Olek, atme ein und aus, ein und aus, kräftig, ein und aus, eins, zwei, einatmen, ausatmen.« Sein Blick wird schärfer. Er fängt an, den Kopf zu heben, setzt sich auf, zerknüllt die Zeitung, in die sein Brot eingepackt war, steht auf und tritt gegen seine Tasche. Die Tasche rutscht über den Boden bis in die Ecke des Zimmers. Mutter öffnet das Fenster, holt aus der Vordertasche die Busscheine, den Quittungsblock und den Ausweis und wirft die Militärtasche aus dem Fenster. Der Schlag, mit dem sie auf dem Vordach des Schmieds landet, mischt sich mit dem Lärm des Müllautos. Mutter macht das Fenster zu.

»Wir sind fertig, es ist vorbei«, flüstert er mit erstickter Stimme. »Heute standen zwei neue Wächter am Tor des Verteidigungsministeriums. ›Da ist der mit den Schnallen‹, haben sie gesagt. ›Wir haben die Anweisung bekommen, dich wegzuschicken.‹ Ich versuchte es zu erklären, aber sie haben mich gar nicht ausreden lassen. Als Beweis holte ich eine Schachtel heraus, und der Große hat danach getreten, als wäre es ein Fußball. ›Noch ein Wort und ich verhafte dich.‹ Alle Schnallen lagen auf dem Bürgersteig, ein Meer von Schnallen. Ich sammelte sie auf, so viele ich konnte, und rannte bis zur Ecke Dizengoffstraße. Die ganze Zeit verlor ich Schachteln. Habe ich eine aufgehoben, sind vier runtergefallen. Irgend jemand ist mir hinterhergerannt, hat mich am Hemd gefaßt und versucht, mir die Schachtel in die Tasche zu stopfen. ›Das ist Ihnen runtergefallen.‹ Ich fliehe weiter vor den Schachteln, als wären sie Gift. Der Mann besteht darauf. Ich gebe sie ihm mit Gewalt zurück. Die Menschen denken, daß wir uns zanken, sie versuchen, uns zu trennen, eine Frau sammelt die verlorenen Schnallen in ihre Einkaufstasche. Ich schreie: Nehmt, Juden! Es gehört euch alles. Eine Schachtel und noch eine, alles, was ich besitze. Ich schleudere Schnallen in alle Richtungen. Ich stopfe sie in Taschen und Körbe, ich zwinge sie, die Schnallen zu nehmen. Irgend jemand will die Polizei rufen. Ein anderer sagt, Verrückte seien die Angelegenheit des Gesundheitsministeriums. Auch als ich wie ein Berserker tobe, sehe ich mich von außen und weiß, daß ich nicht verrückt bin. Dem Mann, der zum öffentlichen Telefon geht, schreie ich nach: Ich bin nicht verrückt! Er packt mich an der Gurgel und hält mich am Schaufenster eines Hutladens fest. Mein Körper tobt, Kinder kriechen auf dem Bürgersteig und sammeln Schnallen, ein Chauffeur hält an und schreit: Laßt ihn in Ruhe, ich kenne seine Familie! Er steigt aus dem Wagen, verscheucht den Mann, der mich festhält, und was ich noch sehe, bevor ich ohnmächtig werde, ist ein Paar weißer Schuhe mit Löchern. Ich habe keine Ahnung, wieviel Zeit verstrich, bis mich jemand hochhob und auf die Rückbank des Autos fallen ließ. Ich spürte, daß mir jemand mit einem Lappen das Blut von der Nase wischte, daß man mir die leere Militärtasche auf den Bauch legte. Wir fuhren eine halbe Stunde, vielleicht eine Stunde, ich weiß es nicht. Als es holprig wurde, wußte ich, daß wir in der Hasan-Bek-Straße waren. Das Auto hielt. Ich habe mich aufgesetzt, um zu sehen, ob es Jucek war oder sein Freund. Der Mann, der mich durch den Spiegel sah, schrie mich an, ich solle verschwinden. Das Auto sprang an, bevor ich richtig draußen war. Ich bin auf die Regenrinne des Schmiedes geflogen.«

Mutter kommt mit zwei leeren Teegläsern. Ich beobachte sie aufmerksam, höre, was gesagt wird und was nicht, wundere mich, ob der Mann mit den weißen Schuhen Jucek oder sein Freund war, und frage mich, wer zu wem sagte: »Was für ein Glück, daß wir deine Familie rechtzeitig los wurden.«

Mutter erspart es sich, die blaue Farbe zu kaufen. Es gibt keinen Flügel, es wird keinen Flügel mehr geben. Ein Kratzer auf dem Fußboden zeigt die Richtung, in der sich der Flügel bewegt hat. Vater wird morgen in einem Land wach werden, das keine Versprechen hält, und er wird keine Tasche mit Schnallen an sich drücken. Ist das, was beinah jeden Tag geschehen könnte, besser als etwas, das nie eintritt? Mutter wird keine neuen Unterröcke haben. Das Rad des Dreirads, das sich von der Achse löst, wird nicht mehr repariert werden. Den Berechnungen nach – auch wenn ich mich bemühe, kann ich damit nicht aufhören – wird die Vase mit dem Geld in wenigen Tagen leer sein. Mutter beißt sich wieder auf die Lippe, als der Bulgare einen Zettel in die braune Tüte legt, wie er es alle zwei Wochen mit seinem entschuldigenden Lächeln macht. Wenn er grober wäre, hätte Mutter den Laden gewechselt, aber die feine Art, mit der er sie an ihre Schulden erinnert, macht die Sache sehr kompliziert. Zumal er nie einen Fehler in der Abrechnung hat, etwas, das Mutter sorgfältig nachprüft.

Wie schade, daß Mutter bei jener nächtlichen Diskussion in München gewonnen hat. Welchen Sinn haben Porzellantänzerinnen auf einem Klavier, das fast nie gespielt wird, wenn man Mut fassen muß für den Bulgaren, der sagt: »Erinnere deine Mutter, daß ich nicht länger warten kann.« Noch einige solcher Tage, und wir finden uns vor dem Eingang seines Ladens auf Bettbezügen liegend wieder. Wir versuchen die Leute, die braune Papiertüten in der Hand haben, anzuhalten und ihnen die Ballerinen zu zeigen, und auch die wenigen Tassen, die noch von dem Service, »fast wie echtes Rosenthal«, übriggeblieben sind. Vielleicht versuchen wir, auch die Puppe Frida und die Flasche mit den Glassteinchen zu verkaufen? Eine Tasse gegen Salz, eine Meerjungfrau für einen Laib Brot. Wieviel Gramm Eipulver ist eine Kuckucksuhr wert? Daß ich ein Problemkind bin, was Essen betrifft, kann in Zeiten von Hunger, den unsere Familie erwartet, nur vorteilhaft sein. Vielleicht lassen sie mich nun in Ruhe und hören auf, ekelhaften Brei in mich hineinzustopfen.

In der Nacht rauscht der Regen, er trommelt auf das Blech unter den Regenrinnen. Da und dort fällt ein Brett herunter. Dachziegel fliegen von den beschossenen Dächern und prallen an die Häuser gegenüber. Das Dach der Kunststopferin ist am nächsten Morgen abgedeckt.

Wie schmeckt das Meerwasser, wenn es mit süßem Regenwasser vermischt wird, und gilt der Sturm, der draußen tobt, für Mutter als echter Winter, der den granatblauen Wollmantel rechtfertigt? Kann man das Meer naß machen? Wieviel Regen kann das Meer aufnehmen, ohne daß es die Hasan-Bek-Straße überschwemmt, die Berge von Muscheln und Schutt verschluckt, die Regenrinnen wegträgt? Ohne daß es durch die Öffnung des fehlenden Holzflügels unter die Türritze von Galileo läuft und von dort, Stufe für Stufe, bis zu unserer Wohnung, zu Berkowiczs Wohnung und von dort aufs Dach? »Hilfe, Hilfe!« werden wir den Fischerbooten zuschreien und eine Flasche mit einem Hilferuf in die Wellen werfen.

Vater kontrolliert, ob Feuchtigkeit eingedrungen ist, und trifft die letzten Vorbereitungen, bevor er geht. Er trägt keine Militärtasche mehr. Mit leeren Händen geht er aus dem Haus, »um einige Antworten zu bekommen, die mir die Händler im Wolowelski-Zentrum noch schuldig sind, und vielleicht gehe ich bei der Keren Kayemeth vorbei und erkundige mich im Landwirtschaftsministerium nach Arbeit. Es könnte sein, daß ich dort einen Bekannten finde.«

Er wickelt sich in seinen Mantel, bevor er in den Sturm hinausgeht, bleibt mit dem Rücken zu uns stehen und flüstert: »Ich habe mich geschämt, Anuschka. Alles wegen der Scham. Die Scham hat mich fertiggemacht. Nur Scham. Das ist alles. Das ist die Wahrheit. Ich wußte nicht, wie ich aus der Situation herauskommen könnte. Ich weiß nicht, wie man mit irgend etwas aufhört, bevor es zu spät ist. So hat man mich erzogen. Ich habe das nie zuvor gemacht. Es war nicht gegen dich, Anuschka. Ich wollte uns nur ein Haus kaufen.« Mutter antwortet nicht. Sie öffnet das Fenster, betrachtet den Regen, der gegen die Scheiben fällt, und sagt: »Nimm einen Regenschirm.«

Ich habe gedacht, das Ende der Schnallen würde die schlechte Laune beenden, aber die ungemütliche Stimmung wird von Tag zu Tag trüber. Eine böse Trockenheit steigt aus den wenigen Worten, die sie miteinander wechseln, und es ist nicht recht klar, auf wen man wütend sein soll. Die Blicke, die sie mir zuwerfen, während sie sich streiten, verwandeln mich zu einer Richterin in dem Wettkampf der Verzweiflung, den sie veranstalten.

Was meint Mutter, wenn sie sagt, sie habe es satt und daß sie nicht genug Leben in sich spüre, um die langen Tage zu füllen, und daß Vater mich mitnehmen soll auf seine Gänge, wenn er nach Arbeit in seinem richtigen Beruf sucht, denn es sei für mich besser, nicht zu Hause zu sein, wenn es passiert. Was soll passieren? Was ist es, dieses »es«? Vater regt sich nicht besonders auf und rät mir, es auch nicht zu ernst zu nehmen. Aber Mutter hat mich schon trainiert. »Es ist besser, sich im voraus Sorgen zu machen, um später keine Katastrophe zu erleben.« Auch wenn ich mir Mühe gebe, kann ich nicht aufhören, darüber nachzudenken, was später sein wird, besonders jetzt, da Mutter schon zwei Tage lang kein Auge zugemacht hat und ihre Kopfschmerzen nicht aufhören und sie die Nächte damit zubringt, die richtige Stellung zu finden. Auch wenn sie sich bemüht, uns nicht zu wecken, bringen die Wasserspülung, das Stühlerücken und das Umblättern von Seiten Unruhe. Ihr Schatten bewegt sich zwischen Spülbecken und Klavier, nur so, ohne etwas zu tun. Danach kocht das Wasser, Teeblätter im Sieb, Zuckerwürfel, die ins Glas fallen. Sie macht das kleine Licht neben dem Radio an, hält den warmen Becher mit beiden Händen fest.

Was soll ich tun, wenn ich höre, daß sie die Wohnung verläßt? Wie kann ich wissen, ob sie auf die Toilette geht oder in die Wellen flieht, um Großmutter Sara zu suchen? Ich bin vor Angst wie gelähmt und fühle mich wie ein unfähiger Lehmklotz, und der Klumpen in meinem Hals wird immer dicker, verhindert den Schrei, der nach draußen drängt. Was soll ich tun, damit ich später nichts bereue? Sagt sie das nur so, wenn sie uns darum bittet, wir sollen sie nicht stören, für immer einzuschlafen? Was meint sie, wenn sie betet, daß die Stunden im wachen Zustand nur notwendige Pausen in ihren warmen, nächtlichen Reisen sein sollen? Daß es ihr am besten geht, wenn Großmutter Sara sie besucht, die manchmal Lottka Bzcizcynski mitbringt, ihre beste Freundin in der Organisation »Die Rote Hilfe«.

Vater knirscht mit den Zähnen. Schläft er oder nicht? Wenn er es hört, warum knipst er das Licht nicht an? Vielleicht geht es ihn nichts an. Vielleicht verläßt er sich darauf, daß ich auf sie aufpasse. Soll ich ihn wecken oder nicht, wenn Mutter zur Tür geht?

Auch diese Nacht verbringt Mutter vor dem ausgeschalteten Radio im Sitzen, den Kopf an den Sesselrücken gelehnt, ihr offener Mund lächelt zu den Kristalltropfen hinauf, als wäre sie mitten in einer von Großmutter Saras berühmten Umarmungen eingeschlafen und dürfte nicht gestört werden. Das Licht eines Autoscheinwerfers wandert über die Wand, läßt die Schatten unter ihren Wangenknochen härter werden, färbt die Täler in ihren Schulterblättern schwarz, beleuchtet die Strumpfhalter zwischen ihren gespreizten Beinen.

Ein neuer Morgen erfüllt das Zimmer. Mutter springt auf, um die Läden zu schließen. Sie haßt es, wenn das Licht ihre müden Augen zeigt. Die Uhrzeiger tanzen von einem grünen Punkt zum anderen. Wieder die lange Dämmerung, in die das Licht von draußen nicht hereindringt. Gegen Mittag werden die Läden geöffnet. Sie schaut nur kurz hinaus, schon hat sie die Läden wieder energisch geschlossen, verkündet, das sei ein weiterer nutzloser Tag. In der Dämmerung der Wohnung, die vor dem Leben draußen verschlossen ist, warnt sie, man solle sie unter keinen Umständen wecken, auch dann nicht, wenn Stalin höchstpersönlich seine Ankunft ankündige.

Wer soll mir erlauben, auf das Dach zu steigen? Ich ziehe die Wanne hinter mir her, deren gewölbter Boden über den Fußboden kratzt. Mutter dreht sich auf die andere Seite.

»Stimmt es, Mutter, daß du nicht schläfst?«

Die Seufzer werden leiser.

»Kann ich mit dir reden, Mutter?«

Sie gluckst, und die Decke bewegt sich.

»Essen, Mutter.«

»Nicht jetzt.«

»Doch, jetzt.«

»Seit wann hast du Hunger?«

»Essen, Mutter.«

»Nimm dir etwas.«

»Ich möchte, daß du mir etwas gibst.«

Mutter dreht sich auf Vaters Seite, starrt aber weiter zur Decke. Ich beuge mich über sie, warte, daß sich die Lippen öffnen, ihre Alpträume lassen sie stöhnen. Sie macht die kleine Nachtlampe an, springt aus dem Bett, sucht hektisch, hebt Gegenstände auf und untersucht sie.

»Wo ist es, verdammt noch mal.«

»Was denn, Mutter.«

»Ich finde es nicht.«

»Du bist barfuß, Mutter.« Mit Gewalt ziehe ich ihr die Hausschuhe an. »Was findest du nicht, Mutter?«

»Wo ist alles hin?« Sie wühlt in den Kissen, wirft sie wütend zur Seite. Sie macht das Licht an und erschrickt, als es hell wird, bittet mich, daß ich mit ihr die Matratze hochhebe. Die Matratze kippt auf die andere Seite. Mutters Finger fahren an einer Naht der Stoffhülle entlang.

»Was, Mutter?«

»Der Verlust.«

»Was ist verlorengegangen?«

»Der Verlust.«

»Wo ist der Verlust, Mutter?«

»Wo sind alle?«

»Alles ist wie immer, Mutter.«

Vaters Schritte hinter der Tür. Wo ist er hingegangen, und warum ist er zurückgekommen, warum gerade jetzt? Er stürzt sich auf das Durcheinander, packt Gegenstände, wirft sie in den Schrank und knallt die Tür zu. Mutter hält sich die Ohren zu. Ich packe sie am Nachthemd. Mutter ist schlaff. Vater hebt sie hoch und legt sie ins Bett, wie man ein kleines Kind ins Bett legt.

»Alles ist an seinem Platz, Anuschka. Alle kehren nach Hause zurück. Schluß, es ist vorbei. Der Krieg ist zu Ende.«

Ihre Finger tasten über die rosa Dreiecke des Morgenmantels: »Das ist nicht das, was es hätte sein sollen.«

Und wieder ist die Nacht gekommen, und danach ein neuer Tag, und Mutter versinkt in ihren Morgenschlaf, wenn Vater aufwacht. Eine Art Schichtwechsel. Immer gibt es bei uns jemanden, der schläft. Ich schmiege mich an ihre Daunendecke, die ihre Körperwärme aufgesaugt hat, passe meinen Atemrhythmus ihrem an, zähle die geschwollenen Adern an ihren Händen, bete um ein plötzliches Geräusch oder das Hupen eines Rettungswagens, damit sie vielleicht aufwacht.

»Ist jemand da?« Vaters Gesicht verzieht sich, als er die saure Luft riecht, die im Zimmer hängt. Sein Blick wandert von den Schnüren des Korsetts, das sie auf den Hocker geworfen hat, zum Nachthemd, das schon seit drei Tagen an ihr klebt. Er fragt, wie man in dieser stickigen Luft atmen kann, stürzt sich zum Fenster, stößt die Läden auf. Sie knallen gegen die Wand. Kalk rieselt auf den Boden. Plötzlich strömt das nachmittägliche Licht ins Zimmer. Vater geht mit großen Schritten zum Nußbaumschrank, stürzt sich auf das Versteck, schüttet die Pillen in einen Suppentopf, sortiert die kleinen weißen, die Mutter schluckt, wenn sie nicht einschlafen kann, heraus und gibt mir eine der Tüten in die Hand. Wenn es dunkel wird, werden wir hinausgehen und sie in verschiedene Mülleimer in der Gegend verstreuen. Er murmelt: »Es ist ein Verbrechen, sie alle in einer Mülltonne zu entsorgen. Es fehlt noch, daß ein Kind oder eine Katze, die darin herumwühlen, für alle Ewigkeit einschlafen würden.«

Faul und träge streckt sich Mutter im Bett aus, sie kneift erst in ihre eigene Wange, dann in meine. Sie befühlt meine Zöpfe, um sicher zu sein, daß ich es bin. Ihr Blick hängt an den Kristalltropfen über ihrem Bett, das Netz der Äderchen in ihren Augenwinkeln wird dichter, die Lippen lächeln noch vom süßen Treffen, von dem sie zurückgekehrt ist. Ihre Hand streckt sich zu einer leeren Pillendose, sucht nach einem dieser kleinen Dinger, das sich vielleicht im Deckel versteckt hat. Sie kriecht über den Fußboden, tastet in den Fliesenritzen, hebt verzweifelt ihr Notizheft. Sie reißt ein Blatt heraus und schiebt es unter mein Kissen: »Gib das deinem Vater.« Sie geht jetzt zurück ins Bett, wirft die Kissen auf den Fußboden, zieht die Decke über den Kopf, rollt sich zu einem atmenden Ball. Vater sucht nach dem Zettel, als hätten sie bereits vorher beschlossen, durch mein Kissen zu korrespondieren. Er hält das Geschriebene ins Licht und murmelt einige Worte.

Ich tue so, als würde ich nichts hören, und strenge mich an, einiges von seinem Gemurmel zu verstehen:

»Halb zwei nachts. Wo soll ich anfangen ... Es ist der wer weiß wievielte Brief. Was kann ich dir sagen, was du dir nicht selbst sagen kannst ... Jede Nacht der Kampf, keine Dummheiten zu machen ... Die Nacht ist lang. Ich habe die Wahl, Selbstgespräche zu führen oder mit dem Blatt zu reden – ich schreibe und schreibe und kann dieses Schreiben nicht beherrschen. Das einzige, was ich bestimmen kann, ist, das Blatt so klein zu zerreißen, daß die Schnipsel zu klein sind, um wieder zusammengeklebt zu werden. Deine Antworten zeugen davon, daß du alles verstanden hast, bis auf das, was wirklich weh tut. Nein, du verstehst es nicht, Olek. Du fängst noch nicht einmal an zu verstehen ... auch wenn ich geisteskrank bin – ich bin nicht verrückt ... etwas muß sich ändern ... frage mich nicht, was zu tun ist. Das muß von dir kommen, nicht von mir. Alles, was nicht von dir kommt, taugt nichts. Ich bin nicht aus Eisen gemacht. Was ist, wenn ... Morgens, zwei Uhr ... ich habe noch eine Pille genommen. Wecke mich nicht, wenn du ...«

Vater faltet den Brief zweimal, steckt ihn in die Vordertasche, bleibt am Bett stehen wie jemand, der unschlüssig ist, ob er die Ruhe des zusammengerollten Körpers stören soll oder nicht, nimmt den Brief aus der Tasche und verläßt dann das Haus.

Ich schleiche mich in die Küche und finde den Brief auf dem Hocker. Die Namen von Mutter und Vater – zwei Worte, die ich identifizieren kann – erscheinen nicht am Anfang oder am Ende des Briefes. Sie hat den Brief nicht an ihn geschrieben, und unterschrieben hat sie ihn auch nicht, wie sie mir mal erklärte, daß man es macht. Es ist nur eine Ansammlung von Gedanken auf einem Heftblatt.

Beim Quietschen des Autobusses schreckt sie hoch. Sie stößt an Kissen, tritt auf Schuhe, befreit ihre Knöchel von einem Ärmel, in den sie sich verheddert hat, tastet sich den Weg zwischen Spülbecken und Bett zur Toilette hinunter, ohne den Versuch, ihren desolaten Zustand vor den Nachbarn zu verbergen. Alles, was ihr aus den Händen fällt, bleibt auf dem Boden liegen: Wegzeichen zwischen Geschirrtuch und Zahnbürste, zwischen Brotkrümeln von der letzten Mahlzeit und Kartoffelschalen, die sich auf dem Tisch häufen. Socken stecken in den Zähnen einer Reibe fest. Eine Taschenlampe flackert auf dem Tablett mit den Spritzen.

An jedem Tag, der vergeht, lockert sich eine Regel oder zwei. Wenn sie für sie nicht mehr gelten, gibt es niemanden, der mich dazu zwingen kann, sie zu befolgen. Vater regt sich auf, weil sie sein gelbes Hemd wegen eines kleinen unscheinbaren Flecks zerrissen hat, um daraus einen Wischlappen zu machen, ohne ihn um Erlaubnis zu bitten. Er schreit, sie soll endlich aufhören zu glauben, daß man willentlich sterben kann, so funktioniert es nicht, und daß das Leben zu kurz ist, um auch nur einen Tag zu vergeuden, daß ein halbes Lächeln auf dem Gesicht nicht als Verrat an ihren Toten gelten würde. Aber Mutter sind seine Worte egal, sie setzt ihre Abwesenheit im Haus fort, obwohl sie ständig da ist. In dem Wirrwarr von Stimmen in ihrem Kopf hat keine andere Stimme eine Chance, sich Gehör zu verschaffen. Auch wenn die Stimmen sie erreichen, würde sie demonstrativ lustlos antworten, würde sagen: »Vielleicht, sehen wir mal, ich weiß es nicht, nicht jetzt.« Sie würde mich mit einer Handbewegung wegscheuchen, wie man eine lästige Erinnerung wegscheucht.

Ich verstecke mich zwischen der Wäschetruhe und der Wand. In der Dunkelheit kann ich meinen Phantasien nachgehen, spiele mit den beiden Stehaufpuppen und lasse sie einen Kampf der Bewegungen führen. Ab und zu krieche ich nach draußen, um zu sehen, was sich dort ereignet. In der Vertiefung der Matratze bin ich sehr nah bei ihr, beobachte, wie sich ihr Gesicht verzieht und ihr geheimes Leben preisgibt, ich passe auf, die Luft um sie herum nicht aufzuwirbeln. Was hat sie gemeint mit »es dem Mädchen antun«. Was soll ich tun, damit sie mir »das« nicht antut? Was immer es ist, es erinnert mich an Irina Balkow, »die es mir auf dem Küchentisch von Stanzija Jaja gemacht hat«. Woher nehme ich den Mut zu fragen, wie man »das« ändern oder rückgängig machen kann? Vielleicht soll ich, da ich den ganzen Tag mit ihr zusammen bin, für ihr Wohlbefinden mehr Verantwortung übernehmen als jemand, der morgens zur Arbeit geht und am Nachmittag zurückkommt. Vielleicht ist es besser, wenn ich weniger spürbar bin, wenn ich ruhiger und leiser bin, damit es ihr leichter fällt, mich zu ignorieren?

Wie soll ich ein Mädchen sein, das sich selbst beschäftigt, schnell wächst und nichts braucht? Großmutter Sara hat es nicht geschafft, Mutter zu sagen, daß Kinder ziemlich lange Kinder bleiben und daß man jeden Tag einiges für sie machen muß, besonders wenn man eine außergewöhnliche Tochter hat, die das Essen haßt und die Ratten in ihr Bett lockt, auch wenn das Hämoglobin aus ihrem Blut verschwindet. Ganz zu schweigen davon, daß sie sich auf die Seite des Vaters schlägt, wenn es darum geht, die neue Heimat zu lieben.

Ich mache ein paar unsichere Schritte, dann greife ich nach den alten »Aganjok«-Heften, schneide Figuren aus der Menschenmasse, die Lenin zujubelt, und klebe sie, Arm an Arm, zu langen Reihen. Mutter nickt gleichgültig, wenn ich ihr eine neue Reihe zeige. Was ich mache, ist ihr egal, solange ich mich nicht in ihre Einsamkeit mische. Sie sagt, es befriedigt sie, daß die Hefte, die Vater nicht wegwirft, endlich eine Verwendung finden.

»Paß auf, dort unten.« Ein rauhes Röcheln, das von einer anderen Welt stammt, warnt vor den Ratten, die schon länger als einen Monat nicht mehr in der Wohnung gesehen wurden.

Berkowicz erkundigt sich, was wir an den Feiertagen machen. Er betrachtet mich mißtrauisch, als ich frage, wann die Feiertage sind, und flüstert danach mit Ge'ula. Ich verrate ihm nicht, daß Mutter sich zwar nach den festlichen Mahlzeiten zu Pessach und Neujahr in ihrem Elternhaus zurücksehnt, es aber, seit »alles kaputtgegangen ist«, nicht schafft, hier, in diesem enttäuschenden Festsaal, zu feiern. Sie sagt, es sei besser, die festen Termine zu überspringen, als unfreiwillig Riten zu feiern, die den Schmerz im Herzen nur noch größer machen würden. Vielleicht könne sie irgendwann einmal, wenn alle Dinge geordnet sein würden, wieder die Gerichte kochen, deren Rezepte sie im Kopf habe, als hätte sie sie gestern gekocht. In der Zwischenzeit hänge es, ohne Bezug zum Kalender, von ihrer Stimmung ab, ob sie feiert oder trauert. An Tagen, an denen die Traurigkeit sie überfällt, zündet sie Kerzen für ihre Toten an. In den wenigen Morgenstunden, in denen unerklärlicherweise die Welt erträglicher zu sein scheint, cremt sie sich mit dem Rest ihrer duftenden Gesichtscreme ein, schlüpft in das beigefarbene Streifenkleid mit dem Taftkragen und beeilt sich, die Pause in der Depression übertrieben gut gelaunt zu einem ausgedehnten Spaziergang auf der Promenade des Herbert-Samuel-Kais zu nutzen.

»Sowieso.« Alles beantwortet sie mit »sowieso«. »Sowieso« erobert sich einen Platz unter den Wörtern, die täglich gebraucht werden. Warum soll man alles so genau nehmen, wenn es am Ende sowieso aufhört oder rückgängig gemacht wird? Sie senkt die Hand, sie verzichtet. Nein. Sie wird »dem« kein Ende machen. Auch das Ende wäre nicht so vielversprechend, und an Enden glaubt sie sowieso nicht. Was hat es für einen Sinn, Schluß zu machen, am Ende würde sie sich sowieso da oben quälen und nicht wissen, wie sie das, was sie dem Mädchen und Olek angetan hat, büßen soll. Und überhaupt, wer so oft sitzengelassen wurde, täuscht sich nur selbst, wenn er glaubt, er sei jetzt dem Verlassensein gegenüber gleichgültig geworden. Man hat immer noch Angst vor dem einfachsten, täglichen Verlassensein. Gedankenlos geht sie an den Eierschalen und der offenen Sprottendose auf dem Tisch vorbei, tritt auf den Wollschal, der von ihren Schultern zu Boden fällt, auf die anderen Bekleidungsstücke. Sowieso wird alles zertreten, und sowieso geht alles dem Ende entgegen, und welchen Sinn hat es, gegen das zu kämpfen, was sowieso kommt, wo doch das Leben den Sinn verloren hat, unter den Bergen von Gegenständen, die sich im Zimmer türmen. Ab und zu erinnert sie sich an das, was hätte gemacht werden müssen und für das es immer zu spät ist: daß sie noch kein Brot gekauft, keine Suppe gekocht und mich noch nicht gefüttert hat. Und natürlich hat sie im Heft das, was ich noch nicht geschluckt habe, nicht eingetragen. Zum Teufel mit diesem überflüssigen Körper, dessen Hunger es zu stillen gilt. Zum Teufel mit dem Mädchen, das ihr vor den Füßen herumläuft und sie zwingt, den Knoten der Schnürsenkel zu korrigieren. Wenn schon nicht mit Freude, dann mit dem letzten Funken Pflichtbewußtsein, das Gott den Müttern auferlegt hat.

Ein Tag jagt den anderen, der Regen draußen lärmt ohne Unterbrechung, und die schlechte Laune ändert lediglich ihre Schattierung. Mutter ist zu zerbrechlich, als daß Vater Mut hätte, mit ihr zu schimpfen.

»Ich kann nicht mehr.« Sie bedeckt ihr Gesicht jedesmal, wenn er mit ihr redet: »Auch ich kann nicht mehr.« Wieder muß er irgendwo hingehen.

»Ich habe die Leica verkauft.« Vater kommt von seinen Wanderungen zurück und steckt ein Bündel Geldscheine in die Porzellanvase. »Klebe die Fotos ins Album.« Er gibt ihr ein Fotoalbum und eine Tüte mit Dreiecken zum Aufkleben. »Ich will sie nicht mehr sehen. Ich bin es leid, mich an Regeln anzupassen, die dich leiden lassen.« Er zeigt auf die Familie, die nicht mehr da ist. »Ich werde dich sowieso nie dafür entschädigen können, daß ich dich hierhergebracht habe. Den ganzen Tag auf Fußspitzen gehen, nie auf den Sohlen.«

Dann, eines gewöhnlichen Morgens, eines Morgens wie alle anderen, ohne Vorwarnung und ohne erklärlichen Grund, sagt er, während er den Boden aufräumt und sein Gesicht nichts davon verrät, was sich dahinter abspielt: »Paß auf, daß du den Punkt nicht überschreitest, wo ich dir nicht mehr verzeihen kann.« Und zu mir sagt er: »Was stehst du die ganze Zeit an ihrer Seite, siehst du nicht, wo du lebst?« Er wirft ein Schneidebrett nach mir. Ich weiche zurück, stoße mit dem Kopf an das Bettgestell. Das Polnisch-Hebräische Wörterbuch landet auf meinen Knien. Schals fliegen, und Löffel sausen durch die Luft, Essensreste vom Tisch klatschen gegen die Wand, Schachteln von Kopfschmerztabletten werden aufgerissen, schwimmen auf dem grünen Wasser, das aus einer zerbrochenen Blumenvase fließt. Die Glassammlung fällt zu Boden und zerbricht zusammen mit den Ballerinen. Eine Zuckerdose schlägt an den Leuchter, Kristalltropfenregen in den brodelnden Haß. Die Tätigkeiten, die die Ordnung zurückbringen sollten, zerstören sie bis zur Unkenntlichkeit.

Vaters Arme, der sicherste Platz in Manschija, schlagen um sich. Vor lauter Ärger bin ich sprachlos. Meine Stirn brennt. Mir ist übel. Ich möchte mich übergeben, habe aber nichts im Magen. In meinem Kopf überschlagen sich die Gedanken. Lärm. Gott, wie laut kann Lärm sein. Plötzliche Stille. Ich habe keinen Mut, den Kopf zu heben. Ich möchte nicht wissen, was los ist. Man nennt es ohnmächtig werden. Man nennt es Lähmung. Man nennt es »nicht dasein«. Man nennt es Haß. Ja, Haß. Nichts zählt mehr. Ein Schlag und noch ein Schlag, schlag mich, soviel du möchtest. Ich bin verschwunden. Ich existiere nicht mehr. Du bist nicht du. Ich bin nicht ich. Ich hasse mich dafür, daß ich dich einmal liebte. Sterben sollst du mit deinen beschissenen Schnallen. Wo bist du, Mutter? Paß auf mich auf, Mutter. Verlaß mich nicht, Mutter. So wird man verlassen, so fängt es an. Es fängt an, ohne daß man es hört. Nicht die Tomate, berühre die Tomate nicht, Gott, nur sie nicht. Der Lärm des Knalls sinkt. Schritte im Treppenhaus. Berkowicz hinter der Tür. Eine fremde Stimme flüstert mit einer bekannten Stimme. Die Absätze einer Frau klappern im dritten Stock. Die Unterhose saugt das Wasser aus der Vase auf – es ist kalt und stinkt, und die Nässe klettert bis zur Hüfte. In der Luft liegt eine tückische Stille. Ein Autobus bremst laut, Mütter gehen zum Meer. So stirbt man. Es ist nicht schlimm zu sterben. Sterben tut nicht weh. Das beste ist es zu sterben. Der Arm ist eingeschlafen. Ameisen laufen über die Socken. Der Kopf steckt zwischen den Knien. Wasser tropft aus den Seiten des Wörterbuches.

Zwei feste Arme packen mich an der Schulter. Ich rolle mich zusammen, aus Angst, daß der Arm wieder zuschlägt. Der Atem bleibt weg, die Rippen kleben am Rücken. Dieses Mal ist es Mutter. Meine kranke und untaugliche Mutter erweist sich als Schutz. »Du wirst das Mädchen nicht anfassen.« Sie zieht eine Grenze und nimmt mich unter ihre Kirschenkittelschürze.

Der verhaßte Fremde war bis vor wenigen Minuten mein geliebter Vater, jetzt wirft er, reuig und einsamer denn je, seinen bedrohlichen Schatten auf die Glassammlung. Alles ist feindlich und falsch. Nichts wert. Glaub nicht. Glaube ihm nie wieder. Die Faust ballt sich gegen seine Versöhnungsversuche. Ich schieße Pfeile des Hasses gegen seine durchschaubaren Liebesbezeigungen. Nein. Nicht ich. Nie. Ich hasse jemanden, der weiter aufräumen kann, als wäre nichts geschehen. Mich wirst du nicht mehr in die Irre führen. Nichts wird mehr so sein wie früher. Nie hatte Mutter mehr recht, was die zersetzende Kraft der Wirklichkeit betrifft.

Der Regen hört auf. Die Gewalt verebbt. Irgendwann, gegen Abend, sind die Scherben aufgesammelt. Vater schraubt eine Glühbirne in die Lampe am Radio. Essensflecken und Wasser saugen sich in den Lappen, der einmal ein gelbes Hemd war. Ich versuche, die Glasscherben in die Öffnung der Milchflasche zu füllen. Meine Hände zittern. Ich kann kaum in die Öffnung der Flasche zielen und auf meine Retterin achten. Ich passe auf, daß ich mich nicht aus ihrem Schutzkreis entferne und daß sie ja nicht vergißt, mich mitzunehmen, wenn sie nach Polen flieht. Das böse Kind, das von innen nie fröhlich ist, ist auf den Schlag, der vom Vater kommt, vorbereitet. Und vielleicht wird er sie nicht schlagen, und wir werden unser Spiel mit dem Tante-Emma-Laden fortsetzen: Wir kaufen und verkaufen falsche Vorstellungen.

Ich tue so, als wäre ich die Tochter, die du dir gewünscht hast, und du wirst mit der nichtssagenden Miene eines Menschen herumlaufen, der an meine Lügen glaubt, bis du plötzlich brüllst: »Siehst du nicht, wo du lebst?«

Alle im Haus sind in sich gekehrt. Vater setzt sich auf den Schnallenstuhl, prüft seine Handflächen. Jetzt wird auch seine Stimme vom Schweigen des Hauses verschluckt. Alle schweigen. Nur Ben Gurion redet heiser im Radio. Wie soll man wissen, wie diese Stille enden wird – ich bewege mich vorsichtig um die Lügen, die ich in seinem Gesicht sehe. Er soll etwas sagen. Warum spricht er nicht? Sterben soll er. Ja, sterben. Er soll nicht sterben. Verschwinden soll er. Er soll an einen Ort verschwinden, zu dem kein Autobus fährt.

Mutter ist plötzlich sehr energisch. »Was soll ich mit den Quittungsblocks machen?« Sie legt die Blocks auf den Tisch und entfernt sich mit der Resolutheit einer Person, die beschlossen hat, die Sache in die Hand zu nehmen.

Er klappt die oberste Seite auf und reißt eine Quittung ab. Er faltet die vier Ecken des Blattes, so daß sie sich genau überlappen, faltet die Ränder schräg nach innen, so daß ein Dreieck entsteht, das einem Hut ähnelt, die oberen Ränder kippt er nach außen, faltet sie wieder, klappt das Ganze auf und stellt ein weißes Segelschiff auf den Tisch.

Während der langen Rede von Ben Gurion dekoriert er den Tisch mit neun Schiffen. Eine Unmenge von schwarzen Punkten, wo man den Namen des Kunden einträgt, schmücken jetzt die Segel. Mit einem bitteren Lächeln stellt er sie pedantisch in

Dreiergruppen auf, als würde er einem festen Plan folgen, nach dem die Schiffe über den Schnallentisch segeln.

Er gibt mir ein paar Quittungsblocks: »Nimm. Auf der unbeschriebenen Seite kannst du malen. Wenn du mehr brauchst, sag es mir.« Ich drehe ihm den Rücken zu und krieche in den Spalt unter dem Nußbaumschrank. Nein, er kann mich mit seinen Schmeicheleien nicht kaufen. Es muß noch etwas anderes gesagt werden, bevor man zum Bemalen der Quittungen übergehen kann.

Zwischen den geschnitzten Schrankfüßen hindurch beobachte ich, mit welcher Bestimmtheit Mutter die Schnallenschachteln aufeinandertürmt. Sie befiehlt ihm: »Bring die Schnallen weg. Laß nur die vom Tisch und den Stühlen da. Stell sie neben die große Mülltonne. Irgend jemand wird schon vorbeikommen und sie mitnehmen.«

Vater bewegt sich durch das Zimmer wie jemand, der den Sinn des Lebens verloren hat. Er zeigt gekünsteltes Interesse am Regal mit den Kinderbüchern, findet dort zu seiner Überraschung seine Bibel und murmelt etwas von seiner Sehnsucht nach dem Taxifahrer, den er öfters in den Straßen von Tel Aviv suchen wollte, um ihm das Buch zurückzugeben. Aber Mutter, die gehört hat, daß in Palästina die Kinder in der Schule die Bibel lesen, zieht es vor, sie zu behalten, für den Fall, daß das Mädchen sie braucht.

Ich öffne die Bibel, wenn ich zu Doktor Bugrashov bete. Das sind Dinge, die nur mich und Bugrashov etwas angehen. Jeder hat seine Art, sich mit seinem Retter zu unterhalten. Mit der Zeit wird es klar, daß die Gebete sich in Luft auflösen und nichts nutzen. Es bleibt nichts anderes übrig, als in der Kinderabteilung des Krankenhauses Hadassa vorzusprechen, sich in den Sessel zu setzen, von dem aus Vater immer über die Veränderungen meines Gewichtes berichtet hat, und Bugrashov zu erzählen, wie weit alles gekommen ist. Auch Mutter sagt, wenn die Realität die Menschen zwingt, die Regeln zu umgehen, dann muß man das tun. Menschen, die blind gehorcht haben, sind aus dem großen Krieg nicht heil zurückgekommen.

Ich habe den Plan, mich in den Autobus zu schmuggeln, der zum Krankenhaus von Doktor Bugrashov fährt. Ich suche das Nachthemd, das ich anhatte, als man mich damals eingeliefert hat. Obwohl Mutter sagt, daß man seine besten Kleider anziehen soll, wenn man sich bei den Behörden vorstellt, wird mich Doktor Bugrashov nur in diesem Bekleidungsstück wiedererkennen. Bei den monatlichen Visiten tendiert er dazu, sich in die Gewichtstabellen zu vertiefen, nur hin und wieder streift sein flüchtiger Blick die Veränderungen, die Mutter bei mir hervorzurufen versucht.

Je näher der Termin rückt, um so komplizierter erscheint es. Wie soll ich die Aufmerksamkeit des Arztes, der mit Spritzen von Bett zu Bett rennt, auf mich ziehen? Und wie soll ich ihm mit Worten Dinge vermitteln, die man erleben muß, um zu verstehen, worum es geht? Und wie schaffe ich es, nicht schon im Warteraum loszuweinen? Und wie verhindere ich das Stottern, wenn er seine Brille abnimmt und fragt, wo sind dein Vater und deine Mutter, und wie kann ich undankbares Wesen die guten Menschen verraten, die sich für mich aufgeopfert und drei Wochen auf der Holzbank im Flur geschlafen haben? Was antworte ich, wenn er sagt, ich soll lieber schweigen und zufrieden sein, daß ich erst geboren wurde, nachdem alles schon vorbei war? Und wie kann ich es wagen, meine lächerlichen Probleme mit den gefrorenen Feldern der sibirischen Steppe zu vergleichen?

Bugrashov, gut, Bugrashov – ich werde ihn am Kittel festhalten und nicht loslassen. Ich bin jetzt zu dir gekommen, in letzter Minute. Sonst bleibt mir nichts übrig, als schnell und heimlich zu wachsen und mich hinter dem Eisernen Vorhang zu verstecken. Die Wahrheit ist, daß ich das längst getan hätte, aber wer wird auf Mutter aufpassen, die behauptet, ich wäre ihr ganzes Leben? Daß sie alles, was sie haben, in mich steckten und extra keinen Bruder oder keine Schwester gemacht haben, damit sie sich auf mich konzentrieren und mir die ganze Liebe und das ganze Essen geben können, um mich zu einem fröhlichen Mädchen zu machen.

Ich habe es satt, das taube Mädchen zu sein, das im Winter unter einer Daunendecke und im Sommer unter einer Piqué-Decke liegt. Was soll ich mit dem Wissen anfangen, das nicht für ein Mädchen meines Alters bestimmt ist, und was passiert, wenn ich eines Tages platze und sie erfahren, daß ich nicht wirklich fröhlich bin, sondern ihnen nur etwas vormache, aus Not und Angst, daß sonst alles zusammenbricht, aus Angst, daß Vater einen Wutanfall kriegt. Ich komme ihm nicht mehr nah; falls ich Lust habe, ihn zu umarmen, umarme ich einfach andere Dinge. Auch Mutter, die ich so liebte, als sie mich verteidigte, begegne ich nun distanziert, mit der gleichen Distanz, die ich von ihr nicht ertragen konnte.

Mutter fängt jetzt an, Namen zu vergessen, sie sagt nur: »Bring das da, gehe dorthin, wo ist das, wie heißt es bloß, verdammt noch mal.« Sie ist immer böse, wenn ich sie nicht verstehe. Früher, wenn sie Kartoffeln kochte, schälte sie sie, schnitt sie in Stücke und verteilte gehackten Dill darüber. Jetzt kocht sie die Kartoffeln mit Schale, ohne sie vorher zu waschen, und wenn sie ihr nicht anbrennen, serviert sie sie braun und eklig und sagt: »Eßt schon.« Verbrachte sie früher lange Stunden mit Lesen, beschwert sie sich jetzt, daß alles in ihrem Buch sie an ihr beschissenes Leben erinnert, und jeder Gedanke führt zu einem anderen Gedanken, und alle Gedanken verbinden sich, um sie vom Lesen abzuhalten.

Ich bin gekommen, um Ihnen zu erzählen, daß Vater und Mutter kein Erbarmen miteinander haben. Daß die guten Augenblicke zwischen ihnen nicht länger dauern als die Zeit, die man für eine Tasse Tee braucht, und man kann sich nie darauf verlassen, daß es wieder welche geben wird. Zwischen den Streitereien gibt es kaum ein normales Leben. Sie klären die Dinge nicht mehr wie früher, und jede Klärung wird zu einem neuen Streit. Sogar der feste Platz im Bett ist nicht mehr fest, und Mutter legt sich quer hinein und läßt ihm kaum noch Raum. Ich schleiche durch die dicke Luft um sie herum wie eine Katze zwischen zwei kläffenden Hunden. Sie sagen nichts zu mir, wenn ich den Pyjama über die Unterhose anziehe oder Fäden aus meinen Haarbändern ziehe, als wäre nichts mehr wichtig, als würde nichts eine Rolle spielen, nur noch die Trauer über vergangene Dinge, die unwiederbringlich sind, oder Dinge, die man sich wünscht, die aber nicht kommen, nur noch »Was wird sein« und »Wie soll es weitergehen«, Fragen, auf die niemand antwortet. Vater behauptet, ihre Charaktere wären zu unterschiedlich, um die gleichen Dinge am gleichen Ort zu machen, und Mutter sagt dann, daß es ihr alleine besser geht, denn sie ist sowieso ganz auf sich gestellt, aber was wird mit der Kleinen werden? Jedesmal, wenn er sich zu ihr setzt und fragt, wie ihr zumute ist, sagt sie: »Hör auf, Olek. Du würdest vor dem, was du da findest, nur erschrekken.«

Ich kenne keine anderen Familien mit Mutter, Vater und einer Tochter. Passiert so etwas auch bei anderen? Ist Familienleben so? Vielleicht wird Mutter wieder wie an dem Tag, als sie aufstand, groß und stark, und mich vor meinem tobenden Vater schützte. Wenn sie doch weiß, wie es geht, warum tut sie es jetzt nicht? Ich möchte nicht böse auf sie sein, wenn ich für sie sorge, ich möchte Mitleid mit ihr haben. Es tut mir weh, zu überlegen, warum sie so ist und andere Mütter anders sind. Ich hasse es, wenn sie auf irgendeinen Punkt in der Ferne starrt. Am Ende werden ihre Augen aussehen wie die des Blinden am Herbert-Samuel-Kai, weiß und unbeweglich, auch wenn eine Münze in seine Sardinenbüchse fällt. Ich habe genug davon, Geräusche zu machen oder ihre Füße zu kitzeln, um zu wissen, ob sie schläft oder nur so tut. Ich habe genug von dem säuerlichen Geruch der Laken, dauernd verschiebt sie das Bettbeziehen auf den nächsten Tag. Vater meint, wir müssen uns immer wieder sagen, daß es das wichtigste ist, daß wir eine Heimat haben. Ich wiederhole die Worte immer wieder, und es hilft überhaupt nichts.

Mutters Verwirrung verwirrt auch mich, ich werde schwach. Besonders an den Händen. Wenn ich die Treppe hochlaufe, halte ich meine Pflanze und spüre, wie sie mir entgleitet. Ich versuche sie festzuhalten, doch dann fällt sie, und das Glas bricht in zwei Teile. Drei grüne Tomaten rollen bis zu Galileos Tür. Die große Tomate ist geplatzt. Ich schaffe es, Lappen und Zeitung zu holen, bevor jemand das Treppenhaus betritt. Ich werfe alles in die Mülltonne an der Ecke, Haus Nr. 2, und decke es mit einem Brett und mit Müll vom Bürgersteig zu. Jetzt sind die Hände frei, aber was macht man mit Händen, die keine Tomatenpflanze umarmen?

Vielleicht wissen Sie das, Bugrashov, wie man ohne Schnallen und Arbeit die Tage verbringt. Ich weiß es nicht, es gibt niemanden, der es mich lehren könnte. Ich erzähle Ihnen das, was man außerhalb der Familie nicht erzählen darf, nachdem ich schon alle Spagate und Purzelbäume versucht habe und nichts sie zum Lachen brachte. Nichts ist mehr wie damals, als wir zum ersten Mal zum Bulgaren gingen und ich für sie drei Purzelbäume machte, damals strahlten sie und waren sich sicher, daß es irgendwann einmal gut sein würde.

Eines Tages, wenn ich groß bin, werde ich die Kinderabteilung im Hadassa leiten, dann werde ich wissen, wie man Kinder vor solchen Gedanken rettet. Aber bis dahin wissen Sie es vielleicht, Bugrashov, was zu tun ist. Es tut so weh und macht mir mehr Angst als Typhus.

Ein hartes Klopfen an der Tür, nur so, am frühen Morgen, reißt mich aus meinen Überlegungen, auf welcher Seite der Straße der Autobus zu Bugrashov hält. Der Einwanderungsbeamte, dessen Erscheinen immer die Angst vor schlechten Nachrichten hervorruft, lehnt mit der Schulter am Türrahmen und lächelt, als bringe er diesmal eine gute Neuigkeit.

Vater räumt die Kleidungsstücke vom Sessel, um Platz für ihn zu machen. Der Beamte sagt, er schaut nur für eine Minute vorbei, wirklich nur für eine Minute, wegen einer Wohnung, für die man aber Schlüsselgeld bezahlen müsse. Vielleicht haben wir noch nichts davon gehört, aber eine Menge Menschen kommen aus Afrika und Asien, und das ist nichts gegen die Zahlen, die noch erwartet werden. Schlüsselgeldwohnungen werden schon genommen, noch bevor die elektrischen Leitungen gelegt sind, und es gibt Gerüchte, daß zwei, drei Familien sich in einer halben Wohnung einquartieren und nicht bereit sind, sie wieder zu verlassen. »Zieht euch etwas an, und kommt schnell. Hoffentlich ist diese Wohnung noch frei, wenn wir dort eintreffen.«

Mutter steht neben Vater, sie ist gespannt und aufgeregt. Vater schnürt hastig die Schuhe, bereitet sich auf den Hürdenlauf vor. Er schaut Mutter an, und beide sehen die Porzellanvase an, die etwas voller ist, seit er die Leica verkaufte, und der Beamte teilt flüsternd mit, er könne ein Wort bei dem Generaldirektor des Darlehenfonds für akademische Einwanderer einlegen, der ein Nachbar seines Schwagers sei.

Bevor uns jemand aus dem Haufen der wohnungssuchenden Menschen die Wohnung wegschnappt, knöpft Vater den Regenmantel bis zum oberen Knopf zu, wühlt in dem Berg der Kleidungsstücke, angelt Mutters gepunktete Jacke heraus und legt sie ihr über die Schultern, und als er sie berührt, nutzt er die Gelegenheit, sie fest an sich zu drücken. Mutter wehrt sich nicht, und ich springe aus dem Bett, schiebe mich zwischen sie und versuche, sie voneinander zu trennen. Niemand außer mir weiß, wen ich von wem getrennt habe. Der Beamte sagt: »Mich geht es nichts an, ob ihr eine Wohnung habt. Wenn ihr nicht wollt, muß es nicht sein. Glaubt ihr, daß ich Überstunden bezahlt bekomme, weil ich extra nach Manschija gekommen bin, um euch Bescheid zu sagen?«

Die drei fahren los, um das »Schnäppchen in der Margoastraße in Ramat Gan« zu prüfen. Sie haben keine Zeit zu fragen, warum ich noch meinen Typhuspyjama anhabe. Niemand erwähnt, daß ich zum ersten Mal für viele Stunden allein gelassen werde. Ich bin stolz, daß ich meinen Plan, zu Bugrashov zu fahren, fast ausgeführt hätte, und bin dem Beamten dankbar, daß er mich von der ganzen Geschichte befreit hat.

Ich sehe von oben, wie sich ihre Rücken Richtung Sykomore entfernen. Nein. Er umarmt meine Verbündete nicht. Ja, sie hält Abstand zu ihm, und der Beamte ist zwischen ihnen, wie ein ausgewachsener Junge, der nicht mehr von Mutter und Vater an der Hand gehalten werden muß. Zum ersten Mal mache ich selber das Radio an, mitten in einem Lied über eine Sprinkleranlage, renne an den Wänden entlang, recke und strecke mich mit gewagten Bewegungen, springe auf das Bett und wieder hinunter, noch einmal und noch einmal, ich schlage einen Purzelbaum, drehe eine Runde ums Klavier und die Kommode, und niemand sagt, warum so, warum nicht so, und mein Glück ist groß und vollkommen.

Was kann ich noch an verbotenen Dingen tun? Ich reiße Schubladen auf, nehme Hosen heraus, weitere Tüten mit Mutters Medikamenten, eine mit Valium, eine andere mit Schmerztabletten, die sie in einer Tüte mit Sachen zum Stopfen versteckt hat, und in einer zweiten, dritten und vierten Tüte sind die gleichen Beruhigungstabletten, die nach trügerischer Ruhe aussehenden Palgin-Tabletten und Valium in Zwölferpackungen.

Ich liebe die neue Wohnung, noch bevor ich sie gesehen habe. Besonders, weil sie nicht vorübergehend ist, und vor allem, weil sie uns gehört, das heißt, fast ganz uns, und außerdem soll sie in der Nähe von Bugrashovs Praxis sein.

Man nennt es Schlüsselgeld, Vater kauft den Schlüssel von Blizowski, einem Bauherrn, den Vater vom ersten Augenblick an für einen Spekulanten hält. Mutter sagt: »Lieber eine Wohnung von einem Spekulanten als von Menschen, die nach Gaza geflohen sind.« Vielleicht wird ihr die Veränderung helfen, zur Ruhe zu kommen.

Der Einwanderungsbeamte sagt zu Blizowski, daß er unsere Familie »von der ersten Minute an« kenne und daß der Bulgare geschworen habe, daß wir nicht mit den Lebensmittelkarten betrügen und daß wir sofort nach der ersten Mahnung bezahlen. Heute ruft er Blizowski an, um ihm mitzuteilen, in welchem exzellenten Zustand wir die Wohnung in Manschija gehalten haben. Dank der guten Worte erlaubt Blizowski uns einzuziehen, wenn die Ölfarbe auf den Türrahmen trocken ist.

Am Dienstag, dem Dritten, dem Tag, an dem wir die Wohnung räumen sollen, ist das Meer grau und flach, im Treppenhaus riecht es nach Lysol. Es ist erst zehn Uhr morgens, und die Wohnung ist fast leer. Die Reste des Kristallglases spielen die gleiche Melodie, die uns vor sieben Monaten empfangen hat. Die Weinreben, freigelegt und lückenlos, strecken ihre gewundenen Zweige über den ganzen Kachelteppich. An der Wand mit der Familie, die nicht da ist, bleiben ein paar helle Flecken zurück. Mutter versucht, einen Rußfleck vom Primuskocher und ein paar fettige Fingerabdrücke vom Lichtschalter zu wischen.

Sie macht zum letzten Mal sauber. »Ich hoffe, sie werden es schätzen können, die Menschen, die hier einziehen.«

Ich hüpfe auf einem Bein die Wände entlang. Das Zimmer ist wieder ein Festsaal, hell, lang und hallend, bevor neue Gäste ihn mit Stimmen füllen. Zum letzten Mal schaue ich durch das Fenster zur Hasan-Bek-Moschee. Regentropfen glitzern auf den Schnallen am Gully. Die Müllberge, die in die Moschee abgeworfen werden, sind mit der Zeit höher geworden, jetzt blockieren sie die Eingänge zum ersten Stock. Einige der Kinder sammeln noch Schnallen ein, und ein neuer Junge, den ich nicht kenne, versucht, einen Drachen vom Strommast herunterzuholen. Seit Berkowicz sich im Rathaus beschwert hat, sieht man immer wieder Handwerker, die die Löcher in der Straße zumachen.

Ich gehe hinunter zum Lastwagen, der vor dem Haus steht, und Mutter sagt, ich soll mich von dem Bottich mit kochendem Teer fernhalten. Ein paar Arbeiter stehen herum. Ich bleibe in Galileos Stockwerk, hoffe, daß ihn der Lärm verleitet, die Tür aufzumachen. Aber die Tür gibt das Geheimnis nicht preis, das sich hinter ihr versteckt. Galileo kommt auf die Liste der gestaltlosen Personen, wie der Schnallenfabrikant und die Menschen, die nicht mehr zurückkommen werden. Mutter hat das Gefühl, daß seine Erfindung einen Tag nach unserem Auszug fertig sein wird. So ist es, das ist ihr Schicksal. Alles passiert ihr zu früh oder zu spät, nie zum richtigen Zeitpunkt. Nie hatte sie Zutritt zu dem Club der Glücklichen, die während eines Flugs Wehen bekommen und dann ihr Leben lang umsonst fliegen können.

Halil und seine Mutter warten neben dem Lkw. Die Frau, die Hühner rupft, wischt die blutigen Hände an der Schürze ab, drückt uns fest an ihren dicken Bauch und schenkt uns eine riesige Feder zur Erinnerung.

Berkowicz von oben – neue Gummihosenträger ziehen seine Hose hoch, und sein Schnurrbart ist noch rechteckiger als sonst – lädt Kartons voller Legehennen auf den Wagen des Spielzeugvertreters. Er winkt Mutter und Vater kurz zu, ein leichtes Biegen der Finger, nur ein Zeichen, daß noch eine Familie, die in die provisorische Wohnung zog, ohne Vorwarnung wieder geht. Morgen mittag wird seine Ruhe durch die Möbelschlepper neuer Hausbewohner gestört werden.

Die Hand, die bis zum Ellenbogen in der Kiste verschwand, kommt mit einem Haufen Wunderhennen zum Vorschein. Er gibt mir vier davon, vier erstklassige. Ich muß ihm versprechen, daß ich weiterhin Tomaten züchte und ihm vier Tomaten als Gegenleistung schicke. Wie traurig, wenn Ge'ula vom Onkel in Bet-Alfa zurückkommt und feststellen muß, daß »das Mädchen« nicht mehr im Haus ist.

Zu Vater sagt er: »Kommt uns besuchen. Ihr könnt die Kleine immer für die Ferien ans Meer schicken.«

Vater verspricht: »Wir schauen vorbei.« Mein Herz spürt, daß er das nicht wirklich meint. Mein Vater kehrt nicht an Orte zurück, die er verlassen hat. Eines Tages sagte er zu Mutter, als sie ihn drängte, in der russischen Botschaft nachzufragen, ob sie behilflich sein würden, einen Antrag für ein Visum nach Polen auszustellen: »Ich habe mich daran gewöhnt, ein Vorübergehender zu sein, der nicht zurückkehrt.«

Mutter geht zum dritten Mal hinauf. Sie will sicher sein, daß wir nichts vergessen haben. Vater nutzt die Gelegenheit und gibt dem Träger ein Zeichen, noch ein paar Schachteln aufzuladen, obwohl sie beschlossen hatten, alle an der Mülltonne stehenzulassen.

Frau Feldmann öffnet die Gardine einen Spalt. Die Nase an die Glasscheibe platt gedrückt und mit Tränen in den Augen, winkt sie Vater näher. Vater zeigt auf mich und gibt zu verstehen, daß jetzt nicht der richtige Zeitpunkt ist. Mutter erscheint im Eingang des Treppenhauses, das neue Fotoalbum in der Hand. Sie hat die Fotos der Familie, die nicht da ist, eingeklebt und die Fotos, die wir in Manschija gemacht haben, als wir noch eine Kamera und Lust zum Fotografieren hatten. Eigenhändig wird sie das Album nach Ramat Gan transportieren. Das unersetzliche Album darf in der Fahrerkabine mitfahren.

Frau Feldmann erscheint auf dem Balkon. Sie kehrt dem Lärm unten den Rücken zu. Mit rhythmischen Bewegungen hängt sie eine Reihe von Spitzenbüstenhaltern auf die neue Wäscheleine. Vater tut so, als würde er Pakete zählen, und Mutter setzt die Sonnenbrille auf.

Mutters Stimme drückt ihre Gedanken aus: »Ich habe kaum gemerkt, daß wir hier ganze sieben Monate waren. Das Mädchen hat sich völlig verändert.«

Vater deutet hinauf zu den Resten des Lakens, das in Fetzen an der Hauswand klebt. »Schade, daß ich nicht daran gedacht habe, die Fahne herunterzunehmen.«

Staatsbeamter

Der Lastwagen schlängelt sich durch die Gassen von Manschija. Ein roter Pudel hängt vorn am Spiegel und verdeckt teilweise die Sicht. Obwohl uns niemand verfolgt, ist die Fahrt über die Schlaglöcher wie eine Flucht.

Ich sitze auf Mutters Knien, schaukle zwischen ihren Brüsten. Seit Vater ein Mensch geworden ist, der ohne Vorwarnung explodieren kann, halte ich mich immer fester an die weichen Zonen über ihrem Panzerkorsett. Auch wenn sie mich weiterhin als Tochter meines Vaters bezeichnet, wissen wir beide, daß ich ihre Tochter geworden bin. Nur ihre.

Unsere neue Adresse hat Mutter nur Violetta und Nachum von den Bagels verraten. Zu allen anderen, die Interesse zeigten, sagte sie nur, daß wir in ein neues Haus ziehen, nicht sehr weit von hier. Obwohl sie für Galileo Sympathie empfindet, würde sie nicht hinuntergehen, um sich von jemandem zu verabschieden, den sie nie getroffen hat. Was ist schon dabei, wenn die Berkowiczs Leute sind, die man jederzeit rufen kann, wenn etwas Schlimmes passiert? Ist doch egal, daß sie mit Schalom-Schaloms nur ein paar höfliche Bemerkungen austauschte. Die wenigen Gefühle, die sie insgeheim hegte, hat sie unterdrückt und erstickt, bevor wir weggingen. Sie wird nur von dem Abschied nehmen, der zu ihr kommt, um Abschied zu nehmen. Wenn sie es nicht für richtig halten, ist es auch nicht schlimm. Dann bleiben ihr verlogene Floskeln erspart, mit denen diejenigen, die gehen, die anderen trösten, die bleiben.

Violetta, die in Ramat Gan Klienten hat und weiß, mit welchem Bus man die Ecke der Hamargoastraße erreicht, wird sich weiterhin um die Füße unserer Familie kümmern, zumal ihr noch zehn Behandlungen fehlen, um das Service zu ergänzen. Nachum von den Bagels hat die Aufgabe übernommen, ein Auge auf das Haus zu werfen und Mutter sofort zu benachrichtigen, falls einer ihrer Verwandten sie suchen sollte. Interessant, wie lange es dauern wird, bis Berkowicz unsere neue Adresse herausfindet. Wie viele Tage werden vergehen, bis Ge'ula ihn zwingt, in der Hamargoastraße eine Wohnung zu kaufen. Seine Finger, die meinen nackten Bauch kitzelten, wecken noch immer angenehme Schauer in mir.

Eine scharfe Biegung nach rechts, und wir fahren auf das Französische Krankenhaus zu. Es hat wieder angefangen zu regnen, die Nonnen unterbrechen ihren Morgenspaziergang. Blasse Hände zucken aus weißen Gewändern, helfen sich gegenseitig, die Rollstühle über die Metallschiene am Tor zu heben. Ich versuche mich zu erinnern, ob Nonnen etwas Gutes oder Schlechtes sind und welche Meinung ich über sie haben soll.

Vater deutet auf eine Reihe Werkstätten, die er tagelang aufsuchte: »Hier ist das Wolowelski-Zentrum. Hier sind die Zelt-Nähereien am Givat Herzl und hier der Rucksackfabrikant von der Ecke Salamestraße.« Ich beobachte die heruntergekommenen, armseligen Orte, die ich mir ganz anders vorgestellt hatte.

Durch die sauberen Fenster kann ich Dinge auf der Straße beobachten, die mir vorher nicht aufgefallen sind. Schade, daß man sie erst entdeckt, wenn man Abschied nehmen muß. Je weiter wir uns von Manschija entfernen, um so ordentlicher werden die Häuser; die Bürgersteige werden regelmäßiger, und die Eisengitter verschwinden und machen richtigen Schaufensterscheiben Platz. Je weiter wir uns vom Strand entfernen, um so größer wird auch der Abstand zu Polen. Die Aussicht, daß Mutter sich nach einem Fischerboot umsehen könnte, das für immer mit ihr hinter dem Eisernen Vorhang verschwindet, wird geringer.

Der Fahrer summt: »Rechts und links nur Sand und Sand.« Er spuckt die Schalen der Sonnenblumenkerne durch das kleine dreieckige Fenster. Mitten in der Kurve macht er Vater ein Kompliment: »Alle Achtung, man merkt bei Ihnen überhaupt nicht, daß Sie ein Neueinwanderer sind.« Er fährt auf den Bürgersteig, mein Kopf schlägt zweimal an die Decke, und der Lastwagen kommt vor einem vierstöckigen Gebäude zum Stehen.

Wie gut, daß er gerade vor einem Haus hält, das an einen öffentlichen Park grenzt, und wie gut, daß ich mir gewünscht habe, daß unsere neue Wohnung hoffentlich genau in diesem Haus ist.

Kinder hüpfen hinter einer Kindergärtnerin her, zeigen auf den Lastwagen und singen: »Auto, Auto, renn nicht so, glaub ja nicht, daß du fleißig bist.« Obwohl ich das Risiko auf mich nehme und mich direkt neben sie stelle, konzentrieren sie sich auf die Segeltuchplanen, die jetzt geöffnet werden, und lassen sich nicht anmerken, daß sie mich wahrnehmen. Vielleicht fehlt es in dieser Gegend nicht an Kindern. Vielleicht bin ich angezogen wie ein Mädchen, das noch kein Hebräisch spricht.

Der Fahrer regt sich auf, als er den groben Putz auf der Vorderseite des Hauses sieht. Es ist nicht das erste Mal. Der Bauherr dieses Hauses hatte nicht vor, die Menschen glücklich zu machen. Wenn man schon beschließt, ein neues Land aufzubauen, warum macht man es nicht ordentlich? Warum diese deprimierende Ähnlichkeit zwischen den Häusern? Warum hat der Bauherr nicht ein bißchen mehr investiert? Wenn er an unserer Stelle wäre, wäre er in Manschija geblieben. »Es ist zwar eine große Mülldeponie, aber man hört das Meer. Sind Sie nicht auch der Meinung, Herr Meller?«

Aber Vater beobachtet zwei Arbeiter in Gummistiefeln, die in einer Kalkgrube rühren, und sieht die weißen Spritzer auf den Zweigen des Rizinusbaumes. »Ihr werdet sehen, irgendwann werden wir sagen, daß hier nur ein braches Feld war.« Er schaut sehnsüchtig auf das eingezäunte Feld, auf dem ein neues Haus gebaut wird.

Der Fahrer richtet sich auf, als sich ein energischer Mann der Fahrerkabine nähert. Blizowski ist gekommen, um nachzuschauen, ob alles nach Plan läuft, und um aufzupassen, daß man den Putz nicht beschädigt. »Ihr habt Glück, daß ihr rechtzeitig gekommen seid. Es ist das letzte Gebäude mit geteilten Wohnungen, das ich gebaut habe. Wenn es so weitergeht, daß jeden

Tag zweitausend Leute ankommen, wird man aus einer Wohnung drei machen müssen.« Mit einem selbstgefälligen Lächeln mustert er Mutter, von den roten Stöckelschuhen bis hoch zu den Locken. Mutter verlagert ihr Gewicht von einem Fuß auf den anderen, faltet die Hände über den roten Knöpfen des roten Kleides und zeigt übertriebenes Interesse an dem Mann, der die welken Blätter von dem Weg fegt, der zum Haus führt.

Der Fahrer, der einen Riesenwürfel ablädt, hat keine Ahnung, daß der Würfel gestern noch ein Eßtisch für unser Abendbrot war. Vater schaut mich an, Mutter schaut Vater an, ich senke den Blick, als er mich ansieht und versucht, meine Gedanken zu lesen. Niemand sagt etwas. Jeder schweigt. Jeder hat seine Gründe, warum er das Geheimnis, das nur uns dreien bekannt ist, nicht lüftet.

Der Fahrer versteht nicht, was so wichtig an den grauen Schachteln ist, die mit einem Seil zusammengebunden sind. »Wegwerfen oder in die Wohnung bringen?« Er deutet auf die in der Nähe stehende Mülltonne. Mutter stampft böse mit ihren Absätzen auf dem Bürgersteig auf. Die Bitterkeit, die sie gegen die Schnallen entwickelt hat, ist größer als ihr Versprechen, nichts mehr gegen sie zu unternehmen. Vater verspricht, sie direkt vom Lastwagen in die hinterste Ecke des Staubodens zu bringen. Er schwört, alles zu tun, damit sie die Schnallen vergißt. Sie lächelt mit der früheren Zuneigung, und er, der seit dem unseligen Morgen in Manschija nach ein bißchen Sympathie lechzt, schmilzt glücklich dahin, legt das Paket aus der Hand, zieht sie hinter das Klavier, das mit den Daunendecken umwickelt ist, und schwört, daß nichts mehr so sein wird wie früher. Jetzt drückt sie sich ganz fest an ihn, und der Fahrer zieht eine Augenbraue hoch und sieht aus wie jemand, der eine Erklärung nötig hat. Ich zucke mit den Schultern, als Zeichen, daß es bei meinen Eltern immer so ist. Was ist schon dabei, wenn sie komische Orte finden, um sich zu versöhnen?

Vater legt zusammengefaltete Bettwäsche in meine ausgestreckten Arme und zeigt mir die Wohnung. Ich gehe einen langen, dunklen Schlauch entlang, der »Diele« genannt wird und sich in zwei andere Dielen teilt, die zu zwei weißen Türen und zwei viereckigen Zimmern mit einem Balkon führen. Der erste Balkon meines Lebens, eine offene, weiße Fläche unter freiem Himmel. Diese luftige Fläche gehört nur uns, sonst niemandem. Ganz anders als die Balkons in Manschija, auf denen Gegenstände, in verblaßte Wachstücher verpackt, lagerten. Ich setze mich auf das neue Geländer, und meine Beine sind im Hof. Ich hüpfe durch die Wohnung, betaste den Putz draußen und die gekalkten Wände.

Hier wird nicht plötzlich ein Kriegsschiff im Fenster mit der Milchglasscheibe erscheinen. Eine Frau nimmt die Unterhemden eines Jungen von der Leine. Vielleicht ist er so alt wie ich. Vielleicht ist seine Kindergärtnerin eine von der Art, die Mutter akzeptiert. Unter dem Balkon ist ein Streifen roter Erde zu sehen. Ein junger Strauch rankt sich am Gitter des Geländers hoch. Es ist zwar keine lilafarbene Bougainvillea, die sich mit weißen und tiefbordeauxroten Bougainvilleen vermischt, aber doch etwas, das sich um uns rankt, wie dort, gegenüber, hinter den Mispelbäumen, in dem Garten der Alteingesessenen, die laut redend beim Essen sitzen.

Vater ist traurig über die großen Abstände zwischen den wenigen Möbelstücken, die wir besitzen. Die Kacheln, langweilige Betonquadrate, die mit kleinen Steinchen versehen sind, sehen entsetzlich gleichmäßig aus. Die helle Jalousie macht das Klavier zu schwarz, die weiße Wand betont nur die Holzringe des Nußbaumschrankes. Entweder sollen wir die mitgebrachten Sachen mit frischer Farbe verjüngen, oder wir müssen dafür sorgen, daß die Wände der neuen Wohnung schäbig werden. Sonst passen sie nicht zusammen. Vielleicht wird er sogar den Nußbaumschrank verkaufen, der tief und klotzig ist und keinen Aufsatz hat, nur noch ein Zeuge für etwas, das nicht mehr existiert, der kein Pendant in einem anderen Möbelstück in der Wohnung findet. Als Gegenleistung will Vater einen Schrank mit verborgenen Leisten kaufen, der zu der Wandfarbe paßt, und vielleicht bleibt sogar etwas übrig, um ein paar Stühle zu kaufen, die man für alles verwenden kann.

Aber Mutter denkt, daß man die Spanplatten der hier üblichen Möbel nicht mit dem »Stück Natur« des Nußbaumschrankes vergleichen kann. Besonders wenn jemand etwas davon versteht und weiß, daß die elliptischen Ringe des Holzes bedeuten, daß so ein Baum nur die erlesensten Nüsse trug. Ganz zu schweigen von den kupfernen Beschlägen, von der unteren geschnitzten Leiste und der feinen Bearbeitung oben. Außerdem, wer sagt, daß alles im gleichen Stil sein muß? Wir haben doch gelernt, mit einem gewissen Chaos zurechtzukommen. Was ist schon dabei, wenn die Dinge nicht unbedingt zueinanderpassen? Was glaubst du, Olek, ist ein Dornenzweig ideal für eine Porzellanvase? Als Julian Tuwim das Lied über »Treffen auf dem Platz« schrieb, hat er da den Mugrabiplatz in Tel Aviv gemeint? Ich habe mich schon daran gewöhnt, daß alles mit allem vermischt ist. Auch wir sind Menschen, die durcheinandergewirbelt sind. Ganz Palästina ist eine einzige große Verwirrung.

Während sie noch überlegt, wo was hinkommt, entscheidet sie sich, ein Fenster in die Wand, die die Küche von meinem Zimmer trennt, zu brechen. So bekommt die Diele, die sonst vergeudet wäre, Licht und Luft. Vater schlägt vor, wir sollen ein bißchen warten, bevor wir Blizowski um eine Genehmigung bitten. An dem Tag, als sie sich entschieden haben, die Wohnung zu nehmen, war die Diele genauso dunkel wie jetzt, und noch etwas dunkler, also warum prescht sie jetzt vor?

Es wird Abend. Keine Ratte läuft durch das Zimmer, wenn man Licht anmacht, und es gibt keine Risse, die damit drohen, daß die Decke bald herunterfallen könnte. Mutter erinnert sich plötzlich daran, daß sie die Tochter eines bekannten Bauunternehmers ist, und zählt die Säulen und die Balken und ist bereit zu schwören, daß Blizowski nicht an der Qualität des Betons gespart hat. Das Baumaterial macht einen guten Eindruck. Sie hofft, daß die Erde in Ramat Gan nicht so sandig ist wie die von

Manschija. Daß es ein paar gute Jahre dauert, bevor das Gebäude zu sinken beginnt.

Jetzt ist nicht die Zeit, zu klären, wie viele Jahre. Auch nicht, wohin die Häuser in den Dünen versinken. Jedesmal, wenn ich mir das vorstelle, fühlt es sich sehr realistisch an. Es ist das dritte Haus, in dem ich lebe, und auch die vorherigen standen unter dem Verdacht, eine Falle zu sein. Man muß mit Häusern vorsichtig umgehen, nicht weniger vorsichtig als mit der Welt um sie herum. Bei der Vorstellung einer schwankenden Decke über schwankenden Wänden wird mir schwindlig. Vor dem Schlafengehen rücke ich das Bett von der Wand und schaue schlaflos hinauf zur Decke. Ein Moskito läßt das Licht einer nackten Glühbirne erzittern und verlängert den Schatten der Elektroschnur. Die altbekannte Befürchtung, daß die Welt an einem seidenen Faden hängt, ist mit umgezogen.

Heute nacht schlafe ich allein in meinem Zimmer. Das Zirpen der Grillen vermischt sich mit der Unterhaltung, die zwei Hunde in benachbarten Gärten führen. Ich ziehe die Decke über den Kopf, drehe mich zur Wand, lege eine Hand unter das Ohr, warte, daß die Wärme sich ausbreitet. Bis gestern waren wir drei, und jetzt sind Vater und Mutter zusammen, und ich bin allein. Mir fehlen die Schlafgeräusche von anderen Menschen, die im selben Zimmer atmen. Warum kommen sie nicht herein, um nachzusehen, was mit mir ist. Sie zeigen mit keinem Wort, daß sie die Veränderung mitbekommen.

Ich stehe auf und gehe zur Tür, die einen Spaltbreit offensteht. Vater dreht die Porzellanvase um, ein paar Münzen fallen auf die Tagesdecke des Bettes. »Es stimmt«, gibt er zu. »Am Ende kostet es doppelt soviel wie ausgemacht.«

Mutter nickt: »Mit einem Mann, der ein Klavier auf dem Rükken trägt, kann man nicht diskutieren.«

Ich schleiche mich zurück ins Zimmer und kann nur darüber nachdenken, woher sie die über siebzig Lirot nehmen sollen, die sie Blizowski schulden. Wieder schaue ich heimlich zu, wie Mutter in der braunen Tasche wühlt und Vater mit drei Lirot überrascht, die sie zwischen den Urkunden aufbewahrt hat. Sie sagt, sie hat so ein Gefühl, daß bald etwas Gutes passiert. Es kann doch nicht sein, daß Wunder immer nur bei anderen passieren. Irgendwann muß jemand von irgendwoher kommen und uns ermöglichen, mit dem rechten Bein einen neuen Anfang zu machen. Aber was wird mit dem Darlehen? Wer, verdammt noch mal, wird die Bürgschaft unterschreiben? Wie gehst du zu jemandem, der dich nicht von zu Hause, aus der Schule oder aus der Stadt kennt, der nichts über deine Eltern oder Geschwister weiß oder über Gerüchte, die über dich im Umlauf sind, und sagt: »Bitte, mein Herr, riskieren Sie Ihr Geld für mich. Sobald ich ein regelmäßiges Gehalt beziehe, versichere ich Ihnen, Sie nicht mehr zu belästigen.« Noch ein Grund zu bereuen, daß wir Jucek verbannt haben, mit ein bißchen Vorstellungskraft hätte man ihn als Familienmitglied betrachten und Feiertage und Geburtstage mit ihm feiern können. Es gibt keinen Zweifel, daß er zu uns kam, weil er eine Familie um sich haben wollte. Mutter erinnert sich, daß er ausdrücklich sagte: »Ich bin gekommen, um zu sehen, wie ich helfen kann.« Vater erinnert sich, als würde er es jetzt hören, daß Jucek angegeben hat und sagte: »Wenn es etwas gibt, um das du bitten möchtest, mach es jetzt.«

»Vor lauter Gerede verstehe ich die Bedeutung von Schlüsselgeld nicht.« Mutter bittet Vater, es ihr noch einmal zu erklären, und dieses Mal langsam und mit Geduld. Er soll in Betracht ziehen, daß diese Begriffe für sie neu sind, sie hatte nie einen Grund, sich darüber Gedanken zu machen. Wie ist es möglich, daß Blizowski eine Anzahlung nimmt und die Wohnung sein Besitz bleibt. Eins von beiden: Entweder man mietet, oder man kauft. Zumal Blizowski versprochen hat, einen Schutzkeller unter das Haus zu bauen, und sich dann damit begnügt, auf den öffentlichen Schutzkeller hinzuweisen, den man im König-David-Garten bauen wird.

Aber Vater macht eine Handbewegung, die »nicht jetzt« bedeutet, und hängt seine braune Jacke über die Stuhllehne. Morgen wird er mit dem Sieben-Uhr-Bus fahren und Janek

Dobrowski suchen, der mit ihm studiert hat, ein Experte für Bewässerung, der ziemlich gut zurechtkommt. Es ist sinnlos, heute nacht zu Bett zu gehen, er wird sowieso nicht einschlafen können. Die Möbel stehen schon an ihrem Platz, aber die Schränke müssen noch eingeräumt werden. Vielleicht schafft er es noch, sich hinzusetzen und die Höhe der Zinsen, die Höhe der Rückzahlungsraten und die Miete zu berechnen. Bis er eine Stelle im Ministerium für Landwirtschaft findet, lohnt es sich vielleicht, ein Faltbett zu besorgen und mich in ihrem Schlafzimmer einzuquartieren, dann könnten sie mein Zimmer an einen Untermieter vermieten. Bestimmt läuft hier in unserer Gegend ein kinderloser Immigrant herum, dem man Vollpension anbieten kann, drei Mahlzeiten und die Benutzung des Elektroboilers auf Stundenbasis, um auf diese Art ein bißchen Geld zu verdienen. »Kinderlos« war das Wort, das immer benutzt wurde, wenn von Galileo die Rede war. Wenn Galileo oder ein anderer Kinderloser, der Erfindungen macht, in meinem Zimmer unterkommt, ist es überhaupt nicht schlimm, wenn Mutter für mich keine Kindergärtnerin findet, die nach ihrem Gusto erzieht.

Jetzt bin ich allein im Zimmer, und der Gedanke, daß ich die Tüte mit den Hühnern in der Fahrerkabine vergessen habe, plagt mich. Was passiert, wenn Ge'ula uns besucht und sehen will, was ich mit dem Geschenk von Berkowicz mache? Bis vor einer Stunde war ich sicher, daß sie auftaucht. Es kann doch nicht sein, daß ihre Liebe zu Ende geht, wenn sie mich nicht mehr sieht. Doch jetzt, wo sie fälschlicherweise denken könnte, daß ich ihre Hühner mißachte, weiß ich nicht mehr, was sie über mich denkt und welche Methoden sie anwendet, wenn sie böse ist, weil sie sich mißachtet fühlt. Welch eine schreckliche Verschwendung, daß die Hühner jetzt im Haus des Fahrers sind. Er weiß nicht, daß sie Klasse A sind, und niemand kann ihm zeigen, wie sie ein Ei legen. Wenn Sehnsucht der Wunsch ist, bei jemandem zu sein, der nicht da ist, und man zwischen den Brustwarzen ein Zwikken spürt, dann ist das, was ich für die Berkowiczs empfinde, anscheinend Sehnsucht. Wenn ich meiner Mutter sagen würde, daß ich nach ihnen Sehnsucht habe, wird sie sagen, daß mein Verhältnis zu ihnen erst angefangen hat, wahre Sehnsucht hingegen, die man mit Baldrian beruhigen muß, gilt nur für jemanden, den man sehr liebt und der plötzlich auf einen Lastwagen verfrachtet und an einen Ort gebracht wird, von dem er nicht zurückkommt. Andererseits würde Vater sagen, daß Sehnsucht nur eine Ausrede für eine unmögliche Liebe ist und daß man lieber Sehnsucht nach Menschen haben sollte, die in der gleichen Wohnung leben, Menschen, die einen wirklich brauchen.

Ob meine Sehnsucht nun echt ist oder nicht, ich sehne mich nach dem Gerede über alles mögliche, nach der warmen und lauten Freundschaft im Treppenhaus. Das Herz lacht Ge'ulas Gesicht entgegen, das so frisch ist wie die Pfefferminzbonbons, die sie an die Arbeiter am Montagetisch verteilt. Überhaupt, wie gut ist es, wenn über dir noch ein Mann und eine Frau wohnen, die dich für sich haben wollen. Wenn Mutter oder Vater etwas passiert, kann ich immer nach Manschija zurückkehren und diese lachenden Menschen zu Onkel und Tante oder Großvater und Großmutter oder zu neuen Eltern machen, wie ich es will. Hoffentlich ist Mutter einverstanden, daß wir manchmal die Berkowiczs besuchen. Nur so, ohne Grund, nur um plötzlich durch die offene Tür zu gehen, den warmen Blick zu spüren und zu wissen, daß sie mir noch treu sind. Nein, Mutter wird nicht damit einverstanden sein. Bei ihrem Pech wird sie bestimmt in die Hände von Frau Feldmann fallen, gerade dann, wenn die mit einem Paket von der Post zurückkommt.

Jetzt, am Tag nach dem Umzug, stellt sich Mutter auf den Küchenhocker, ich reiche ihr die Schnallenschachteln, und sie schiebt sie tief in den Stauboden. »Tief, so tief, daß ich sie ein für allemal aus den Augen habe.« Sie schaut zum Eisschrank hinüber, versteckt ihre Tränen. »Nur Gott weiß, warum mir die Tränen gerade jetzt kommen.« Sie bemüht sich, die gute Stimmung, die in den letzten beiden Tagen herrschte, nicht kaputtzumachen. Sie hat sich und Vater versprochen, ein neues Kapitel zu beginnen. Sie hat sogar die Hand auf die Bluse gedrückt und »Hand aufs Herz« gesagt, als sie versprach, alles zu tun, um sich vom Bett fernzuhalten.

Mutter stöhnt: »Was verstehst du schon. Du warst zu klein, um zu wissen, daß ich die großen Hoffnungen deines Vaters nicht teilte. Aber wenn man neben sich jemanden hat, der voller Hoffnung ist, möchte man so gerne glauben, daß er weiß, was er tut. In hoffnungslosen Zeiten ist das einzige, was man tun kann, sich an jemanden zu klammern, der es schafft, die Hoffnung nicht zu verlieren. Das habe ich selbst erlebt.«

Mutter rüstet mich für meinen Lebensweg: »Daß du ja immer deine Hoffnungen pflegst. Und daß du nie an den Stauboden gehst, wenn ich nicht in der Küche bin. Wenn du etwas daraus brauchst, wende dich an deinen Vater.« Sie schaut auf die Uhr. Vater hätte vom Treffen mit Janek Dobrowski schon zurück sein sollen.

Das Weinen, das durch das Treppenhaus hallt, ist wahrscheinlich ein Seufzer der Erleichterung. Sie merken nicht, daß ich an der Ecke stehe, als er ihr den ersten Scheck überreicht, eine Anzahlung auf das Gehalt, das er am Dreißigsten des Monats bekommen wird. Er konnte sich nicht beherrschen und kam während der Arbeitszeit nach Hause, als Mutter mit dem Rücken zu ihm stand und die Laken über die Leine hängte.

Sie läßt das Laken fallen: »Sag nicht, daß sie dich nicht wollen.«

Vater wartet, um zu sehen, wie lange sie braucht, bis sie ihn umarmt. Dann küßt er sie auf die Lippen, hält sie an den Hüften, und sein vorgestrecktes Knie drückt die Falten des Plisseerockes tief zwischen ihren Beinen.

»Ich bin Staatsangestellter, Anuschka. Agronom Alexander Meller, Abteilung für Nutzpflanzen im Landwirtschaftsministerium des Staates Israel. Morgen bekomme ich ein Namensschild an die Bürotür. Ich habe einen Tisch und zwei Regale. Der Leiter der Abteilung und drei Schreibkräfte sitzen ein Zimmer weiter. Nur mein Vater fehlt mir so sehr, auf einmal fehlt er mir so sehr.« Seine Kehle ist wie zugeschnürt. »Laß uns entscheiden, daß es heute anfängt, daß heute unser erster Tag in Israel ist.« Dieses Mal weinen sie beide.

Danach setzen sie sich auf den Balkon, und Vater sagt, er braucht nur Geld für die Busfahrkarte, für sonst nichts. Er zieht es vor, daß sie sich um das Geld kümmert. Aber heute, auf dem Weg nach Hause, mit dem in der Mitte zusammengefalteten Scheck in der Hosentasche, der seinen Namen in hebräischen Buchstaben trägt, konnte er nicht widerstehen und ließ eine Mappe mit Reproduktionen von van Gogh anschreiben, natürlich nicht für sich selbst, sondern für die neue Wohnung.

Er packt die Reproduktionen aus und legt sie, eine nach der anderen, in den Küchenschrank. Starke Farben und eine hervorragende Druckqualität leuchten zwischen den düsteren Mittelseiten des »Aganjok«, die Vater weiterhin überall anbringt, wo man eine Reißzwecke hineinstecken kann. Mutter sagt zum wiederholten Mal, wie gern sie die Kühle genießen würde, die saubere, weiße Wände ausstrahlen. Daß er aufhören soll, die Wohnung mit Blättern vollzuhängen. Aber plötzlich strahlt sie, als sie die anderen europäischen Landschaften sieht. Sie bringt mir bei, an der Vase mit Sonnenblumen und am Anblick der hungrigen Bauernfamilie um den Kartoffelteller ihr geliebtes Europa zu erkennen.

Dreihundert Bücher

Unser Gehalt gilt zwar als »Überdurchschnitt«, aber Mutter und Vater sind immer noch damit beschäftigt, das wenige zu addieren, zu subtrahieren und zu dividieren. Zwischen den Schulden an Blizowski und der Rückzahlung an die Bank Hapoalim muß hin und her jongliert werden. Ob man die Reparatur der orthopädischen Schuhe bezahlen kann, und wie lange die Halbschuhe des Mädchens, die vorn und hinten schon abgeschnitten wurden und bald als Sandalen durchgehen, wohl noch halten werden? Und was ist mit Vaters durchgescheuerten Hemdkragen. Was ist wichtiger, das Loch im Zahn oder der tropfende Wasserhahn? Diese Rechnerei erniedrigt Mutter. Es gibt keinen anderen Ausweg, als Arbeit zu suchen. »Egal, welche, aber eine, für die man kein Hebräisch können muß, am besten eine mit den Händen, die man mit geschlossenem Mund verrichten kann. Es spielt keine Rolle, wie viele Stunden am Tag, Hauptsache, es bleibt noch Zeit für die Tochter und den Haushalt. Und keine Arbeit, die an Kartoffeln erinnert.«

Vater ist aufgeregt, als Mutter mit ihren Plänen zur Aufbesserung des Einkommens herausrückt. Er hat gehört, daß der Bruder des verrückten Neumann aus dem zweiten Stock im Eingang A eine Werkstatt für Papierschneiden hat. Er sucht eine Arbeiterin für die Schneidemaschine, die Servietten schneidet. Sie wird zwar nur halb soviel verdienen wie er, aber auch nur sieben Stunden arbeiten, mit Sozialleistungen, Mittagspause und der Chance, an die große Schneidemaschine aufzusteigen.

Versöhnt und voller Elan kommt Mutter von der Werkstatt zurück. Ihr neuer Arbeitgeber macht einen anständigen Eindruck, und die Arbeiterin, die die Rollmaschine für Toilettenpapier betätigt, scheint eine ruhige Frau zu sein und arbeitet in einer anderen Ecke des Raums. Der Buchhalter spricht Russisch, die Atmosphäre ist ziemlich europäisch, und man kann Servietten zweiter Wahl mit nach Hause nehmen. Der Gedanke, daß sie ab jetzt täglich zur gleichen Zeit ihrer Pflicht nachgehen muß, beruhigt sie auf eine neue Art und Weise. Vorbei sind die Sorgen, daß der Tochter die Schuhe zu klein werden.

Aber am Donnerstagmorgen, einen Tag bevor Mutter in der Werkstatt erscheinen soll, sieht sie eine Anzeige in »Noviny«, über dreihundert Bücher in polnischer Sprache, die man sehr günstig ersteigern kann. Die Bücher wurden in der Mietwohnung eines Einwanderers gefunden, der heimlich nach Australien emigriert war. Der Vermieter möchte sie zum Preis der ausstehenden Miete loswerden. Sie ist stolz auf sich, daß sie mit ihren Kenntnissen in der Lage war, beim Durchblättern der Zeitung dieses Sonderangebot zu entdecken, und läuft rasch zum öffentlichen Telefon gegenüber der Post. Sie teilt dem Besitzer der Papierwerkstatt mit, daß sie lieber eine polnische Bücherei leitet, als an einer Schneidemaschine zu arbeiten. Als Vater am Nachmittag nach Hause kommt, stehen Berge von Büchern vor der Tür. Er vermutet einen Irrtum, glaubt, daß irgend jemand die Bücher an der falschen Stelle loswerden will. Fast hätte er die Kinder von der Straße aufgefordert, ihm zu helfen, die Bücher zur Stadtbücherei zu bringen. Aber in der Zwischenzeit kommt Mutter und erzählt ihm, wie sie die Bücher besorgt hat. Vater ist etwas gekränkt, daß sie es ohne ihn vereinbart hat, aber er tröstet sich damit, daß sie sich, wenn sie eine Bücherei in der Wohnung hat, unmöglich für längere Zeit im Bett verbarrikadieren kann.

Er schaut sie sehnsüchtig an: »Dann könntest du doch auch einige Bücher auf hebräisch aufnehmen?«

»Ich?« Sie bricht in schallendes Gelächter aus, und Vater versteht, daß er Unsinn redet.

Wieder packen wir zu dritt aus. Viele Bücher werden alphabetisch aufgetürmt. Leserkarten werden in eine Tasche auf der Rückseite jedes Buches gesteckt. Ein Buchstabe in lateinischer Schrift wird oben auf die Karteikarte mit dem Autorennamen befestigt. Horowitz von der Hamargoastraße 6, ein Rentner mit einer Säge, baut Regale an der Schmalseite der Diele, die jetzt nur noch ein Schlauch ist, so breit wie die Schultern eines Mannes. Die Bücher sind kaum in alphabetischer Ordnung eingeräumt, da laufe ich auch schon mit Handzetteln herum und verteile sie in die Briefkästen der Hamargoastraße. Mit meinem holprigen Hebräisch teile ich jedem mit, der bereit ist stehenzubleiben, daß wir in unserer Diele eine neue Bücherei eröffnen.

Mutter zieht morgens schon ihre Ausgehkleidung an und glaubt hinter der Tür Schritte zu hören. »Die Menschen müssen kommen.« Sie schleppt die Klappstühle vom Balkon, bereitet Lesekarten vor, damit sie sie griffbereit hat, und übt die Eintragungsweise.

Ich knie vor dem untersten Regal und sortiere Bücher nach Größe. Ich habe furchtbare Lust, in ihnen zu blättern, den Finger über die vergoldeten Buchstaben am Rücken gleiten zu lassen, mir beizubringen, mit geschlossenen Augen zwischen dem Relief von Puschkin und Tolstoi zu unterscheiden. Die Wörter, denen Vater den Rücken kehrt, strahlen eine seltsame Faszination aus.

Um Viertel nach zehn erscheint der erste Kunde. Der Mann beschwert sich, daß es am Eingang kein Schild gibt, und verlangt nach der Übersetzung von »Meine Universitäten«, dem letzten Band von Gorkis autobiographischer Trilogie. Mutter sagt mit sicherer Stimme: »Nein, wir haben leider die Übersetzungen von Gorki noch nicht bekommen.« Die Nachbarin von der Hamargoastraße 2 kommt und prüft die Qualität der Holzregale und bittet um eine Auskunft über den Besitzer der Säge. Nach zwei langen Stunden nervösen Wartens erscheint die Frau von Gerschon, dem Lebensmittelhändler, entrichtet die Leihgebühr, gratuliert Mutter und geht zufrieden weg, einen Sammelband der Erzählungen von Żeromski unter dem Arm.

An diesem Abend heftet Vater die Europakarte an die Wand ohne Regale. Am nächsten Tag wandern die Finger von einigen neuen

Abonnenten die Eisenbahnlinien entlang. »Von wo sind Sie, wo waren Sie im Krieg?« Mutter empfängt Herrn Gritzmann von oben, der kommt, um den Gerüchten nachzugehen, die ihm zu Ohren gekommen sind. »Wie soll ich wissen, ob die Person, die mir jetzt gegenübersteht, jene ist, die mit meinen Eltern dicht aneinandergedrängt im gleichen Wagen stand?« Mutter murmelt, während sie ihm eine Leserkarte reicht: »Ich weiß, daß eines Tages irgend jemand die Bücherei betreten wird, der das erzählen kann, was ich auf keinen Fall wissen möchte.«

Es sind erst drei Tage nach Eröffnung der Bücherei vergangen, da kommt ein Mann mit Schnurrbart herein, der die Namen der Stationen, an denen der Transport aus Lodz hielt, auswendig weiß. Nach einer Woche schwört die Cousine des verrückten Neumann, daß sie die Familie Benner gesehen hat, wie sie den orangefarbenen Koffer auf den Lastwagen hievte. Ja, den orangefarbenen Koffer mit den schwarzen Lederriemen.

Zettel werden mit Reißzwecken an den Deckel des Stromkastens geheftet. Nachrichten über handgestickte Tischdecken, getrocknete Waldpilze nach Gewicht, Schallplatten der Gruppe Mazurska, Kostbarkeiten, die man bespricht, als ginge es um verbotene Dinge. Wer Einzelheiten wissen möchte, soll sich an die polnische Botschaft in Ramat Gan wenden, also an meine Mutter. Wer der Welt mitteilen möchte, daß er noch lebt, soll ein Foto mit Namen und Adresse an das Brett heften. Die Annahme ist, daß jeder Verwandte finden möchte oder einfach mehr über das erfahren will, was passiert ist. Mutter hat schon mit dem »Mann mit der Säge« vereinbart, daß er ein Holzbrett zimmert, um den Platz für die Nachrichten zu vergrößern.

Jeden Tag habe ich Gelegenheit, noch mehr von den geheimnisvollen Menschen zu erfahren, die mit ihren psychischen Schäden hinter verschlossenen Rolläden ausharren. Sie kommen paarweise. In gebrochenem Hebräisch fragen sie: »Ist das hier?« Die Falten im Gesicht glätten sich, als sie die bekannte Sprache hören. Manchmal halten sie sich an den Händen. Manchmal verschränken sie die Arme. Sie klammern sich aneinander in ihrer bitteren Abhängigkeit. Und wenn es kein Partner ist, dann ein Kinderwagen. Und wenn kein Kinderwagen, dann eine Nachbarin oder ein Freund, ein Baby von Verwandten, ein lächelndes Foto in einer zerschlissenen Tasche. Es sind seltsame Methoden, zu zeigen, daß man nicht allein ist. Daß das Schicksal gut zu einem war, daß nicht alle weg sind, daß man abends, hinter den geschlossenen Rolläden, mit jemandem zusammen ist. Daß man irgendwie zurechtkommt. Daß man keine Verbindung hat mit den Geistern, die ab und zu in den Treppenhäusern auftauchen, in seltsame Lumpen gewickelt, die sporadisch die Nervenanstalten bevölkern, die ihre Merkwürdigkeit hinter unverständlicher Betriebsamkeit verstecken. Ich beobachte heimlich die Art, wie sie sich gegenseitig am Eingang zur Diele mustern. Sie schätzen, was bei den anderen übrigblieb, im Vergleich zu dem, was von ihnen selbst übrigblieb. Auf die persönliche Frage: »Wie geht es?«, antworten sie automatisch mit: »Alles in Ordnung.« Sie sagen sich gegenseitig Sprüche, die Mutter »Konfektionsgespräche« nennt. Sie achten darauf, nicht zu emotional zu wirken. Sie ersticken alles, was als Kummer interpretiert werden kann. Man soll sie nicht verdächtigen, schlimmere Schäden davongetragen zu haben, als zulässig ist.

Noch eine Woche vergeht und noch eine, und das Flüstern im Flur hört auf. Irgend jemand witzelt über seinen Seelenfreund während der »Waldzeit«, einen Mistkäfer namens Prostaczka, der gerne in seiner Armbeuge schlief. Der Mann, der im Fach mit den Gedichtbänden sucht, erzählt, er habe zum Abendessen lieber Würmer als Birkenwurzeln gegessen. Eine Frau verliert die Beherrschung, als jemand sie fragt, in welchem Lager sie war. Eine andere Frau gibt zu, daß sie zur Bücherei gekommen ist, bevor sie das Buch zu Ende las, weil sie sich das Herz in der Gesellschaft anderer Menschen wärmen will, Menschen, die keine Erklärungen dafür verlangen, warum sie nicht tapfer die SS-Soldaten überfallen haben; und es ist ein Ort, an dem jeder seine polnische Identität zugibt. Die Forderung der Einheimischen, man solle sich verstellen, ist ungerecht, macht müde und führt dazu, daß man in seinen eigenen Augen zum Lügner wird. Es führt zu einer doppelten Identität. An einem Ort, an dem Verletzungen als Defekt gelten, fühlt man sich nicht nur verletzt, sondern auch fehl am Platze.

Ich verbringe viele Stunden mit ihnen. Die Geheimnisse, die sich mir offenbaren, sind fesselnd. Lodz wird Ramat Gan immer ähnlicher. Die Stadt bekommt einen Charakter. Graue, schemenhafte Figuren auf alten Familienfotos werden zu Menschen, die ihrem Alltag nachgingen, sie hatten Mäntel und Taschen und einen Termin beim Zahnarzt.

Frau Mascha Chomsky, die Tochter des Geschichtslehrers im Jüdischen Gymnasium, sagt: »Schade, daß die Kinder nicht die besseren Zeiten ihrer Mütter kennen. Deine Mutter war eine außergewöhnliche Schülerin.« Ein ehemaliger Violinist in der Philharmonie sehnt sich nach dem Konzertsaal von Lodz. Der Leiter des Lodzer Schneiderverbandes zieht eine neue Jacke aus, demonstriert, wie minderwertig die hiesige Konfektion ist im Vergleich zu den Standards »dort«.

Mutter sagt zu Vater, daß verzweifelte Menschen sie beruhigen. Ihre Stimme vermischt sich mit den Stimmen von düsteren Menschen, die in die Bücherei kommen, um ihre Sehnsucht zu spüren, den Stoff, aus dem die Bücher gemacht werden. Sie erlaubt sich, sie mit einer Umarmung zu empfangen und mit den Worten: »Was kann ich noch für dich tun?« Sie bleiben ganze Nachmittage in unserer Diele, erzählen der Bibliothekarin, was sie vor ihren Kindern verheimlichen. Und fast immer versprechen sie, noch mehr zu erzählen, eine lange Geschichte, nicht jetzt, vielleicht beim nächstenmal. Geschichten, Bruchstücke von Geschichten, Ereignisse, die man schon bis zur Verfremdung kennt, die mit Namen von Bahnstationen übersät sind, Koffer mit doppelten Böden und Kinder, die man an die Wand schleudert. Ab und zu ein Schrei der Begeisterung, einer plötzlichen Aufklärung wegen. Irgend jemand klammert sich an einen

Straßennamen, kurz bevor der Name endgültig in den Müll des Vergessens geworfen worden wäre. Etwas wird klarer. Nein, es ist keine Vorstellung, die sich als Erinnerung tarnt. Es ist ein tatsächlicher Blitz der Erinnerung.

Endlich findet Mutter lebendige Zeugen. Ihnen, nur ihnen, kann sie sagen: »Zwei Häuser weiter, neben der Parfümerie von Pomorska« und sich sicher sein, daß sie von derselben Parfümerie und derselben Straße sprechen. Nur ihnen kann man den abgeschmackten Witz von dem Juden und dem Pferd erzählen, der plötzlich wieder witzig ist. Abends kann man ein paar abgekämpfte Hausfrauen zu einer Julian-Tuwim-Lesung einladen, und man erhält Nachrichten von Menschen, die ihre Stadt erst nach ihr verließen und sogar wissen, was mit Helenka geschehen ist, »der allwissenden Helenka«, einer Wäscherin, die von Haus zu Haus ging und überall Details über die Maße der Büstenhalter und Flecken in den Laken ihrer Arbeitgeber verbreitete.

Heute abend, als Schoschana Neumann Plätzchen in unserem neuen Backofen backt, beichtet ihr Mutter, daß sie, seit der Alltag ihre Tagesordnung bestimmt, vergißt, sich zu fragen: »Was, verdammt, tu ich hier?« Sie vergißt, daß sie keine Kraft hat, mit Vater und mit sich selbst zu streiten, und keine Gründe mehr sammelt, warum sie sich an einen Ort gewöhnen muß, wenn sich ihr Körper sowieso an diesem Ort befindet. Erst jetzt, da sie wieder zu leben beginnt, merkt sie, wie wenig sie in den letzten Jahren am Leben teilnahm. Wie sie über allem, was von alleine passierte, wie eine Fremde schwebte und sich manchmal verschwommen, wie durch einen Filter selbst beobachtete. Sie wunderte sich, daß das Leben sie irgendwie weitertrug. Wie gut, daß sie die Wohnung in der Hamargoastraße fanden, die sie die Ruinen von Manschija verlassen ließ. Manschija war wirklich ihr Leidensort.

Ich beobachte ihre Bewegungen. Sehe, wie sie sich in der Wohnung und auf der Straße bewegt. Vielleicht hatte sie schon immer diese versteckte Energie, und ich habe sie bloß nicht bemerkt. Aber es könnte auch eine vorübergehende Hektik sein, die an ihr klebt wie die Pollen von wilden Chrysanthemen an mir, wenn ich durch das Loch im Zaun krieche. Noch habe ich nicht den Mut, meine Meinung über sie zu ändern. Zumal ich heute morgen sah, wie sie das Foto von Onkel Nathan und dem Mädchen, das in der Luft schwebt, in den Spalt zwischen der Glasfläche und dem Rahmen mit dem verblichenen Foto von Großmutter Sara schob. Was für ein Glück, daß der Mann, der versprochen hat, die Abschiedsworte zu schicken, unsere neue Adresse nicht kennt.

Mutter sagt zu Vater, der ihr beim Abstauben der Bücher hilft: »Ich glaube, ich habe in deinem Zufluchtsland Asyl gefunden. Ich lerne wieder, zum wievielten Male schon, daß der Mensch zu allem fähig ist, sogar dazu, unter Fremden eine Heimat zu finden. Ich habe dir auch nicht erzählt, daß der Hausarzt in der Praxis in der Bialikstraße in Lodz geboren ist. Er ist der erste Arzt, der mich nicht auslachte, als ich sagte, daß ich bei Gliederschmerzen weiß, daß am nächsten Tag der Chamsin wehen wird. Er ist der einzige Arzt von allen, die ich in Palästina getroffen habe, vor dem ich mich nicht schäme zu bekennen, daß ich eine Seele habe. Weißt du, was er gesagt hat? – Wenn Sie keine Seele haben, wie wollen Sie erklären, daß sie Ihnen weh tut?«

Das Schild, das an die Betonsäule am Eingang zur Hamargoastraße 4 geschraubt wurde, verkündet: »Leihbücherei für polnische Bücher, Frau Anna Meller, Parterre, offen zwischen 8 und 12 Uhr, außer freitags«. Mutter hat einen Platz für das Schild gewählt, der ins Auge springt, und die Zweige der Myrte, die an der Säule wächst, zurückgeschnitten. Die Kunden müssen einen Vertrag unterschreiben, der alles regelt, was die Abonnementgebühr, die Höhe der Kaution und die Öffnungszeiten betrifft, aber den Bewohnern des Hauses leiht Mutter Bücher auch außerhalb der Öffnungszeiten aus, und wenn jemand vergißt, die Abonnementgebühr zu bezahlen, hilft sie ihm, es zu vergessen, und von Frau Neumann hat sie keine Anmeldegebühr kassiert, weil man auf jemanden, der so einen Mann hat, Rücksicht nehmen muß, und wenn jemand krank ist oder zur Erholung fährt, leiht sie ausnahmsweise zwei Bücher zugleich aus, und eine Kinderärztin aus Bnei Brak, die die Leihgebühr mit Rezepten für Schmerzmittel bezahlt, kann kommen, wann es ihr paßt.

Vater äußert gelegentlich seinen alten Wunsch, Mutter möge sich mit den Alteingesessenen befreunden. Jetzt, wo sie ihr Klein Polen in der Diele hat, könnte sie sich doch sicher genug fühlen, um auch mit anderen Kontakt aufzunehmen.

»Was hast du schon mit Frau Benner zu besprechen, sie ist eine primitive und dumme Frau, um die Wahrheit zu sagen.« Er ahmt nach, wie Frau Benner besonders dicke Bücher auswählt, sich laut über die vielen Seiten beklagt und nach einer Woche mit einem Siegerlächeln zurückkommt, als hätte sie den Ozean überquert.

»Ihre Tante war im gleichen Transport wie meine Mutter.«

»Und jeder, der auf diesem Transport war, wird automatisch ein Freund?«

Sie klopft ihm beruhigend auf die Schulter: »Was investiere ich schon in sie, ein bißchen Zeit und ein Buch.«

»Die Leute besetzen unsere Diele, als wären sie die Besitzer und ich ein Gast.«

»Die Menschen fühlen sich hier wohl. Das ist doch, was du immer wolltest, Olek. Du wolltest, daß wir alle eine große Familie werden.« Vergeblich versucht sie, ihn für sich zu gewinnen.

Mutters vereinte Familie macht Vater noch mehr zu einem Fremden im eigenen Haus. Eigentlich könnte er sich nach der Arbeit in den beiden anderen Zimmern ausruhen, aber wer von einer Fahrt mit drei Autobussen zurückkommt, wird lärmempfindlich, und wenn er auf die Toilette oder in die Küche will, muß er zu Menschen höflich sein, die er nicht treffen möchte.

»Wann schließt du heute die Grenze nach Polen?« Er bahnt sich den Weg durch die Menschen, die die verfluchte Sprache sprechen. Auch heute sammelt sich eine Schar Polen um »Noviny«. Auch heute gibt es in der Zeitung das Foto einer Familie, die einen Verwandten umarmt, den man bis jetzt für tot hielt. Auch heute klagt jemand, daß die Schlagzeilen von Dingen berichten, die weniger wichtig sind, während dieses aufregende Ereignis auf die hinterste Seite geschoben wird.

Überall wird über die Rückkehr des »Toten« geflüstert. Irgend jemand, der jemanden aus derselben Stadt kennt, steht im Mittelpunkt des Kreises. Als Gerschon vom Lebensmittelladen fragt: »Habt ihr gehört?«, ist allen klar, was er meint.

Mutter hat sich einen Ordner mit den hinteren Zeitungsseiten angelegt. Es tut ihr gut, vor dem Schlafengehen darin zu blättern. Jeder »lebendige Tote« erweckt die Familie, die nicht da ist, wieder zum Leben. Sie quillt über vor Ideen, was sie tun wird, damit der persönliche Tote aufersteht. Sie möchte so gern zu der wiedervereinten Familie fahren, doch dann schreckt sie aus Gründen der Höflichkeit davor zurück. Oh, wie gerne würde sie den lebendigen Toten von Angesicht zu Angesicht sehen. Ganz einfach vor ihm stehen und für einen Augenblick glauben, er sei ihr Toter, ihn fragen, ob er Tote seiner Art schon getroffen habe und wo man ihre Adresse bekommen könne und ob es stimme, daß Menschen wie er sich noch in den Brombeerhecken in Europa verstecken, ohne zu wissen, daß der Krieg vorbei ist und man in Palästina Wohnungen für Schlüsselgeld bekommen kann, daß man bügelfreie Hemden erfunden hat und andere Sachen, die das Leben leichter machen, und daß es sich allein deshalb lohnt, in die Welt zurückzukommen.

Und wenn man den »Toten« nicht anfassen kann, dann wenigstens seine Verwandten. Und wenn nicht anfassen, dann nur aus der Nähe betrachten. Zusammen mit der wiedervereinten Familie die letzte Seite von »Noviny« lesen. Sich von der Freude, die von ihnen ausgeht, anstecken lassen. Auf dem Sofa der Leute sitzen, die Beine übereinanderschlagen, wie eine von ihnen, sie zu sehen und zu wissen, daß alles wirklich ist. Zu lernen, wie man sich vorbereitet und was vorbereitet wird, was man anzieht und was man in den ersten Tagen sagen darf und was nicht. Sie faltet die Zeitung zusammen und stöhnt: »Es gibt keine größere Freude als die Freude von Geretteten, und du wirst nie verstehen können, worüber ich spreche.«

Ich soll mir merken, daß auch der Tod nicht das ist, was man sagt. Daß an sich nichts so ist, wie man mich glauben machen will. Ich muß vorsichtig sein. Sehr vorsichtig. Wenn man bei jeder Sache auch das Gegenteil bedenkt, können selbst die einfachsten Sachen eine Doppelbödigkeit haben, die sich als Falle erweist. Der mysteriöse Bruch, den der Krieg verursachte, zerstört auch weiterhin den normalen Ablauf des Lebens. Wenn der Tag kommt, an dem Mutters Familienwunder geschieht, werde ich mein Zimmer freimachen oder es mit dem Rückkehrer teilen müssen. Es versteht sich eigentlich von selbst, daß er in ihrem Zimmer wohnen soll, bei den Menschen, die wissen, wie es dort war. Aber ich bin bereit zu schwören, daß er aus dem großen Krieg direkt zum Klappbett unter meinem Bett kommt. In seinen Fußsohlen werden noch Brombeerstacheln stecken, er wird empfindlich gegen plötzliche Geräusche sein und in der Nacht auf jiddisch schreien.

»Wie kennt er den Weg zu uns?«

Die Frage macht Mutter glücklich. »Gerettete wissen es.«

»Wie?«

»Wer sich rettet, ist ein Genie.«

»Alle?«

»Wer eine Million richtige Entscheidungen getroffen hat, findet auch den Weg nach Hause.«

»Was werden wir sagen, wenn er ankommt?«

»Wir werden weinen.«

»Und nach dem Weinen?«

»Stell die Tasche ab, und geh ins Badezimmer. Der Boiler ist schon seit heute morgen an. Benutze so viel Wasser, wie du magst. Heuchler, Hurensohn, warum habt ihr mich alleingelassen, warum, antworte, weich nicht aus. Nur eine Sache will ich wissen: Warum habt ihr mich alleingelassen?«

Auch an diesem Ersten, dem Tag, an dem das Gehalt ausgezahlt wird, werden wir feiern und eine »große Runde« drehen, durch die immergleichen Abschnitte zwischen Bialik- und Herzlstraße, mit den Einheitsläden, die alles in die Schaufenster stopfen, was sie anzubieten haben.

Wir nähern uns dem Kurzwarengeschäft von Rosenberg, das auch Spielwaren führt, und ich erwarte die Frage, ob ich mir etwas wünsche. Sie fragen nicht. Ich möchte wunschlos sein, aber es gelingt mir nicht. Ich würde gerne etwas haben. Sehr gern. Ich werde ihnen nicht sagen, daß ich Lust auf ein Geschenk habe. Wenn ich mir etwas wünsche, erinnert es sie daran, daß sie arm sind. Außerdem müßte Mutter wissen, was ich mir wünsche, und wenn ich es sage, ist es ein Zeichen, daß ich mich nicht darauf verlasse, daß sie es schon von allein weiß.

Irgendwann, wenn Mutter die Schulden, die sie gemacht hat, um die Bücher zu kaufen, zurückgezahlt hat, werde ich mir wieder etwas wünschen dürfen. In der Zwischenzeit bin ich ein Mädchen, das mit aller Gewalt ein Mädchen sein will, das sich nichts wünscht. Aber wenn ich etwas haben will und nur so tue, als wollte ich es nicht, dann weiß ich, daß ich mich nur verstelle. Besser wäre es, wenn ich meine Wünsche ändere, ich werde sie bis zur Unkenntlichkeit vertuschen, bis ich selber davon überzeugt bin, daß ich mir wirklich nichts wünsche. Ich werde mich belügen, um sie nicht zu belügen.

Ich warte ungeduldig darauf, daß wir zu Rosenbergs Laden kommen, aber gerade heute bleibt Mutter vor dem Schaufenster der Parfümerie stehen und betrachtet die verschiedenen Fläschchen, und Vater freut sich über die Entdeckung, daß es auch in Israel Bekleidungsstücke aus Kord gibt, besonders diese braune Jacke dort, die er sich bestimmt gekauft hätte, hätten die Briten den Markt nicht mit ihren Schnallen überflutet. Mutter nickt. Ihr ist es egal, ob es die Briten sind, die an den Problemen des letzten Jahres schuld sind.

Das Schaufenster des Kurzwarenladens ist voll mit rosa Wollpuppen, die gestern geliefert wurden. Unten im Regal stehen

Bären, die in die Hände klatschen. Dazwischen rollt ein Ei, das wie ein Ei der Berkowiczs aussieht. Ich bettle darum, daß wir hineingehen. Nur schauen, nicht kaufen.

»Die Seele des Mädchens lechzt nach einem Ei«, flüstert sie Vater auf russisch zu. Ich winde mich. Der Ladenbesitzer erzählt, daß er bis vor zwei Monaten die Wunderhühner hatte, sie haben sich gut verkauft, und er wisse nicht, warum der Vertreter nicht mehr liefert. Vater und Mutter tauschen Blicke aus. Ge'ula hatte einen Termin für eine Röntgenaufnahme, zwei Tage nachdem wir Manschija verlassen hatten. Der Ladenbesitzer streckt einen gebogenen Stock in die Tiefe des Schaufensters. Er schwelgt in der Beschreibung dessen, was das Huhn, das man aus dem Ei brüten würde, alles machen würde. Mutter fragt, wieviel er für ein Ei haben will, ohne daß jemand es ausbrütet, und sagt, das Ei sei der unwichtigste Teil des Wunderhuhns, und auch das Huhn sei nicht wer weiß wie wertvoll. Sie stellt die gebügelten Geldscheine im Reißverschlußfach ihrer grauen Handtasche zur Schau. Obwohl Vater sagt, daß das Gehalt für uns drei sei, ist es immer noch das Geld von Mutter. Jedesmal, wenn Vater oder ich von etwas begeistert sind, schauen wir sie an, um zu sehen, ob sie erlaubt, daß wir es uns wünschen. Es scheint, als könne derjenige, der das Geld in seiner Tasche hat, über die Wünsche der anderen bestimmen.

Die Papierverpackung werfe ich in den ersten Korb, den ich sehe. Ein rundes Ei aus Bakelit, eine Erinnerung an die große Liebe meines Lebens, rollt zwischen meinen Fingern. Gerade jetzt, kurz bevor die Kunststopferin ihr Gerät ausschaltet und der Schmied das Eisengitter runterzieht, wird sich Ge'ula zu den anderen, die am Montagetisch sitzen, beugen und fragen, ob sie Tee oder Kaffe wollen, dann wird sie mit ihrem uralten Lächeln in die Küche gehen.

Alteingesessene

Die größte und längste Nummer im Haus von Blizowski ist auf dem Arm von Frau Gurewicz eintätowiert. Man munkelt, daß sie ihr Baby, Eva, für eine Dose Pilzkonserven zurückbekam. Wenn sie die Konserve nicht rechtzeitig gehabt hätte, würde ihre Tochter weiterhin wie ein Kalb im Stall eines Klosters leben.

Eva traf ich am ersten Tag, als ich allein hinaus durfte. Beim Warten an der Schaukel beschnupperten wir uns. Es reichte mir, daß ihre Socken mit einem Gummi über den Knien gehalten wurden und daß sie einen Pulli trug, der aus Wollresten gestrickt war, um Ähnlichkeit mit mir zu entdecken. Ich verzichtete auf meinen Platz zugunsten eines anderen Kindes und stellte mich so dicht neben sie, daß mein Arm ihren Arm berührte, jedesmal wenn sich eine von uns bewegte. Sie sprach mich auf polnisch an und schlug vor, wir sollten zusammen schaukeln. Ich würde im Sitzen Schwung nehmen und sie würde hinter mir stehen. Wir flogen bis zu den Wipfeln der Kasuarinen, und gerade als der Spaß am größten war und wir schrien und pfiffen und uns so frei fühlten wie Vögel, erschrak Eva unerklärlicherweise, bremste ab, verließ mich mitten im Spiel und rannte nach Hause.

Ich bleibe allein auf dem Schaukelbrett sitzen und weiß, daß ich meinen Zwilling gefunden habe.

An den folgenden Tagen warte ich stundenlang neben der Schaukel. Vielleicht sind die Leute, mit denen sie lebt, nicht ihre wahren Eltern. Vielleicht sucht sie sich eine neue Familie, ohne zu wissen, daß unter meinem Bett ein Bettkasten ist, der als Bett dienen kann. Jedesmal, wenn Vater Mutter zu überzeugen versucht, mir einen Bruder zu schenken, der den Namen Meller trägt, deutet sie auf das Korsett, das ihre ausgeleierten Muskeln festhält, ein Zeichen für die Schäden, an denen ich schuld bin. Vielleicht wird Mutter bereit sein, ein Mädchen aufzunehmen, das schon fertig ist und ihrer Tochter ähnlich ist und die gleiche Konfektionsgröße hat und sie von einer zusätzlichen Schwangerschaft befreit.

Unter den Abonnenten der Bücherei gelten Vater und Mutter als Menschen, die viel Erfahrung hinter sich haben. Dieser Zustand verleiht ihnen unter den Flüchtlingen, die das Haus von Blizowski bewohnen, einen besonderen Status. Vaters Hebräisch gilt als das beste von der Hamargoastraße. Er weiß für alles Rat und füllt bei Bedarf Anmeldeformulare aus. Vater kennt alle Öffnungszeiten und weiß, ob man den Personalausweis mitbringen muß oder nicht. Es macht ihm Freude, so nebenbei den Namen eines Beamten oder einer Gasse zu erwähnen und damit zu beweisen, wie gut er sich schon auskennt. In solchen Momenten kommt er sich vor wie ein offizieller Repräsentant des Staates. Auch wenn er eine böse Miene macht, wenn er auf polnisch gefragt wird, hat er manchmal keine andere Wahl, als von seinem Prinzip, daß man in Israel nur die Landessprache spricht, abzuweichen, besonders wenn er gehört und verstanden werden will.

Wie gut, daß Vater Hebräisch spricht. Wenn es jemanden gibt, der deinen Akzent zu Hause verbessert, hast du keine Angst, von Fremden verspottet zu werden. Seit Vater und ich beschlossen haben, die Sprache zu sprechen, die Mutter beschlossen hat, nicht zu verstehen, haben wir etwas Gemeinsames, das Mutter nicht hat. Außerdem bin ich stolz auf Vater, der eine Arbeit hat, die mit der Erde der neuen Heimat zu tun hat. Auch wenn das etwas geringer geschätzt wird als die israelische Armee, gilt es doch als etwas Wichtiges. Der Stolz hilft zu vergeben. Und wenn nicht zu vergeben, wenigstens die Angst zu vertuschen, die sich seit jenem unglücklichen Tag in dem alten Haus in mir festgesetzt hat. Stolz ist eine Art Liebe, oder er hilft, die Liebe zu steigern. Seit ich stolz auf ihn bin, zögere ich weniger, bevor ich ihm die Hand gebe. Auch wenn es niemand ausdrücklich sagt, weiß ich es doch: Wenn dein Vater ein Pionier der Landwirtschaft ist, der Hebräisch spricht, darfst du dich größer fühlen, als du bist.

Vielleicht empfindet Mutter das auch so. Tatsache ist, daß sie nicht mehr viel schweigt, daß sie sich schneller bewegt, daß sie sogar bereit ist zuzugeben, daß der Krieg nicht ihre ganze Lebensfreude kaputtgemacht hat. Daß noch ein bißchen da ist. »Schau, wie ich gelernt habe, mich zu freuen, daß diese Wohnung kein Fenster zur Südseite hat.« Sie reibt mit einer alten Zeitung das Glas des Fensters auf der Nordseite ab. »Sag nicht, daß der Chamsin von Manschija mir keine Lehre erteilt hat, was Windrichtungen angeht. immer wenn ich an unserem Nordfenster vorbeigehe, spreche ich ein Dankgebet, daß die Sonne woanders ist.«

Schon zwei Tage verstecke ich mich unter einer Schubkarre, die die Gärtner der Stadt vergessen haben. Ich beobachte die Kinder, die auf dem Feld gegenüber dem Haus spielen. Wenn sie mich einladen mitzuspielen, werden sie herausfinden, daß ich die Spielregeln nicht kenne. Versteckt im Unkraut, versuche ich die Regeln zu lernen, nach denen sie im Zickzack auf dem Feld herumrennen.

Ein Ball, der in die Schubkarre fällt, verrät mein Versteck. Ein Kind mit einem um die Hüften gebundenen Pulli bedeutet mir mitzumachen. Ich nähere mich den Barfüßigen auf dem Feld, während ich weiße Socken trage, die Mutter gekocht und gebleicht hat. Alle schauen auf meine Socken, jemand kneift einen anderen, und ein Mädchen kichert, und ich schwöre mir, daß sie mich nie wieder mit diesen Socken sehen werden, mit den ekelhaften Gummibändern, die alle zwei Schritte runterrutschen.

Als Mutter zur Welt kam, gab es noch kein Gummiband. Die Unterwäsche wurde angeknöpft. Wer mit Knöpfen so viel erlebt hat wie sie, schätzt den Fortschritt. Außerdem soll es ein neues Gewebe geben, das man »Stretch« nennt. Wenn es erst solche Strümpfe gibt, werden diese überflüssigen Diskussionen aufhören. Bis das Gerücht über Stretch zu Socken wird, muß ich noch einige Male während des Spiels stehenbleiben, um die

Baumwollsocken hochzuziehen, und mich dabei nach meiner störenden Mutter umschauen, die hinter einem Baumstamm steht und uns heimlich zuschaut.

Vater versucht bei den Sockendiskussionen immer das Thema zu wechseln. Auch wenn er dem Prinzip, daß beide Elternteile an einem Strang ziehen sollen, treu zu bleiben versucht, merkt man, daß er auf meiner Seite ist. Vom Sockenthema wechselt er zu den Pflanzen, die am Rande des Spielfeldes wachsen. Er redet über die Stecklinge der Paternosterbäume, die zu einer herrlichen Allee wachsen werden, über den vertrockneten Giersch, der leider verschwendet und nicht zu Kompost verarbeitet wird. Er freut sich, daß ich merke, daß die Erde am Rand des Spielplatzes rot ist. Jetzt, da ich diese Beobachtung machte, darf ich Rot benutzen, wenn ich Erde male, nicht wie alle anderen, die sie immer braun malen. Er hofft, daß ich es schätze, daß wir, obwohl wir in der Stadt leben, das Glück haben, in einem Haus zu wohnen, das von Natur umgeben ist. Wenn er Zeit findet, wird er mir zeigen, wie man all diese hohen Pflanzen nennt, die gelben und die lilafarbenen, aus der Familie der Kreuzblütler.

Aber bis er die Zeit findet, um es mir beizubringen, ist das Feld noch ein Spielplatz, wo man mit Steinen oder mit Bällen spielt, es kommt darauf an, wie viele Kinder da sind. Eine mysteriöse Instanz entscheidet, welches Spiel in Mode ist, und irgendwie wird dazu passend ein Seil oder ein Ball organisiert. Jeden Nachmittag werden die Linien auf dem Spielfeld neu markiert. Man zieht mit dem Absatz eine Linie in die Erde und markiert so die Grenze; wer darauftritt, scheidet aus.

Wie nach einer inneren Uhr versammeln sich die Sportler der Hamargoastraße zur gleichen Zeit. Die Kinder, die vor Hitler schon hier waren, glauben, sie sind die Besitzer des Spielplatzes. Zunächst entscheiden sie, welches Spiel gespielt wird, danach sind sie gnädig und laden die Kinder von Blizowskis Block hinzu. Der Sohn von Abramov, dessen Ball immer aufgepumpt ist, und die Anführer der Gruppen, die schon vor langer Zeit bestimmt wurden, lange bevor ich hier ankam, lassen eine Münze fallen, um zu bestimmen, wer zuerst die Spieler seiner Mannschaft auswählen darf.

Obwohl ich zu den kleinen Kindern gehöre, streiten sich die Gruppenleiter um mich. Ich habe den Ruf, flink zu sein, mit dem Ball umgehen und mich darauf legen und darüber springen zu können. Sie sagen, daß ich die letzte bin, die auf dem Feld bleibt. Trotz des Jubels, wenn mich ein Ball fast trifft, sind es nur meine Angst und meine Flinkheit, auf die ich stolz sein könnte. Ich wünsche mir den Mut, den manche Kinder haben, wenn sie sich auf den Ball stürzen, sich in Gefahr bringen und den Ball an ihrem Körper abprallen lassen.

Heute, als ich gerade über den Ball springe, der mir zugeworfen wurde, kommen Vater und Mutter vom Einkaufen zurück.

Ich rate, was sie sagen: »Toll, diese kleine Flitzerin, die niemand erwischen kann, ist unsere Tochter.«

Nach ein paar Stunden Herumstreunens wage ich es, nach Hause zu gehen, und schleiche mich über den Balkon. Ich gewinne einige Minuten, bevor sie mich wahrnehmen, und vergrabe mein Gesicht in der Ritze zwischen der Wand und dem Eisschrank. Ich stecke mir die Finger in die Ohren und verscheuche die vielen Komplimente, daß ich so gut ausweichen kann und mich wie ein zweibeiniges Chamäleon durch die Gefahr schlängle. Wie traurig, daß Mutter keine Verwandten mehr hat, vor denen sie mit den Talenten der Kleinen angeben könnte. Die Kleine, die jetzt bewiesen hat, daß sie sich verteidigen und vielleicht auch ihre Eltern retten kann. Was soll ich tun, wenn Vater die mutigen israelischen Soldaten verehrt und mir einen kräftigen Klaps auf die Schulter gibt und Mutter konspirativ zulächelt. Ist es denn gut, mutig zu sein, oder soll man doch lieber einer Gefahr ausweichen? Worauf soll man stolz sein? Wie würde Bugrashov reagieren, wenn er an dem Spiel teilnähme?

Von dem Tag an, als man mein Talent erkannt hat, versuche ich, gleich am Anfang des Spiels getroffen zu werden. Es ist besser, aus dem Spiel auszuscheiden und das Feld zu verlassen, als die

Schande zu ertragen, die ihre Anfeuerungsrufe hervorrufen. Der verrückte Neumann, der in der letzten Zeit häufiger auf dem Balkon erscheint, hilft mir aus der Patsche. In dem Moment, als er auf dem Balkon in der zweiten Etage erscheint, ist das Ballspiel lahmgelegt. Es gibt immer einen, der es als erster merkt und das Zeichen gibt, daß Neumann draußen ist. Die Kinder aus dem Haus von Blizowski und einige andere Kinder aus der Hamargoastraße setzen sich unter die Myrtenhecke, gegenüber dem Balkon, und beobachten ihn, wie er eine Militärmütze aufsetzt, wie er strammsteht, wie er den Geranien salutiert, sich in Marsch setzt, die gegenüberliegende Wand erreicht, sich den Befehl gibt zurückzukehren, die imaginäre Waffe präsentiert, mit dem linken Bein aufstampft, die Beine zur Ruhestellung spreizt, dann wieder strammsteht, nach vorn marschiert und kehrtmacht. Dann wieder die Waffe präsentieren und salutieren, die Waffe anlegen und zielen, und wieder Abmarsch. An manchen Tagen bleibt er ohne Grund stehen, nimmt die Waffe von der Schulter, befiehlt einer unsichtbaren Soldatentruppe strammzustehen und beschimpft sie, daß sie noch nicht gehorsam genug sei, dann wieder verleiht er ihnen Rangabzeichen oder was immer es ist, das die Soldaten auf die Schultern bekommen. Und plötzlich, ohne daß wir verstehen, warum, verschwindet sein seltsames Lächeln, und mit einem Stöhnen befiehlt er, die Leine zu lösen und die Hunde freizulassen. Er hält sich den Bauch vor Lachen und schafft es noch zu schreien: »Lauf, Rudolf, los, fang!«

Wir trommeln und pfeifen, springen und toben und ermuntern ihn mit unserem Schreien, genau wie die primitiven Stämme, von denen Vater mir erzählt hat, die am Lagerfeuer bis zur Besinnungslosigkeit tanzen.

Neumann soll nicht aufhören, er soll weiter verrückt spielen. Er soll die Hunde losschicken und die Truppen marschieren lassen, er soll stöhnen und atmen und komische Wörter sagen. Es ist wie ein fernes Echo von Mutters Alpträumen.

Schoschana, Neumanns magere Ehefrau, erscheint einige Minuten nach ihm auf dem Balkon. Mit einer Hand drückt sie ihre abgewetzte Pepitakittelschürze fest an den Körper, mit der anderen kneift sie ihn und versucht, ihn in die Wohnung zu zerren. Er hebt einen Geranientopf hoch und bedroht sie damit, sollte sie ihn nicht in Ruhe lassen. Bedrückt verläßt sie den Balkon und schließt den Rolladen. Jetzt ist er wieder allein, wirft sich zwischen Rolladen und Geländer hin und her und stöhnt noch lauter.

Nachbarn und andere Passanten auf dem Weg in den König-David-Park bleiben stehen, um das Spektakel zu betrachten. Mütter beeilen sich, ihre Kinder wegzuziehen. Wer Neumanns Aufführungen nicht gewohnt ist, fragt sich, warum niemand die Polizei holt. Immer gibt es einen entsetzten Passanten, der sich bereit erklärt, auf die Regenrinne zu klettern, bevor Neumann sich aus über fünf Metern Höhe in die Tiefe stürzt.

Nur wir, die Kinder der Hamargoastraße, wissen, daß sein Geländer erhöht worden ist, wie bei Leuten, die kleine Kinder haben. Er schafft es nicht mehr, darüber zu klettern. Zwischen den Anfällen ist er ein Mann, der einen anständigen Anzug trägt, der seine Hündin Mucki, die wie eine Wurst aussieht, zweimal am Tag Gassi führt, der im Lebensmittelladen einkauft und »Kol Ha-'am«, die kommunistische Zeitung, liest.

Mutter hat das Talent, in den ungeschicktesten Momenten der Aufführung aufzutauchen, von Sorge getrieben. Dankbar, daß Neumann mir nicht den Kopf mit einem Blumentopf zerschlagen hat, steht sie zwischen uns, hält meinen Arm fest, zieht mich mit verärgertem Flüstern fort: »Es ist nicht fein, jemanden auszulachen, der ganz einfach nur den Wachwechsel in seinem Lager mitmachen will. Was ist schon dabei, wenn er sich zu einer der Wachen zählt. Außerdem, Aluschinka, versuche deine Zeit mit normaleren Menschen zu verbringen. Oder mit Menschen, die wenigstens so tun, als ob sie normal wären.«

Wenn ich frage, was das ist, normale Menschen, sagt sie: »Ach, das hat mir gerade noch gefehlt.« Sie sucht lange nach Worten, die ein Mädchen in meinem Alter begreifen kann. Sie führt ein Selbstgespräch: »Menschen, die so leben, wie normale Menschen leben sollen.« Je schwieriger es für sie ist, in Blizowskis Haus einen normalen Menschen für mich zu finden, um so kräftiger zwickt sie mich in die Schulter. Was ich begreife, ist, daß man mich vor der Umgebung, die man gewählt hat, um mich aufzuziehen, beschützen muß.

Es gibt keine geeignetere Person als den Verkäufer der Zuckerwatte, um Mutters Meinung über die Menschen in unserer Umgebung zu bestätigen. »Nicht ihn meinte ich, als ich sagte, normale Menschen.« Sie läßt eine Münze in meine Tasche gleiten, Hauptsache, ich schleiche nicht zum Neumannschen Spektakel zurück. Den Zuckerwatteverkäufer, der sich in den öffentlichen Parks von Ramat Gan herumtreibt, nennt man den »Zucker-Stummen«. Niemand kann erklären, woher er so viel Zucker bekommt, in einer Zeit, in der jedem Erwachsenen ein Kilo pro Monat zugeteilt wird. Man sagt, er habe Beziehungen zur Partei und man habe seine Zunge in Theresienstadt abgeschnitten, nachdem er versucht hatte, irgend jemanden zu decken.

Jeden Dienstagnachmittag kommt er von der Ecke der Herzlstraße und zieht einen Topf auf zwei Rädern hinter sich her. Er stellt den Topf auf die freie Fläche vor den Schaukeln im König-David-Park, in die Lücke zwischen der Rutsche und dem Baumstamm, über den man balancieren kann. Er lockert einen Lederriemen, mit dem der Wundertopf an dem Gestell befestigt ist, und stellt ihn auf ein verrußtes Rohr. Er horcht auf die Geräusche des Motors und schüttet ein Glas Zucker in den Topf. An den Wänden bilden sich rosafarbene Spinnweben. Zwischen seinen Fingern dreht er einen Holzstab, mit dem er den fliegenden Flaum sammelt.

Die tätowierte Nummer auf dem Arm des Stummen beinhaltet alle Zahlen zwischen eins und sieben. Wenn er gefragt wird, wie teuer die Portion Zuckerwatte ist, die er auf dem Stab dreht, deutet er auf eine der Zahlen. Wer ein passendes Geldstück hat, legt es in die Schale. Noch einige Drehungen mit dem Stab, und der Besitzer des Geldstückes bekommt eine rosa Schaumwolke, die nach Karamel duftet. Die Kinderbande, die sich um den Topf versammelt, schaut hypnotisiert auf die Hand, die den nächsten Stab dreht. Die Spannung steigt bis zu dem Punkt, an dem er entscheidet, daß es genug ist, den Stab herausholt und auf die Ziffer deutet.

Die zwei Grusch, die in meiner Tasche klimpern, warten auf die Ziffer Zwei.

Am Ende des Tages kratzt der Stumme die braune Schicht am Rand des Topfes ab und läßt einige Klumpen von verbranntem Zucker auf den Topfboden fallen. Er schaltet den Motor aus, packt seinen Treibstoffkanister ein, und jetzt, einen Moment vor dem Weggehen, winkt er uns näher. Jeder bekommt etwas von den zähen, braunen Klumpen. Etwas Süßeres und Besseres gibt es nicht.

Auch wenn es scheint, daß der Mann in Gedanken versunken ist, entgeht seinen wachen Augen nichts. Auch heute hat er Kinder bemerkt, die ohne Münze gekommen sind, jetzt kriegen sie einen größeren Klumpen. Der Mann, dem die Zunge abgeschnitten wurde, schafft Ordnung in dem kleinen Königreich um seinen Topf. Die Essenz von Mutters Weltanschauung verwirklicht sich im Angesicht der mittellosen Kinder, die an ihren Fingern lecken.

Jetzt beeilt er sich, seinen Körper vor den Wagen mit dem Topf zu spannen; der Geruch des gebrannten Zuckers zieht sich wie eine Schleppe die Hamargoastraße entlang. Den beiden Alten, die auf der Bank sitzen, nickt er zu und bleibt stehen, um ihnen beim Schachspiel zuzuschauen.

Auch sie kommen hierher, wenn die Sonne untergeht. Zwei Geister, jeder einen Käfig mit einem Vogel in der Hand, entfliehen der Enge der Wohnungen, die Blizowski für drei Parteien aufgeteilt hat. Die Stäbe der Käfige stehen dicht beieinander. Der Vogel mit dem Fleck neigt den Kopf nach unten, erlaubt dem anderen, ihn zu picken. Die Vögel zwitschern Liebesgesänge. Die Alten lächeln, wie Mütter es tun, wenn ihre Kinder etwas Neues machen. Die Hirsekörner und Wassertröge in den Käfigen sind bei den Bülbüls und Spatzen sehr begehrt, sie schieben ihre Köpfe durch die Stäbe. Als die freien Vögel mit den Käfiginsassen in Kontakt treten, klappen die Alten ein Schachbrett auf und legen es auf die Steinbank. Die kahlen Köpfe kommen sich näher, die Stirnfalten werden tiefer, Springer, Könige und Bauern wandern über die Karos, bis es dunkel wird und die Schachfiguren in die Jackentaschen gesteckt werden. Die Vögel werden voneinander getrennt, und die beiden Alten legen ein Stück des Weges gemeinsam zurück, bis zur Wäscherei von Levi. Von dort geht der Lange in eine Passage zwischen den Höfen. Aus der Ferne hört man das Ächzen und Klappern des Wagens, den der Zuckerwattenmann zieht.

Ein Experte für subtropische Pflanzen

Die Farbe auf dem neuen Eßtisch, unter dem man die Beine ausstrecken kann, ist schon trocken. Gerade jetzt, da wir eine gewöhnliche Familie sind, eine wie viele andere, die eine kleine Schublade mit Besteck unter dem Holztisch hervorzieht, und jeder Tag Verbesserungen mit sich bringt und der Wunsch, so zu sein wie alle anderen, in Erfüllung zu gehen verspricht, packt mich die Sehnsucht nach dem Schachteltisch, der sich unter einer gestärkten Tischdecke versteckt hatte, nach Vater, der eine Schachtel auf die andere legte, und nach Mutter, die diese zurechtrückte. Wo sollen wir mit unseren Talenten hin, wenn wir ganz normale, langweilige Menschen sind, die mit einem Geldschein bezahlen und zu Hause einen richtigen Tisch haben?

Vaters Erinnerungen an Manschija sind ganz anders als meine. Mit einem skeptischen Blick begleitet er mein Lächeln, wenn ich die Kinder von der Moschee erwähne oder die Fahne aus Laken und Bändern, die Ritzen zwischen den Platten vor dem Haus, den tropfenden Wasserhahn in den Brennesseln, die Kisten, die im Teer auf dem Dach versanken, die Hühner von Berkowicz, den Teppich von Frau Feldmann, das Foto, auf dem wir drei vor Lachen platzten. Er nennt die Manschija-Tage weiterhin »eine verfluchte Zeit« und glaubt, das Bild der Welt und ihre Bewertung noch immer in der Hand zu haben.

Ich diskutiere nicht mit ihm. Seit eine wichtige Person im Landwirtschaftsministerium Vater, dem Experten für subtropische Pflanzen, die Aufgabe zugeteilt hat, einen nationalen Versuch zur Anpflanzung von Baumwolle zu koordinieren, hört er sowieso nur auf sich selbst. Noch berichtet man darüber nichts im Radio, und die ganze Angelegenheit soll unter uns bleiben, und ich soll aufpassen, daß kein Kind in der Siedlung etwas davon erfährt. Vater verkündet: »Wenn der Versuch klappt, wird es hier eine Revolution in einem noch nicht gekannten Ausmaß geben.« Dann macht er sich an die Korrespondenz, die sich auf dem neuen Tisch anhäuft.

Als der Staat entschieden hat, Vater in die Geheimnisse einzuweihen, bekam er einen grauen Jeep mit einem Verdeck, das wie ein Hut aussieht und mit Bändern an der Karosserie festgemacht wird. Seit er die Negev-Wüste besiegt hat, ist er sonnengebräunt und aufrecht. Er ist seit einigen Monaten für die geheime Aktion tätig und hat es schon geschafft, zwei Studienkollegen eine Arbeit im Landwirtschaftsministerium zu besorgen. Er wurde zum Betriebsrat gewählt, und man hat angedeutet, wenn Gurewicz in die Budget-Abteilung befördert würde, könne er für die Stelle des nationalen Koordinators kandidieren.

»Er mag mich, sonst würde er mich nicht allein in die Baumwollfelder schicken.« Täglich parkt er den Jeep an Rande des Feldes. Er kontrolliert den Stand der Wasseruhren, die Regen- und Feuchtigkeitsmesser. Er schneidet Blätter und Samenkapseln als Muster ab, steckt einige Raupen von Baumwolleulen, die die Ausrottung durch Parathion überstanden haben, in ein Reagenzglas und schickt sie an einen kalifornischen Bauern namens Sam Hamburg, der eines Tages kommen wird, um die hiesigen Agronomen im Baumwollanbau zu unterrichten.

Die feste Ledertasche füllt sich immer mehr mit Prospekten der Abteilung für Pflanzenschutz. Auf Vaters Gesicht zeigen sich die Ränder der Brille und des Hutes. Wichtige Nachrichten hinterläßt man für ihn am Telefon von Gritzmann von oben, und viele Tage vergehen, ohne daß er mit irgend jemandem ein Wort wechseln muß.

Spät nachts finde ich ihn über den Eßtisch gebeugt.

»Warum schläfst du nicht, Vater?«

»Ich schreibe.«

»An wen schreibst du, Vater?«

»An niemanden. Ich schreibe meine Vision.«

In seiner Vision wird die Wüste zu einem sumpfigen Baumwollteppich. Die Rohre des Nationalen Wassertransports werden zu Flüssen, die Ernte wird auf Flößen an Großwebereien am Roten Meer verschifft, und die Textilwelt wird erfahren, daß bald eine große Wende stattfindet.

Eloquent und stolz, paßt er auf, sein großes Wunder nicht durch Kleinigkeiten zu entwerten. Ich zeige etwas Interesse, und sofort bricht es wie ein Schwall aus ihm, er spricht über Felder, die auch unsere Vorväter schon gepflügt haben, über Unterschiede zwischen dem Salzgehalt der Erde im Bet-Schean-Tal und dem nördlichen Negev, hundertvierundzwanzig Kilo Baumwolle per Dunam, Büsche, die sich in die Höhe und in die Breite gut entwickeln, über den Befall von Portulak, der mit Chemie getilgt wird, eine erste und eine zweite Ernte, und wieviel Kubikmeter Wasser man für einen Dunam braucht.

»Wer soll deine Baumwolle kaufen, Vater?« Ich betrachte die dicken Baumwollbälle auf den verstaubten Zweigen in der Porzellanvase.

»Siehst du nicht, daß es im ganzen Nahen Osten keine Ware gibt, die in der Qualität annähernd so gut ist wie diese Baumwolle?« Er dreht die weiße, mit schwarzen Samen gespickte Baumwolle zwischen den Fingern.

Während ich schon bereue, daß ich ihn ermuntert habe, mit seinem Vortrag anzufangen, läßt Mutter, die seine Visionen kennt, welche sich ohnehin nicht verwirklichen lassen, die Arme sinken, in der Art, die für sie so typisch ist: »Na ja, wenn du das meinst.« Solange er mit seinen Ansichten den Lebensunterhalt verdienen kann, darf er diese Ansichten behalten.

»Du weißt, daß dein Vater an irgend etwas glauben muß. Jetzt ist es die Baumwolle. Mach es ihm nicht schwer mit der Frage, wer seine Baumwolle kaufen soll. Baumwolle ist Baumwolle. Baumwolle ist etwas anderes als Schnallen. Mir gefällt die Naivität, mit der er alles angeht. Naivität kann lustig sein, wenn sie nicht auf Kosten anderer geht.«

Vater befindet sich im Zimmer, aber er hat anscheinend nicht zugehört. Er steht auf dem Hocker, konzentriert sich darauf, den Staub von einer Eukalyptusrinde zu wischen; er dehnt die

Schlangenhaut, die bei der Zimmertemperatur geschrumpft ist, legt einen roten Stein zwischen die Porzellangegenstände, der die Farbe von Eisenoxid angenommen hat, eine Lupinenhülse und Henkel von Tonkrügen.

»Gut, daß ich den Ärger, den ich in der letzten Woche bei der Arbeit hatte, mit irgend etwas ausgleichen kann.« Er muß die Zeit, die er für das Putzen braucht, rechtfertigen. »Es ist alles wegen der Unterschiede zwischen den Methoden, die man mir in Rußland beigebracht hat, und den Methoden, die sich hier entwickeln und die aus amerikanischen Journalen stammen. In Rußland bringt man dir bei, mit der Natur zu reden. Die Natur zu spüren. Der Natur das Gefühl zu geben, daß man sich auf sie verläßt. Es ist wie mit der Liebe: Liebt man sie, zahlt sie es mit der gleichen Münze zurück. ›Verschone mich mit deinen Sentimentalitäten‹, hat Gurewicz, der für die bewässerten Pflanzungen zuständig ist, zu mir gesagt, und niemand im Zimmer hat mich unterstützt. Das will ich sehen, daß sie das erreichen, was die Journale versprechen. Wenn man diese Erde fünf Jahre lang nach der amerikanischen Methode bearbeitet, wird sie nach dieser Zeit ausgelaugt und kraftlos sein. Ja, so wird es kommen. Ich bin vielleicht kein großer Experte für Schnallen, aber niemand soll mir erzählen, wie man das Land beackert.«

Wenn Gurewicz in die Finanzabteilung versetzt wird, wird Vater ihnen eine Lektion erteilen, wie man mit Sentimentalität den Salzgehalt der Erde feststellt. Ja. Sentimentalität. Er schämt sich nicht, das Wort zu benutzen. Er wird noch beweisen, daß die amerikanischen Journale nichts taugen, samt ihren Farbfotos über Automatisierungen und Erneuerungen. Wer glaubt, daß das, was auf Glanzpapier in englischer Sprache steht, die Erde beeindruckt, der irrt sich und täuscht die anderen und schädigt die Branche.

Die Baumwollfelder gehören zum Alltag. Am Samstag hat Vater ein besonderes Feld. Wenn wir am Samstag früh aufstehen, überqueren wir die »schwarze Straße« und gehen weiter bis zu einer Ebene, die zu einem runden Hügel wird und »Napoleonberg« heißt. Der Hügel ist grün und unbebaut, und man sagt, daß Napoleon von hier aus Jaffa betrachtet hat, bevor er loszog, um die Stadt einzunehmen. Und jetzt gehen Vater, ich und noch ein paar andere Menschen, die früh aufstehen, mit einer russischen Enzyklopädie für Botanik und einem Pflanzenbestimmungsbuch unter dem Arm los, um Vaters Land zu erkunden und die kleinen Einzelheiten zu studieren, die es so wundervoll machen.

»Wer möchte, daß seine Heimat ihn liebt, muß die Namen der Pflanzen auswendig kennen.« Vater hat Mutter erklärt, warum es notwendig ist, daß ich ihn begleite. Das hier ist Klee in der russischen Enzyklopädie, und hier die gleiche Illustration in dem Pflanzenbestimmungsbuch des Landes, und hier ist die Welt eine Einheit, die man in jedem Land kennt, an jedem Ort und in jeder Sprache.

Aus zwei Platten hat mir Vater eine Pflanzenpresse gebastelt. Zeitungspapier saugt die Feuchtigkeit der Klee- und Luzerneblätter auf. Man muß sie genießen, solange ihre Originalfarbe nicht blaß geworden ist. Ich klebe gepreßte Pflanzen in ein Heft und lerne alle Namen der Hülsenfrüchte auswendig. Es macht Spaß, in den Feldern Vaters alte Bekannte zu treffen, um zu ihnen zu sagen, hallo, ich weiß, wie du heißt, und ich weiß, zu welcher Familie du gehörst. Vater hat recht. Es ist leichter, Dinge zu lieben, die einen Namen haben.

Wenn wir nicht über Pflanzen reden, reden wir überhaupt nicht, wir gehen nur Hand in Hand und schweigen. Vater ist ständig in Planungen von etwas Neuem vertieft, das eine riesige Umstellung bedeuten wird, und er ist immer von den Menschen enttäuscht, die »durch den Zauber der Amerikanisierung ihre Vernunft verloren haben«. Ich denke mir Themen aus, um seine Stimme zu hören. Jedes Wort erweckt die Hoffnung, daß wir ab jetzt miteinander sprechen werden. Seine anklagende Miene reizt mich noch mehr, die Luft mit Gerede zu füllen. Nach langem Schweigen bricht es aus ihm heraus: »Siehst du nicht, wo du lebst?« Sein

Schweigen ist für mich wie die lauten Stimmen in meinem Kopf. Vielleicht hört er die Stimme, die mich zwingt, neue Eltern zu finden. Vielleicht hat er das verstehen können, als ich heute morgen Vorbehalte gegen diesen Ausflug hatte. Das ist das, was er verstehen wird, wenn ich den wilden Rettich mit dem wilden Senf verwechsle. Ich enttäusche ihn. Mehr und mehr wird mir klar, daß ich nicht das Mädchen bin, das er haben wollte.

Als wir zurückkommen, beugt sich Mutter über meinen blumigen Glockenrock und repariert den Saum. Den Matrosenkragen der hellblauen Bluse, die den Blusen ähnlich ist, die man in der Grundschule in Lodz trug, wird sie morgen stärken, eine halbe Stunde bevor wir losgehen. Über dem Radioschrank hängt eine Radierung von einem gefällten Baumstamm, aus dessen Ringen ein frischer Zweig wächst. Sie hat sie aus einer Einladung geschnitten, die Vater zu einem Treffen der Überlebenden bekommen hat. Sie murmelt mit jener Stimme, die zu der Familie gehört, die es nicht mehr gibt, daß der Zweig, der aus ihr gewachsen ist, jetzt schon in die erste Klasse geht. Ich verstehe nicht, warum ich am Tag der Einschreibung zu einem Zweig geworden bin, welche Rolle die grünen Zweige haben und ob sie sich mit dem Zweig freut. Und wie soll ich die Freude, die sie von diesem Zweig erwartet, damit verbinden, daß sie immer sagt, nur ein Verrückter würde nach diesem großen Krieg Kinder in die Welt setzen.

Auch Vater haßt es, wenn sie so spricht. Er will flüstern, aber er schimpft laut, daß sie in Anwesenheit des Mädchens mit diesen Äußerungen aufhören soll. Mutter ist erschrocken und beeilt sich zu sagen, daß es in ihrem Fall natürlich anders war. Weil sie nämlich nicht verrückt ist und weil sie sich danach gesehnt hat, jemanden zu haben, der nur ihr gehört, der sie wirklich liebt und ihr ewig treu bleibt.

Geruch vom Krieg

Mutter heftet einen Zettel an die Eingangstür zur Bücherei: »Bin gleich wieder zurück.« Am ersten Schultag gehen wir Arm in Arm zu dem ersten Ort, an den sie bereit ist mich allein gehen zu lassen: ein grau verputztes Gebäude, das man »Yahalom-Schule« nennt.

»Was ist Yahalom, Mutter?«

»Gestern hat mir Vater erklärt, daß Yahalom Diamant bedeutet, ein Stein, den man in einer Zahnfüllung verstecken kann.«

Mutter hält die Bestätigung von der Abteilung für Erziehung in der Hand, daß ich in die Klasse A2 aufgenommen werde. Wir schließen uns dem Schwarm von Müttern und Kindern an, der vor dem geschmückten Tor immer größer wird. Sie drückt meine Hand fest. Sie weiß nicht, ob man die Bestätigung am Tor vorzeigen muß oder nicht, und überhaupt wird es ihr schlecht, wenn sie Tore sieht. »Es wird gleich vorbeisein, Mutter.« Durch ihre unsicheren Bewegungen verstehe ich, daß ich die Situation selbst in die Hand nehmen muß. Ich ziehe sie hinter mir her und zeige auf die anderen Eltern, die ungezwungen hineinschwärmen. Ich führe sie auf ein Mädchen zu, das in meinem Alter zu sein scheint, und wir landen in einem lauten Zimmer mit vergitterten Fenstern. Einige Kinder, die den Eindruck machen, sich zu kennen, rücken Stühle von einer Seite zur anderen. Irgend jemand ist bereit, uns zu dem Flur der Erstkläßler zu führen.

Die Lehrerin Sara empfängt die Frau und die Tochter von Agronom Meller herzlich. Gerschon vom Lebensmittelladen hat ihr von Vater erzählt, einem ganz besonderen Kunden, der mit Begeisterung die Wüste zum Blühen bringt und der eine Sammlung von Steinen und Steingutscherben besitzt. Die Lehrerin bittet mich, Mutter zu fragen, ob Vater bereit wäre, etwas davon der Klasse zu leihen. Ich übersetze die Antwort. Mutter hält es für eine wunderbare Idee, und vielleicht kann man die Scherben für immer im Naturkunderaum der Schule lassen.

Man setzt mich neben einen gewöhnlichen Jungen, der Usi heißt. Ich ahme die Bewegungen seiner Lippen nach. Er sagt, mein Bleistift sei nicht wie der Bleistift, den man mitbringen muß, und man merkt, daß ich nur so tue, als wüßte ich die Wörter der Lieder. Er fragt, in welchem städtischen Kindergarten ich war und warum man mir dort das Lied »Das Jahr ist vorbei, das neue Jahr kommt« nicht beigebracht hat. Die Kinder in der Klasse kennen dieses Lied noch vom Kindergarten. Nur ich und David Pomeranz sind fremd. Dabei sagt die Lehrerin Sara, daß man mit den neuen Kindern, die aus der ganzen Welt in unser kleines Land gekommen sind, besonders rücksichtsvoll sein soll, und alle wiederholen den Satz: »Du sollst deinen Freund lieben so wie dich selbst.« Trotzdem werde ich in der Pause zu Eva gehen, die eine Klasse im Stockwerk über mir besucht.

Die erste Woche vergeht mit dem Warten auf die Woche danach. Denn dann, wenn wir etwas über den Herbst in den Feldern unseres Landes lernen, wird der Moment kommen, in dem ich der Klasse die Schlangenhaut zeige, auf die Vater beinahe getreten wäre, als er sich bückte, um den Hahn einer Wasserpumpe aufzudrehen. Und nun ist der Tag gekommen, und die Schlangenhaut liegt in einem leeren Schuhkarton, der mit Baumwolle und Flanellfetzen ausgekleidet ist. Ich hebe den Deckel vor den Augen der Kinder, die voller Bewunderung sind, passe auf, daß die durchsichtige, kostbare und zerbrechliche Haut, an der noch die Schuppen einer Viper kleben, nicht zu Schaden kommt. Die Lehrerin hängt die Haut vorsichtig an einen Haken und sagt, ich solle zur Tafel kommen. »Ich bin stolz, euch zu erzählen, daß der Vater eines Mädchens aus unserer Klasse ein Pionier ist, ein Held, der aus dem fernen Rußland gekommen ist, um unsere dürre Wüste in einen blühenden Garten zu verwandeln.« Sie deutet auf die Schlangenhaut. Mit kleinen Schritten gehe ich mit den Lackschuhen, deren Spitzen abgeschnitten sind, nach hinten und bete, daß die Schlangenhaut für immer an mir hängenbleibt, mir Schutz gibt und zu einem Erkennungszeichen wird. Daß nicht nur die Kinder meiner Klasse, sondern auch die anderen Kinder in der Schule und die Leute auf der Straße erfahren, daß ich und er in derselben Wohnung in der Hamargoastraße wohnen. Daß ich nicht nur das Kind von neuen Bewohnern des Blocks von Blizowski bin, sondern diejenige, deren Vater für die Bewässerung der Wüste und für die Baumwolle zuständig ist. Daß ich ein Mädchen bin, das die Hefte der Gesellschaft für Naturschutz sammelt, daß der Schlamm der Heimat, der sich nicht von den schwarzen Gummistiefeln lösen will, zu mir gehört so wie die Baumwollraupe unter der harten Sonne und all die anderen Dinge, die einen Menschen zu einem Teil dieses Landes machen.

Auf dem Weg nach Hause geht die Kindergruppe hinter mir her. Sie möchten die Schlangenhaut streicheln. Ich erlaube es ihnen, aber sie müssen vorsichtig sein, damit sie die Schuppen nicht verletzen. Einen Augenblick lang glaube ich, daß ich glücklich bin. Ja, ich bin glücklich. In einem Atemzug liebe ich Mutter, Vater, die Schlange und die Heimat. Ich liebe sie sehr.

Je mehr ich Vater mit Komplimenten von Sara, der Lehrerin, überschütte, um so mehr sammelt er. Die Ballerinen auf dem Klavier sind bald unter vielen Fundstücken begraben. Mutter nimmt einige Baumwollstengel aus der Porzellanvase heraus, ordnet die Kaskade der Baumwolle, die aus den Kapseln heraustritt, und sagt: »Ich sollte mich daran gewöhnen, daß alles, was weiß und trocken ist, schön ist.« Dann stöhnt sie, wie sie früher über die Schnallen gestöhnt hat.

Baumwollkapseln und noch mehr Kapseln, in meinen Augen sehen sie alle gleich aus. Vater sagt, daß derjenige ein Fachmann ist, der mit der verborgenen Hand, die über das Schicksal der Kapseln entscheidet, ein Zwiegespräch führen kann. Daß nur ein Experte die Unterschiede zwischen den Kapseln erkennen kann und weiß, warum die Kapsel an einem bestimmten Tag aufgesprungen ist und nicht an einem anderen und wie es dazu kommt, daß sie sich vorher öffnet, während die anderen Kapseln noch grün und geschlossen sind.

Jeden Abend stellt er den Willis-Jeep, das einzige Fahrzeug, das in der Nacht in der Hamargoastraße parkt, am Rand des Spielfeldes ab. Wenn seine Farbe etwas blasser wäre, hätte ich mir einbilden können, daß er fast so aussieht wie die Militärjeeps, die zur Mittagsstunde unter unserem Fenster in Manschija vorbeigefahren sind.

Wegen des Jeeps nennt man mich in der Siedlung »die Tochter von dem Mann mit dem Jeep«, und bestimmt sagt jetzt irgend jemand zu irgend jemandem: »Schau dir die an, sind erst nach dem großen Krieg gekommen, und schon haben sie ein neues Auto.« Wie bei Kindern, die bei anderen etwas sehen, das sie um jeden Preis haben möchten.

Vater bremst vor der Haustür, beugt sich vor, um die Kiste mit den Präparaten herauszuheben, kratzt zertretene Gräser von seinen Sohlen, deckt den Jeep mit Segeltuchbahnen zu und geht, ganz in Gedanken, den Weg entlang. Als er hinter dem Zaun verschwunden ist, laufen die Kinder vom Spielplatz zum Jeep, steigen hinein, spielen mit dem Schalthebel und bewundern die Armaturen. Ich weiß, daß Vater es nicht erlaubt, daß man in seinen Jeep einsteigt, und ich möchte sie warnen, zeige aber statt dessen nur auf die Schlammflecken vom Baumwollfeld und erkläre, daß Vater den Jeep bekommen hat, weil es keine öffentlichen Verkehrsmittel zur Versuchsfarm gibt. Der Jeep der Heimat ist der Jeep aller Länder der Diaspora, die sich in unserem Land versammelt haben: der Kinder vom Blizowski-Block, der Mütter, die im König-David-Park spazierengehen, und der Gärtner der Stadt, die die Paternosterbäume schneiden.

Seit einigen Tagen suche ich die richtigen Worte, um Mutter zu fragen, was sie darüber denkt. Bei ihr teilt sich die Welt in zwei Arten Menschen, in die einen, die reich und herzlos sind, und in die, die arm und beraubt sind. Sie muß verstehen, wie kompliziert es ist, arm zu sein und einen Jeep zu besitzen.

Diese Frage aller Fragen bedrängt mich immer mehr. Was ist, wenn sie das Gegenteil von dem sagt, was ich hören will, und wie sehe ich aus, wenn sie die allerschlimmste Antwort gibt?

Die Tage vergehen mit dem Warten auf den richtigen Zeitpunkt. Erschreckt springt sie auf, um die Fenster zu schließen. Der Lärm dringt trotzdem herein. »Etwas gefällt mir nicht.« Sie zieht mich hinter sich her.

Am Ende des Spielplatzes, wo die Schaukeln sind, in der Ecke, die für den Zuckermann reserviert ist, sammelt der gelbe Arm eines Traktors die rote Erde ein. Endlich hat man angefangen, den Schutzkeller zu bauen, den Blizowski versprochen und nicht gebaut hat.

Mutter sagt: »Es riecht nach Krieg.« Sie fuchtelt mit der Hand zum Fahrer. Er bringt den Motor des Traktors zum Schweigen und steigt herunter, um zu erklären, was passiert ist. Ich übersetze ins Hebräische: »Herr Traktordirektor, ihr in Palästina, ihr glaubt, daß ihr alles wißt. Trotzdem, lassen Sie sich von einer Frau raten, die in ihrem Leben schon das eine oder andere erlebt hat. Wenn Sie nicht mindestens drei Meter tiefer graben und wenn Sie keine Gräben zwischen dem Schutzkeller und den Hauseingängen ziehen und nicht für einen Notausgang sorgen, durch den auch eine Mutter mit einem Kind kriechen kann, dann ist es schade um Ihre Arbeit. Und wenn wir schon dabei sind: Bedeutet es, daß die Dreckskerle einen Krieg anfangen?« Der Traktorfahrer zieht die Schultern hoch und sagt, man hätte bei ihm die Arbeit schon vor einem halben Jahr bestellt. Seit er von der Armee wegen eines Geräuschs im Herzen befreit worden ist, weiß er auch nicht mehr als das, was in der Zeitung steht.

Mutter bedankt sich bei ihm, daß er für sie seinen Traktor ausgeschaltet hat. Bis heute sei es ihr noch nie passiert, daß irgend jemand extra für sie von so einer modernen Maschine abgestiegen ist. Der Traktorfahrer betrachtet uns prüfend, als habe er erst jetzt entdeckt, daß wir vor ihm stehen, und er ist überrascht, daß eine Frau aus der Siedlung mit ihrer Tochter zu ihm gekommen ist, um mit ihm zu sprechen. Wahrscheinlich glaubt er, daß wir zu diesen komischen Menschen gehören, die in den Straßen von Tel Aviv herumlaufen, und er, wie Jucek, weiß nicht, ob diese Leute verrückt oder nur ein bißchen verrückt sind, und ich habe Lust, ihm zu sagen, daß wir nicht das sind, was er denkt, und daß Mutter vollkommen in Ordnung ist, daß sie tagsüber fast nie mehr ins Bett geht und daß Vater die Wüste auf hebräisch besiegt und Artikel für die Zeitschrift »Das Feld« schreibt. Aber der Traktorfahrer steht nur da und schweigt, und bei dem Schluckauf, den er plötzlich bekommt, sieht man, daß er etwas sagen will, das nicht leicht über seine Lippen geht.

»Woher sind Sie?« Mutter zieht an meiner Hand, damit ich übersetze.

Er antwortet auf polnisch: »Meine Familie ist bei der Liquidierung des Warschauer Ghettos gestorben.«

»Und was machen Sie hier?«

»Ich grabe. Sie sehen ja, daß ich grabe.« Er lächelt verschämt, tritt auf einmal zurück, steigt auf den Sitz des Traktors. Mutter setzt sich auf die Bank am Sandkasten, rückt neben einige Mütter, die ihre Babys bewachen, starrt auf eine Gabel, die in einem kleinen Erdhügel steckt. Ich setze mich auf ihren Schoß. Sie drückt mich an sich, öffnet meinen Zopf und flicht ihn wieder. »Erinnere mich daran, dir neue Gummibänder für den Pferdeschwanz zu kaufen.« Plötzlich ist sie weich genug, um mir die Frage aller Fragen zu beantworten: »Wir sind nicht reich und nicht arm. Wir gehören zur arbeitenden Intelligenz.« Mutter wählt ihre Worte vorsichtig und fügt hinzu: »Nur Gott weiß, wie der magere Körper von diesem Mann, der fast noch ein Kind ist, nach diesem schrecklichen Brand dort am Leben geblieben ist.«

Da sie nicht weiß, wie schwerwiegend für mich diese Frage ist, hat sie auch keine Ahnung, welche Erleichterung ihre Antwort für mich bedeutet. Fast fange ich schon an, zu tanzen und Purzelbäume zu schlagen, aber der Traktorfahrer grüßt uns mit einem Winken, und ich winke zurück, und eine Mutter, die auf der Bank sitzt, gießt Wasser in eine Flasche mit Schraubverschluß: »Vielleicht sollten Sie etwas trinken, Frau Meller, Sie sind weiß wie Eis.«

Auf dem Weg nach Hause folgen wir den Spuren der Traktorreifen. »Arbeitende Intelligenz, arbeitende Intelligenz.« Noch so ein nebulöser Begriff, der zu den Dingen gehört, die vor meiner Geburt passiert sind. Noch eine Anhäufung von Buchstaben in dem Wortnebel, der mich beherrscht. »Arbeitende Intelligenz.« Ich versuche, die Worte auf der Skala zwischen reich und arm unterzubringen. Ich überzeuge mich, daß die Arbeiterin nicht wegen Leuten wie uns gezwungen war, Seife in ihrem Rocksaum zu verstecken.

Heute gibt es in Ramat Gan Chamsin. Eine Kundin beschwert sich: »Es ist viel zu heiß für den Frühlingsanfang.« Mit einem Fahrschein fächelt sie sich Luft zu. Einige Leute, die noch vor ihr gekommen sind, stehen dicht am Ventilator. Mutter würde gern die Tür offenlassen, aber die Nachbarn könnten sich über den Lärm beschweren, und die Straßenköter haben schon oft den Topf mit dem Bohneneintopf umgestoßen. Der Chamsin, vermischt mit Zigarettenrauch, kann ihre Bücherei in Verruf bringen. Eine Bücherei, in der man nicht atmen kann, ist kein vergeistigter Ort. Es gibt keine andere Wahl, als Blizowski zu überzeugen, daß sie in der Diele ein Fenster durchbrechen darf. Natürlich auf ihre Kosten. Sie will kein Geld von ihm. Aber Blizowski ist ein strenger Hausherr, der Überraschungsbesuche in seinen Wohnungen durchführt und beleidigende Bemerkungen über den Zustand der Wände und der Kacheln macht. Von Änderungen will er nichts hören: »Heute ist es ein Fenster, und morgen sind es andere Sachen.«

Mutter hat sich noch nicht daran gewöhnt, daß Blizowski derjenige ist, der entscheidet. Es kann doch nicht sein, daß er ihr verbietet, die Wohnqualität einer Wohnung zu verbessern, die »alles aufgefressen hat, was wir hatten«.

Jetzt steht sie auf dem Eßtisch, schlägt mit Hammer und Meißel auf die Wand, die die Küche und mein Zimmer verbindet.

Die Hammerschläge spornen sie an. Die Zeitunterschiede zwischen den Schlägen verkürzen sich. Ihre Wangen werden rot. »Es sind die gewagtesten Aktionen, die ich seit der Zeit bei der Organisation der Roten Hilfe hatte. Erschrick nicht, bitte. Es geht nur um ein kleines Fenster, das das Leben luftiger machen wird. Morgen kommt der Maurer, der sich auch mit Glasarbeiten auskennt, um die Arbeit zu beenden.«

Vater schaut zwischen dem Haufen von Mauerputz auf dem Fußboden und Mutter, die auf seine Sticheleien wartet, hin und her. Er geht in das große Zimmer, macht das Radio an und legt seine Füße auf den Tisch, auf den man keine Füße legen darf.

»Ich habe mit dem Mann von der Hamargoastraße 6 gesprochen.« Mutter kommt ins Zimmer und versucht ihn zu beschwichtigen. »Er wird ein Angebot machen für die Spanplatten des Schranks. Er ist bereit, es umsonst zu machen, wenn wir ihm die alten Türen aus Nußbaumholz geben. Er konnte seinen Ohren nicht trauen, als ich gesagt habe, daß ich an diesen Türen hänge.« Vater gefällt die Idee, daß er einen modernen Schrank haben würde, und jetzt, anstatt sich zu streiten, ob es richtig ist, ein neues Fenster zu machen oder nicht, planen sie, wie dick die Platten des Schranks sein werden und ob man sie streichen soll oder ob das rohe Holz schöner ist.

Der Maurer schleift die Ränder des Lochs in der Wand, und der »angehende Schreiner von der Hamargoastraße 6« mißt die Türen des Nußbaumholzschranks aus. Am Ende der Woche haben wir eine saubere Öffnung zum Lüften und Türen aus Spanholz, die sich auf neuen Schienen im alten Schrank bewegen. An der Stelle, an der sich die Türen auf der Schiene bewegen, ist die Farbe beschädigt, und Mutter betrachtet bedauernd die Türen aus Nußbaumholz, die jetzt nicht mehr gebraucht werden und in der Zwischenzeit auf dem Balkon gelandet sind. Ich beherrsche mich, meine Meinung über die schönen Holzringe zu sagen, die wegen einfacher weißer Spanplatten jetzt nicht mehr gebraucht werden. Was immer ich auch sagen würde, es würde gegen einen von beiden sein, und überhaupt, seit die Bücherei läuft, sind alle viel zu beschäftigt, um meine Meinung hören zu wollen.

Mutter braucht ihre Zeit für wichtigere Dinge, die man dringend und gerade jetzt erledigen muß. Sie muß sich um die Leser kümmern, wortgewandt und aufmerksam bändigt sie die Besucher der Bücherei und verhält sich so, als hätte sie das schon immer gemacht.

Wenn sie mich sieht, sagt sie jedesmal: »Ich bin bald für dich da.«

Ich verschwinde in meiner Höhle. Obwohl alle Gegenstände am Platz bleiben, verwandelt die vergrößerte Öffnung mein Zimmer zu einem Ort, an dem man nur schwer eine Ecke findet. Es stören nicht nur die Stimmen, die vom Korridor kommen, es stört auch der Gedanke, es könnte jemand auf den Hocker klettern und in mein Zimmer hineinschauen.

Das Bett stelle ich an die Wand mit der neuen Öffnung. Ich horche weiterhin auf ihre energische Stimme, die wie damals auf der Mauer von Hasan Bek klingt, fern und fremd. Ich lerne zu unterscheiden zwischen den Stimmen der Kunden, die mir meine Mutter wegnehmen, und den Kunden, die sich ein Buch ausleihen möchten. Die Wellen der freundlichen Stimmen aus dem Korridor lassen mich einsamer sein als je zuvor. Früher mochte ich es, allein mit meinen Gedanken zu sein, aber jetzt geschieht es, weil ich keine andere Wahl habe. Sie haben sich zwar darum bemüht, daß ich kein Geschwisterchen bekomme, damit ich nicht eifersüchtig sein muß, aber auf der anderen Seite der Wand bewegt sich die liebende Familie, die sich Mutter für sich selbst geschaffen hat.

Wenn der Wunsch, daß jemand aus dem eigenen Leben verschwindet, Eifersucht ist, dann ist das, was ich dem Ehepaar Schwarzmann gegenüber fühle, anscheinend Eifersucht. Ich hasse es, wie Mutter um ihre Liebe buhlt, wie sie sich die Mühe macht, mit zweimal Umsteigen nach Tel Aviv zu fahren, nur um ihnen freudestrahlend zu verkünden, daß sie das Buch bekommen hat, das sie haben wollten.

Ich glaube an die Stimme von Frau Leibowicz, die Bücher ohne Tote haben will. Es reicht ihr schon, was mit unseren armen Soldaten, den Terroristen und den anderen Dreckskerlen passiert. Zumal ihr Sohn in elf Jahren auch zum Militär gehen muß, und die Zeit in Palästina rennt wie verrückt, was sind schon elf Jahre heutzutage? Der Krieg ist seit sechs Jahren vorbei, und es scheint erst gestern gewesen zu sein.

Und dann gibt es Frau Gritzmann, die in einem Krieg drei Männer verloren hat, und jetzt bittet sie Mutter, für sie Bücher aufzuheben, die mit einer Hochzeit enden. Nur rücksichtslose Schriftsteller gönnen ihren Lesern kein Happy-End. Wie wundervoll es ist, die letzte Seite umzublättern und Menschen zu finden, die einander in den Armen liegen. Das macht Hoffnung. Ja, Hoffnung, das sollen Bücher geben. Wenn wir sie nicht von Büchern bekommen, woher sollen wir sie nehmen? Überhaupt schlägt sie Mutter vor, einen Katalog mit Enden zu verfassen. Es ist das gute Recht des Abonnenten, sich das Ziel zu wählen, das er erreichen will. Die Spannung, die mit einem unbekannten Ende verbunden ist, ist überflüssig. Ihr ist es schon passiert, daß sie dreihundert Seiten gelesen hat, nur um einen Epilog zu erreichen, der ihr eine ganze Woche lang schlechte Laune beschert hat.

Jeden Abend, nachdem wir gemeinsam die Diele gefegt haben, setzt sich Mutter mit einem Heft hin, in das sie die Enden der Romane schreibt. Frau Gritzmann verbreitet in Ramat Gan, wie gut Mutters Empfehlungen sind, und heute morgen, noch bevor ich zur Schule gegangen bin, ist sie besonders erregt hereingeplatzt und hat Mutter eine Bonbonniere mit Katzenzungen überreicht, wie sie regelmäßig bei Frau Feldmann auf dem Tisch lagen. Sie war dankbar für den Optimismus, den sie durch den Band mit Erzählungen von Maria Dombrowska erhalten hat. Nonchalant hob Mutter den Deckel der Bonbonniere hoch. Sie versteht es, gute Literatur zu entdecken. In ihrer Jugend hatte sie die Lodzer Zeitschrift »Literaturnachrichten« abonniert und weiß, was gute Literatur ist, ganz zu schweigen von ihren Instinkten, was die »menschliche Natur« betrifft.

Vater nimmt aus einem Ordner die Quittungsblöcke und die Kopien der abgelegten Briefe, all das, was er »die Buchhaltung meiner toten Geschäfte« nennt. Er steckt die Unterlagen in einen großen braunen Umschlag, schreibt mit Schönschrift »Ausrüstungsüberschüsse« darauf und begräbt ihn unter anderen Unterlagen in einem abgeschlossenen Fach. In diesem Ordner legt er die Korrespondenz der »polnischen Bücherei« sorgfältig und chronologisch ab.

Nach den Neun-Uhr-Nachrichten wird ein Balkontisch in unserem Mehrzweckzimmer aufgeklappt: Das Zimmer dient als Schlafzimmer, Gästezimmer und Eßzimmer, in diesem Zimmer unterhalten wir uns, hören Radio und machen sonst alles. Der Deckel des schwarzen Karteikastens steht gerade, und Vater, der sehr schöne Buchstaben schreiben kann, notiert alphabetisch auf jeder Karte die Namen der Schriftsteller, der Bücher und der Kunden. Mit roter Tinte markiert Mutter die Leser, die gemahnt werden müssen. Und das Mädchen? Das Mädchen soll Buchseiten kleben, die ausgerissen sind, und die Eselsohren geradebiegen. Wir werden über Dinge reden, die sie nichts angehen, denn was kann sie schon verstehen, diese Kleine.

Wahres Leben

Es sind schon zwei Monate vergangen, seit die Klage, die ständige Begleiterin in Mutters Stimme, hektischem Treiben Platz gemacht hat. Morgens weckt sie mich, während sie mit dem Staubwedel über Buchrücken fegt, nachdem sie dem Nachbarn von der Hamargoastraße 6, Herrn Ehrlichmann, seine tägliche Insulinspritze gegeben hat. Die Einnahmen von Herrn Ehrlichmann verteilt sie auf zwei leere Blechdosen. Die eine Dose nennt sie: »Um dem Mädchen nicht sagen zu müssen, daß wir nichts haben«; die zweite Dose nennt sie: »Wer einmal gehungert hat, weiß, wovor man Angst haben muß.«

Die zweite Dose ist voll und schwer. Die erste Dose leert sich jedesmal, wenn Mutter meine kleinen Wünsche erfüllt. Strahlend öffnet sie die Blechdose, dankbar, daß sie etwas geben kann, und sie verpaßt keine Gelegenheit, mich daran zu erinnern, wie schmerzhaft es ist, wenn man nichts hat. Ich liebe es, zu wissen, daß sie früh aufsteht und sich bemüht und das alles nur für mich tut. Die angenehme Berührung der Münzen in der Blechdose läßt die Tatsache vergessen, daß sie von den Problemen Ehrlichmanns herrühren.

Die »Familie, die nicht da ist« heißt jetzt »die Familie, die es mal gab« und manchmal ganz einfach nur »die Familie«. Die Erwartung, daß noch Verwandte kommen, hat sich in die Befürchtung gewandelt, daß, wenn sie erscheinen sollten, es nichts mehr geben wird, was man sich gegenseitig sagen könnte, da es sowieso keine Chance gibt, die Lücken zu schließen, daß Menschen sich verändern und auch sie nicht mehr die ist, die sie einmal war. Und überhaupt: Wie kann sie sich vor ihnen entschuldigen, daß sie es schon zu etwas gebracht hat und die anderen noch nicht, und wann soll sie Zeit finden für all das, was man für sie tun sollte, wenn sie morgens vor acht schon beschäftigt ist und sogar für ihre Tochter kaum noch Zeit hat. Es ist besser, sich an sie zu erinnern, wie sie früher waren, und nur manchmal bei Tag oder bei Nacht den Stich der Erinnerung zu spüren, der dann auch wieder verklingt. Und was die Frage betrifft, wann man einen Jahrestag für die Verwandten, deren Tag der Ermordung nicht bekannt ist, halten soll, schlägt Vater vor, daß man immer am Ersten des Monats, nach einer geregelten Ordnung, ein Seelenlicht zur Erinnerung anzünden soll.

Am 1. September, als wir den Kopf vor dem Seelenlicht zur Erinnerung an Onkel Nathan neigen, erinnert sich Mutter, daß ich bald Geburtstag habe. Sie sucht ein Rezept für einen Kuchen, den sie dem Mann schenken will, «der ihr ihre Tochter neu gegeben hat«. Mit der Küchenmaschine von Frau Zimmermann schlägt sie Quark, schreibt mit heißer Schokolade »Gesundheit und ein gutes Leben von Familie Meller« auf den Kuchen. Letztes Jahr hat sie ihm einen Mandelkuchen gebacken. Sie hofft, daß ihm die Abwechslung auffällt.

In der Mittagspause wird sie zum Krankenhaus fahren, um ihm den Kuchen zu bringen. Sie denkt laut: »Du hättest Bugrashov eine große Freude gemacht, wenn du ihm deine Oberschenkel gezeigt hättest.« Sauer und kurz angebunden gehe ich einige Schritte hinter ihr her. Nur Gott weiß, warum ich dazu verdonnert bin, meinen Geburtstag an dem Ort zu feiern, an dem ich fast gestorben bin. Die Menschen, die mit dem Bus nach Tel Aviv fahren, starren die Frau in dem erdbeerroten Kleid an, die ein aufsässiges, bösartiges Mädchen dazu zwingt, neben ihr auf der Bank zu sitzen. Der Portier im Krankenhaus schickt uns zum dritten Stock. Ich übersetze, wie man in das neue Büro geht, und umarme einen Strommast. Mutter sagt sehnsüchtig: »Ich wünschte, ich hätte eine Ahnung, wo ich die Leute suchen soll, die mich gerettet haben.« Ich aber bin undankbar und habe überhaupt keine Lust zu wissen, ob man mich gerettet hat, und ich möchte auch dem Mann, der meine Gebete nicht gehört hat, nicht immer dankbar sein.

Der Portier trägt eine Mütze, verläßt schnell sein Häuschen, schielt auf die kringelige Schokoladenschrift auf dem Kuchen und interessiert sich dafür, ob es der Geburtstag von Doktor Bugrashov ist oder von dem Mädchen. Hauptsache, wir blockieren den Korridor nicht, bevor sein Vorgesetzter mit ihm schimpft.

Mutter übergibt ihm den Kuchen unter der Bedingung, daß er rechtzeitig ausgehändigt wird, bevor die frische Schlagsahne, keine gewöhnliche Margarine, durch die Hitze sauer wird. Ihre Lippen verziehen sich bitter. Sie hat es sich anders vorgestellt, dem Retter ihrer Tochter etwas zugute kommen zu lassen. Wer außer Bugrashov kann den Unterschied zwischen meinem damaligen und meinem heutigen Gewicht schätzen? Sie hat mich nicht mitgeschleppt, um seine Zeit zu stehlen oder um ihn dazu zu zwingen, heuchlerische Lobesworte zu dem Mädchen zu sprechen. Sie wollte nur der ganzen Welt mitteilen, daß er ihr heimlicher Partner bei der Rettung ihrer Tochter war und daß von allen Rettern auf ihrem Leidensweg er der einzige ist, dessen Adresse sie kennt.

Mutter hält mich fest an der Hand. Meine Hand, die sich früher gerne halten ließ, ist jetzt schlaff. Wir drängen uns in den Bus, in dem keine Sitzplätze mehr frei sind. Mutter ist verärgert und schweigsam. Ich drücke mich zwischen zwei Sitzplätze. Mein Herz sehnt sich nach Eva, die unter dem Maulbeerbaum in der Hakeshetstraße wartet.

In dem Deckel des Schuhkartons, den Eva und ich uns teilen, gibt es fünf Löcher für Luft – für jede Seidenraupe eine persönliche Öffnung. Dreimal am Tag tragen wir den Karton zum Maulbeerbaum. Unsere Hände fassen die tiefen Zweige, während die Füße den rauhen Stamm hochklettern. In unserer Gegend gibt es kein besseres Versteck, und es gibt keinen anderen Baum, dessen Blätter so unterschiedlich sind. Wir haben sie miteinander verglichen, aber keine identischen Blätter gefunden.

In der dunklen Blätterhöhle blüht ein Handel mit verbotenen Nachrichten. Zunächst eine laue Beichte, daß es nicht schön ist, über die Eltern zu sprechen, aber jetzt darf man alles sagen. Evas Mutter sagt, die Dinge, die man zwischen vier Wänden flüstert, gehören nur in die Familie, und auch meine Mutter hat Mitleid mit Menschen, die Angst haben, in ihrem eigenen Heim frei zu sprechen. Beide glauben, das reiche aus, um sich der Treue der Töchter sicher zu sein.

Wir pflücken frische Blätter. Die Pfoten der Seidenraupen kleben an getrockneten Blättern. Man muß vorsichtig ein Bein nach dem anderen anheben und sie dann auf ein frisches Blatt setzen. Nachdem wir eine Raupe halb umgesiedelt haben, sind wir schon miteinander verbündet. Bei der zweiten Raupe habe ich entdeckt, daß ich nicht das einzige Mädchen bin, in dessen Haus die Toten lebendig sind. Auch Evas Mutter beschwert sich, daß sie niemanden hat, der sie berät, was man mit einem Mädchen macht, das zehn Jahre zu früh mit der Pubertät begonnen hat. Eva ahmt die schimpfende Stimme ihrer Mutter nach: »Man bringt keine Kinder auf die Welt, damit sie nur sieben Jahre mit dir zusammenbleiben und dann weggehen.«

Die Undankbarkeit der Mädchen läßt eine Freundschaft zwischen unseren Müttern entstehen. Evas Mutter sucht Verständnis bei meiner Mutter: »Plötzlich erwische ich mich dabei, daß ich zu meiner großen und klugen Großmutter bete, um von ihr zu lernen, wie man Kinder in dieser zügellosen, asiatischen Gesellschaft erziehen soll.« Beide sind der Meinung, daß die Straße gefährlich ist und daß die Kinder der Siedlung Banditen sind. Sie sind ein Haufen von furchtlosen Jungen, ohne jegliche »Kultur von zu Hause«. Überhaupt, die sorglosen Gesichtszüge der Töchter – woher nehmen sie die Unverschämtheit, sich so zu benehmen, als würden sie in einer Welt leben, in der es erlaubt ist, keine Sorgen zu haben? Ob es ein Mangel an Gefühl ist oder nur aufgesetzt, beides ist unerträglich. Es kann doch nicht sein, daß ein staubiges Feld ihnen Mutter und Vater ersetzt und all das, was sie über das Erlaubte, das Verbotene und das Mögliche zu sagen haben. Wenn die Mädchen behaupten, es sei »allen anderen erlaubt«, versuchen die Mütter zu verstehen, wer »alle anderen« sind, und überhaupt, wer sagt, daß man das macht, was die anderen machen. Die Erfahrung zeigt, daß derjenige, der nicht mit allen in den Zug gestiegen ist, sich vor dem Schicksal »aller anderen« retten konnte.

Es ist die Rolle der Mütter, die Kinder zu einer bestimmten Zeit in die Schule zu schicken. Wie gut, daß ich das Schulalter erreicht habe, in einer Zeit, in der Mutter es schafft, früh aufzustehen und sogar bei guter Laune zu sein. Sie hätte gerne gewußt, wie sich das Leben hinter dem weißen Tor abspielt, wo sie mich am ersten Schultag gelassen hat. Schade, daß die Lehrerin nur Hebräisch spricht. Es ist traurig, wenn man einen Dolmetscher braucht, um über die Situation des Mädchens zu reden.

Seitdem sie die Bücherei eröffnet hat, hat sie immer weniger Kontakte zu Menschen, die Hebräisch sprechen. Sie hat sich davon überzeugt, daß man auf die Anstrengung, die mit dem Lernen dieser Sprache verbunden ist, verzichten kann. Sie wird nie in der Lage sein, die viereckigen Buchstaben von Palästina zu erkennen.

Was man bei den Schulfesten zeigt, kann Vater nicht immer übersetzen, und am Elternabend hat die Lehrerin sich nur an Vater gerichtet. Seit Mutter sich auf die Lehrerin verläßt, weiß sie nicht, wie oft ich fehle oder anwesend bin und wo der Zusammenhang ist zwischen den kunstvollen Kritzeleien auf dem Einband des Heftes und dem, was dort gesagt wird. Niemand weiß, wohin mich meine Phantasien tragen, wenn im Lehrbuch die Familie Zweige für die Laubhütte von Großvater sammelt oder für das Wochenfest Früchte in einen Korb füllt. Außerdem habe ich von Mutter die Angst vor Zahlen geerbt, und alles, was mich in der Rechenstunde beschäftigt, ist, vor der Lehrerin meine beschämende Unwissenheit zu verstecken.

Alles ist erschreckend kindlich. Fremd, weit weg, angsteinjagend. Und überhaupt die Belastung, vier Stunden auf der Schulbank zu sitzen. Ich habe Angst zuzugeben, daß alles, was dort geschieht, mir gar nicht paßt. Es macht mich müde, so zu tun, als ob. Wenn die Schule die Krönung der Normalität ist, dann gibt es an jedem zusätzlichen Tag neue Risse in meinem Bestreben, normal zu sein. Aber die Angst, nicht ganz normal zu sein, nichts mehr zu haben, wofür man sich anstrengen soll, gibt mir irgendwie die Kraft weiterzumachen. Ich muß über Stellen hüpfen, an denen andere Kinder sich ganz natürlich bewegen. Ich habe Vaters Warnung verinnerlicht, daß es nicht so weitergehen darf, wer weiß, wie es sonst endet. Ich soll das tun, was man mir sagt, und überhaupt soll ich keine Probleme machen, denn es gibt hier auch schon genug Probleme.

Sara, die Lehrerin, sagt: »Sie hat Glück, das Mädchen, daß ich ihre Kreativität mag, aber was wird sein, wenn eine andere Erzieherin kommt?« Sie berichtet Mutter: »Das Mädchen ist in ihrer Entwicklung schon fortgeschritten, und ab und zu hat sie originelle Ideen.« Aber wie schade, daß ich an den Bleistiften kaue, an den Radiergummis, daß ich dauernd spiele und überhaupt nicht zu wissen scheine, wo ich bin.

Jetzt ist auch Mutter überzeugt, daß die Lage des Mädchens nicht besonders gut ist, und wenn ich schon in diesem wunderbaren Leben nicht zurechtkomme, wie wird es dann sein, wenn ich »dem wahren Leben« begegnen werde? Außerdem wird man nicht Leiterin einer Kinderabteilung im Krankenhaus, wenn man Radiergummis kaut, und überhaupt: »Sag deiner Lehrerin, sie soll mich nur rufen, wenn sie gute Nachrichten hat. Schlechte habe ich schon genug gehabt.«

Mädchen müssen ihren Müttern gehorchen, sagt Mutter und findet keine Zeit, mir andere Befehle zu geben. Zwischen den vielen polnischen Frauen, die den Korridor bevölkern, suche ich nach ihrer Autorität. Ich warte auf ein Zeichen, das mir klarmacht, wie ich mich benehmen soll. Sie beschwert sich zwar, daß ich ein Straßenmädchen werde, aber die Entscheidung zwischen einem polnischen Mädchen oder einem Straßenmädchen muß ich selber treffen. »Die Straße ist das Haus der Bettler und Waisen. Für normale Menschen ist die Straße nur die Verbindung zwischen zwei Orten. Geh, mach deine Schulaufgaben.« Sie befreit sich von meinem Nörgeln, ist sicher, daß ich gerettet bin, und jetzt ist sie dabei, sich selbst zu retten.

Noch einmal zeigt sie mir die kalte Schulter, noch einmal ist das Abendessen verschoben, und die wenigen Regeln, nach denen wir das Haus geführt haben, schwinden immer mehr. Umsonst sehne ich mich danach, daß sie mich anschaut, und fast bin ich überzeugt, daß sie mich überhaupt nicht braucht. Vielleicht soll ich mich beeilen und das tun, was sie mir beigebracht hat: wegzugehen, einen Moment bevor man mich verläßt.

Immer mehr mache ich nur das, worauf ich momentan Lust habe. Ich irre zwischen den Polen zu Hause und dem Versuchsgut in der Negev-Wüste hin und her. Von Woche zu Woche vergesse ich, sie um Erlaubnis für irgend etwas zu bitten oder zu erzählen, was passiert ist, ich entscheide selbst, wann und wo etwas erlaubt ist. Ach, diese zügellose Freiheit, diese laute Liederlichkeit zwischen dem Maulbeerbaum und dem Spielfeld. Der feine Organzastoff ist mit roter Erde verschmiert, der Ärmel hat sich mit dem grünen Wasser des Kaulquappenbeckens vollgesaugt, der Saum des Rockes ist beim Klettern auf einen Strommast abgerissen.

Chor

Draußen ist es dunkel. Ich springe über das Balkongeländer. Die Diele ist noch voll. Die Diskussionen sind noch in vollem Gange. Für einen Moment scheint es, als würde mich keiner beachten, als ich mir durch die eng beieinanderstehende Menge einen Weg zu meinem Zimmer bahne. Aber eine Frau zeigt auf mich. Hälse drehen sich um, Augen starren mich an. Was ist los mit dem gut erzogenen Mädchen von Frau Meller? Wo bleiben die schmatzenden Küsse, die sie früher auf die Wangen der Kundinnen ihrer Mutter gedrückt hat?

Mit heuchlerischen Gesichtern warten sie darauf, wie die Bibliothekarin ihre Tochter behandeln wird, die erst bei Dunkelheit nach Hause zurückkommt. Mutter packt mich an der Bluse. Eine Falte des Verzichts gräbt sich tief in ihre Mundwinkel, wenn sie gezwungen ist zu erkennen – und dies noch in Anwesenheit ihrer Leserinnen –, wie fremd wir einander geworden sind. Wir beide wissen, daß sie mich irgendwann durch die vielen Wellen, die über das Haus gerollt sind, verloren hat. Wir wissen, daß ich es vorgezogen habe, statt zu Hause zu sein, durch den König-David-Park zu streunen. Ich jage nach einem Blick – nach einem halben Blick – von einem der alten Menschen oder der Mütter, die mich für einen Augenblick bemerken und lächeln, die der kleinen Akrobatin auf dem Geländer des Kaulquappenbeckens ein bißchen Bewunderung schenken.

Mit festen Händen packt sie mich und schiebt mich in eine Ecke hinter dem neuen Kühlschrank. Es ist Zeit für eine Strafe, die schon längst fällig ist. Eine neugierige Stille herrscht in der Diele. Ihre Lippen sind gespannt, als sie sagt: »Wie kannst du mir das antun?« Am Ende entscheidet sie, daß sie mich nicht vor den neugierigen Kundinnen bestrafen kann, die das Thema wechseln und so tun, als würden sie über etwas anderes sprechen. Ich befreie mich aus ihrem Griff. Gemessenen Schrittes gehe ich die Diele entlang, übersehe frech die tadelnden Blicke, die auf mich gerichtet sind. Auf einmal ist mir das alles egal. Das interessiert mich alles nicht. Sowieso verabscheue ich die höflichen Phrasen, »In welche Klasse gehst du, meine Süße«, und: »Wie heißt deine Lehrerin?« und: »Wann habt ihr Pessachferien?« Sie reden über meinen Kopf hinweg, an mir vorbei, aber nie direkt mit mir.

Der Chor der eingebildeten Frauen hat keine Chance, mich einzuschüchtern. Sollen sie doch weiter lästern. Es stimmt, ich bin ein Straßenmädchen. Was in Manschija als Fluch galt, ist das, was ich geworden bin: ein Straßenmädchen zwischen der Bialik- und der Herzlstraße, und auch von der Allee der Birkenfeigen, die zum König-David-Park führt. Das Mädchen, das es wagt, ihre Mutter für länger als fünfundvierzig Minuten allein zu lassen, und das schlechte Gewissen mißachtet, das es nach so einem Benehmen hätte empfinden sollen. Sollen sie weiter berichten, daß man mich auf der anderen Seite der schwarzen Straße gesehen hat, auf den Pfählen vor dem Kiosk des Irakers. Der Triumph begleitet die Beschimpfung, die mich hätte erschüttern sollen. Ihre Stimmen kommen durch das neue Fenster. Sie nennen mich: »Mein süßes Püppchen«, meinen aber das Unkraut, das sich in der Wohnung meiner Mutter ausgebreitet hat.

Diese heuchlerische Süße der polnischen Wortendungen! Sie verteilen übertriebenes Lob, liebe Worte, sie schmeicheln, aber all dies kann nicht im geringsten die Gehässigkeit mildern, die sie verbreiten.

Dann ist es schon Nacht. Die Diele leert sich. Mutter sagt, daß sie bald mit den Karteikarten fertig ist und uns dann das Abendessen bereitet, und bald wird sie den Boiler anmachen, und bald und gleich wird sie auch für mich Zeit haben.

Vor den Neun-Uhr-Nachrichten ist die Badewanne voll mit Wasser, eine feste Konstante, die hilft, das Gefühl der Wertlosigkeit etwas zu mildern. Mit einem Pyjama unterm Arm stelle ich mich hin, bereit für das tägliche Baden.

»Ich bin ein Huhn, das aus Versehen ein Entenei ausgebrütet hat.« Mit dem Schwamm voller Seife malt sie Kreise auf meinen Rücken. »Und dann ist die Ente in den Fluß gesprungen, ist weit weggeschwommen und hat mich alleine gelassen.« Sie zittert und hört auf, mich mit dem Schwamm einzuseifen. Der Schwamm fällt ins Wasser. Mutter weint.

Ich habe nicht den Mut, sie anzusehen.

Die Seidenraupen sehen aus wie vergoldete Erdnüsse, sie hängen an Fäden in der Ecke des Kartons, als die Nachricht von Stalins Tod die polnische Gemeinde erreicht. »Bald werden Menschen kommen.« Man schickt mich zum Lebensmittelladen von Gerschon, um Brezeln und Zitronensirup zu kaufen, und auf dem Weg nach draußen lege ich das Gesamtwerk von Puschkin als Türstopper hin.

Einige der Abonnenten der Wäscherei halten Ausschnitte der kommunistischen Zeitung »Kol Ha'am« in der Hand, einer nach dem anderen schleichen sie sich in den Raum. Vater fährt heute nicht auf die Felder. Er kann sich sowieso nicht konzentrieren. Außerdem hat er Urlaubstage angesammelt, die er sonst nicht nehmen kann. Er schleppt Klappstühle vom Balkon ins Zimmer und stellt sie zu einem Halbkreis auf. Zwei Nachbarinnen von der Hamargoastraße 6 bringen Kekse und Hocker und bilden aus dem Halbkreis einen ganzen Kreis. Zur Überraschung aller erscheint am Eingang ein Ehepaar, das erst neulich in das Gebäude eingezogen ist, dessen Namen noch nicht bekannt sind. Wie haben sie es geschafft, von Mutters Beziehungen zu Stalin zu erfahren, und woher wissen sie, daß man sich bei uns versammelt? Schoschana Neumann und ihr Mann fragen uns, ob es uns etwas ausmacht, daß Mucki, ihre Hündin, die aussieht wie eine Wurst, auch mitkommt. Mutter sagt, daß sie seit Krasawicze nicht mehr so nah neben einem Hund gestanden hat. An dem Tag, an dem sie es schaffen wird, einen Hund zu sehen, ohne sich an Krasawicze zu erinnern, wird sie sich vielleicht auch einen Hund anschaffen. Diesmal wird es ein Rüde sein. Bloß keine Welpen. Das kommt gar nicht in Frage.

Vater macht die Tür auf und sagt, daß es gut ist, in Zeiten der Not mit den Genossen zusammenzusein. Nur in diesen Situationen entdeckst du, wie viele Menschen in deiner Umgebung deine Ansichten teilen. Obwohl er einige wenig schmeichelhafte Gedanken über Stalins Charakter hegt und geheime Informationen über gewisse Untaten hat, wartet er noch immer auf das Erscheinen des »Aganjok« und liest Mutter ausgewählte Sätze aus den Reden der »Sonne der Völker« vor. Die Ausgabe der Zeitung »Al Hamischmar« zittert immer heftiger, als er den Teil über den menschlichen Geist zitiert. Armer Vater. Wie sehr er an den menschlichen Geist glauben möchte. Wie viele entsetzliche Sachen geschehen sind, seit er ihn zum letztenmal getroffen hat.

Mutter berichtet Schoschana Neumann von den »feinen Nuancen zwischen mir und meinem Mann«. Ich verstehe das Wort »Nuancen« nicht, aber der Grund für die hitzigen Diskussionen, die bei jeder neuen Ausgabe des »Aganjok« aufflammen, machen das Bild klarer als je zuvor. Sie stöhnt: »Mein Mann ist zuerst ein Zionist und erst dann ein Sozialist. Wenn die Arbeiter dieser Welt sich nicht für ihren gerechten Kampf vereinen, steht es schlecht um die Zukunft dieser Welt. Die Teilung von Ländern und Völkern ist vollkommen überflüssig. Olek hat mich in diesem Punkt nie verstanden.«

Frau Neumann jammert, daß wir alle Waisenkinder geworden sind, daß es niemanden mehr gibt, der unsere Gedanken beherrschen kann. Vater serviert Limonade. Zuerst bekommen die Leute die Limonade, die sich nicht aufregen sollen, danach erst die anderen. Frau Neumann klopft auf die Schulter ihres Mannes: »Laß es zu, laß es zu. Laß alles raus, was in dir ist.«

Jemand sagt an seiner Stelle: »Dieser Stalin war ein großer Bandit.«

»Bandit, da gibt es nichts zu sagen.«

»Kriminell. Das ist es, was er war.«

Frau Wissmann schenkt Limonade ein: »Ihr könnt sagen, was ihr wollt, das ist die Wahrheit.«

»Ein unbarmherziger Mensch.«

»Du mußt unbarmherzig sein, wenn du etwas ändern möchtest.«

»Mindestens so grausam wie die Wirklichkeit, die du ändern willst.«

Ihr Mann schreit: »Sei still, sein Körper ist noch warm!«

»Bandit mit Charisma.« Schoschana paßt auf, daß die Hündin nicht zu einem Nachbarn springt, der Angst vor Hunden hat.

»Der Hauptbandit war Lenin.«

»Hat seinen Stellvertreter geschickt, damit der sich die Hände schmutzig macht.«

»Bloß nicht Banditen mit Charisma.«

»Bloß kein Charisma mit Schnurrbart.«

»Der Schnurrbart ist dazu da, um dahinter etwas zu verstekken.«

»Aber Chaim Weizmann hat auch einen, und was für ein Mensch er ist!«

»Wenn es das ist, was ihr über Stalin denkt, warum trauert ihr ihm nach?«

»Tatsache«, sagt die Stimme, die die ganze Zeit »Tatsache« sagt.

»Wir trauern nicht um ihn, sondern um uns.« Es redet der verrückte Neumann, den ich bis heute immer nur in seinen Wahnanfällen oder mit seiner wurstförmigen Hündin erlebt habe.

»Neumann hat recht.«

»Wir trauern um uns selber.«

»Daß wir es zugelassen haben, daß er sich in unserer Seele breitgemacht hat.«

»Um das, was wir verwirklichen wollten.«

»Vielleicht passiert es noch.«

»Ach was. Es wird nichts mehr passieren.«

»Welche Reformen?«

»Nur Kinder glauben an Reformen.«

»Was soll ich tun, daß er nach allem, was ich über ihn weiß, bei mir noch einen hohen Stellenwert hat?«

»An was konnte man nach dem Krieg noch glauben, wenn nicht an Stalin?«

»Er hielt sich für allmächtig, am Ende war er wie alle.«

»Schon längst hätten wir uns von ihm trennen müssen.«

Schoschana Neumann äußert sich: »Ich wünschte, ich könnte mich leichter trennen.« Die Gesichter der Anwesenden wenden sich ihrem Mann zu, der sich über Mucki beugt und unverständliche Worte murmelt.

»Das ist für mich zuviel.« Mutter verläßt das Zimmer und möchte mit den Bildern vom »Aganjok« allein sein. Traurig starrt sie vor sich hin, wie in den schlechten Zeiten. Auch heute wird sie keine Zeit haben, mir beizubringen, wie ich aufhören soll, ein Straßenmädchen zu sein. Sie bittet mich, das Stalin-Porträt an den Rahmen des Sonnenblumenbildes im Wohnzimmer zu heften. Liebevoll streichelt sie es und fragt mich, ob ich noch jemanden kenne, der solche markanten Augenbrauen hat. Ich verlasse das Zimmer, ohne darüber nachzudenken.

Ihre Stimme verfolgt mich: »Ich habe dich etwas gefragt!«

Da alle sich auf den Tod von Stalin konzentrieren, gibt es niemanden, der merkt, wann ich gehe und wann ich komme. Ich überlege mir, ob ich Lust habe, von der Schule nach Hause zu gehen, oder ob ich lieber am Maulbeerbaum bleiben soll. Den Schuhkarton habe ich an die Ecke des Balkons gestellt. Die Raupen haben sich in Puppen verwandelt. Man kann sie nicht mehr mit frischen Blättern füttern. Zwei Schmetterlinge, die heute morgen geschlüpft sind, versuchen ihre Hinterteile zusammenzubringen. Und da – es gelingt ihnen. Die Körper sehen aus wie eine lange Schlange mit vier zitternden Flügeln. Eine unerklärliche Erregung strömt durch meinen Körper. Ein unverständlicher Angriff auf alle Sinne. Diese überraschende Entdeckung hat keinen Namen, aber sie hat bestimmt mit Stalins Tod zu tun. Tatsache ist, daß Mutter behauptet, daß er allmächtig ist, und Tatsache ist auch, daß mir vor Stalins Tod so etwas nie passiert ist.

Aber die sieben Trauertage gehen zu Ende, und die Menschen, die sich daran gewöhnt haben, in unserer Küche für sich Kaffee zu kochen, benehmen sich so, als würde ihnen die Küche gehören. Vater ist wieder schlecht gelaunt, und die zwei letzten Puppen der Seidenraupen weigern sich aufzubrechen. Durch das neue Fenster erfahre ich, daß die traurige Sache mit Stalin den Plan unserer Mütter – der Mutter von Eva und meiner –, aus uns Menschen zu machen, sich um eine Woche verzögert. Sie haben sich auf eine Tasse Kaffee für nächste Woche verabredet. Man muß neue Regeln formulieren und sie uns aufzwingen. Wenn die gleichen Regeln für mich und Eva gelten, werden sie besser wirken, und die Kontrolle wird leichter sein. Verzweifelt murmelt Mutter: »Wenn wir sie schon nicht zwingen können, schaffen wir es vielleicht, sie wenigstens etwas höflicher zu machen, damit sie nicht so werden wie die da.« Sie verzieht das Gesicht, als sie die Kinder beobachtet, die auf dem Spielfeld herumrennen.

Eva zwinkert mir zu. Es ist klar, sie werden keine Zeit haben, zu arbeiten, das Haus zu putzen, in ihren Erinnerungen zu schwelgen und gleichzeitig auch auf uns aufzupassen. Die wenige Zeit, die übrigbleibt, stecken sie in die Bemühungen, die Greueltaten zu vergessen und über ihre Ehemänner zu schimpfen, weil sie sich in ihre Arbeit flüchten und sich auf die Frauen verlassen, daß sie das wirkliche Leben organisieren.

Zum Glück gibt es einen Menschen auf der Welt, mit dem ich alles besprechen kann. Seit Eva und ich die besten Freundinnen sind, möchte ich kein normales Kind sein, es reicht mir, so zu sein wie Eva. Sie ist überhaupt nicht wie die anderen. Sie ist mir sehr ähnlich. Es ist für mich einfacher, mich zu lieben, wenn ich mich in ihr widerspiegle. Eva kennt verschiedene Zeichen, woran sie feststellen kann, wer normal ist und wer nicht. Das Normalsein – ihr größter Wunsch – ist etwas, das nur wenige erreichen. Ich zum Beispiel, nach ihrem Zeichenverzeichnis, gelte als fast normal, oder um es noch genauer zu sagen: als normaler im Vergleich zu ihr und den anderen. Tatsache ist, daß mein Vater eine Zeitung in hebräischer Sprache abonniert hat und auch zu beschäftigt ist, um mich dazu zu zwingen, vor sieben Uhr nach Hause zu kommen.

Hochzeit

Eva verbessert ihre Fähigkeit, Zeichen von Normalität zu sammeln. Heute morgen hat sie entdeckt, daß die schlampigen Sandalen, die die »Normalen« tragen, im Schuhladen an der Ecke der Bialikstraße zu beziehen sind. Sie verführt mich dazu, da hinzugehen und so zu tun, als wollten wir welche kaufen. Wir wollen der Verkäuferin ein Märchen aufbinden, daß unsere Mütter später kommen und bezahlen. Wir werden so tun wie die »Normalen«. Wenn wir uns erst an die Maskerade gewöhnt haben, können wir uns einbilden, wirklich so zu sein. Obwohl Eva zwei Jahre älter ist als ich, habe ich mehr Mißerfolge im Verstellen hinter mir. Auch ich dachte früher einmal in meiner Naivität, daß ein zerknittertes, schlampiges Organzaband mich zum Teil der Kinderbande am Zaun der Hasan-Bek-Moschee machen würde.

Meine Chancen, normal zu sein, sind geschrumpft, vielleicht sind sie ganz und gar zerstört, als ich erfahren habe, daß meine Eltern nicht geheiratet haben. Bis Montag früh dachten sie, daß sie verheiratet sind, und haben sogar vergessen, sich zu ärgern, daß sie keine richtige Hochzeit hatten. Aber gestern, als Vater etwas im Einwohnermeldeamt regeln wollte, hat sich herausgestellt, daß die Nummer der Heiratsurkunde von ihm und von Mutter nicht in der Akte registriert ist. Jetzt wissen sie, daß sie nicht verheiratet sind, auch der Beamte weiß es, und wer weiß, wie viele Menschen es von ihm schon erfahren haben. Ich hätte es auch nicht erfahren, wenn ich nicht gehört hatte, wie Vater ihr sagte, daß man die Sache vielleicht in Ordnung bringen solle, damit das Mädchen später keine Probleme bekommt.

Jetzt schimpft Mutter, daß Vater mit ihr schon lange genug verheiratet ist, um zu wissen, wie man mit solchen empfindlichen Themen umgeht, und was soll das mit diesem »die Sache in Ordnung bringen«, und was für seltsame Wörter wählt er, um ihr einen Heiratsantrag zu machen. Diese Angelegenheit gibt ihr die Möglichkeit, über all die Dinge, die nicht so passiert sind, wie sie hätten passieren sollen, traurig zu sein: daß sie sich ausgerechnet an einem Gerüst auf dem Viehmarkt kennengelernt haben, daß er, statt rot zu werden und mit weichen Knien auf das nächste Treffen zu warten, ganz einfach nur ihre Tasche hochgehoben hat. Ihre Lippen verzerren sich: »Am schlimmsten ist, daß ich mir nichts ausgesucht habe, daß die Dinge so geschehen sind, wie sie eben geschehen sind, ganz von alleine. In dem großen Heiratsvermittlungsbüro von Hitler durfte man nicht wählerisch sein. Der Mensch hat mit beiden Händen ergriffen, was das Leben etwas weniger schrecklich gemacht hat. Wer konnte es sich leisten, eine verwandte Seele zu suchen oder darüber nachzudenken, wie das Leben sein wird, wenn es wieder normal ist, oder mehr oder weniger normal? Du denkst nicht darüber nach, daß deine Füße schmerzen, wenn du eine Frau mit Glatze und ohne Zähne bist.« Mutter jammert. »Wenn jemand bereit war, eine so verdorbene Ware zu nehmen, wie ich es war, dann konnte man nur danke schön sagen und schweigen.«

Bevor sie sich wieder für wer weiß wie lange in diese schlechte Laune vergräbt, folgt Vater ihr in ihr Zimmer und streichelt ihr über die Locken, die seitdem gewachsen sind.

»Jetzt hast du schon alles, Anuschka.«

»Und du, willst du mich heiraten?«

»Warum sollen wir nicht verheiratet sein?«

»Gerade jetzt?«

»Was ist daran so schlecht, jetzt zu heiraten?«

»Gerade jetzt, wo wir so müde voneinander sind.«

»Dann willst du mich nicht heiraten?«

»Wie soll ich wissen, ob wir überhaupt zueinander passen?«

»Kein Mensch paßt zu irgendeinem Menschen. Es gibt nur solche, die weniger passen.«

»Was für ein Philosoph du plötzlich geworden bist. Die Wahrheit ist, daß ich dich in der letzten Zeit überhaupt nicht wiedererkenne.«

»Weniger als früher?«

»Früher habe ich gedacht, daß ich alles über dich weiß, was man wissen kann …«

»Was soll ich dir sagen …«

»Über den Mann, mit dem ich seit Jahren täglich im selben Bett einschlafe, weiß ich weniger als über jeden Kunden in meiner Bücherei.«

»Na und?«

»Und nichts.«

»Hat es Sinn, daß wir heiraten?«

»Du weißt, daß du von mir das, was du bekommen solltest, nicht bekommst.«

»Dann werden wir keine Urkunde haben.«

»Dann eben nicht.«

»Aber jetzt wissen wir, daß wir nicht verheiratet sind.«

»Das Mädchen weiß es sowieso.«

»Und das Einwohnermeldeamt weiß es auch.«

»Und überhaupt, was ist das für eine Hochzeit, wenn kein Verwandter kommen kann. Wozu heiraten Leute, wenn nicht dafür, damit man sieht, daß sie es tun?«

»Heiraten wir nun oder nicht?«

»Ohne dich bin ich nur die Hälfte von etwas. Du weißt es.«

»Was weiß ich?«

»Daß mich nirgendwo ein anderes Leben erwartet. Du weißt, daß ich zu diesen Menschen gehöre, die mit jemandem zusammensein müssen. Außerdem muß man mindestens vier Beine haben, um hinter diesem wilden Mädchen herzurennen, das bei uns im Hause aufwächst.«

»Das soll uns nicht stören zu tanzen.«

»Tanzen?«

»Warum tanzen wir denn nicht?«

»Mit wem soll ich tanzen?«

»Mit mir.«

»Kannst du es?«

»Was?«

»Tanzen.«

»Und du?«

»Ich war beim Abschlußball des Gymnasiums siebzehn Jahre alt.«

Aus dem Radio ertönt das Lied »Mein Land«. Vater wechselt verschiedene Sender, läßt arabische Musik ertönen und geht zum ersten Sender zurück. Er streckt die Arme aus, zieht Mutter an sich, legt seinen Arm um ihre Hüfte, bis beide Körper fest aneinandergeschmiegt sind. Die Tanzschritte, die sie kennen, passen nicht so sehr zu »Mein Land«. Ihre Füße verheddern sich und finden keinen Takt. Die Melodie paßt sich ihnen nicht an, auch als Vater das Radio lauter dreht, dann wieder leiser und dann wieder lauter.

Mutter ist steif, sie bleibt stehen und schaut ihm auf die Füße. Ganz langsam macht sie seine Bewegungen nach. Sie drückt ihre Stirn an seine Schulter. Ihre Haare fallen in die Falten seines Hemdes. Vielleicht versteckt sie ihr Weinen, und vielleicht sind es die Regeln, wonach man diesen traurigen Tanz tanzt, der überhaupt nichts mit den Volkstänzen auf den Schulfesten zu tun hat. Es ist peinlich, allein im Zimmer zu stehen und sie zu beobachten, während sie versuchen, sich dieser unpassenden Musik anzupassen. Ich schleiche mich aus dem Zimmer in die Diele. Niemand merkt es, als ich die Tür aufschiebe und nach draußen gehe.

Bald verlassen die letzten Mütter die Bänke des König-David-Parks. Mich überkommt eine schreckliche Lust, über Nacht hierzubleiben. Mal sehen, wann Mutter merkt, daß ihre Tochter nicht da ist, und Vater losschickt, um sie bei Eva zu suchen. Evas Mutter wird ängstlich murmeln: »Vielleicht ist sie unter dem Zaun des Café Oasis und schaut sich heimlich mit den Erwachsenen vom Erholungsheim den Striptease von den Schauspielerinnen des Theaters an.« Vater wird anfangen, wie verrückt zu rennen, atemlos wird er die offenen Stellen des Zaunes vom Oasis untersuchen, er wird aufatmen, wenn er entdeckt, daß es am Montag keine Striptease-Aufführungen gibt, er wird die schwarze Straße bis zum Napoleonberg entlangrennen, er wird am Kino »Rama« vorbeikommen, zurück bis zum Affenpark. Wie gerne wäre ich dort, wenn er unverrichteter Dinge heimkehrt und Mutter sich die Haare rauft, weil sie mich allein gelassen hat, statt mich auf das »wahre Leben« vorzubereiten, und Vater wird sagen: »Hör auf, dir Sorgen zu machen. Am Ende kommt sie mit eingeklemmtem Schwanz heim.«

Am Abend übernehmen die Pärchen die Plätze auf den Bänken, die die Mütter verlassen haben. Das Klirren der Metallringe verrät das Paar auf der Holzschaukel. Die Dunkelheit macht den Garten undurchlässig. Die Bäume vereinen sich zu einer festen Mauer mit Spitzen. Ich lasse Wellen in dem Wasserbecken entstehen. Ein Frosch, der meinen Schuh berührt, läßt mich voller Ekel bis zur Leihbücherei von Gutmann rennen. Von dort die Allee entlang, bis zur Ecke der Bialikstraße. Am Vorplatz vom Kino »Ordea« bleibe ich stehen. Ich betrachte das Plakat von »Königreich des Dschungels«, starre Tarzan und Jane an, die von der verletzten Löwin nicht angefallen werden; gehe zweimal um das Bürgerhaus, versuche die Blicke der Jungen, die eine Zigarette für ein Mädchen anzünden, das eine enge Dreiviertelhose trägt, auf mich zu ziehen. Ich gehe zurück zu den Bänken des Busbahnhofes, setze mich auf eine Bank gegenüber dem Falafelstand, der die Straße mit einem neuen Geruch überschwemmt, bemerke einen karierten Plisseerock, es ist der Rock, den Ge'ula Berkowicz am Sonntagmorgen getragen hat. Ich folge dem Rock, bis er in einem Wohnhaus am Kofer-Hajischuv-Platz verschwindet. Und wieder Geschäfte und Menschen, Menschen und Autobusse – alle sind auf dem Weg irgendwohin, und sogar der Stumme mit der Zuckerwatte, diesmal ohne Wagen, verschlingt ein langes Brötchen und erkennt in der Dunkelheit das Mädchen nicht, das jeden Dienstagnachmittag im König-David-Park für zwei Grusch bei ihm Zuckerwatte kauft.

Mutter schürt jetzt Vaters Sorgen, oder Vater schürt Mutters Sorgen. »Es ist dunkel, und wo ist die Kleine?« Und vielleicht ist jeder von ihnen in seiner Einsamkeit gefangen, beschuldigt den anderen, daß das Mädchen vernachlässigt wird, daß es in diesem Haus keine Regeln gibt, daß man nicht weiß, was am Ende aus ihr wird. Vielleicht denken sie, daß ich in meinem Zimmer eingeschlafen bin, und vielleicht sind sie noch damit beschäftigt, zu heiraten oder alles aufzurechnen, und wer denkt daran, daß es eine Tochter gibt, das Mädchen ist schon groß, sie gehorcht nicht mehr, man muß sie nicht mehr schonen.

Die Zuschauer haben die beiden Kinos schon verlassen. Die Straßen werden still. Ein Kellner trägt die Stühle des Cafés hinein, und als er mich anschaut, verzieht er das Gesicht. Es ist besser, wenn ich mich wieder im König-David-Park verstecke. Wenn der König kommt, um nachzuschauen, was im Park los ist, wird er denken, daß ich die Wächterin bin. Wenn jemand zu der Schaukel geht, werde ich aufspringen und sagen, daß ich vorher da war. Ich hocke zwischen den Rosmarinbüschen und vertrödle die Zeit. Jede Minute, die vorbeigeht, läßt die Sorge steigen, die Vater und Mutter verdient haben. Der Duft des Rosmarins kratzt in den Nasenlöchern. Die Knie werden hart und verlieren jegliches Gefühl. Das Rascheln der Kasuarinen verschluckt verdächtige Geräusche. Während ich nach dem feindlichen Auge spähe, das mich verfolgt, füllen sich die Lichtungen zwischen den Büschen mit vielen undankbaren Mädchen wie mir, denen es Freude macht, ihre Eltern zu quälen.

Noch einige zerstreute Gedanken, und das erste Licht steigt zwischen den Rosmarinnadeln auf, klettert auf die zerbrochene Zementplattform des Karussells, die Leiter der Rutsche hinauf. Wenn es ein bißchen heller wäre, könnte ich im Becken die gallertartigen Fäden des Froschlaichs suchen. Ein schmaler Schatten zerschneidet das Licht der Laterne. Energische Tritte sind zu hören. Vielleicht ist diese Person, die zum Ausgang der Hajeledallee eilt, mein Vater, wie kann man die seltsame Lust bändigen, zu ihm zu rennen und ihn zu trösten?

Und schon ist der Tag voll im Gange, und zwei Anstreicher

fahren mit dem Fahrrad zur Arbeit. Ich bewege mich zum Ausgang. Der Jeep parkt noch vor dem Haus. Der bekannte Geruch von der Hamargoastraße 4 wird immer stärker, je näher ich der Wohnung komme. Es herrscht eine unverständliche Stille. Das Radio ist aus. Obwohl es schon hell ist, kommt ein Streifen elektrisches Licht unter der Türschwelle hervor. Die Köpfe von Vater und Mutter ruhen auf den Sessellehnen. Das rosa Korsett liegt zwischen den Stuhlbeinen der Bibliothekarin. Mutter – die Träger des Tanzkleides hängen auf ihren Schultern – summt ein polnisches Kinderlied: »Ist die Katze auf den Zaun gesprungen.« Auf dem Klavier und auf der Kommode brennen Hunderte von Seelenlichtern, aus all den Packungen, die im Schrank unter dem Spülbecken gehortet worden sind. Ihre Flammen vereinen sich und füllen die Luft im Zimmer mit Rauch. Vater reibt die schmerzende Stelle oberhalb des Knies und stellt zwei leere Bananenlikörflaschen auf. Mutter hebt leicht den Arm zum Zeichen, daß sie mich gesehen hat, und fängt an zu lachen.

Das dunkle Geheimnis der Erwachsenen versteckt sich hinter ihren verschlossenen Mienen. Ich bemerke die seltsame Art, wie ihre Körper auf den Stühlen liegen. Wo sind die Kristallgläser, aus denen sie getrunken haben? Warum ist das Korsett so hingeworfen, und wenn das Laken ausgebreitet ist, warum sind sie nicht in Pyjama?

Aus der Tiefe des Traumes befiehlt Vater: »Geh in dein Zimmer!«

Ich mache die Eingangstür zu, und dann schließe ich mich in meinem Zimmer ein. Die Gefahr, die Normalität zu verlieren, vermischt sich mit der Kränkung, daß sie mein Fehlen überhaupt nicht bemerkt haben. Was passiert, wenn einer der Bibliotheksbesucher früher erscheint? Eva erzähle ich kein Wort von dem, was heute nacht passiert ist. Auch sie hat nie von dem Kuhstall hinter dem Kloster erzählt, und sie hat nie die Champignon-Konservendose erwähnt. Von allein wird sie nicht darauf kommen, daß wir keine Heiratsurkunde in der Schublade haben. Es wäre ihr sowieso nicht in den Sinn gekommen, so etwas zu fragen. Warum soll sie es fragen? Seit wann stellen Kinder solche Fragen? Für unausgesprochene Lügen gibt es keine Strafe. Ich habe mich auch beherrscht und ihr nicht erzählt, was passiert ist, als die Seidenraupen sich vereint haben, und das Abenteuer mit den Schnallen habe ich auch nie erwähnt.

Der Lärm der Müllabfuhr reißt mich morgens aus einem unruhigen Schlaf. Vater ist zur Arbeit gegangen und hat vergessen, mich zu wecken. Während ich schlief, haben sie die Seelenlichter auf den Balkon gestellt. Die Klappstühle haben sie wegen der Brandgefahr ins Zimmer gebracht.

Halb entschuldigt sich Mutter, halb ist sie überrascht zu sehen, daß ich noch zu Hause bin: »Gestern erwischte uns eine Kinderlaune.« Sie vertreibt die Reste des Rauchs: »Manchmal hat man Lust, seltsame Dinge zu machen.«

Ich fliehe vor ihrer vernebelten Gleichgültigkeit und eile zur Schule.

Die Lehrerin fragt: »Wo ist dein Schulranzen?«

Seit ich auf Zeichen warte, die die Tatsache belegen, daß sie verheiratet sind, ist mir klar, daß sie sich gemeinsam langweilen und darum bemüht sind, keinen Streit aufkommen zu lassen. Das Kitzeln und das Kichern, das früher von ihrem Bett gekommen ist, ist dem Lesen beim Licht der Nachttischlampen gewichen. Wenn Vater früher etwas sagen wollte, fing er mit dem Kosenamen »Anuschka« an. So ein Satz konnte nie schlecht enden. Danach kamen immer einige Worte der Liebe. Wenigstens am Anfang. Jetzt nennt er sie Anna, manchmal ruft er gar nicht nach ihr, und sie besprechen nur sachliche Dinge, wie Menschen, die sich alles gesagt haben.

Die Bücherei blüht und wird immer später geschlossen. Mutter sorgt dafür, daß stets Kunden um sie herum sind, wenn Vater müde nach Hause kommt. Er ist zu aufgewühlt, um zu merken, was wirklich geschieht, er fragt, ob »Das Feld« und der »Aganjok« gekommen sind, sinkt in den Sessel neben dem Radio, macht sich klein wie jemand, der an den falschen Ort geraten ist, dem man erlaubt dazubleiben, wenn er nicht stört. Manchmal unterbricht er das Schweigen mit überflüssigen Bemerkungen, aus denen ich vor allem seine Klagen heraushöre, und das Essen nimmt er mit den Neun-Uhr-Nachrichten zu sich, damit jemand zu ihm spricht, während er ißt. Seit er seine eigenen Wünsche heruntergeschraubt hat, interessiert er sich weniger für die Politik, und auch wenn er sich noch manchmal enthusiastisch über die Negev-Wüste und die heimischen Pflanzen ausläßt, hört sich das nicht mehr so an wie damals in Manschija, als wir auf das Keimen des Tomatenblattes gewartet haben. Er bemüht sich, er spricht sich Mut zu, aber da ist immer diese Diskrepanz: der Unterschied zwischen dem, was dieses Land hätte sein können, und der Belanglosigkeit, in der es versinkt.

Zum Beispiel heute morgen. Als er die Zeitung »Al Hamischmar« aus dem Briefkasten zieht, springt ihm die Überschrift ins Auge, daß die Baumwolle zu viel Wasser verbraucht und daß es bei dem wenigen Wasser, das wir haben, besser ist, sie zu importieren, als sie anzubauen.

Bis zu dieser Überschrift hat er geglaubt, daß der Versuch ein Staatsgeheimnis sei. Er hat gedacht, daß die anderen Mitarbeiter des Versuchsgutes genauso verschwiegen seien wie er. Er hat gedacht, der Plan würde erst dann der Bevölkerung bekanntgegeben, wenn die Obrigkeit sich entschieden hat, dieses Projekt durchzuziehen. Die Angeberei des Journalisten regt Vater auf. Woher nimmt er die Chuzpe, sich so entschieden zu äußern, bevor die Testergebnisse zusammengefaßt worden sind? Wer hat die falschen Teilergebnisse durchsickern lassen, und wie kann man ihn für die Wasserknappheit des Landes verantwortlich machen? Wenn sie sich nur bemüht hätten, von ihm eine Reaktion zu bekommen, hätte er sie auf seinen Plan, eine Fabrik für die Verarbeitung von Baumwollöl zu bauen, aufmerksam gemacht. Die Anrainerländer würden für die Benutzung dieser Einrichtung mit Wasser bezahlen.

Die Mauer der Perfektion ist wieder geborsten. Wieder ist etwas von dem zerstört, was er geplant hat. Jetzt, da man ihn verraten hat, kann man schon sagen, daß sich in seinem Team einige Schmarotzer bewegen, die Gehälter beziehen, die die Zeit im Büro nutzlos verbringen, daß es immer weniger Agronomen gibt, die seine Grundsatzideen bis in die Tiefe begreifen, daß man in den Sitzungen der Abteilung immer noch darauf beharrt, daß 2000 Dunam Baumwollpflanzungen ganz einfach nur 2000 Dunam Baumwollpflanzungen sind. Er ist von Menschen umgeben, die die Perspektive verloren haben, er ist der einzige, der sie daran erinnert, daß vor zwei Jahren in dieser Gegend nicht einmal ein grüner Strauch zu sehen war.

Jemand, der Vaters Begeisterung als eine Art Arroganz oder als Bestreben sieht, sich in den Mittelpunkt zu stellen, sagt: »Warum sind Sie so poetisch, die Baumwolle ist doch nur Watte mit Samen.«

Der Leiter der Abteilung für Obstbäume klopft ihm auf die Schulter: »Als ein gewöhnlicher landwirtschaftlicher Technokrat, der seine armseligen Kompromisse macht, gibt mir dein Enthusiasmus das Gefühl, noch kleiner zu sein.« Der Kassenwart ignoriert seine Anwesenheit: »Schick mir die Reisekostenabrechnung mit der internen Post. Schade um die Zeit, die du hier bei mir in der Buchhaltung vergeudest.« Nein. Das Landwirtschaftsministerium ist nicht die Familie, die er gründen wollte. Es scheint, daß seine Naivität ihn dazu bestimmt, die Gesellschaft der Baumwollpflanzen der Gesellschaft der Experten, die sie anbauen, vorzuziehen. Scheint es ihm nur, daß der Staat sein Gesicht ändert, oder stimmt es wirklich? Ist er der einzige, der die besorgniserregenden Zeichen eines kapitalistischen Tohuwabohus sieht, das bald herrschen wird? Das läßt sich erkennen am Stil der gepolsterten Sessel, die der Direktor der Arbeiterpartei erworben hat, an den überhöhten Preisen, die man für die Reparatur des Auspuffs verlangt hat, an der Art, wie sich die Frauen von Tel Aviv an einem ganz gewöhnlichen Tag anziehen.

Verärgert murmelt Vater zu sich: »Das Regime der Rentabilität, das Regime der Rentabilität.«

Die Bewohner des Hauses von Blizowski wissen, daß er ein Ingenieurgehalt bezieht und daß er eine wichtige Stelle hat. Wenn der bedeutende Kunde, dessen Name in der Zeitung erwähnt wird, den Lebensmittelladen betritt, steht Gerschon still. Durch mich läßt die Lehrerin ihm Pflanzen zukommen, die er bestimmen soll. Die Bewohner der Hamargoastraße wollen von ihm weiterhin Ratschläge für alles, was mit Anträgen bei der Stadt und bei der Steuerbehörde zu tun hat. Aber die Leute, die seine Nähe suchen, wissen sehr wenig darüber, wer er wirklich ist, und noch weniger kennen sie seine Gedanken. Mir scheint, daß er von ihnen nichts mehr verlangt. Sowieso gehört niemand von ihnen zu denen, die mit großer Liebe ins Land gekommen sind. Geblieben ist nur die Frau, die sich aus der Menge der Polnischleser erhebt, um ihn eilig zu begrüßen, und ein Mädchen in einem zerknitterten T-Shirt, eine seltsame Kreatur, die plötzlich über dem Balkongeländer auftaucht und wieder verschwindet, ohne daß man weiß, wohin.

Mit jedem Tag, der vorbeigeht, wird es schwieriger zu fragen, wer bist du denn überhaupt und wo haben wir etwas falsch gemacht was für ein Mensch bist du geworden und wo treibst du dich seit heute morgen herum und warum zerstörst du absichtlich die feine Art, die du von Großmutter Sara geerbt hast? Wirst du jemals wieder die Tochter sein, die wir gerne gehabt hätten?

Seine schlechte Laune wird zur Angewohnheit, die man nicht mehr beachtet. Jeden Morgen hört man das Rascheln des Pergamentpapiers aus der Küche, dann bindet er die Schnürsenkel seiner Geländeschuhe, geht energisch zum Auto und fährt los. Abends kündigen die Bremsen die Klagen an, die er dieses Mal mitbringt. Bis er die Planen festgezurrt hat, habe ich Zeit, um schnell Bericht zu erstatten. Wir haben nur wenige Worte miteinander gewechselt, seit er mich in die Hände der »Schulbehörde«, wie er sie nennt, gegeben hat, und diese Worte betreffen nur Kreuzblütler oder Keimblätter. Man hätte denken können, daß es bei uns zu Hause ruhig zugeht. Aber wer die schweren Tränensäcke, die ihm unter den Augen gewachsen sind, aus der Nähe betrachtet, versteht, daß es mehr um Traurigkeit geht als um Stille. Vater kann nicht sagen, was ihm helfen könnte und was für ihn gut wäre, er weiß nur, was nicht stimmt: die Art, wie ich kaue, den Bleistift halte oder die Riemen des Schulranzens festziehe.

Wenn Mutter fragt: »Was ist mit dir los, Olek?«, läßt er die Schultern noch tiefer fallen, vielleicht, um zu sagen: »Jetzt ist es schon klar, daß die Dinge nie so sein werden, wie ich es mir vorgestellt habe.« Oder: »Warum sollen wir über etwas reden, was du sowieso nicht verstehen kannst?« Früher hat er seine Gefühle mit uns geteilt, und jetzt, ständig übermüdet, spuckt er nur wenige Worte über die Staus auf den Straßen aus und erzählt belanglose Dinge, ohne sein Gehirn anzustrengen. Er geht vom Haus zum Auto und vom Auto zum Haus, ohne seinen Kopf zu heben. Wenn Mutter ihm nicht erzählt, wo ein neues Haus gebaut wird, über wen gemunkelt wird, daß er bald heirate, und welchen Laden man in der Herzlstraße aufgemacht hat, würde er nichts über unseren Stadtteil wissen. Die wenigen Leute, die er mit Namen kennt – Herrn Ben-Ezer, zum Beispiel –, zieht er vor, im Büro der Partei zu treffen. Dort bekommt man Tee umsonst, sagt er und ignoriert Mutters Bitte, die Leute, mit denen er verkehrt, zu uns nach Hause einzuladen. Beim täglichen Getuschel mit Evas Mutter höre ich, wie sie sich beschwert: »Schade, daß ein Mann, der ganz schlimme Dinge erlebt hat, sich von Bagatellen so fertigmachen läßt.« Wie traurig es sei, daß er und sie nicht mehr alles in Einzelheiten besprechen, so wie früher, und manchmal habe sie eine große Angst, daß er mit ihr nie mehr reden würde. Es wäre besser gewesen, wenn er, statt alles auf sie abzuladen, sich für die neue Vortragsreihe im Bürgerhaus einschreiben würde, wenn er seine Wut in Diskussionen über die Zukunft der Arbeiterklasse ausleben würde. Vielleicht kommt das von seinen abgelehnten Verwandten, die angefangen haben, aus ihren Höhlen zu kriechen. Wahrscheinlich kann man das Herz nicht für immer verschließen.«

Sie versucht, den Mann aus seiner Unlust herauszuholen: »Wach auf, Olek. Deine Gefühle sind ungerecht. Wenn du dich selbst bestrafst, bestrafst du uns alle drei. Wenn dir etwas fehlt, sag es. Ich werde die Bücherei für einige Stunden schließen und für dich alles tun, was ich tun kann. Warum bist du nicht dankbar, daß du deine Träume endlich losgeworden bist? Warum läßt du die kleinen Sachen nicht zu, die dir das Leben versüßen? Du darfst lächeln, wenn die Ergebnisse zeigen, daß das Hämoglobin des Mädchens normal ist, und überhaupt, sie ißt mehr Gemüse, und bald wird ihr Stoffwechsel vollkommen in Ordnung sein. Hier ist der Buchdeckel, den ich für sie, für das Erste Buch Mose, gestickt habe. Ich habe es noch nicht geschafft, dir zu erzählen, daß sie morgen mit Bibelunterricht anfangen. Warum gerade jetzt? Gerade jetzt, da wir die Vorbereitungen beenden, benimmst du dich wie jemand, der vergessen hat, warum er hierhergekommen ist! Warum bist du immer außerhalb des Geschehens, und warum ist es dir lieber, wenn nichts passiert? Ein Mann, der sich erlauben kann, in jedes Schreibwarengeschäft hineinzugehen und sich jeden Kugelschreiber auszusuchen, auf den er Lust hat, ist kein Flüchtling mehr, Entschuldigung, ist kein Überlebender mehr. Du bist ein Mann mit einem guten Gehalt und hast tausend andere gute Gründe, die Nase nicht so zu rümpfen. Dann ist es keine Bougainvillea, na und? Was ist schlecht an dieser Kletterpflanze, ich habe vergessen, wie sie heißt, die schon beinah das Geländer des Balkons bedeckt? Dann hast du kein Stück Land, das dir selber gehört, na und? Der König-David-Park ist nur ein paar Meter entfernt, und du hast zweitausend Dunam Baumwolle in zwei Stunden Fahrt von hier. Vielleicht hast du es schon vergessen, Olek, aber damals, es ist schon lange her, in der ersten Nacht in Manschija, bist du mit uns aufs Dach gestiegen, um in der Nacht auf Jaffa zu schauen, und auf dem Meer glitzerten die Lampen der Fischerboote, und deine Brust wurde breit, als du deine Arme auf das Geländer gelegt hast, du hast die Lungen mit der salzigen Brise gefüllt, du hast uns beide umarmt, mich und das Mädchen, und du hast gesagt, daß der Unterschied zwischen mir und dir darin liegt, daß du zu diesem Ort gekommen bist, um ihn zu lieben. Was ist mit deiner Liebe passiert, Olek? Wie kann man etwas von dieser früheren Liebe retten? Die Schnallen, Olek. Immer wieder kommt mir der Gedanke, daß sie an allem schuld sind. Was du dem Krieg nicht erlaubt hast, dir anzutun, das hast du den Schnallen erlaubt. Ich weiß, du wirst es nicht zugeben, aber du hast dich nie davon erholt, von dem, wozu sie dich gezwungen haben, von den Gedanken über dein Land.«

Schuppenpanzer

Das Chanukkafest steht vor der Tür, und die zweite Klasse wird ein Theaterstück vor der ganzen Schule aufführen. Auch die Eltern sind eingeladen. Die Lehrerin Sara sucht einen Freiwilligen, der Kostüme für Matitjahu, den Hasmonäer, und für seine fünf Söhne vorbereitet. Ich melde mich wild, um ihre Aufmerksamkeit zu erregen. Obwohl ich lieber etwas für die Gerechten und für die Helden tun würde, beauftragt sie mich mit der Herstellung von Schuppenpanzern für Antiochus und seine sechs Offiziere. Ich habe keine Lust, für sie Kostüme zu nähen. Wirklich nicht. Alles, worauf ich Lust habe, ist, die Lehrerin zufriedenzustellen, von der ich glaube, daß sie mich besonders gern hat. Ich werde alles tun, um zu hören, wie sie sagt: »O ja, dieses Mädchen. Es ist begabt, dieses Mädchen.«

Schon zwei Wochen lang schwirren mir die antiken Krieger durch den Kopf. Ich erfinde für sie Kostüme, verwerfe sie und erfinde neue. Alles, was mir in den Sinn kommt, kann mich nicht begeistern. Und wenn ich mich selber nicht begeistern kann, wie soll ich dann die Lehrerin Sara begeistern?

Während ich in Gedanken mit mir hadere, überläßt man mir im Handarbeitsraum eine Rolle Alufolie. Wie soll ich eine Rolle Alufolie in sieben Rüstungen verwandeln, so daß der Kartondolch von Juda dem Makkabäer sie nicht durchbohrt? Ich klebe Stückchen vom Silberpapier auf den festen Karton und stelle fest, daß sie Flecken bekommen haben. An diesem späten Nachmittag ist niemand mit mir im Handarbeitsraum. Es gibt niemanden, der mir sagt, daß es nicht so schlimm ist, daß so winzige Details sowieso verlorengehen zwischen Bühne und Publikum. Es reicht nicht, wenn ich mir das selber sage. Ich muß beruhigende Worte hören, die von jemandem kommen, der wirklich Bescheid weiß. Es ist unmöglich, Antiochus Epiphanes, Eroberer und Feldherr und was sonst nicht alles, unter seinen Soldaten in einer Rüstung aus Silberpapier voller Blasen herumlaufen zu lassen. Auch wenn er den Juden Schlimmes angetan hat, ist er nicht einfach jemand von der Straße.

Mutter blättert für mich in einem Geschichtsbuch und findet im Kapitel über das antike Griechenland eine Radierung von zwei Kriegern, die in Metallstückchen gehüllt sind. Es ist nicht besonders kompliziert, die Schuppen für die Panzer für die griechischen Soldaten vorzubereiten, die unser Land besetzen: Man muß nur einige Ketten aufgereihter Schnallen zusammennähen, genau so, wie Vater und ich es in den Nächten der Migräne gemacht haben.

Heute abend wird der Dichter Avraham Schlonsky im Bürgerhaus aus seinem neuen Gedichtband lesen. Mutter drängt Vater hinzugehen. Vater ist bereit, sich an den Gedichten von Schlonsky zu erfreuen, macht aber zur Bedingung, daß sie mitkommt. Er verspricht ihr, daß er ihr simultan übersetzt, unter der Bedingung, daß sie ihn nicht beschimpft, wenn er einen Satz oder zwei überspringt. Während sie sich für den Abend vorbereiten, plane ich, wie ich in den Stauboden eindringe. Der schwierigste Teil daran ist die Angst zu versagen.

Die Tür des Staubodens mit den Skeletten unserer Familiengeschichte ächzt in den Scharnieren. Bündel von Bekleidung zum Weggeben, Schulhefte vom letzten Jahr, ein abgewetzter Lederkoffer, darin noch zwei kleinere Koffer, eine Orangenkiste, eine Liste von Spielsachen, die Vater an die Kiste geheftet hat, ein geflochtener Puppenwagen, aus dem der Bakelitkopf der Puppe Frida herausschaut, und dahinter: verschimmelte, feuchte Schachteln, die sofort zerbrechen, wenn ich sie berühre.

Obwohl der Stauboden feucht ist, zeigen die Schnallen keine Spuren von Rost. Tausende von Schnallen glitzern silbrig oder golden, ordentlich aufgereiht wie in den Tagen, als sie unsere Hoffnung bedeuteten. Sie fühlen sich kühl an. Auf einmal tut mir das Herz weh. Erinnerungen überfluten mich: Der Hersteller der Schnallen, Sigmund Hertz-Band, ich habe länger als eine Minute gebraucht, um mich an seinen Namen zu erinnern, ist bestimmt enttäuscht von mir. Wie lange kann er auf ein Mädchen warten, das ihm versprochen hat, alles zurückzubringen, und dann nichts mehr von sich hören läßt?

Ich krieche in den Boden, bahne mir einen Weg zwischen den Tabletts mit den Spritzen und dem Werkzeug. Mit einer ausladenden Handbewegung schiebe ich die restlichen Schnallen zur Öffnung und lasse sie von dort auf den Küchenboden fallen. Der Haufen der glitzernden und raschelnden Schnallen wird immer höher. Großmutter Sara mit ihrem vergeistigten Halblächeln betrachtet das Geschehen durch den Rahmen des Fotos, das in der Küche aufgehängt ist, und sagt, es sei in Ordnung, daß es nichts macht, daß es gut ist, daß ich meine Wünsche haben darf, daß niemand außer mir davon Gebrauch machen kann, daß es nicht schlimm ist, wenn die Mistdinger endlich zu irgend etwas nützen.

In dem Handarbeitsraum der Schule füge ich eine Schnalle zur anderen. Man muß darauf achten, daß sie fest und eng zusammensitzen, daß kein Dolch zwischen die Ritzen paßt. Man muß den Körper vor dem unbarmherzigen und ekelhaften Antiochus schützen, der den ganzen Weg vom alten Griechenland gemacht hat, um den Makkabäern ihr kleines und armes Land abzunehmen.

Zwei Teams im Wettlauf gegen die Zeit schieben die Schlaufen der Schnallen auf Baumwollbänder und befestigen sie. Tausende von Schnallen werden auf die Kette gereiht und bilden somit einen langen und geschmeidigen Metallstreifen. Die Streifen werden zusammengenäht.

»Woher habt ihr zu Hause so viele Schnallen?«

Arrogant korrigiere ich: »Militärische Schnallen.«

»Und warum sind die bei euch zu Hause?«

»Mein Großvater Sigmund hatte in München einen Betrieb für Militärausrüstung.«

Einer der Helfer bekennt: »Im Nähkasten meiner Mutter zu Hause gibt es höchstens eine Schnalle oder zwei.«

Ich antworte stolz: »Bei uns sammelt man sie für die Luftwaffe.«

»Arbeitet denn dein Vater für die Luftwaffe?«

»Die Luftwaffe bestellt sie bei ihm.«

»So viele?«

»So viele, wie er schickt, es reicht ihnen nie.«

Die Kinder der Alteingesessenen nähen die Panzer, sie fügen die Streifen zusammen, und der Stolz der Normalität ist in jeder ihrer Bewegung erkennbar, und sei es auch nur an der Art, wie sie ihre Haare zurückwerfen. Die Lüge beeindruckt sie überhaupt nicht. In den Häusern, in denen sie aufwachsen, ist das Militär ein alltäglicher Gast und nichts, womit man prahlt.

Überzeugt füge ich hinzu: »Man sagt, daß es die stärksten Schnallen der Welt sind.«

Das Rascheln der Hände, die in den Schnallensäcken wühlen, wird immer stärker.

Stur sage ich: »Man hat sie gegen Rost behandelt, und Großvater hat eine Garantie ausgestellt!«

Das Rascheln geht weiter. Ich verziehe die Lippen zu einem Lächeln.

Eine Woche vor dem Chanukkafest weiß Mutter schon, welches Kleid sie anziehen wird. Aber jetzt, am Morgen des Festes, hat sie noch niemanden gefunden, der sie zwischen vier und sieben in der Bücherei vertritt. So ist es, wenn man ein Geschäft hat, das von der eigenen Persönlichkeit geprägt ist.

Vater ist heute nicht zum Versuchsgut gefahren. Es hat keinen Sinn, daß er zwei Stunden fährt und dann kaum Zeit hat, aufs Feld zu gehen. Um zehn Uhr fünfzehn tritt er nach draußen, um den Jeep zu waschen, und um zehn Uhr zwanzig, während der Eimer sich mit Wasser füllt, hört man einen Schlag aus der Richtung der Hecke. Was wundersamerweise bis jetzt noch nicht geschehen ist, passiert gerade am heutigen Festtag: Der verrückte Neumann ist über das doppelte Geländer geklettert und hinuntergefallen.

Vater nimmt Neumann, der siebzig Kilo wiegt, von der Hecke herunter, legt ihn mit dem zerkratzen Gesicht nach oben auf den Rasen. Im Hauseingang erscheint Schoschana in Unterhosen und offenem Kittel. Vater schafft es, ihr den Pepitakittel zuzuknöpfen, bevor sich die Nachbarn versammeln. Sie beugt sich über den lächelnden Neumann, steckt die Finger in ihre Locken und zieht sie auseinander. Wer es noch nicht geglaubt hat, daß sie ihre Haare rot färbt, bekommt jetzt den Beweis, da die Haarwurzeln tatsächlich grau sind. Sie küßt Neumanns Stirn, dann seine Nase, seine Lippen und sein Kinn. Sie sagt: »Gott liebt dich. Schaut, wie Gott ihn liebt. Ohne die Hecke wäre er nicht mehr am Leben. Gitter bis zur Decke, das hätte ich machen sollen – egal, ob du dich dann wie ein Löwe im Käfig fühlst.«

Herr Rabinowicz rennt los, um Mutter zu holen. Sie ist zwar eine polnische Bibliothekarin, aber alle in Blizowskis Haus wissen, daß sie beinahe OP-Schwester geworden wäre. Sie kommt angerannt, mit einem Geschirrtuch in der Hand, das sie fachmännisch um Neumanns Stirn wickelt. Sie öffnet die Knöpfe seines Hemdes und beruhigt alle, daß er regelmäßig atmet.

Die Nachbarn stehen im Kreis und flüstern. Passanten auf dem Weg zum König-David-Park stellen sich dazu. Irgend jemand zählt die langen acht Minuten, die Dr. Levi braucht, um von der Praxis in der Bialikstraße zu kommen, eine Strecke, die man, wenn man sich wirklich beeilt, auch in vier oder fünf Minuten schaffen kann. Der Milchmann schlägt vor, nicht länger zu warten und den Neumann im Beiwagen seines Motorrades ins Krankenhaus zu fahren. Als der Arzt doch noch kommt, machen ihm alle Platz. Dr. Levi stürzt sich mit einigen hastigen Bewegungen auf den verletzten Mann: »Bloß keine Panik bitte, alles wird gut.« Er befiehlt Frau Gritzmann, Wasser zu holen, zwingt Schoschana, große Schlucke zu trinken und in den nächsten Tagen darauf zu achten, genug Flüssigkeit zu sich zu nehmen.

Schoschana beantwortet Fragen, der Arzt trägt den Namen des Vaters und das Geburtsdatum in ein Formular ein. Ein Nachbar, der sie mit Wasser bespritzt, ist begeistert, daß Neumann in seinem Alter, und er ist nun mal wirklich kein Kind mehr, auf ein Geländer geklettert ist, das höher ist als anderthalb Meter. Das bedeutet, daß er gesund ist wie ein Ochse und daß seine Frau ihm Essen vorgesetzt hat, wie sich das gehört. Zwei Nachbarinnen flüstern, daß alles vorhersehbar war. Man hat gewußt, daß er es am Ende schaffen würde. Es war nur eine Frage der Zeit. Und unter uns, wenn wir schon darüber reden, war Neumanns Leben nie besonders gut. Und daß er niemandem von Nutzen ist und daß das Leben zwischen Schoschana und ihm nicht wirklich so toll ist. Und die Wahrheit? Wenn wir schon darüber reden, jedesmal wenn sie weg waren, dachten wir, daß sie in Urlaub gefahren sind, aber die Wahrheit ist, unter uns, wenn wir schon darüber reden, daß er freiwillig in die Nervenheilanstalt von Bat Yam gegangen ist, und sie hat sich mit der Hündin bei Verwandten in Nes Ziona versteckt.

Schoschana geht in die Wohnung, um das Krankenkassenheft zu holen und die wurstförmige Hündin auf den Balkon zu sperren, auf dem Neumann seinen Verstand verloren hat. Mucki steht auf den Hinterbeinen, die Spitze ihrer Nase steckt sie zwischen den Geranientöpfen hindurch. Ihr Heulen geht in dem Heulen der Sirene des nahenden Krankenwagens unter.

Mutter beabsichtigt, mit ins Krankenhaus zu fahren. »Die Bücherei ist heute geschlossen. Man kann Schoschana nicht alles aufladen. Ich werde mich bemühen, zu deinem Fest zu kommen.« Sie schaut mich mit einem Blick an, der Rücksicht fordert, und auf einmal ist es sonnenklar, daß sie keine Zeit haben wird, mir die weiße Bluse zu bügeln.

Schoschanas Onkel, der begehrteste Friseur im Salon am Kofer-Hajischuv-Platz, sammelt die Schlüssel und Zettel ein, die während des Sturzes aus Neumanns Tasche gefallen sind. Er ruft mich: »Kind, Kind, vielleicht kannst du mit Mucki Gassi gehen.« Er läßt alle verstehen, daß es jemanden gibt, der alles in die Hand nimmt. Der Gedanke, daß auch Neumann sterben und den Leuten, die im großen Krieg gestorben sind, Gesellschaft leisten könnte, stört mich nicht. Ich bin von Muckis schönem Hintern begeistert, die eine Ecke zum Pinkeln sucht. Wenn ich ein »normales Mädchen wäre, wie alle Kinder sein müssen«, hätte ich vielleicht die Worte wiederholt, die sie alle zueinander sagen. Aber für mich ist er nur ein Nachbar, der auf dem Balkon verrückt geworden ist, nur einer von nebenan. Er hat vielleicht gar nicht gewußt, wie ich heiße, und jetzt zieht mich Mucki zu den trockenen Nadeln bei den Kasuarinen, einem Ort, den sie und Neumann an ihren guten Tagen oft aufgesucht haben.

Es ist fünf Uhr fünfundfünfzig. Der Hausmeister rüttelt an den Fässern, die die Bretter der Bühne tragen, und gibt der Lehrerin ein Zeichen, daß alles fest steht. Der Vorhang der Schulturnhalle hebt sich. Im Hintergrund flattert ein Laken, auf dem der Tempel zu sehen ist. Eine Glühbirne, mit Cellophanpapier umwikkelt, wirft einen blauen Lichtkreis auf die Mitte des Schlachtfeldes. Antiochus sieht aus wie der Soldat aus dem Geschichtsbuch und steckt bis zum Hals in einer gepanzerten Rüstung. In den Händen hält er einen Dolch und ein Schwert, er dringt in den Lichtkreis ein, bleibt in der Mitte des Kreises stehen und stellt entschlossen ein Bein vor den Elefanten. Die Rüstung ist schwer. Das Bein kippt. Der Kommandeur der Elefantentruppe setzt sich auf die Sänfte. Als Antiochus es endlich geschafft hat, auf dem Rücken des Elefanten zu sitzen, starrt ihn das Publikum wie gebannt an. Er ist zu überwältigt, um sich an die Reihenfolge der Kampfrufe zu erinnern.

Das wohlwollende Publikum gibt ihm noch eine Gnadenfrist. Die Lehrerin winkt ihm, »mach schon«, und als er nicht reagiert, stellt sie sich selbst auf den Altar und ermuntert die Garnisonssoldaten. Die Elefantenkrieger, die geprobt haben, blutrünstig aufzutreten, wie echte Raubtiere, schleppen ihre klobigen Körper an die markierten Stellen auf den Brettern, bilden einen Halbkreis und schauen gleichgültig in Richtung der Dolche der Makkabäer.

Die Fabrik, die auf dem Industriegelände in München bombardiert wurde, und der Gully der Hasan-Bek-Moschee, der mindestens soviel wiegt wie Vaters Tasche mit den Mustern, rauben ihnen die Lust an der Bewegung. Auch die Schauspieler, die es schaffen, eine blutrünstige Miene aufzusetzen, können nicht verbergen, daß sie sich am liebsten so schnell wie möglich aus der

Panzerfalle befreit hätten. Die Makkabäer fuchteln weiterhin mit den Kartondolchen gegen einige Griechen, die an einer Stelle stehen, und Antiochus, der es satt hat, auf dem Elefanten zu sitzen und zu schweigen, kriecht aus der gepanzerten Rüstung heraus und verschwindet hinter dem Tempellaken.

Bald wird man das Licht in der Halle anmachen, und Vaters Versagen wird vor den Augen aller Eltern zu sehen sein. Mutter, die Wache an Neumanns Bett hält, ist nicht neben ihm, um zu sagen: »Es macht nichts, Olek, es ist nur ein Kindertheater.« Alles, was ich geschafft habe zu verdrängen, kommt zurück. Alle Augen werden sich zu der undankbaren Tochter wenden, die sich in das Versteck ihres Vaters geschlichen hat, die den verborgenen Schatz auf die Erde geworfen hat, die seine Ehre mit Füßen getreten hat, die den Mann geärgert hat, der sowieso keinen Platz für sich findet. Mein guter Vater. Nur meinetwegen ist er in all das hineingeschlittert. Wenn meine Eltern nicht für mich hätten sorgen müssen, hätte er nicht die erste Arbeit nehmen müssen, die er gefunden hat. Nicht nur, daß ich für ihn das Leben kompliziert mache, jetzt beschäme ich ihn auch noch. Bestimmt hat Mutter das gemeint, als sie sagte: »Wer weiß, wohin die Frechheit dieses zügellosen Mädchens sie noch bringen wird.« Noch nie war mein Defekt so deutlich wie jetzt. Mutter – sie hält sich für eine große Sachverständige der menschlichen Natur – ist so naiv. Für ein unerzogenes Mädchen wie mich ist es sehr einfach, sie irrezuführen. Auch wenn sie in ihrem kurzen Leben schon alles gesehen hat, begreift sie immer noch nicht, wie verdorben ich bin. Gott der Makkabäer, mach bitte, daß es vorbei ist und Schluß. Ich wünschte, es würde ein Krieg anfangen, die Bühne soll einstürzen, eine Überschwemmung soll kommen, irgend etwas Schlimmes, Hauptsache, Vater wird abgelenkt. Ich schwöre, wenn der nächste Nachbar vom Balkon springt, werde ich trauriger sein. Überhaupt werde ich die traurigen Sachen ernster nehmen: Stalin, die Familie, die nicht da ist, und das Blut, wenn sich Mutter mit der Nadel sticht. Nein. Mein Versprechen ist wertlos. Wer die Grenze überschreitet, die ich schon überschritten habe, glaubt nicht an sich selbst. Ich stelle mich bloß naiv. Wer wüßte besser als ich, wie naiv ich mich stelle. Meine Lügen, die Geheimnisse, die ich Eva verraten habe, es sind Bagatellen im Vergleich zu dem unbarmherzigen Stoß in Vaters offene Wunde.

Ich werde von zu Hause weglaufen. Das werde ich tun. Wenn ich mit mir selbst ehrlich bin, wollte ich das schon immer machen. Das ist es jetzt. Das Fest hat mir den richtigen Zeitpunkt gegeben. Ich werde durch die Toilettentür der Turnhalle hinausschleichen und in einem irren Tempo Richtung Busbahnhof rennen. Ja, zum Bus nach Manschija. Ich weiß, wo er hält. Ich werde mich in den dritten Stock flüchten, in die Wohnung voller Lachen. Ge'ula wird keine Erklärungen verlangen. Sie wird mich an ihre lilafarbene Veilchenschürze drücken, und Berkowicz wird die Schokodose aus New Jersey vom Küchenschrank herunterholen, und ich – ein Teufel in Gestalt eines Mädchens mit Zöpfen – werde das Kind vortäuschen, daß ich damals war, es ist lange her, das Kind, von dem sie gerne glauben möchten, daß ich es geblieben bin – eine Schauspielerin in dem langweiligen Stück, in dem Kinder Rollen zugeteilt bekommen und ihnen gesagt wird, wie sie sie spielen sollen. Nein, ich werde nicht verraten, warum ich gekommen bin. Sie sind zu naiv, um es glauben zu können. »Phantasien eines Mädchens.« Liebevoll werden sie sich gegenseitig zuzwinkern. Ehrliche und geradlinige Menschen können nicht zugeben, daß solche wilden Übertreibungen existieren.

Das Licht auf dem Toilettenkorridor brennt, und Vater ist vollkommen in das Geschehen auf der Bühne versunken. Ein Sprung unter den Mantel der Dunkelheit, und alles ist in Erfüllung gegangen.

Aber gerade jetzt, in dem Moment, in dem die Makkabäer in einer Reihe stehen und das Lied »Lasset uns die Fackel heben« singen sollen, erreicht den Kommandeur der Truppe das Ende seiner Kraft, er reißt beide Haken der Panzer, die an seinem Unterhemd befestigt sind, ab und wirft die Rüstung von sich. Als der Panzer auf den Bühnenboden knallt, hört der Chor auf zu singen, und Vaters Kopf hebt sich. Er hört das Knallen der Schnallentasche auf dem Fußboden in Manschija. Ich verdrücke mich in die dunkle Ecke des Saales. Zwischen dem zögerlichen Händeklatschen hört man ein besonders energisches Händeklatschen. Das ist mein Vater, aufgeregt und rot im Gesicht, er steht auf, bejubelt die Rüstungen, die auf den Brettern liegen, ignoriert das verlegene Flüstern der anderen.

Das unzufriedene Murmeln um mich herum wird immer nervöser. Sara, die Lehrerin, beeilt sich, das abrupte Ende des Stükkes zu mildern. Sie versucht freundlich zu sprechen, als sie allen schöne Chanukkaferien wünscht. Die Kinder der Klasse stürzen sich auf den Ausgang. In der Turnhalle bleiben nur Vater, der Hausmeister und ich und ein seltsam schweres Schuppengeflecht zurück.

Was macht man mit Schuppenpanzern, die kein Mensch braucht? Der Hausmeister sucht vier Freiwillige, die diese Metallstücke an die Stelle schleppen, wo sie morgen von der Müllabfuhr mitgenommen würden. Die Lehrerin Sara geht schnell an mir vorbei und meidet den Blickkontakt. Sie hat von vornherein gewußt, daß die Panzer zu schwer sein könnten, und ich, gierig, die Geschichte der Schnallen zu Ende zu bringen, habe den Gedanken verdrängt, daß sie recht hat.

Vater klettert auf die Bühne, kniet sich neben die Panzerhemden. Der blaue Lichtkreis flackert über seinen Rücken. Seine Hand rutscht von einer Schuppe zur anderen: Von den Schnallen mit den doppelten Haken bis zur letzten Schuhschnalle, er betastet die Vertiefungen und Initialen von Sigmund Hertz-Band auf der Rückseite der Helmschnallen, rutscht zu den Gelenken der Haken und den Verbindungen der Schlaufen der dünnen, vergoldeten Schnallen, wiegt sie in der Hand. Er genießt das Talent seiner Metallschuppen, sich in eine echte Rüstung zu verwandeln.

Eine Schnalle löst sich von der Rüstung des Kommandeurs der Garnisonstruppe, rollt über den Boden und bleibt am Rande des Lichtkreises liegen. Vater hebt den Rest seines zerbrochenen

Traums hoch, wickelt ihn in ein Taschentuch, streichelt ihn, als wäre er ein Welpe, und bläst den Staub weg.

Der Hausmeister starrt den Mann an, der eine Schnalle putzt, einen Moment bevor sie im Müll landet. Ich verkrieche mich wieder in die dunkle Ecke des Saales, bete, daß sie verschwinden, wenn ich meinen Kopf zurückdrehe, und trample mit den Beinen wie damals, es ist schon lange her, wie auf der Mauer der Moschee.

Ich packe ihn an der Hose und ziehe ihn mit Gewalt von dort weg: »Komm nach Hause, Vater.«

Überrascht von dem neuen Ton in meiner Stimme, fängt er sich und gehorcht.

Ein heller Winterabend senkt sich auf den Hof der Schule. Am Weg, der von der Turnhalle zur Mädchentoilette führt, ist es still. Einige Kinder, noch in den Stiefeln der griechischen Soldaten, essen Krapfen, deren Puderzucker sich im Fett aufgelöst hat. Sie helfen sich gegenseitig, die Schminke abzuwischen. Ein Schritt und noch ein Schritt, und kein Wort über die Schnallen. Was zwischen uns zu hören ist, ist das Geräusch seiner Gedanken.

Ich reiße ihn aus seiner Stimmung heraus: »Vielleicht gehen wir am Lebensmittelladen vorbei und kaufen dir Räucherfisch für dein Sandwich morgen.«

Er schaut zur Uhr: »Es ist noch nicht mal acht.« Er wühlt in seinen Taschen, um sicherzugehen, daß die letzte Schnalle ordentlich im Taschentuch verpackt ist. Unten in der Pfütze spiegelt sich das Neonlicht, und er drückt mich ganz fest an sich.

Es ist eine Weile her, daß Vater und ich so auf dem Bürgersteig standen. Es ist schon lange her, seit seine Augen meine gesucht haben, um zu verstehen, was in mir vorgeht. Ich habe das Gefühl, daß er mich wahrnimmt. Ja. Er schaut mich an. Vielleicht ist er sogar ein bißchen stolz. Er sieht aus, als habe er etwas Neues über das Mädchen erfahren und frage sich, warum er es nicht vorher bemerkt hat.

»Schade, daß du es nicht sehen konntest.«

»Was sehen, Vater?«

»An dem Platz, wo die Schauspieler gestanden haben, konntest du es nicht sehen. Wenn du in der Reihe gesessen hättest wie ich, hättest du alles selber gesehen. Die Panzer, die du gemacht hast, haben Funken geschlagen. Ich schwöre es dir, richtige Funken.«

»Funken?«

»Wie Sterne, wie viele Sterne.«

»Sogar die Kinder haben gefragt, woher du all diese Schnallen hast, Vater.«

»Schau, Aluschinka, keine Spur von Rost. Ich schwöre es dir, keine Spur.«

»Sie haben gesagt, daß sie noch nie so glänzende Schnallen gesehen haben.«

»Die Nickelbeschichtung. Schau dir die Beschichtung an. Du hättest sehen sollen, wie sie in dem blauen Licht geleuchtet haben. Ein Kunde, der von mir eine Garantie bekommen hätte, hätte sich heute nicht beschweren können. Du kannst dich nicht erinnern. Schade, du warst zu klein dafür. Kinder können sich an Dinge, die ihren Eltern widerfahren, nicht erinnern.« Er dreht mein Gesicht zu der Schnalle, die in seiner Handfläche zittert.

»Ich habe es ihnen gesagt, Vater, daß es die stärksten Schnallen der Welt sind.«

»Die stärksten der Welt.« Er strahlt vor lauter Vergnügen, klopft mir auf die Schulter, als Zeichen, daß wir weitergehen sollen.

Die Herzlstraße liegt vor uns, sauber, frisch und still. Der Wind, der die Markise vom Lebensmittelladen zum Zittern bringt, läßt Fahrscheine vom Boden der Haltestelle hochfliegen. Irgend jemand dekoriert Schaufensterpuppen, von einem Balkon hört man die Stimme des Nachrichtensprechers, der davon berichtet, daß sich der Zustand eines verwundeten Soldaten gebessert habe. Eine Prozession von Nachbarn bewegt sich auf der Straße: Eva und ihre Mutter stützen Schoschana, passen auf, daß sie nicht stürzt, Ehrlichmann von der Hamargoastraße 6 schiebt seinen Arm unter ihren Arm. Mutter, zielgerichtet und energisch, geht einen halben Schritt vor der Truppe, bahnt den Weg zwischen den Passanten, merkt nicht, daß Vater und ich uns unter den vielen anderen Menschen unter der Markise befinden.

Vater, der vor mir steht, verdeckt die Prozession. Er drückt mich noch fester an sich, um zu sagen: Nicht jetzt, Neumann gehört zu Mutters Aufgaben, und wir zwei – nur er und ich – sind Anhänger der Schnallen, die durch das blaue Cellophan gestrahlt haben wie zahllose Sterne.

Er bindet seinen Schal um meinen Hals: »Man muß den Koffer mit den Mänteln suchen, die wir von dort mitgebracht haben.« Ich spüre die Wärme des Schals. Der Geruch des Winters, der kalt genug ist für den granatblauen Wollmantel, breitet sich in meinem Körper aus. Ja, ich weiß, wo der Mantel ist: Er ist in dem braunen Koffer zwischen der Puppe Frida und der doppelten Tür des Nußbaumschrankes. Ich habe die Aufkleber auf dem Koffer gesehen, als ich in den Stauboden gekrochen bin, um die Schnallen herunterzuholen. Auch wenn die Kinder, die Kampfanzüge mit Reißverschluß tragen, hinter meinem Rücken kichern werden, sehne ich mich danach, das weiche Samtfutter des Mantels zu spüren.